长夜行

夏龙河 著

中国文史出版社

CHINA CULTURAL AND HISTORICAL PRESS

图书在版编目（ＣＩＰ）数据

长夜行 / 夏龙河著 . -- 北京 : 中国文史出版社，
2023.5

ISBN 978-7-5205-4116-9

Ⅰ . ①长… Ⅱ . ①夏… Ⅲ . ①长篇小说—中国—当代
Ⅳ . ① I247.5

中国国家版本馆 CIP 数据核字 (2023) 第 096663 号

责任编辑：梁玉梅

出版发行：中国文史出版社

社　　址：北京市海淀区西八里庄路 69 号院　邮编：100142

电　　话：010-81136606　81136602　81136603（发行部）

传　　真：010-81136655

印　　装：北京新华印刷有限公司

经　　销：全国新华书店

开　　本：700mm×980mm　1/16

印　　张：21

字　　数：286 千字

版　　次：2024 年 3 月北京第 1 版

印　　次：2024 年 3 月第 1 次印刷

定　　价：58.00 元

目 录

第一章
■ ■ ■
余家沟变故

01. 仿佛一个谜语

　　1921年春天的一个傍晚，北青派戏法师王顺推着小推车、带着师妹兼老婆李芙蓉和孩子，来到富水县余家沟舅舅家门口的时候，看到舅舅余世民穿着昔日唱大鼓时的海蓝长衫，戴着瓜皮帽，吊在门口的杏树上。

　　夕阳明媚，微风习习，杏树上长满了青绿的叶子和指肚大小的青杏。叶子在微风下窃窃私语，舅舅背对王顺，躯体随着风轻轻飘荡，很优雅清闲的样子，仿佛那上面挂的不是一个人，而是一套衣服，又仿佛是老瞎子用自己的身体，为远道而来的戏法师制作了一个意味深长的谜语。

　　王顺对舅舅的背影感到迷惑不解。十多日的跋涉劳累，让这个聪明的戏法师的脑袋反应有些迟钝。他跑到舅舅面前。半瞎的舅舅戴着墨镜，嘴里的舌头耷拉出老长，仿佛对王顺的到来很不满意。王顺问抱着孩子的李芙蓉："师妹，舅舅难道也会玩戏法了？"

　　李芙蓉咳嗽几声，吐出一口鲜血。两个多月的奔波，使得她患上了严重的风寒症。她走到舅舅面前，推了他一下，舅舅的晃动使得杏树发出簌簌之声。李芙蓉吓得后退了两步，骂道："王顺，你这个彪子，舅舅上吊了！"

　　王顺惊叫了一声，猛然醒悟，哇的一声大哭起来。

　　李芙蓉到舅舅的邻居家喊人帮忙。

　　两人经常到舅舅家小住，余家沟的人大都认识他们，听说老瞎子上吊了，邻居们倒也不惊讶，仿佛上吊是个可以很随意的事，就像有人走路放个屁。他们告诉李芙蓉，从开年到现在，余家沟已经有九个上吊的了。早晚都是死，现在死也没什么大不了，不过上吊这种死法太遭罪。他们曾经眼睁睁地看着一个吃了毒药又上吊的人死去，即便毒药攻心，当绳子勒住那人脖子的时候，他剧烈的挣扎还是让看到的人噩梦连连。但是话又说回来，哪种死法不遭罪呢？活不容易，死也不容易。

与舅舅交好的私塾先生余唯甄说："今年天旱，湾里都没有了水，水井有人看着，寻死的人只能选择上吊。"

私塾先生看到王顺的脸色还是没有松懈，又解释说："当然了，你舅舅是个好人，他寻死也不会投井的。他说咱村的水井里，住着方圆百里唯一的一条井龙王，每年大年初一，他都要来井边烧香磕头，这么讲究的一个人，怎么会投井呢？余家沟就两口水井，西头的那口已经有人死在了里面，如果老瞎子钻进了村东这口水井，村里的人到哪里喝水呢？还是上吊好啊！"

余唯甄指挥年轻人在堂屋正北放上两根凳子，卸下一扇街门放在凳子上，门板上铺上了一层谷草，谷草上铺了一条床单，然后把王顺的舅舅抬进了堂屋，放在了门板上。

余唯甄本来还打算给瞎子换上一套送老的新衣，被王顺挡下了。王顺说他舅舅最看重这件海蓝长衫和头上的瓜皮帽，曾经多次说过，他死的时候就穿这套衣服当寿衣，到阴间说书也不用换衣服。

老瞎子在村里人缘不错，听说他没了，大半个村子的人都来帮忙。李芙蓉和王顺不熟悉本地风俗，被人指挥得团团转，喘气的空隙都没有。

半夜时分，把该忙活的忙完，该走的人都走了，守夜的也穿上了孝服，开始坐在舅舅的棺材前守夜。李芙蓉和王顺走了一天的路，又忙活到现在，又累又饿，屁股刚碰上凳子，人就瘫了。

守夜的四个小伙子吃了夜宵，精神头十足，兴致勃勃地说起了最近南方人在富水拍花子的事。据说这些南方人到富水采地气，探得一件大宝，需要用八对童男童女的血来祭祀山神，已经有四五个幼儿被拍走了。据说被南方人拍了的小孩，会一条直线地走到需要他们去的地方，上山下河无所不能。

富水城的警察全部出动，到处寻找这些神通广大的南方人和丢失的孩子，但是两三个月过去，一点蛛丝马迹都没有找到。

"听说这些南方蛮子，累了就喝小孩血，晚上出来采地气，马虎（当地人称'狼'为'马虎'）看见都不敢动弹。咱北方人就不行，别说马虎，狗都不怕咱。"一个小伙子说。

王顺走南闯北，见识多，听他们说得荒诞，忍不住反驳说："没有你们说的那么可怕。拍花子的是拐卖小孩的，跟采地气的风水师没有关系。"

"那么多的小孩都没有了，一点影子都没有，跟采地气的没关系？"一个小伙子质问。

"人贩子手段才厉害呢。南方人有钱，咱这儿的小孩，很多被没有孩子的南方人买走了。"

王顺说到这里，李芙蓉突然惊叫了一声："孩子！王顺，咱儿子哪儿去了?!"

王顺没当回事，说："刚刚还跟在做饭的嫂子屁股后面玩呢，你去问问嫂子。"

李芙蓉站起来，去院子问正在收拾饭桌的邻家大嫂。大嫂说刚刚看到过孩子，当时十多个人吃夜饭呢，她忙得脚打后屁股，根本就没注意孩子到哪儿去了。

李芙蓉喊着王顺找孩子，王顺这才慌了，他提着马灯，把舅舅家的屋里屋外都找遍了，也没找到孩子的影子。两人又跑到刚刚来帮忙的人家家里挨家打听。二十多户人家，挨家拍门，打听完毕，有说在院子里看到过孩子的，也有说没看到的，但是没人在吃完饭走的时候看到孩子。也就是说，孩子不见的时间，大概是大人在院子里吃饭的时候，那时候李芙蓉在帮着大嫂做饭，王顺在和余唯甄一起算计明天需要买的各种东西。

余唯甄本来已经回家了，听王顺说孩子没有了，他忙跑出来，招呼众人分头找孩子。余家沟的老百姓几乎是全体出动，村里的各个角落、山沟里、小路上，到处都是火把。连村里的傻子都举着火把，嘴里喊着孩子的名字乱跑。

余唯甄带着王顺夫妻找邻村的瞎子掐算。瞎子问明了孩子的生日时辰，信心满满地对三人说，孩子是被一个三十岁的男子抱走了，方向正西，不过他们现在找不到孩子，孩子二十岁后，会自己回来。瞎子的话，让王顺和李芙蓉感到绝望，却又看到了些微希望。

折腾到半夜，外出寻找孩子的人们陆续回来。没人看到孩子，一个四岁大的孩子，就这样凭空消失了，这让村民们感到了恐慌，纷纷回家插上了门。

王顺的表弟孙丛乾在龙门寺当和尚，他听说了此事后，带着两个师弟来帮忙找人。王顺让李芙蓉在家里看门，他和三人一起朝西追。富水朝西是一条直通潍坊的官道，可达济南，再朝北可达沧州、北京。李芙蓉是沧州人，王顺是临沂人，两人是同门师兄妹，从沧州一路走过来的。这一路上，两人没有钱花了，就耍点小把戏赚钱，买点吃的，风尘仆仆，受尽了苦难。从沧州到济南到烟台，这是一段王顺非常熟悉、也是他非常厌烦的路程。每年春秋两季，他都要跟师父师兄等人从沧州南下，一直走到烟台，一路表演戏法，再从烟台回到沧州。一年前，他决定答应舅舅，去富水继承舅舅的八亩好地三间瓦房的时候，师父只有一个条件，让他把三岁的儿子留下。按照师父的说法，王顺的儿子是天生的戏法师，他将用十年的时间，把他培养成中国绝顶的戏法大师。王顺和李芙蓉没有答应，他们两个都厌倦了这种四处漂泊的江湖生活，怎么能同意让儿子重蹈覆辙？两人最终选择没有跟师父告别，偷偷从沧州华庄的住处连夜启程，一路直奔胶东。路上，李芙蓉曾经跟王顺说过多次，好像有人跟踪他们。

"大概是白果师兄。"

李芙蓉每次提起师兄，表情都很复杂。

王顺则每次都是恼怒不已。白果仗着大师兄的身份，曾经多次骚扰李芙蓉，而李芙蓉对此事则态度不明，这让王顺很是不爽。

当瞎子说孩子被人抱着一路朝西的时候，王顺马上想起了师兄。以他对这位一脸阴郁的师兄的了解，孩子到了他的手里，他们是很难找回来的。

王顺和表弟带着人，骑了两匹骡子一匹马，一直追到了天亮，到了平度地界，也没追到人，只得打马回来。

02. 新文化派

王顺回到家，看到李芙蓉正在忙活着招待客人，心里有些踏实了。很显然，李芙蓉也认为孩子是被师兄白果抱走了，已经试着接受现实了。

舅舅余世民是三皇会的会员，三皇会会长张瞎子向县府申请了抚恤金，又带着十多个瞎子来到舅舅家，说要按照三皇会的规矩，给舅舅奏乐三天。瞎子们很精明，他们早上来的时候空着肚子，中午就特别能吃，会长送来的那点抚恤金根本不够他们吃的。三天折腾下来，王顺来时带的一点钱，全都花光了，瞎子们才心满意足地走了。

把舅舅下葬后，李芙蓉绷着的劲儿泄了，在家里躺了两天。她要王顺和她一起回去，去找师父和师兄要孩子，王顺不肯。

王顺告诉李芙蓉，他们要见到孩子的唯一办法，就是继续回到小剧团，否则，师父是不会把孩子给他们的。师父那人他了解，虽然人狠了点儿，但是不会亏待孩子的。他王顺好不容易来到了富水，继承了舅舅的八亩好地，眼看好日子就要来了，怎么能回去呢？让孩子跟师父学几年本事也不错，也许他长大了，真的是超一流的戏法师呢。

"再说了，我们还可以再生几个。"王顺抱着李芙蓉，一脸猥琐地说。

下了一场春雨，村民们开始耕地种花生、地瓜等作物，王顺也在余唯甄的帮助下，借了一头牛和木犁，开始起垄种花生。余家沟附近的山坡上，漫山遍野都是忙碌的老百姓。

王顺虽然以前帮舅舅种过地，但是没用过牛，这牛在他的吆喝下，把一花生垄起得弯弯曲曲，宽窄不一。

幸亏表弟孙丛乾来了。孙丛乾边帮王顺起垄种花生，边跟他讲最近发生的事。

孙丛乾当和尚的龙门寺年久失修，屋顶坍塌，龙门寺的和尚们便搬到了孙家庄的小庙里暂住。老方丈带着弟子们四处化缘，准备重修寺庙。以余家沟保长余成峰为首的一帮新文化派，经常带着城里的学生们在半路挡着和尚们，逼他们还俗腾庙办学。和尚不肯，学生们就骂他们。和尚不能骂人，但是他们有办法，怂恿善男信女们与学生和小城的新文化派人士对骂，然后他们从另一条路出走。

新文化派敢打和尚，但是不敢打这些善男信女，因此不断变化拦截和尚的地点。和尚们也有办法，出发前先派人探路，新文化派针锋相对，派出线人跟踪和尚们，双方虚虚实实，变化无穷，你来我往，见招拆招。

周围百姓对此事抱着非常大的热情，参战人数越来越多，各种邪招恶招也随之演化出来。比方两派的人互相朝对方家里扔石头，点燃对方家的玉米秸垛和麦秸垛，甚至一家人分为两派，父子互殴、夫妻反目者比比皆是。

一向稳重的私塾先生余唯甄，也带着学生加入了这场对阵中。其实即便他不加入，他也已经是新派侄子余成峰的敌人了。余成峰带人在村里贴标语，"守正维新、男女平等""发扬科学、打倒孔儒"，等等。余唯甄被气得精神抖擞，晚上亲自带着学生上街撕标语，并张贴标语骂余成峰等人是"为蛮夷张目、欺师灭祖"。

余唯甄是长辈，过年的时候，余成峰去给余唯甄拜年，按照新派做法，只鞠躬不磕头。余唯甄丝毫不给他这个保长面子，当着众人骂他"没有家教，不懂规矩"。余成峰与余唯甄对骂一顿，被众人拉开。两人的矛盾从此公开化。

余成峰选择拿起法律武器，向县府状告余唯甄，说他带着学生对抗县府的新文化政策，要求县里封了他的私塾。县府派督学下来查，却没有找到什么实证。况且县府知事对新文化也是一知半解，并不是很推崇，此事就不了了之了。

余唯甄更加痛恨余成峰。因此余唯甄看到余成峰要求和尚们腾庙办学，马上振臂一呼，策应和尚，并全面指挥与新文化派的斗争。

余唯甄带人在余成峰经过的地方设下了绊马索。余成峰得胜归来，骑着大黄马耀武扬威，被余唯甄所设的绊马索绊倒，余成峰摔破了脑袋，在万字会医院住了十多天，才顶着包得像个棉棒似的脑袋回了家。

余成峰在家养伤，新文化派人士没有人指挥，暂时消停了，孙丛乾才有时间来帮他王顺种花生。

孙丛乾想动员王顺加入他们这一方的队伍，被王顺拒绝。他不想参与任何争斗，只想在这里守着舅舅的土地好好过日子，在他看来，除了种地过日子别的都是瞎胡闹。

王顺每天和失魂落魄的李芙蓉一起下地，种完花生种豆子、开荒，晚上在李芙蓉的肚皮上辛苦劳作。舅舅死了，儿子没有了，他所有的希望都在舅舅留下的地里和对老婆隆起的肚皮的期待上。

在一个下着大雨的中午，王顺遇到了头上裹着破布的表弟孙丛乾。孙丛乾站在漫天的大雨中，脖子流着血水，脸上也是雨一道血一道的，看起来很是恐怖。

王顺正扛着馒头朝家走，待看清站在雨中的人是法号慧能的表弟后，大为惊讶。慧能倒是很镇定，他转身，指着自己的身后。

王顺惊讶地看到，远处的路上，还有一群人在大雨中继续厮杀。木棍、铁锹、馒头如一片片丛林，此起彼落。有人在朝这边跑，不知是来追表弟的，还是跟表弟一样，被打败了逃出来的。

"有好多人被砍死了。"表弟边说，边咧嘴笑。

王顺看得浑身发毛。他不知道表弟作为一个出家人，看到这人间乱象，为什么要笑？

王顺带着表弟回到家，让李芙蓉给他烧了一锅水，洗了个热水澡，换了衣服，把被打破的脑袋用白酒消了毒，包扎起来。表弟这时候不傻笑了，蜂拥而至的疼痛已经让他自顾不暇。

"我怀疑这是一场阴谋，当官的让我们互相杀戮。"被包扎得像一个葫芦瓜的表弟愤愤地说。

按照出家人慧能的说法，和尚们的处境非常不妙。当然，新文化派的余成峰他们的处境也强不到哪里去，双方就像在被烧得火热的锅里互斗的螃蟹。

县府知事李方，对余成峰和余唯甄印象都不好。余成峰主张的新文化运动要求平等和民主，这不是扯淡吗？要是民主了，他这个县知事干什么去？还要平等，这更不着调，三纲五常怎么说的？

对于这方面，余唯甄跟县知事倒是看法相同。但是这个余唯甄仗着自己有些名望，对县知事欺压百姓很不满意，还曾经带着百姓去找他讲理，当面骂过他。

李方因此暗中挑拨，他坐在县衙里看笑话。

本来此事是余成峰挑头，逼着和尚们还俗腾庙办学的，现在成了余成峰与余唯甄的较量，和尚们本来就不想卷入这等烂事，现在想退出，但是余唯甄和乡民们不让，让他们在前面顶缸。

"都让当官的给玩了，真是罪过、罪过。"最后，表弟长叹一口气，很无奈地总结说。

王顺不懂什么新文化旧文化，但是觉得余成峰说得很有道理，是为老百姓着想，余唯甄说得也有道理，这个世界要是没有长幼良序，没有三纲五常，那不乱了套了？

"这个余成峰，就是一个乱臣贼子。"表弟部分同意王顺的话。

表弟在王顺家吃饱饭，雨刚好停了，他就带着自己换下的衣服走了。

王顺目送表弟迷茫的身影消失在阴霾笼罩的山路上，他的心情也是阴晴不定，百味杂陈。

作为一个农民，这场大雨无疑缓解了持续了四个多月的旱情，但是余家沟的这场争斗，总给他一种前途未卜的感觉。

他进屋，看到妻子李芙蓉正在对着他冷笑。李芙蓉已经对每天晚上两人的运动日渐厌倦，说他两腿间的玩意儿简直让人恶心，她真想替他剪下来扔给狗吃了。

自从儿子走了后，李芙蓉就像经霜的茄子，日益萎缩下来。但是今天，她的眼珠子闪着光。王顺看着李芙蓉的样子，浑身发冷："你笑什么？"

李芙蓉冷冷地说："你表弟杀人了。出家人杀人会遭报应的。"

王顺一愣："呃？你怎么知道？！"

李芙蓉说："我猜的。你没注意到，刚才他的手一直在抖？"

李芙蓉突然又说了一句："我也会去杀人的。我儿子没了，我想把所有的人都杀光！"

王顺朝门外看了看，小声说："不要乱说话，让官府听到了，会把你抓起来！也会把我抓起来！"

李芙蓉冷笑一声，说："师兄，这都民国多年了，不是大清了，你还这么胆小？你能不能有点出息？！真是窝囊废！"

王顺气得要打人，手举起来又放下了："我不是窝囊废，我会证明给你看。"

李芙蓉一脚把啄她脚的鸡崽子踹出了屋子，转身走了。

03. 李芙蓉离家出走

当天晚上，余唯甄带着一条精壮汉子，来到了王顺家。这个昔日文雅的教书先生，现在脸被晒得黑里透红，长袍马褂换成了一身短打，两眼放着凶光，身体似乎也壮实了，有种脱胎换骨的风采。

余唯甄说话风格也大变了，不像一个私塾先生，倒像一个江湖人士："外甥，你找根棍子，明天跟我去打'新文化'！"

王顺很惊讶："舅舅，您……不是说做人要讲道理，不要打架吗？"

余唯甄站起来，豪壮地举起拳头："国家兴亡，匹夫有责！现在国家到了危难之时，我等老朽都上阵杀敌，你年纪轻轻的，难道想袖手旁观吗？"

王顺小声申辩说："舅舅，余成峰兄弟不是敌人吧？他是您的侄子呢。"

余唯甄愤怒地瞪着王顺："他不是敌人?!他想推行什么新文化，让纲常失序、国家大乱，这不是敌人，那谁是敌人?!你现在是余家沟的人了，你种着余家沟的地，喝着余家沟的水，就要为余家沟的后代着想，为你将要出生的孩子着想，绝不能让他们把余家沟、把天下搅乱了！"

余唯甄说了一大堆，王顺还是不想去。他觉得余唯甄和余成峰都在胡闹，都好好地过日子多好，他的地瓜还没栽完呢。一个农民，文化新与旧，跟他有什么关系？

在里屋收拾东西的李芙蓉突然跑了过来："王顺，你就是个窝囊废！你连你表弟都不如！你表弟都敢杀人，你不敢！"

余唯甄忙说："外甥媳妇啊，王顺的表弟没杀人，我们是去讲道理，我们怎么能杀人呢？"

李芙蓉很鄙夷地哼了一声，说："你们既然恨别人，为什么不杀了他们?!人早晚都得死，杀了一了百了！我去，王顺不去，明天我跟你们去，你们恨谁就告诉我，我去把他们都杀了!"

余唯甄被李芙蓉的话吓着了，他的那股虚饰的豪侠气也被这个凌厉的女人惊得荡然无存:"不行不行，这不行! 外甥媳妇，女子只能在家相夫教子，不能出头露面。"

王顺一把将李芙蓉推到一边:"你一个妇道人家，干什么这是?! 造反啊?"

王顺又狠狠地对余唯甄说:"舅，明天我去!"

按照余唯甄的部署，王顺跟一帮人在余家沟村北三里的路上巡逻，做出要保护从这条路出去的和尚的样子，还有两帮人在村南和村西的路上埋伏，准备迎击来拦截和尚的余成峰等人。

王顺扛着铁锹来到值守处，刚在路边坐下不久，就看到远处一帮人朝他们冲了过来，带头的还骑着马。

众人大惊，以为是余成峰的人来了，都举起了铁锹、大镬等武器，做好了迎敌的准备。

等对方走近，他们才发现，来的竟然是一队警察。警察们荷枪实弹，老远先朝天放了几枪，然后迅速扑过来，将他们围了起来。

清脆的枪声把这帮手持铁锹、镬头的人吓得一动都不敢动。为首的警察头目让众人放下武器，跟他们走，王顺等二十余人乖乖地跟着他们来到了县城，被关在一处废弃的破庙里。

看守的警察告诉王顺他们，这次县知事从附近的蓬莱和莱州搬来了援军，抓获了包括余成峰、余唯甄等人在内的余家沟以及附近村子的六十多个人，还有龙门寺的二十多个和尚，至于怎么处理，要等县知事的指示。

王顺等人在破庙里被关了五天，余唯甄请的讼师王金三来到破庙，向大家了解情况。得知大家都没有动手打人，王金三告诉众人，他们没什么事，最多再关两三天，他们就会被放回家。

果然，两天后，一起被抓的众人都被放回家了，唯有王顺被转到了县大牢，继续关押。余唯甄托王金三给他送信，说他是外乡人，县衙要多关两天，自己会尽快设法把他救出来。

剩下的两天，王金三每天都会来看王顺。他对这个说话一口"西莱子"腔的外乡人很感兴趣，喜欢听他把煎饼叫"牙应"，把爹叫"爷"。看着王顺六神无主的样子，王金三安慰他，他很快就会出来的，他王金三不会允许有人欺负一个孤独的外乡人。

王顺听王金三这么说，眼泪都流出来了。他突然抑制不住自己大哭一场的冲动，对着王金三号啕大哭。

王金三果然不食言，两天后，他亲自来到大牢，把王顺领了出去。

王金三还在县城东关的"泰和栈"为王顺接风。这时候，王顺才知道，这个王金三不但是个讼师，还是泰和栈酒店的老板。

王顺傍晚回到家，发现大门紧锁，他有了一个不祥的预兆。他在他们夫妻经常放钥匙的地方找到了钥匙，打开大门，进了家。

李芙蓉没在家，他翻找她的东西，发现她的衣服没了，家里剩下的两个大洋也不见了。同时消失的，还有她的蓝花包袱。

很显然，李芙蓉这是走了，跑路了。

王顺在屋子里转了几圈，以便让自己的情绪平复下来。李芙蓉的出走，对于他是致命的一击，但是这种力度的击打他刚经历过，也就是说，他是死过一次的人了，他有了经验，似乎能找到应付的办法。

转了几圈之后，王顺坐在堂屋的马扎上，决定哭一会儿。他刚坐下，做好了准备，眼泪正要哗哗涌出，突然有人在外面拍门。

来的是与他们一家人略有些交往的村里人，两口子。他们小心翼翼地告诉王顺，李芙蓉走了，找孩子去了，回来的时间不确定，但是她说了，她早晚都会回来。两人告诉王顺，李芙蓉以为他会被枪毙，或者关个十年八年的，要是知道他能这么快回来，她也许不会走。

夫妻俩说完，匆匆走了。王顺关上门，坐在院子里，觉得自己脑袋里好像迷糊了起来，哭不出来了。

还好，李芙蓉还会回来。她或许是出去找儿子，或许是不想在这个家里待了，或许是真的杀人去了。不管怎么说，她还给自己留了一条后路，留了一点希望。

有希望就比没希望好。

何况王顺还有八亩肥地，过些年李芙蓉再不回来，自己或许攒点儿钱，还可以再找个媳妇，再养个儿子。想到这里，王顺就进屋睡觉去了。

04. 倒霉的余家

余成峰因为聚众斗殴，被撤了保长之职。村里人看到他唯恐躲之不及，他在家里住了十多天后，便背上铺盖卷去了青岛。

据说临走之前，余成峰去找讼师王金三做了一次长谈，内容不得而知。坊间传说，余成峰与支持余唯甄的王金三大吵一架，王金三还动手打了余成峰一个耳刮子。

余成峰走了之后，余家沟又恢复了往日的宁静。余唯甄继续教他的书，龙门寺的和尚继续化缘，排着队每天早晚两次经过余家沟，有时候会扛回几根木头，有时候会抬着一些茅草，像一群搬家的蚂蚁，积极为翻新庙宇做准备。

为了让村里的穷孩子们能读起书，余唯甄还去县里的万字会申请了一笔善款，资助穷人家的孩子买桌椅板凳、书籍，他还免去了这些穷孩子的束脩，受到了县知事的表彰。县知事李方还亲自到余唯甄的私塾参观，鼓励学子们努力学习，报效国家。

余唯甄的私塾里，稚嫩的读书声更加响亮："人之初，性本善。性相近，习相远。苟不教，性乃迁。教之道，贵以专……”

与余唯甄的名声大振相反，余成峰家中则是一片哀鸣。

余成峰的父亲曾经在青岛的学校教过书，后来因为把一个女学生搞大了肚子，被学校开除。余父仪表堂堂，学问渊博，从青岛回来后，烟台等地多所学校请他去讲课，去当地定居，心如死灰的余父一心老死家乡，皆推辞不往。余成峰逃走之后，村里人痛定思痛，觉得余家出了余成峰这种恶人，与其父有一定的关系，他家是余家沟的祸害啊！

村里人把余父一家人完全孤立了起来，他们一家人出门，村里人看到，都是远远地躲开。即便是亲戚好友，也都对他们关上了大门。更有甚者，还把死猫、死狗、死耗子扔进他们家里。余父在忍受了半年屈辱后，也学着王顺的舅舅，上吊自杀了。

余成峰回来埋葬了父亲，一天没多待，第二天便赶回了青岛。

余父当年在青岛教学，虽然有些工钱，却不是一个善于理财之人，因此仅仅给家里置了六亩地。现在这六亩地完全落在了余成峰妻子王小秀的身上，王小秀每日踉踉跄跄着小脚，扛着锄头、镢头出门，早出晚归，脸被晒得黝黑。

余家沟的人依然把余成峰一家人当成祸害，对性格柔和的王小秀同样深恶痛绝。王小秀费了十多天力气挑回家的麦子，被人点火烧了。

王小秀是个奇女子，她看着辛苦大半年的麦子在烈火中挣扎，一句话都不说，仿佛那麦子跟她没有关系，不是她挑了十多天，一担一担地挑回来的。

王顺在余唯甄的帮助下，赊了一头半大的牛犊子。这头牛犊子，让他看到了希望。他看到王小秀带着四五岁的儿子在刨地，心里发酸，就先扔下自己的地，去帮她把地耕了。

王小秀不喜欢说话。王顺给她耕地的时候，她在旁边坐着看，一声不吭。王顺看一眼这个沉默寡言的女人，心里就会叹息几声。

与余父和余成峰不同，王小秀是个很少说话的坚韧女人。秋天的时候，王小秀倒腾着小脚挑着一对大筐，一趟一趟朝家里挑玉米、挑地瓜，比驴都能干，看得王顺心惊肉跳。

王小秀对王顺说的唯一一句话是"人是属驴的，发肩上就得驮着"。

王小秀用她驴一样的沉默和能干，在两三年的时间里，终于赢得了余家沟村人的信任。有人主动跟她说话，王小秀并不以之为喜，最多回应一声，依然石头一般沉默坚韧。

余父烧三周年的时候，余成峰回来了。看到皮肤粗糙、晒得脸蛋黑红的王小秀，看着家里粮仓里满满的粮食和王小秀刚买回来的牛犊，余成峰惊愕无比。

烧完周年后，余成峰要走，王小秀求他留下，说他可以什么都不干，在家里看书就行，她养他。

余成峰对王小秀的要求嗤之以鼻。他说他要出去学习新的思想，要为余家沟人，为全中国人找一条复兴之路。

余成峰临走的前一天晚上，按照母亲的叮嘱，去新任保长余唯甄家里赔礼道歉，说几句好话。

他去的时候，讼师王金三刚好也在余唯甄家里，两人正在喝酒。

看到余成峰提着礼物上门，余唯甄不容分说，拉着余成峰坐下，让家里人添了一副碗筷，给余成峰倒了酒。余成峰端起酒杯，感觉很是怪异。三年前，他们还是恨不得马上弄死对方的死对头，现在他们竟然坐在了一起，还都端着酒杯，在摇曳的油灯光中，三人倒显得像一家人。

这让余成峰感到别扭。

王金三端起酒杯说："两位先生都是我王金三敬佩之人，以前我王金三对成峰兄多有得罪，我王金三自罚三杯。"

王金三说完，也不管余成峰和余唯甄，自己连喝了三杯酒，每喝完一杯，都把酒杯亮给余成峰看。

余成峰正是血气方刚的年纪，容易激动，他效仿王金三也端起酒杯一饮而尽。余唯甄年龄大一些，连连叫好，给两人倒酒。

余成峰本来是遵照母亲之命，来向现任保长余唯甄低头说几句好话的。几杯酒下肚后，余成峰突然上了豪气，给余唯甄和王金三讲起了洋人在青岛办的学校，讲起了他的英国老师，讲起了要把腐朽的中国变为茁壮的新中国，讲起了引进西欧文化的必要性和刻不容缓。余成峰口若悬河滔滔不绝，沉浸在自己的逻辑中，一点都没有注意到余唯甄表情的变化。

他说了一会儿，表示自己口渴了，想找水喝。

余唯甄猛然把自己水杯里的水泼在他的脸上，站起身就走。

余成峰还没有从亢奋中清醒过来，有些错愕地看着余唯甄。王金三拉着他，从余唯甄家走了出来。

这是一个月光明亮的夜晚，余成峰激动地指着月亮，对王金三说："你看到没有，月亮已经升起来了！我们的民族会越来越好的。可惜王讼师，你和余唯甄都是一丘之貉，你们不愿意看到月亮升起！你们会后悔的！"

05. 李芙蓉回来了

临走之前的早晨，尚有酒意的余成峰在村外散步，遇到了拿着锤子和馒头上山的王顺。

余成峰看到这个孤独的外乡人，突然觉得有种同病相怜的感觉。他对王顺说："兄弟啊，要想过好日子，首先要读书，要有新思想。"

王顺一愣，忙说："对，对，保长说得对。"

余成峰有些懊恼，挥手说："我早已不是什么保长了，我现在是一名教师，还是一名学生。"

王顺突然问道："那你会种地吗?"

余成峰想了想,说："会一点儿。"

王顺迟疑了一会儿,问:"你知道你当初为什么没有当好保长吗?"

这次,轮到余成峰惊讶了:"你一个外乡人,还知道怎么能当好保长?!"

王顺说:"我当然知道,你老婆王小秀也比你知道。"

余成峰有些不高兴了:"她一个妇道人家,知道个屁。"

王顺说:"要想当好余家沟的保长,首先要会种地。你又不是当富水县县长。"

余成峰明白了:"王顺,你是笑话我? 你觉得我是一小人物,想得太多了?"

王顺说:"你起码应该先想法养活你的老婆孩子。一个大男人,天天穿得油光水滑的,让老婆下地干活,也不怕人笑话!"

王顺转身便走,余成峰看着他,一直到他的背影消失了,才说出一句话:"一个外乡来的土包子!"

余成峰不知道的是,一向缩头缩尾的王顺说话这么冲,并不是他的原因,而是王顺的老婆李芙蓉突然回来了。王顺没有为此高兴,而是很愤怒。

老婆一走三年,王顺已经渐渐喜欢上了孤独一人,闲着就幻想王小秀的生活。然而,李芙蓉突然回来了,跟她一起回来的,是师兄白果。

李芙蓉没有带儿子回来,却带回了王顺昔日的情敌白果,这实在是出乎王顺的意料。

他们是赶着马车回来的。他们的马车在王顺门口停下的那天,是一个非常寒冷的傍晚。王顺正在家吃饭,听到院子外面的狗和老母鸡都在叫。王顺以为是经常来骚扰他的老狐狸又来了,情急之下,他一只手抓着一块玉米饼子,一只手抓着一块咸菜疙瘩就跑了出来。出来才发现,原来是一辆富人家里才有的高篷马车,停在了他家的门前。李芙蓉刚好穿着狐皮大衣,戴着火红的洋帽子从马车的轿厢里钻出来,恍惚之间,王顺以为是狐狸精来访呢。

白果从另一边转过来，王顺恍然明白，是师兄和老婆一起回来了。

看着面前的两人，王顺有一种做梦的感觉。他把手里的饼子和咸菜疙瘩扔给了狂吠的黑狗，把沾着饼子渣的手在棉裤上蹭了蹭，悄悄咬了咬舌头，蔓延的疼痛让他知道，确定跑了近三年的师妹兼妻子李芙蓉，跟着昔日追过她的大师兄一起回来了，而不是他在做梦。

师兄白果穿着黑色的貂皮大衣，戴着黑色的瓜皮帽，那做派，完全不像一个穷变戏法的，倒像一个地主家的大少爷。他笑吟吟地走到穿着破烂的王顺面前，拱手说："师弟，别来无恙？"

王顺皱了皱眉，他已经不习惯这种假惺惺的问候了。一个耍戏法吃百家饭的硬要装文明，让他觉得可笑。

他生硬地笑了笑，说："进屋，进屋吧。外面太冷。"

说完，王顺转身就进了屋。

看到白果的时候，王顺就知道自己失败了。当年自己和师兄争抢师妹李芙蓉，师兄本来稳占上风，但是这师兄喜欢装文雅，该下手的时候却偏偏讲究"非礼勿视"，李芙蓉一个江湖女子，性格直爽，怎么能受得了这个？王顺与白果相反，直来直去，最后竟然误打误撞，先与李芙蓉成就了好事。

其实李芙蓉心里一直惦念着风度翩翩的白果，王顺心中明白。此番两人终于有机会重续前缘，必然是干柴烈火，断然是不会再给自己机会了。

白果和李芙蓉进屋，白果拿出在路上买的熟牛肉和酒，王顺和白果喝酒，李芙蓉炒菜做饭，家里热气蒸腾，俨然一家人。

吃饭之前，李芙蓉已经告诉王顺，他们的儿子在师父那儿，人不是白果偷的，是师父找了一个姓苏的南方人干的，这个南方人来北方寻宝，住在师父的隔壁。当然，白果和王顺都认识此人。

晚上睡觉的时候，李芙蓉自己在另一间给自己铺了一个被窝，给王顺和白果在大炕上铺了两个被窝。

白果假惺惺跟王顺说话，王顺装睡，呼噜打得山响，却半夜没睡着。

第二天一早，王顺早早起来上山，在路上遇到了衣衫飘飘的余成峰，气不打一处来，狠狠地损了余成峰那几句话。

王顺砌了一会儿地堰，刨了一会儿地，听到村里传来阵阵熟悉的铜锣的声音，他听得出来，是李芙蓉在敲锣。

王顺扔下工具，转身朝村子走。锣声越来越清晰，两轻一重，是师父教给他们的敲法。

锣声之后，是一个尖细亢奋的女声。不过因为离得比较远，声音很缥缈，听不清楚。

王顺急速朝村里走了一会儿，听出来了，女声是李芙蓉的："余家沟的老少爷们，俗话说在家靠自己，出门靠朋友，俺们师兄妹跨山过海，今天来到了余家沟，废话少说闲话少叙，俺们先给老少爷们表演个小活儿，给老少爷们过过眼瘾……"

王顺紧跑慢跑，循着声音跑到村子中心，扒开围观的人群，走到前面。

李芙蓉白衣白裤，腰系黑带，长发盘起，淡施脂粉，英姿飒爽。她从场地中间的箱子里取出一个大瓷碗，把瓷碗放在箱子上。然后，她从箱子里取出一个小布包，从小布包里倒出几个莲子放在手心里，转着圈让大家看。转到王顺面前的时候，王顺拿出一个莲子看了看，又扔进了李芙蓉的手心里。

李芙蓉面无表情，把莲子放进了瓷碗里。

一脸肃穆的白果出场了。他一身黑衣，短打扮，潇洒俊秀，围观的众人一起喊好。白果拿起瓷碗，朝天举起，口中念了一会儿咒语，又把碗放下，吹了一口气在掌心，用手掌盖住了瓷碗。

李芙蓉提起早就放在旁边的水壶，递给了白果，白果接过水壶，猛然大喝一声，口中快速念起了咒语。几乎同时，他在众人的惊呼声中，把滚烫的热水倒进了碗中。

水倒满后，白果放下水壶，手指指着瓷碗，缓缓地说："吉时已到，莲花盛开。"

众人皆屏息静气，目不转睛地看着瓷碗。水中的莲子果然接二连三爆开，缓缓地长出了青翠的绿叶，众人的嘴巴还没有合上，绿叶上颤巍巍地长出了花朵，花朵缓缓打开，一株睡莲顶着水珠，在风中微微摇动。

围观的众人皆惊讶不已。有人要掏钱，被李芙蓉制止了："多谢老少爷们，咱刚刚说了，这是一个小节目，不收钱。要是有人想赏我们师兄妹一碗饭吃，咱晚上还在这个地方见。"

这时候，有人认出了她，问："你是不是东头瞎子的外甥媳妇吗?"

06. 人间才是大戏法

李芙蓉他们的表演获得了极大的成功。他们在余家沟村连续表演了十多个晚上，附近几十里的百姓都蜂拥而至，争相观看。

此事传到了富水城里，城里的大老板们纷纷来邀请二人去表演。最先来邀请他们的是"泰和栈"老板王金三，王金三请他们去他的酒店里表演了一个月。这一个月里，王金三酒店的收入大幅上涨。一个月后，李芙蓉和白果离开了王金三的酒店，又被别的酒店请了去。

他们一直在外面住了半年。这半年中，李芙蓉从来都没有回过余家沟，而余家沟的庄稼则经历了成长、成熟、收割……再耕种，有的地种上了小麦，发出了针尖状的嫩黄色麦芽；有的荒芜着，等着第二年春种花生和大豆。

王顺很长时间没有听到李芙蓉和白果的消息，以为他们已经离开富水，远走高飞了。他的情绪也已经恢复到了他们来之前的平和状态。然而，就在寒霜挂在草尖、大雁嘎嘎叫着南飞的时候，白果一个人回来了。

白果脸上带伤，脑袋上顶着个大疙瘩，右边眼角乌黑，左眼红肿，头上的瓜皮帽不见了，脚上也只穿了一只鞋子，狼狈不堪，昔日的风度烟消云散。

王顺大惊，问师兄这是怎么回事。白果哭唧唧地告诉他，李芙蓉失踪了。准确一点儿说，是被富水城恶霸赵俊德弄丢了。赵俊德也在富水城开了一家酒店，他也请了白果和李芙蓉去酒店表演戏法。他们在他的酒店表演了一个多月，后来两人感觉到赵俊德对李芙蓉图谋不轨，就离开了他的酒店。三天前，赵俊德又找到了他们，说他有几个从远方来的客人，要请李芙蓉去给他的客人单独表演几个小节目。白果不敢说什么，加上赵俊德答应让白果傍晚去接李芙蓉，白果和李芙蓉商量后，就答应了。然而，白果晚上去接人的时候，赵俊德的人跟他说，李芙蓉已经走了。白果对赵俊德手下的话将信将疑，却不敢多说什么，只能在城里四处找人。还真的有人在街上看到过李芙蓉，李芙蓉好像在街上跟什么人吵了起来，然后被几个面生的年轻人拖进了一辆马车，马车一溜烟朝着城外方向走了。白果去警局报案，自己又去找王金三帮忙。王金三找人打听，最终得知，那几个把李芙蓉拖进马车的年轻人中，有一个是赵俊德的手下。

白果找了两三天，没有找到李芙蓉，今天又去赵俊德家，赵俊德不承认，还让人把他打了一顿。

王顺把白果骂了一顿，给他找了一双鞋，让他驾着马车去城里找王金三。

王金三对此事也是束手无策。他告诉两人，这个赵俊德在当地欺男霸女，而且有警局撑腰，没人敢管。王顺舅舅的死，也跟这个赵俊德有很大的关系。他让两人赶紧想法把李芙蓉救出来，否则李芙蓉很可能死于非命。

王顺和白果想不出好办法，王金三提醒他们："白先生能用戏法杀人，就不能用戏法救人？"

白果摇头，说："不行。师父说过，戏法只能用来表演，不能祸害人。"

王金三笑了笑说："赵俊德这种玩意儿，不能算人。再说了，你们是去救人的，怎么能算是祸害人呢？"

王顺辞别王金三，拽了白果出来，让他驾马车，回到余家沟。

进了家，王顺拖出自己盛着道具的木箱子，把箱子里的东西一一摆弄出来，仔细辨别。四年没有动这些东西了，他有些眼生。

白果洗了脸，有了些精神，他看着王顺神情坚毅地把一件件器物拿出来，很是不安："师弟，你不会真的要违背师训，用这些邪术去祸害人吧？"

王顺不搭话，拿起一个面具仔细端详。

白果把他手里的面具一把夺过来，说："师弟，我们不能做违背师训之事！"

王顺继续边在木箱里翻找，边说："师父说过，戏法如戏，不过叫人一乐，你说这是邪术？"

白果忙申辩："师父说过，害人之术都是邪术。"

王顺说："我这是去救人，不是害人。你要是不想去，你就别去，别在我旁边唧唧歪歪的，我烦死了。李芙蓉是我师妹，我不管她跟你什么关系，我都要把她救出来。"

王顺拿出一件鬼面，戴在脸上，嘴里猛然吐出一截长舌头，吓了白果一跳。王顺："师父说得对，江湖是小戏法，人世间是大戏法。不过师父还有一句话没说，江湖离不开人世间，小戏法虽小，也不能任人欺负！"

王顺拿出一个面具，戴在脸上，又找出一件花衣穿上，转过身来，马上变成了明眸皓齿的李芙蓉，声音也变成了李芙蓉的："赵俊德，我李芙蓉变成鬼也不会放过你的！"

白果走过来，帮王顺整理道具："师弟，我们不会闹出人命吧？"

王顺哼了一声："他要是不把师妹交出来，我就弄死他！还是那句话，你要是害怕，可以不去。"

白果嗫嚅着说："你都去了，我怎么能不去？"

傍晚，两人在城门关闭之前进了城，把马车放在王金三的泰和栈酒店后院里。两人在王金三的酒店里吃饱喝足，睡了一觉，半夜时分，两人穿戴整齐，离开了泰和栈酒店，直奔赵俊德的家。

赵俊德家是高墙大院，有个小后门，后门门锁处留了个洞，方便里外锁门。两人放轻脚步来到后门，白果先扔进去一块放了蒙汗药的猪肉，把门里的狗药倒，王顺轻松撬开门锁，两人走进院子。

白果带着王顺走到赵俊德屋子外，指了指赵俊德睡觉的屋子。王顺戴上恶鬼面具，换上一身白衣，撬开房门，走了进去。

赵俊德和老婆正在炕上呼呼大睡，王顺点上了自己带来的蜡烛，蜡烛发着蓝光，外面的白果看到蜡烛亮了，拿出一个哨子轻轻吹着。哨子发出凄厉的长啸，犹如恶鬼降临。

赵俊德的老婆被哨子声惊醒，睁开眼，看到屋子里蓝幽幽的灯光和耷拉着长舌头的恶鬼，吓得惊叫一声，晕了过去。

赵俊德听到老婆的惨叫，也睁开了眼。王顺耷拉着舌头，朝他走过来。赵俊德终究是个泼皮，有些胆量，他跳起来，边哆嗦边问："你……你是哪里来的恶鬼？我赵俊德不怕你！"

外面的白果阴森森地冷笑一声，王顺的胳膊突然变长，两只手朝着赵俊德的脖子就伸过来。赵俊德害怕了，吓得在屋里乱蹿，边蹿边喊："鬼爷爷，您饶了我吧！我赵俊德什么地方得罪了您，爷爷您明示啊，我给您烧纸烧香，磕头认罪！"

这时候，打扮成李芙蓉模样的白果飘进屋子："赵俊德！"

赵俊德抬头，看到李芙蓉，不由得大惊："李芙蓉？你……你……死了?! 不可能，不可能，我就睡了你一晚上，好吃好喝的，第二天早上你就跑出去了，我可没害你！即便你真的死了，你也不能找我算账啊！"

白果拉长声音说："赵——俊——德，你为什么要害我?!"

赵俊德大叫："天地良心，我是稀罕你，我怎么能害你?! 我做梦都想干你，都想……"

王顺忍不住，一拳打在了赵俊德的头上。赵俊德惊愕："鬼怎么还打人?!"

王顺大吼一声："老子今儿非打死你不可！"

赵俊德一听，原来这鬼是假的，不害怕了，边骂边与王顺打在一处。王顺年轻力壮，赵俊德不是对手，很快被王顺打得缩在墙角，无还手之力。赵俊德的老婆突然醒了，看到一只鬼在狂揍赵俊德，另一只女鬼在旁边拍巴掌叫好，这老妇人吓得朝外就跑，边跑边喊救命。

白果忙过来拽王顺。王顺朝着赵俊德的脑袋踹了一脚，两人朝后院跑去。

要命的是，后院的那只吃了蒙汗药的狗竟然也醒了，默不作声地蹲在后院门口，看着两人。

白果拉着王顺跑到一处墙根，踩着墙根下的乱石头爬上墙头，跳了下去。

两人上了马车，在城里转了半个圈，跑到王金三的酒店住下。第二天一早，白果和王顺便早早出了城，回到了余家沟。

白果怕王顺遭到赵俊德报复，让王顺跟他一起走。赵俊德听到了王顺的声音，而他的声音又与当地人迥然不同，很快就会找上门来的。

王顺不想走。李芙蓉既然从赵俊德家里跑了出去，她无处可去，很可能会来找他，他如果走了，她怎么办？赵俊德又没有看到他的脸，富水跟他相同口音的人多了去了，他赵俊德凭什么就认定自己？这两年，他买了牲口又雇人打了一辆马车，还养了猪狗鸡鸭，日子刚开始红火，他哪儿也不想去。

白果无奈，只得自己赶着马车一溜烟跑了。

王顺在家里苦等李芙蓉，等了十多天没有音信，又跑到城里，让王金三帮忙打听。王金三告诉他，李芙蓉没有出现在富水城，她大概是回老家了吧。

王顺回家住了几天，终究是多年的夫妻，心里一直放不下李芙蓉。他就去跟余唯甄借他的那辆带轿厢的马车，想去沧州看一看。

他吃了晚饭后，便去了余唯甄家。在私塾先生家门口，王顺隐隐听到了一阵阵的吵骂声。他犹豫了一阵，觉得自己不应该这个时候进去，正准备转身走，突然背后有人喝问："谁？"

王顺吓了一跳，忙转身。喝问的人是私塾先生的儿子。

王顺只得跟着私塾先生的儿子一起，进入余唯甄的家。

走到院子里，王顺隐隐听到有女人在哭着骂"那个不要脸的骚货""老流氓"，女人的哭声悲痛欲绝，王顺正犹豫是不是要出去，私塾先生的儿子朝屋里喊了一声："别骂了！有人来了！"

骂声戛然而止。王顺心中揣测，不知屋里那女人在骂谁，总不会骂余唯甄吧？老先生的每根胡须，都是一本正经的表率。

王顺进了屋子，看到余唯甄正襟危坐，在堂屋的方桌旁喝茶。王顺进屋后，余唯甄僵硬地笑了笑，说："外甥来了？来，喝杯茶。"

王顺说："舅舅，这么晚了来您家，打扰您了。"

余唯甄摆手，示意他在旁边坐下。余唯甄的儿子给王顺倒了一杯茶水，便到别的房间去了。王顺听到旁边的房间里传来清晰的压抑着的哭声。

王顺装作没听到，端起杯子喝水。余唯甄问他今年收了多少玉米、多少花生，等等，等等。

王顺一一作答，然后，便小心地提出，要借他的马车去一趟沧州。余唯甄很痛快地答应了。

旁边的屋子里，余唯甄的儿子正与哭泣的老妇人窃窃私语。很显然，骂人的人应该是余唯甄的老婆，是王顺称为舅妈的人。

余唯甄有些尴尬，强装镇定地对王顺叙说他与余世民的交情。余家沟的余姓人都是一个先祖，明洪武年间，从山西移民过来的。所以无论是余成峰还是余世民，他们其实都是一家人。

当然，若论血缘关系，他跟余成峰家里最近，还没出五服。跟余世民虽然远了些，但是余世民为人敦厚，两人私交非常好。

"你舅舅真是一个好人。他们家家风好，你姥爷当年就是一个好人。都说好人有好报，老天爷，有时候也不开眼。唉……"

王顺陪着余唯甄略坐了一会儿，便与余唯甄告辞，从他家走了出来。

余唯甄的儿子把他送出门，王顺朝家的方向走了几步，突然起了一个主意。他转到余唯甄家的屋后，靠在他家后墙上，仔细听着屋里的动静。

屋里传来余家老太太的声音，那声音一开始是凄怨的、哭诉的，王顺听不清老夫人骂的是什么，他有些不甘心，就把耳朵贴在了墙上。老夫人的声音突然尖利起来，王顺猝不及防，吓得一屁股坐在了地上。地上刚好有块凸起的石头，顶在了王顺的屁股尖上，王顺吃痛，不由得"哎哟"叫了一声。

大概是王顺的声音同样很突兀，屋子里骂声戛然而止。余唯甄的儿子喝问："谁啊?! 找死啊?!"

王顺听到一阵急促的脚步声，然后是推开院门的声音，他知道不好，顾不得疼痛，爬起来就朝后跑。

他一直跑出村子，在村外的玉米秸垛旁边躲了一会儿，没有见到人过来，才绕着圈子朝家走。

他的脑子里回响着在屋后听到的老太太的恶骂："你要是再敢去招惹王小秀那个骚货……"

这句话像是一个晴天霹雳，不，是从半空扎下来的一把刀，狠狠地捅在了王顺的心口上。就是这块巨石，把王顺砸倒了。

王小秀，有着浓浓的眉毛、湖水一般的眼睛的王小秀，怎么会跟这个老东西搞上?! 不能吧? 但是不能，老太太怎么会这么骂余唯甄?

王顺的脑子被这句话弄得七荤八素，他感觉自己像一个喝醉了酒的酒鬼，走路都拿不准步子，一路上跌了好几跤，好不容易回到了家。

王顺驾着马车一路去沧州，脑子里一直都在想这件事。王小秀和余唯甄乱搞的想象像一座大山，凌空而至，死死地压住了王顺，让他大脑混乱膨胀。

到了沧州后，王顺先去拜见了师父，师父告诉他，白果和李芙蓉昨天刚带着他师弟走了，去北京参加戏法大赛了。

王顺问师弟是谁，师父说就是你们的儿子。

王顺至此才知道，仅仅几年的时间，他的人生便发生了翻天覆地的大变化，自己重新成了光棍一人，就连自己的儿子，都成了自己的师弟。

"戏法师是小戏法，人世间才是大戏法。"

他想起了师父曾经说过的一句话。

07. 红颜祸水

王顺回到家，去余唯甄家还马车，快到余成峰家门口的时候，老远看到门前围了一堆人。王顺正纳闷，就看到余唯甄站在胡同口，朝他打招呼。

王顺忙跳下马车，走过去。

余唯甄拉过王顺的手，把他拉到胡同里，急切地说："外甥，我老头子求你了，你帮我个忙吧。"

王顺看到六十多岁的老人两眼通红，眼圈乌黑，显然是遭受了很大的磨难，忙说："大舅，有什么事，您就尽管吩咐吧。"

余唯甄两只手哆嗦着，死死地抓住王顺的手，说："你去余成峰家门口，把你舅妈拉回家，千万拉回家，别让她再丢人了！老夫的脸都让她给丢光了！"

听到这里，王顺的脑袋轰的一声，他没时间多想，将马鞭子丢给余唯甄，赶忙朝着人堆冲了过去。

果然，离着人堆还有几十步，他就清晰地听到了余唯甄老婆响亮而婉转的哭骂声："你这个不要脸的骚货啊啊啊啊……你勾搭男人你也睁开眼看看，你找个老帮菜你是想要他命啊啊啊，余家沟光棍小伙子成群结队，你只管跟他们睡，他们还省了给窑姐的钱！你这是做了好事！你去勾搭一个老头子，你安的什么心?！……"

村里老少爷们，围在王小秀家门前，里三层外三层，比看大戏热情都高。而且显然这场骂人戏刚开始不久，更多的男女老少，正从四面八方会集而来，人人面带激动的笑容，仿佛秀才夫人正口吐元宝，等着他们去抢。

王顺捂着耳朵，冲进人群中，一直跑到伸着大肥腿、穿着绿棉裤、坐在地上撒泼哭骂的秀才夫人面前，从背后抱着她，就朝外拖。

秀才夫人不高兴，一边抓着王顺的手，一边骂。转头看到是王顺，央求说：“外甥，你放下我，我今天不撕烂这个小骚货，我不回去！”

王顺胳膊上暗中发力，不让这个壮硕的老女人从自己怀里挣脱出去。

围观的众人纷纷让出一条路，让王顺过去。老女人眼见大势已去，只得停止挣扎，朝着众人摆手，做总结一般说道：“老少爷们，王小秀今日没出来，但是老娘不会饶过她，老娘还会回来的！”

剧情刚刚展开，却因为王顺半路杀出，不得不草草结束。围观的众人显然很遗憾，站在原地不愿意解散。

王顺把秀才夫人拖回家，余唯甄早就躲了出去。

让王顺没有想到的是，秀才夫人进了院门，便马上恢复了镇定。她紧了紧裤腰，扑打了几下屁股上的泥土，突然问王顺：“外甥，你是不是跟那个骚货也有一腿？”

王顺没想到，这个舅妈说话竟然如此直爽。他扯着嘴皮笑了笑，没有直接回答她，而是说：“王小秀是个好人。”

秀才夫人凌厉的目光逼视着王顺：“你什么意思?！你是说我不是个好人?！王小秀这个骚货勾引她叔叔，还是好人了?！我知道了，你把我拽回来，是不是我骂她，你心疼了?！”

王顺不理她，转身朝外走。

秀才夫人在后面喊：“你们这些臭男人，都一个德行！那么一个脏货，你们也不怕脏！”

王顺不相信，王小秀会跟余唯甄这老头子有什么勾当。他跑到私塾里找余唯甄，余唯甄没在私塾。他气呼呼回到家，推开院门，余唯甄竟然从院子里的麦秸垛后面走了出来。

余唯甄低着头，神色萎靡，帽子上还扎着一撮麦草，青色长袍也没有平时的板正神气了，长袍的右下摆不知被什么东西给挂了一个小三角口，随着老秀才的走动，小三角口不时亮一亮相，好像借此表明老秀才现在的处境。

王顺惊讶："舅舅，您怎么在这里？"

余唯甄叹气摇头，说："外甥啊，让你见笑了。我今天没地方去了，走到这门口，想到你一会儿就回来，就跑到你院子里了。"

王顺开门，让余唯甄进屋。余唯甄打着哆嗦，说天冷，他想喝水，喝开水。王顺没办法，只能找出舅舅的空心壶，灌上水，放在三块早就被烧得黑黑的石头上，点上柴火烧水。

王顺先喂了鸡鸭鹅狗，又去看了看牛。这些天表弟孙丛乾来帮他料理这些活物，总体上还不错，没饿着它们。

水烧开了，余唯甄在老瞎子的抽屉里找到一盒茶叶。余唯甄有些得意，告诉王顺，这茶叶是他放这儿的，是县督学给他的呢，好茶叶。老瞎子活着的时候，只要不出去说书，两人就经常在一起用这空心壶烧水喝茶。

王顺泡了茶，余唯甄喝了几杯，脸上有了红润，跟王顺侃大山，说起了他的舅舅余世民。

他告诉王顺，余世民是被人逼死的。

原因是他手里有一本据说是赵钧彤亲手所书的《燕子笺弹词》。这赵钧彤是富水人，乾隆年间进士，后任唐山知县。此人精通诗文，喜欢听鼓书。在唐山任知县期间，因为经常往返于京城，赵钧彤根据自己在京城听的鼓书，写了一本《燕子笺弹词》，此书所写鼓词，被盲人传唱，成了富水大鼓中的一支，人称"富水八角鼓"，至今已传六代。王顺的舅舅余世民，是第六代众弟子中的一个。大清倒台后，富水第一任民政长张敬承，突然找到八角鼓的传人，说要买他手中的原本《燕子笺弹词》，八角鼓的传人说他们没有这本书，张敬承很不高兴，下令民事科暂停了三皇会的补贴发放。三皇会的会首慌了，亲自找八角鼓的传人马殿成，逼他交出赵钧彤的手书。马殿成也很硬气，说自己手里根本就没有什么《燕子笺弹词》。三皇会的会首自然不信，与马殿成吵了很多次，马殿成一气之下，带着弟子直接退出了三皇会。这张敬承也算是比较有节操，此事就放下了。然而，当众人得知张敬承给《燕子笺弹词》出的钱高达一百一十大洋后，大家都不淡定了。要知道，当时县民事科科长的俸禄，一年才二十多个大洋。张敬承把事情放下了，富水的三教九流五行八作却把此事炒了起来。马殿成家里经常被翻个底朝天，其本人出门，经常被打劫，甚至有人把这个盲人绑架，逼他交出这本手册。直到大家确信马殿成手里真的没有《燕子笺弹词》后，大部分人才把此事暂且放下。

但是依然有藏家在暗中寻找此书。直到前两年，富水坊间突然有了一种说法，说《燕子笺弹词》在富水出现了，有人看到半瞎余世民曾经在富水达观茶楼展示过此书，据说有藏家给他出价两百大洋，余世民没有同意。更诡异的是，达观茶楼老板不久便溺死于河中，此事便更加扑朔迷离，引起了更多人的关注。这其中包括王金三和赵俊德。这两人都是后来参与此事的。王金三找过王顺的舅舅余世民，余世民断然否定了此事，说他去过达观茶楼说书算命是真事，要说他曾经拿出《燕子笺弹词》纯属胡扯。王金三察觉到，此事应该是有人做局，水很深，他就没追究下去。赵俊德却对余世民手里持有此书深信不疑。他多次来到余世民家，从一开始的好言好语变成恐吓威胁，甚至有人看到他动手打过余世民。

余唯甄说："你舅舅也是条汉子，他一直没对赵俊德屈服。后来这赵俊德就想了一个办法，他找了余家沟的媒婆，来给你舅舅提亲，说了一个寡妇给你舅舅。这个寡妇……呵呵，丑得不像样子，不过说话好听。你舅舅是英雄难过美人关啊，就花钱娶了这个寡妇。寡妇在你舅舅家住了半个月，就带着你舅舅这些年攒下的养老钱跑了，听说还有一大块金子，是你舅舅当年在金口说了两年书，人家金口老板给的。"

王顺问："那书呢？找到了没有？"

余唯甄说："这是个悬案。听说赵俊德骂这个寡妇，说她不讲究，他要的东西也没给他。有人说赵俊德是说假话，寡妇跑的时候，是赵俊德派马车拉着她跑的。也有人说赵俊德也被寡妇耍了，寡妇拿了赵俊德的钱，又偷了你舅舅的家底，一辈子吃喝不愁了。不管怎么说吧，寡妇跑了没几天，你舅舅就把自己挂树上了。"

余唯甄嘿嘿一笑，继续说："不过你舅舅这辈子也可以了。虽然是个瞎子，可啥都明白，赚钱不少，是整个三皇会里最能赚钱的。搞的女人也不少。你舅舅说声色犬马，女人最打动人的地方是声音，哎呀，你要是闭上眼，听女人说话，你就知道声音的妙处了。论听声，没人能比得过瞎子。你舅舅活着的时候，我们经常一起喝酒，他说声音发自肺腑，相貌不过是皮囊。所以老瞎子真是稀罕那个寡妇，寡妇跑了后，他两三天不吃不喝，我来看他，他还掉眼泪呢，说那寡妇多好多好的。"

王顺突然想到了王小秀，想到她略微沙哑的嗓音。闭着眼体会了一下，却猜不到她是个什么样的人。

他不由得说："要是我舅舅活着就好了。"

余唯甄说："是啊，要是他活着，我们就可以一起喝酒了，你舅舅酒量好，酒品也好。"

王顺顺着自己的思路说："要是他活着，就能听到王小秀说话了。"

余唯甄一愣："啥？王小秀？"

王顺说漏了嘴，忙掩饰说："王小秀说她想找我舅舅算命呢。"

余唯甄哦了一声。

王顺看着余唯甄，问："舅舅，我舅妈在家里骂你，说你跟王小秀……睡觉了，你们真睡还是没有？"

余唯甄低着头，不说话。

王顺有些恼："这么说，你们是真睡了?!"

余唯甄叹了一口气，说："没有。我余唯甄在富水也算是有一些名气，平常也是洁身自好，可是看到王小秀，我就把持不住自己。罪过啊，这个王小秀真是余家沟的祸害啊！"

王顺哼了一声："祸害？她一个女人，怎么祸害你了？"

余唯甄说："古人说，红颜祸水，这个王小秀似乎算不上大美人，但是谁只要看她那双眼睛一眼，人就完了。深藏不露，这是真正的祸水啊！"

王顺问："既然没睡，那我舅妈怎么就当街骂您了？"

余唯甄气恼地拍了两下膝盖说："怨老夫啊！有一次我上城里，买了两块绸缎，我还写了两首诗放在布上，打算送给王小秀，没想到让你舅妈看到了。唉，骂了我好多天。"

王顺差点笑了，说："那我舅妈也不该去骂人家王小秀啊。"

余唯甄摇头叹气，说："此为第一次。王小秀的儿子也在老夫私塾读书，她昨天傍晚来送束脩，老夫忍不住摸了王小秀的屁股一下，却不巧让老婆子给看到了，唉……"

王顺哼了一声，说："舅舅，您这是为老不尊啊！"

余唯甄苦笑，伸出手说："这手啊，是自己伸出去的。你说这王小秀不是红颜祸水，那还是什么？"

08. 王小秀的玉米地

第二天一大早，王顺去地里砍玉米秸，刚出门口，便遇到了挑着尿桶的王小秀。

大概是因为昨天被老女人骂了，王小秀一直低着头走路。经过王顺家门口的时候，连站在门口的王顺都没看到。

王小秀虽然很能干，但是挑着一对硕大的尿桶，还是被压得东倒西歪。尿桶随之左右晃动，尿液溅出，尖锐的臊味儿被清冷的空气冻住，久久不肯散去。

出了村后，王顺看看四周无人，便走到她旁边，要替王小秀挑尿桶。

王小秀看了王顺一眼，摇了摇头，什么也没说，快速朝前走去。

王小秀的这一眼，也狠狠地砸晕了王顺。这一眼有怨恨，有凄婉，还有坚韧。王顺敢保证，他走遍了五湖四海，就没有见过能砸晕他的眼珠子。

真是红颜祸水啊！他想到了余唯甄的话。

王顺的地与王小秀的地紧挨着，王小秀把尿倒进麦地，从麦地旁边的玉米地里找出镰刀，开始割玉米秸。

王顺是用小镢头把玉米秸直接连根刨起来的。玉米的根很大，要是不刨起来，别说春后种庄稼，就连地都没法耕，因此必须把根刨出来。王小秀没有那么大的力气，只能先用镰刀把玉米秸砍倒，再用镢头把玉米根刨出来。

仲秋的天时冷时热，冷的时候像冬天，热的时候像夏天。早上还寒气逼人，太阳出来后，马上就热气腾腾了。

砍玉米秸是个脏活重活儿，是男劳力的活计，哪怕是用镰刀割，也需要力气。王小秀割了一会儿，累得不行，坐在玉米地朝阴的一侧休息。

王顺觍着脸走过去，坐在王小秀一侧，离王小秀两三步的地方。王小秀礼节性地朝他笑了笑，没说话。

不过王顺心安了。这一笑，起码表示王小秀是默许他可以坐在这里的。

王顺抬头看了看亮瞎眼的太阳，说："这天真热。"

王小秀晒得发黑的脸上淌着汗水，她也不擦，任其滴落在衣服上。她一直看着远处的一块麦地，仿佛那麦地里有什么秘密。

王顺偷偷顺着她的眼光看过去，那里什么都没有，不过有一片娇黄的刚探出头的麦苗。

沉默了一会儿，王小秀说："你以后也别帮我了，免得人家说闲话。"

王顺忙说："我才不怕呢，只要你不怕就行。你一个女人家的，这么多地，没个男人帮你怎么能行？"

王小秀说："我怕。我跟我婆婆商量了，明年把这边两亩地租出去。"

王顺急了："要租就租别的地吧，这点儿地离我的地近，我还能帮你照看着。"

王小秀摇头，说："谢谢您了王大哥，您是个好人。"

王顺偷偷看了王小秀一眼，说："你也别生气了，我舅妈是什么人，村里人都知道，没人相信她的。"

王小秀苦笑："还是有人信的。咱村的人，都是看热闹不怕事儿大。我这种女人，就是红颜祸水。"

王顺惊讶："这是谁这么说的？"

王小秀哼了一声说："你舅舅啊。他说只要我依了他，我就不是祸水了，就是他的红颜了。"

王顺骂了一声："这个老流氓！"

王小秀不说话了。

王顺说："余成峰也太不负责任了，自己跑到青岛享清福，让你一个妇道人家撑着门头过日子，算什么男人啊！"

王小秀低头看着脚下，不说话。她的面前有两只蟋蟀在打架，一只胖蟋蟀把一只瘦的咬倒在地上，瘦的招架不住，头都被咬下来了。王小秀抓起那只胖的，扔到一边。

王顺砍完自己的玉米秸后，又帮王小秀砍。王小秀特意与王顺保持着一定距离，王顺也不在意。

太阳爬上了头顶，王顺大汗淋漓。玉米叶子上的灰尘飞进脖子里，浑身瘙痒难耐，但是王顺的前面有王小秀灵动的身影，他的心里是愉悦的，是兴奋的。他不怕一直就这么干下去，哪怕到天黑，到地老天荒，不吃饭也可以，只要能给点水喝就行，当然，实在不行，不喝水也可以。

但是王小秀剩下的玉米秸也不多，王顺都不舍得砍，还是不知不觉就砍完了。

王小秀擦着汗，过来道谢，递给王顺一个苹果，然后，就挑起尿桶朝家走。王顺不好跟在她后面，就去自己的麦地看了看。这块麦子种得晚，但是麦苗出得不错，已经能看出垄了，王顺很满意。

砍完玉米秸后，王顺就在家里剥玉米。秋冬之交，天气清爽，阳光温暖，喂完了猪狗，坐在门口晒着阳光剥玉米，想着王小秀的腰身，是王顺最为舒心的日子。

李芙蓉还算有良心。三天前，她带着白果和孩子，打扮成商人，来看王顺，还给王顺送了一大堆吃的用的。几年没见，儿子跟他生疏了，王顺抱他，儿子吓得朝后退，退到白果身后。

白果有些尴尬，说："这孩子，不认识他亲爹了。"

王顺白了白果一眼，说："是啊，学会认贼作父了。"

李芙蓉忙过来，想打破尴尬局面，说："二师兄，我真没想到，你能豁出命来和大师兄去那个姓赵的家里找我。"

王顺笑了笑，说："不管怎么说，我们一起睡了那么多年，还给我养了个儿子，你出了事，要是我当了缩头乌龟，那我还算个人吗？"

王顺的话说完，他看到李芙蓉和白果两人的脸都变得通红。

王顺叹了口气，说："师兄啊，我也不说别的了，好好帮我照看好儿子吧。我每年回去看一次我儿子，要是我儿子出了差池，我要你的命。"

白果连连答应。李芙蓉趁机说他们刚带着孩子从北京回来，就来看他了，他们得赶紧回去呢，不能耽误孩子练功。

王顺说："赶紧走！我这里也没什么好吃的招待你们！"

白果和李芙蓉带着孩子上了马车，白果在前面驾着马车，王顺看到李芙蓉和孩子从轿厢里探出头，李芙蓉好像还流了眼泪。

王顺心里难受，却憋着，等马车走远了，他才朝马车大骂："李芙蓉、白果，你们两个狗男女，你们给老子等着！我王顺不会饶了你们，绝不会……"

他骂了几句，看到有邻居从家里跑出来看他，王顺忙跑回家，一屁股坐在堂屋地上，呜呜大哭。

哭了一会儿后，他就站起来，洗了脸，把李芙蓉送来的熟肉切了一块，自己在家里喝酒吃肉。

不管怎么说，看到儿子了，是一件好事，他得庆祝一下。

09. 赵俊德来了

王顺正在家里剥玉米，赵俊德来了。

赵俊德头上缠着绷带，带着两个打手，晃晃悠悠走进了王顺的院子。

王顺知道，麻烦事来了。不过他没有慌，他早就知道会有这一天，也早就做好了准备。舅舅没了，妻子和儿子跟了别人，他还有什么可怕的呢？

赵俊德让两个打手在院子里等着，他自己朝屋子走过来。

王顺刚好在正屋门口剥玉米，笆箩和玉米挡住了赵俊德。赵俊德说："喂，兄弟，给腾个地方。"

王顺把笆箩朝屋里拖了拖，赵俊德迈步进来。他背着手，举着头，每个房间都进去看了一眼，说："老瞎子是富水的名人啊，可惜了。"

王顺没理他，继续剥玉米。

赵俊德找了个小板凳，在王顺旁边坐下，说："兄弟，你的戏法不咋的啊。"

王顺笑了笑，说："你看过我的戏法?"

赵俊德说："那天晚上你打扮成鬼到我家里搞我啊。你戏法不如你老婆，你老婆那个睡莲美人变得真好。不说这个了，你打了我一顿，你看我这头，还没长好呢。这都两个多月了，我晚上睡觉头就疼，就梦见你变成鬼来砍我的头。说说，咱这事怎么解决吧。"

王顺哼了一声，说："我还没找你呢。你把我老婆睡了，这事怎么解决?! "

赵俊德呵呵笑了，说："兄弟，我当时还真不知道她是你老婆。我请他们耍戏法，你老婆和那个男的天天在一起睡，嘿嘿，我还以为他们是两口子呢。你别说，人家那两个挺般配，你看你，一副庄户孙子样，怪不得你老婆跟别人跑了。"

王顺把玉米棒子扔进笸箩，从笸箩底下拿出一张白纸，他把白纸叠成一把刀的模样，朝房梁上甩，白纸竟然深深地扎进了房梁。

这把赵俊德吓了一大跳："兄弟，有两下子啊! "

王顺说："变戏法的，都有点儿自保的本事，不到时候不用而已。我王顺从小就跑江湖，跑了快三十年了，上海、北京都住过，什么样的江湖也见过。现在就想在余家沟老老实实种地，咱不惹事，也不怕事。"

赵俊德哈哈笑了，说："兄弟，这点小手段，吓唬别人行，吓不住我赵俊德。我赵俊德不怕人，就怕鬼，从小听我爷爷讲鬼故事听出来的毛病。妈的，你那天晚上打扮成鬼，还真把老子吓死了，哈哈哈。"

王顺听王金三说起过，这赵俊德是富水城第一大无赖。年轻的时候，曾经被人打断腿，去找郎中接腿的时候，郎中又特意给他接歪了。赵俊德发现腿接歪的时候，已经过去一个月了，骨头已经歪着长上了。这个亡命徒为了把腿重新接上，把断腿压在一棵卧倒的树下，腿下用石头垫上，以免打弯，然后狠狠地坐下去。如此三次，他终于把腿折断，让人重新接上。

很显然，自己的这一招人家根本没看在眼里。

王顺当然还留了几手，但是现在他还不想露出来，他想看一看，这个赵俊德能出什么招儿。

赵俊德说："兄弟，我也不为难你，你把你舅舅留下的《燕子笺弹词》给我，咱就两清，谁也不欠谁的。"

王顺心里笑了，原来在这儿等着呢。

他说："我来的时候我舅舅就吊在树上了，什么燕子麻雀，我没听说过。"

赵俊德脸色阴沉了下来，说："不可能吧。我可听人说了，你舅舅把书传给你了。兄弟，我不白要你的，三十个大洋。你八亩地种六年，也赚不到这么多钱。"

王顺说："你先告诉我，你是听谁说我舅舅把书传给我了？"

赵俊德笑了笑，说："前年你们去烟台，你是不是带着你师妹和你师兄来你舅舅家了？"

王顺惊讶："你怎么知道这个?!"

赵俊德有些得意："你师兄白果还买了三斤羊肉，你舅舅喝多了，把你师妹当成了他相好的，扯着你师妹的手叫宝贝儿，这是真事吧？"

王顺说："你就说吧，是谁跟你说我舅舅把书传给我了。"

赵俊德笑了，说："兄弟，我把话都说到这儿了，你还不知道是谁出卖了你？"

王顺点头，说："我知道了，是我师兄吧。赵老板，您是被我师兄骗了，那天晚上我舅舅提起过《燕子笺弹词》，不过我舅舅只是喜欢赵钧彤的诗。这首诗我从小就听他念叨，我都能背出几句：横扼新疆万里途，城门高榜古伊吾。雪撑天北羊头坂，泉注山南牛尾湖。野圃逢年瓜当饭……再往下的我就背不下来了。赵钧彤是富水人，不少人能背他的诗，跟什么弹词没关系。"

赵俊德摇头，说："不！我是听王金三说的。"

第二章

■ ■ ■

恩怨情仇

01. 王金三打官司

王金三是个小讼师，是很多大讼师瞧不起的小角色。富水讼师多如牛毛，像王金三这种小讼师多，大讼师少。大讼师都是有些根基的，比方富水大名鼎鼎的讼师夏风德，曾经拍着县知事的桌子，让知事滚出县衙，这县衙脚下的土地，是夏家当年的祖坟。

夏风德是大户人家出身，前朝贡生，土地多得自己都不知道有多少。王金三是穷人家出身，好不容易跻身这个行业，靠的是机灵，还有一点，就是不怕打架，胆大，没有他不敢接的案子。

有了这两点，王金三在富水城就暂且站稳了脚跟。

小讼师王金三是快乐的，也是忧愁的。

快乐的是他年纪轻轻，就已经在县城有了些名气，很多穷苦百姓慕名找到他，让他帮忙打官司。忧愁的是，这些穷百姓是真的穷，让他帮忙打官司的费用往往是半袋子玉米，或者是一捆大蒜。有的在他的"泰和栈"吃住，吃完了也没钱，需要年底送一些玉米来顶账。他有时候跟人打架，把人打了，需要赔对方的医药费，他就让人送几袋子玉米过去。

没办法，他家里堆了一屋子的玉米，虫子都爬到了他的卧室。

贫困百姓打官司，告的大都是村里或者乡里的恶霸，王金三不打怵，不管你是谁，他接了官司就要打到底，因此他得罪了很多豪强，其中就包括富水头号霸主赵俊德。

赵俊德本来不想惹王金三，王金三把状告赵俊德的诉状递交法院后，赵俊德还亲自登门拜访王金三，让王金三不要接这个案子，王金三损失的诉讼费，他赵俊德可以付双倍，不，五倍。赵俊德说完，拿出了一封大洋，放在了王金三的面前。

王金三有些心动，他真缺钱。而且这钱来得这么容易，比他打半年官司赚得都要多。

笑容都已经悄悄爬到王金三的脸上了，赵俊德突然不合时宜地放了一个响屁。赵俊德的屁放得很放肆，一点都没有隐藏的意思，这让王金三感到有些恼。

赵俊德放完屁，还意犹未尽地侧抬了一下屁股，嘴里还呻吟了一声。

王金三收起笑容，说："赵老板，知事大人前两天刚给我们开过会，讼师作为法律从业人士，须秉持正义，不可徇私枉法。赵老板的钱，金三不敢收。"

赵俊德哼了一声："狗屁正义，你王金三干了些什么勾当，别以为我赵俊德不知道。你就明说吧，你是不是想跟我赵俊德过不去?!"

王金三看着赵俊德："赵老板这是威胁我?"

赵俊德点头，说："你说对了。要是不怕，你就试试!"

王金三一脸邪笑："要不就试试?"

赵俊德骂了王金三一句，抓起大洋就走。

王金三把他送到门口，说："赵老板，我送你一句话吧，以后到别人家，不要乱放屁。话不能乱说，说多了吃亏，屁也不能乱放，放多了也吃亏。"

赵俊德有些疑惑："放屁吃什么亏? 我怎么从来没听说过? 我就知道闲事管多了会吃亏!"

赵俊德现在经营的酒楼，是从别人手里强买过来的，人家不愿意卖给他，赵俊德还把人家打了。王金三初生牛犊不怕虎，以为人间自有正义在，他可以凭借此案扳倒赵俊德，却没有想到，法庭竟然采信了赵俊德伪造的文件，王金三败诉。

胜诉的赵俊德很大度，派人请王金三吃庆功宴。王金三也真去了，一通吃喝后，骂了赵俊德一顿，摇摇晃晃回家了。

王金三输了跟赵俊德的官司，心里不是滋味，十多天没有出门。赵俊德特意气他，天天带着人，敲锣打鼓经过他门口。王金三在酒店里楼上楼下爬，气得要爆炸。

王顺来找他的时候，王金三正气得四仰八叉躺在二楼的木质阳台上，冬日的阳光一半被屋顶挡着，一半照在他的半边脸上。听到有人进屋，王金三斜着眼睛看了看王顺，又闭上了眼。

王顺看王金三的样子，觉得好笑。他在王金三面前坐下，说："王老板，这地上躺着舒服？"

王金三闭着眼睛，说："我快被赵俊德气死了，你先别跟我说话，让我躺会儿。"

王金三的屋子暖和，王顺坐了一会儿，竟然坐着睡了过去。

王金三躺了一会儿，听到了王顺的呼噜声，坐起来，拍了拍王顺，说："兄弟，你是到这儿睡觉来了？"

王顺睡眼惺忪地抬起头，看了看四周，忙站起来："呃，我怎么睡着了？"

王金三不由得被他逗笑了："兄弟，你是特意来哄我玩的？"

王顺拱手说："王老板，不好意思，让您见笑了。"

王金三不耐烦地挥挥手，又躺在地上，说："说吧，来找我什么事。打官司不接啊，老子最近什么官司都不接。"

王顺说："我不是找您打官司的，我就是想问个事。"

王金三闭上眼，说："有屁快放。"

王顺说："王老板，您知道《燕子笺弹词》吗？"

王金三说："赵钧彤的手稿，富水人谁不知道？都快闹上天了。"

王顺哦了一声，说："听说您也想买？"

王金三说："现在不想了。"

王顺问："那您知道这手稿现在在谁的手里吗?"

王金三摇头,不说话。

王顺犹豫了,不想接着问下去。很显然,赵俊德说的是假话。以王金三的为人,他不可能胡编乱造,说舅舅把书传给了他。

王顺重新在椅子上坐下。他觉得很累,想坐一会儿。

王金三说:"王顺,你说你一个变戏法的,糊弄一下人就来钱,四海为家,多好的事儿,何必来富水这个破地方?老瞎子的八亩地就那么值钱?"

王顺说:"王老板,你以为跑江湖就那么好玩?风里来雨里去的,到了每个地方,都要先拜码头,不管赚多赚少,都要先给当地官员恶霸上钱,就这样,还经常有混混找事,挨几个巴掌是常事。江湖,那就是人吃人啊!"

王金三哦了一声,说:"那也不容易啊!"

王顺说:"不过我没想到,这普通老百姓的日子也不好过。我舅舅那么一个说书的瞎子,还被人逼得没法过了,这世道真黑啊!"

王金三有些惊讶:"呃? 你怎么知道这些事?"

王顺说:"余唯甄说的。"

王金三哦了一声,又不说话了。

王顺站起身,说:"王老板,您没事,那我就走了,回家睡觉去。"

王金三说:"回去吧。不过你要小心一点儿,赵俊德还没找到《燕子笺弹词》,他不会死心。"

02. 挖啊挖

王顺没有回家，而是直接去了孙家庄的小庙，找到了孙丛乾。

孙丛乾正在与一众师兄弟一起修缮屋顶，看到王顺走进院子，孙丛乾从屋顶上下来，问王顺："大哥，您找我？"

王顺看着院子里忙碌的和尚，问："你们不是化缘整修龙门寺吗？怎么还在这里浪费钱？"

孙丛乾苦笑："修龙门寺要花很多钱呢，三年五年凑不够。余成峰这么一闹，愿意出钱的更少了。说吧，找我什么事？"

王顺把孙丛乾拽到一边，说："兄弟，听说过《燕子笺弹词》的事没有？"

孙丛乾笑了，说："大哥，你还真信舅舅家有这个啊？跟你说实话吧，要是舅舅家真有这东西，舅舅早就给我了。你才来舅舅家几次？舅舅活着的时候，我可是天天去舅舅家，有什么话他不对我说？"

王顺长出一口气："这么说，真没有这东西？"

孙丛乾说："没有。你也别费那心思了，舅舅是个老财迷，要是有这个，他早就卖了。"

王顺有点恼火，问："那赵俊德逼死舅舅的事，你怎么不告诉我？！"

孙丛乾轻描淡写地说："别听他们瞎说。赵俊德是去找过舅舅，舅舅说没有这书，赵俊德就走了。后来舅舅找了个女人是真的，阿弥陀佛，罪过罪过，不过这女人跟赵俊德没有关系，他们说是赵俊德给舅舅设的圈套，这你也信？赵俊德就是一个土匪，打打杀杀的，他能想出这种招？"

王顺叫着孙丛乾帮忙，把家里翻了一个遍，也没有找到那本《燕子笺弹词》。王顺不死心，还去拜访了与舅舅私交不错的张瞎子。

张瞎子对此事不置可否。他只是告诉两人，此事并非妄传，《燕子笺弹词》应该就在富水。富水盲人大鼓，流派众多，有"西路大鼓""东路大鼓"，而唱《燕子笺弹词》上的曲目的，被称为"八角鼓"。八角鼓鼓词与其他大鼓不同，其鼓词雅致，有南方弹词风韵，故事也大都为淑女书生之类。当地的大鼓除了一些骚曲之外，大都是英雄列传，比方《杨家将》《呼延赞》等。喜欢听八角鼓的大都是有钱人家，尤以大家闺秀居多，而普通老百姓，不太喜欢听这玩意儿。

八角鼓一派收徒严谨，到了余世民这一代，只有余世民和董岐山等三人。董岐山和师弟现在又改学东路大鼓，专研八角鼓的，只有余世民一人。

当年人们以为《燕子笺弹词》手稿在余世民的师父马殿成手里，马殿成死后，人们又以为手稿在余世民这儿，这事真是说不准。

王顺觉得这话有道理。舅舅如果手里真有《燕子笺弹词》，肯定不会轻易拿出来，也不会放在容易找到的地方。

三十个大洋，真是让人心动的一笔钱啊！王顺回到家后，开始四处转悠，琢磨舅舅可能藏书的位置。

赵俊德带着人，再次来到王顺家的时候，看到王顺正撅着屁股，在院子西南角原先的狗窝下面，开始挖掘。狗被王顺拴在了院子外面，大概是怕有人进院子，偷偷挖走舅舅的《燕子笺弹词》。

听到狗叫，王顺拍打着身上的泥土走出来，看到是赵俊德，王顺很高兴，对赵俊德说："赵老板，我正在找我舅舅藏的书呢。您放心，只要舅舅把书藏在了这个家里，我就能给您找到。"

赵俊德一脸狐疑地走进院子，看了两眼王顺挖的大坑："这么挖能行？"

王顺信心十足："肯定行！我今天挖到了一个坛子，您看。"

王顺从墙根拿过来一个打碎了的坛子，给赵俊德看。

赵俊德蹲下，仔细看了看坛子。坛子缺了一块，坛肚子里装了满满一肚子泥土。

赵俊德有些感冒，他抽了抽鼻子，吐了一口痰："这个坛子跟那书有关系？"

王顺一脸兴奋："曹操有七十二疑冢，我舅舅就不能设疑坛吗？舅舅把狗拴在这里，肯定有他的目的，现在这个坛子就说明了问题。当然这是舅舅的虚晃一枪，是兵家所说的虚虚实实中的'虚'。您应该知道，我舅舅虽然是个瞎子，但是能背许多的古书，兵家的这些手段，他肯定掌握了不少。不过等我把这些'虚'都找到了，下一步那就是'实'了。您要的东西也就找到了。"

赵俊德被王顺的一套说法弄晕了："好像有点道理。"

王顺热情地邀请赵俊德："赵老板要是愿意，可以派人跟我一起挖。这书挖出来，终究是赵老板的。"

赵俊德对王顺的做法有些怀疑，拒绝了王顺的邀请。

回到家后，赵俊德与手下商量此事，觉得这个变戏法的是糊弄人。余瞎子不会为了一本书搞什么七十二疑冢，王顺这么做，目的是掩人耳目。很显然，他手里应该是有余瞎子传给他的《燕子笺弹词》，否则他何必搞这么大的阵仗?! 这个变戏法的，真不是个东西！

王顺白天在院子里四处挖洞，晚上就在纸上做标记。以他对舅舅的了解，他觉得舅舅应该按照北斗七星或者八卦阵的方式来在家里或者院子里或者院子四周挖洞，并设置各种提醒。当然，宝物（现在王顺已经把赵钧彤的手稿当作宝物了）究竟在北斗七星或者八卦阵的哪一处位置，他还没有确定，但是知道了这十五个点，那他的寻找就不是漫无目的，就是有了具体的方向，有了希望。

这个余家沟的人都蜷缩在炕头的寒冷冬日，王顺却在院子里、屋子里干得热火朝天，翻天覆地。

王金三听说此事后，来到王顺家。王顺已经把院子挖得无处下脚了。

王金三很惊讶："王顺，你不是按照北斗七星挖的吗？"

王顺说："还有五行八卦呢。我怕定位不准，又定了几个位置，还在继续挖呢。"

王金三看着胡子老长、眼珠子发亮的王顺说:"王顺,赵俊德可不是个好东西,你为了他,这是要把家里的地气都挖断啊。"

王顺笑了笑,说:"我不是为了他,我是为了三十块大洋。"

王金三进屋,王顺要烧水,被王金三阻止。王金三让他坐下,说:"王顺,你觉得你能找到《燕子笺弹词》?"

王顺点头,说:"能!"

王金三哼了一声,说:"别傻了兄弟,赵俊德都没觉得你是在找书,他说你是在做戏给他看。"

王顺一愣:"呃? 我为什么要做戏? 我是想赚他的三十个大洋啊,他怎么可以这么说?"

王金三说:"你是被大洋糊住脑袋了! 即便你舅舅真有《燕子笺弹词》,他为什么要把它埋在地下?! 那东西封不好,很容易受潮烂掉,你舅舅是个瞎子,他不是傻子!"

王顺有些失望:"王老板,照您这么说,那书不能在地下埋着?"

王金三说:"当然不能! 你舅舅傻啊? 这又不是黄金白银! 别挖了,赶紧做点正经事吧。"

王顺还想坚持一下,说:"但是什么事都有个万一,万一我舅舅把那本手稿装进坛子里,埋在地下了呢?"

王金三哼了一声,说:"他要是埋了,也不告诉别人,那他就是个傻子。要是告诉了别人,别人早就挖走了,还能等着你挖?"

王金三的这句话,把王顺打垮了。王顺直接瘫软了,好像这两个多月的疲累,一下就通过这句话砸了下来。王顺又挣扎着问了一句:"王老板,您觉得我这个一点戏都没有?"

王金三说:"没有!"

王顺连说话的力气都没有了,山一般的疲惫呼啸而至。他想跟王金三道一个歉,然后再睡他个三天三夜。然而,他的力气只够跟王金三眨巴一下眼睛，人就坐在凳子上，轻轻打起了呼噜。

王金三想把王顺叫醒，让他上炕睡去，这大冷天的，这么睡怎么能行？但是这王顺就像被人咒住了，怎么叫都叫不醒。王金三没办法，从炕上抱下了一床被子，给王顺盖在身上，起身走了出去。

03. 王小秀救王顺

王顺一开始在院子里乱挖的时候，余家沟的人都来看热闹。一刹那，老瞎子家的门前又恢复了热闹的景象，像老瞎子生前从外地回来，带着一帮瞎子在门口唱戏。

然而，王顺挖的洞是那么千篇一律，那么的没有情调，老百姓也无法看出一院子的洞是怎么按照八卦和北斗七星阵法排列的，看了几天后，就没人来看了。

王金三走的时候，给王顺从外面拉上了门。他怕王顺醒了后，没法出去，就没给他把门从外面扣上，因此这门被风一吹，就开了。王顺累得要死，睡得正香，越来越冷的寒风，也没法把他吹醒。

王小秀是余家沟唯一一个对王顺挖洞一直很关注的人。她家的草垛就在王顺的屋子后面，她每天傍晚出来抱草，都要经过王顺家门口。两个多月来，她总是看到王顺像一只大老鼠一样，在各个洞里跳来跳去。傍晚的时候她出来抱草做饭能看到他，早晨的时候，她出来抱草做饭还能看到他，好像这个王顺一直在挖洞，日夜不休。

但是今天傍晚王小秀经过王顺家门口的时候，没有看到人。只有王顺的那条黑狗，在门口朝她哼哼唧唧叫了两声，转头撒了一泡尿。

王小秀觉得奇怪，她走到王顺家门口，朝屋里看。王顺家的院墙很矮，院子门只是一个齐腰高的木头篱笆。王小秀站在门前，看到王顺坐在堂屋门口，一床被子盖在他的肩膀上，她能感觉到寒风正顺着脖子，吹进王顺的衣服里，而王顺坐在那儿，一动不动。

王小秀没有多想，推开门，绕过地上那些密密麻麻的洞口，走进堂屋，喊王顺，让他起来。

王顺一动不动。王小秀把手放在王顺的鼻子下试了试，还有气息，气息还很热。王小秀又把手放在王顺的脑袋上，王顺的脑袋热得像烧红的炉子。

王小秀想跑出去喊人，跑到院子，又觉得自己这样跑出去没法说得清，就又跑回来。她绕着王顺转了几个圈，终于下定了决心，把他身上的被子扒下来，扔在炕上，又过来抱王顺。王顺瘦，王小秀天天干农活，又有力气，竟然被她从身后抱了起来。

她把王顺抱到炕边，却没有力气把他抱上去了。她让王顺靠炕站着，她蹲下身，抱起他的腿，把王顺掀到炕上，给他铺了褥子，又把他拽到褥子上，盖上了被子。

王小秀摸了摸炕，炕冰凉，她又往锅里添了水，生火烧炕。

炕烧热了，王小秀不敢耽误，赶紧从王顺家出来，抱草回家做饭。

王小秀的儿子放学回家了，王小秀收拾好锅后，生上了火，让儿子给她烧火，她就朝外跑。

婆婆看到了，从屋里喊她："天都黑了，你一个妇道人家，这是要朝哪儿跑？"

王小秀顾不上回答，跑出屋子，就朝村外跑。她跌跌撞撞，一直跑到天黑透了，才跑到龙门寺和尚们居住的村子，找到了孙丛乾。

孙丛乾听说王顺病了，忙去向住持请了假，跟着王小秀一路小跑，来到王顺家。

王小秀嘱咐孙丛乾要给王顺请郎中看一看，让他小心院子里的洞，就赶紧回了自己家。

婆婆站在屋子门口，看着王小秀进家，冷冷地问了一句："大冷天的，这是出去找野汉子去了？"

王小秀说："还找了个和尚！"

婆婆恶狠狠咒骂了王小秀一句话，回自己的房间去了。

王小秀从锅里端饭，让儿子去叫奶奶吃饭。一会儿，儿子从奶奶屋里出来，说奶奶不吃了，奶奶说自己要死了。

王小秀就让儿子坐下吃饭。吃了饭，哄着儿子睡了，王小秀在儿子身边躺下，脑子里一直在想着王顺，不知道孙丛乾是否给他请了郎中，吃药了没有，现在怎么样了。

王小秀三十出头，正是欲望旺盛的年纪，心里头想着外乡人，迷迷糊糊睡过去。她没睡踏实，做了一个梦，梦中梦到外乡人摸了自己的奶子，她伸手推开外乡人的手，外乡人的手又伸到了她的小腹下，这次她没有力量推开他的手了，不由得呻吟起来。王小秀梦境正酣，突然被一声怒斥惊醒。王小秀睁开眼，睡眼迷离地坐起来，听到婆婆在她窗外骂："不要脸的，做梦还哼哼，被狗操了？"

王小秀的脑袋轰的一声，她不敢说话，不敢出声，一直呆呆地坐着，直到听到婆婆的脚步声拖沓着走了，才钻进被窝。想到刚才的梦境，耳边回响着婆婆的咒骂，王小秀浑身冰冷。

第二天一大早，王小秀起来，去位于王顺屋后的菜园抱草，顺便去王顺家看了一眼。

王小秀隔着院墙朝里看，看到王顺正坐在锅头前烧火，心放下了，赶紧转身，去抱草做饭。

王小秀的儿子聪明灵慧，深受余唯甄喜爱。余唯甄老婆在王小秀家门口大闹一场后，王小秀本来想让儿子退学，等长大些让他跟他父亲去青岛上学，余唯甄写了一封长信，让她儿子余小刚送给他奶奶，先向余小刚的奶奶道歉，说自己的老婆是"泼妇胡闹"，然后夸赞了一番孩子的好学聪明，并劝余家老夫人，千万不能把孩子送到青岛上学，他爸爸就是个例子。余成峰当年也曾经在他的私塾读书，后来如果不是跟着他的爸爸去青岛，怎么会变得如此野蛮无礼？现在没家没业的，成了村里人甚至全富水人的笑话。

余家老夫人信了余唯甄的话，就让孙子继续跟着余唯甄学习，王小秀反对也没用。

王小秀做熟了饭，让孩子把奶奶叫过来吃饭，奶奶和孙子吃饭，王小秀喂猪喂鸡鸭鹅，等她忙活完了，老的和小的也吃完了。王小秀帮着儿子穿好衣服，收拾好书包，儿子背着书包上学走了，王小秀才匆匆吃了点饭。

据说老夫人当年也是大家闺秀，认识字，从来就没有下地干过活儿。现在家道中落，老夫人变得阴狠刻薄，她很少出院门，缩在家里，像躲在墙角的蜘蛛盯着自己的网一样，时刻紧盯着王小秀的一举一动，即便她躲进自己的屋子，也要通过窗户和门上空格看着她的进进出出。

老夫人有一个小本子，每天都在上面记录着儿媳妇的行动。她的屋子里有一个新式的挂钟，是丈夫当年在青岛买的，据说是德国产的，走得很准。挂钟和老夫人手中的本子，成了老夫人掌握这个家庭权力的两件法宝，王小秀每次出门，她都把时间记上，回来也都要记上，这段时间去干了啥，当然也要记上。王小秀出去抱草，来回本来只要十分钟就够了，但是那天晚上她竟然用了两个小时，回来的时候她也不告诉自己她干了啥，这让老太太很是愤怒。老太太连夜给儿子写了一封信，让孙子送到余唯甄的私塾，邮递员每天到私塾里送信取信，就把老太太写给儿子的信送走了。

信送走没几天，儿子余成峰就回来了。老太太以为儿子是回来惩罚王小秀的，可没想到的是，儿子竟然还带了一个漂亮的女学生。老太太看着儿子带着女学生在村里走来走去，一副很骄傲的样子，马上想到了自己的丈夫，她找到王小秀，让她跟自己一起，把那个女学生打跑。

让她没有想到的是，王小秀对她的建议不屑一顾。

余成峰和女学生大部分时间都在外面住，有时候回来，女学生单独住一个屋，余成峰跟王小秀一起睡，看起来很正常的样子。

很多人说余成峰在城里住客栈的时候，是跟女学生睡一个屋子，王小秀听了后，只是淡淡一笑。村里人也不知道这个女子怎么想的，这是不是傻了啊！

04. 王小秀与余成峰

王顺已经把院子里大部分的洞都平了，还有小部分在院子里的边角地方，他懒得管它们。

余成峰带着女学生走进院子的时候，王顺正百无聊赖地在院子里转悠。漂亮时髦的女学生让王顺的眼珠子一亮。

余成峰看到了王顺的表情，宽容地笑了笑，还从背包里拿出一包点心，递给王顺。

王顺推辞了一番，收下了他的点心。余成峰是来对王顺帮王小秀耕种表示感谢的。王顺对余成峰的到来，反应冷淡。两人有一搭无一搭地聊了一会儿天，余成峰便带着女学生走出了王顺家。

女学生姓王，回到家后，小王看到王小秀正在做饭，赶忙坐下，帮王小秀烧火，王小秀怕脏了她的衣服，让她到一边歇着。小王不肯，说她老家是德州农村，从小就会生火做饭。王小秀看这女孩子很朴实，心里很喜欢。

晚上，和余成峰躺在一个被窝里，王小秀辗转反侧了好长时间，对余成峰说："你要是想收那个小王做二房，你就收吧。你一个人在外地，没个人照顾也不行。"

余成峰很惊讶："你说什么啊，你以为我余成峰是花花公子？还是那些烂透了的衙门里的老爷?！我现在是青岛育才中学的老师，是传道解惑的师长！王小秀，以后不许你这么想，也不许你这么说！"

王小秀有些感动，还有些不相信："那你回来这些天怎么不动我？我以为你在外面跟她睡了呢。"

余成峰说："现在余唯甄在村里称王称霸的，我心里好受?！我这心里天天窝火呢，怎么还有心情想那些事！"

王小秀伸手去摸余成峰，说："你不想我想！你一走一年，俺这是守活寡！"

王小秀把余成峰摸得兴奋了，余成峰翻身上马，两人一番颠鸾倒凤。王小秀干枯了一年，终于受到滋润，窝在余成峰的怀里掉眼泪。

余成峰也觉得自己对不起妻子，说："小秀，你吃的苦我余成峰不会让你白吃，我会报答你的。"

王小秀哼了一声，说："你怎么报答我？我在家盼了你一年，你带个漂亮娘们回家，这就是你的报答？你要是真有良心，你就回家！我不用你种地，不用你做饭，你在家读书，家里有个男人就行！你要是实在不愿意回来，你可以把我们娘儿俩接到青岛去，我可以在青岛找个活儿干，帮你养活这一家子。"

余成峰说："我这是做好事呢。这个女学生家里一个人也没有了，要是我不把她带回来，学校放假了，她就得上大街流浪，青岛大街上什么人都有，她一个女孩子居无定所，多危险啊！我是她的老师，我要是不管她，谁能管她？我是没办法。你们去青岛的事儿，我不是没想过，但是我赚的那点钱太少，养活我自己都费劲。青岛虽然繁华，但是穷人太多，比你能干的人不少，很多人都在大街上要饭，你去那里能找到什么工作？"

王小秀哼了一声，说："说了一大堆，你就是送个猪尿泡给我！"

余成峰本来打算带着小王在家里过春节的，但是王小秀的态度越来越恶劣，连余家老夫人都看出来了。老夫人建议余成峰揍王小秀一顿，说她有一天晚上跑出去很长时间才回来，肯定没干好事，这种女人不揍，那就是有违祖德，就是余家之大不幸。

余成峰已经知道王小秀那天晚上出去，是因为王顺病重去叫孙丛乾，就把此事跟老夫人说了。老夫人听了更是愤怒："一个女人竟然跑到庙里去喊人？这太不像话了！揍她，给我狠狠地揍！余家人的脸，都让她丢光了！"

老夫人还鼓励余成峰把小王睡了，在青岛再养个孩子，余成峰哭笑不得。老夫人说话大声大气，故意让王小秀听到，王小秀在自己的屋里听到，也不作声。

余成峰被老夫人训斥完，来到王小秀房间。王小秀正在做被子，她边缝被子，边对余成峰说："你妈让你揍我呢，你揍吧。"

余成峰说："我妈是老思想，现在讲究男女平等，男人不能打老婆。"

王小秀阴沉着脸，说："你妈还让你把那个小王娶了当二房吧？"

余成峰尴尬地笑了笑，说："她瞎说呗，别听她的。"

王小秀哼了一声，说："别啊，那么水嫩的一个姑娘，你舍得放走了？你别以为我傻，你看她的时候，眼珠子都快掉出来了。"

余成峰心虚了："小秀，别瞎说，我们是师生关系。她就是个学生，不要乱说话。"

王小秀说："狗屁！你做梦都喊她的名字，你们的师生关系就是这么不要脸?!"

余成峰不高兴了，说："王小秀，请你尊重一下你的丈夫！喊她名字怎么了？我做梦都在想着工作，不像你一个妇道人家，天天就想着这么些乱七八糟的事！"

王小秀笑了："做梦在想什么工作？用你的屌工作？工作的时候屌把被子都撑起来了，你们这工作挺辛苦啊！"

余成峰尴尬了："你……你胡说八道！"

王小秀突然叹了一口气，幽幽地说："算了，我也不是揭你的短，我是真心的。我知道你看不上我，你那么有学问，一看就是个先生的样子，我就是个农村妇女，跟你站一块儿，我都觉得自己不搭。你一出去就是一年，在外面一个人也不容易，有个二房照顾你，我也放心。只要不把我休了，我这个大房就在家种地，养活着你们，等儿子大了，有出息了，我就有好日子过了。"

余成峰感动了，他看着王小秀说："小秀，你放心，我余成峰绝对不会做对不起你的事！二房的事不要再说了，我余成峰嘴上不说，心里明白，都是你在这里撑着这个家，要是没有你，我余成峰能安心在青岛教书这么多年？你说错了，不是你配不上我，是我余成峰配不上你啊！"

王小秀冷下脸，说："说这些没用。配上配不上的，人活着，就是那么回事。"

05. 王顺报信

余成峰回到家，还带了一个漂亮的女学生，这让余唯甄非常不爽。余唯甄跑到县衙，说余成峰是革命党，现在回到了村里，还四处乱跑，弄不好要出事。县知事大惊，忙派人下去侦查。

侦查的人来到王顺家，王顺正在清理院子角落里的洞。西北角的洞已经清理干净了，王顺把拴在外面的狗挪回了院子里。因此那人刚在院子外站下，王顺的黑狗就冲他汪汪直叫。

王顺提着铁锨走过来，看到是一个穿着长袍的陌生人，站在光秃秃的杏树下，不由得想到了多年前的春天，自己和李芙蓉来到舅舅家门口，看到舅舅吊在树上的情形。这个人穿着的长袍和舅舅穿的长袍色调完全一样，甚至样式都一样，这让王顺突然感到有些伤感。

自从进入这个冬季以后，昔日一向坚定的王顺情绪变得很敏感。王顺也感到了这一点，但是他无法让自己变得平静下来。他觉得好像有一件重大的事情在等着自己，而这件事情的发生，会让他重新变得安静。

也许这个人的到来，就是那件重大事情发生的开端？

王顺一只手提着铁锨，一只手拉开篱笆门，走出院子。

穿青色长袍的男子看着王顺手里的铁锨，有些害怕，后退了两步。王顺笑了笑，说："哦，我在整理院子呢。前些天，我在院子里挖了很多洞，想找一本书，没有找到。"

来人点了点头，显然对王顺的事不感兴趣，他抱了抱拳，问："您叫王顺吧？"

王顺也忙扔下铁锨抱拳，说："没错，我就是王顺，兄台贵姓？"

来人感叹说："余先生活着的时候，我还来找先生算过命呢。几年没来，已经是物是人非了，真是让人感叹啊！"

王顺有些迷惑："先生是来找我舅舅算命的？"

来人摇头，指着王顺说："不是，我是来找你的。"

王顺把人带进院子，此人先在院子里转圈，欣赏王顺挖院子留下的那些不甚规则的圆形痕迹，并对这些圆形的形状进行对比分析，滔滔不绝，这让王顺有些不快。

参观完了院子之后，来人进屋，努力让脸色变得冷酷，却因为之前的话语泛滥，让王顺觉得此人有种很滑稽的感觉。

王顺递给他一只小板凳，来人坐下，王顺也在他旁边坐下。来人说："王先生，您认识余成峰吗？"

　　王顺一愣："哦，您跟他是朋友？"

　　来人也是一愣，说："您可以这么认为。"

　　王顺不是傻子，他既然这么说了，那他与余成峰肯定不是一伙的了。王顺哦了一声，说："当然认识，我们一个村的嘛。我舅舅姓余，他也姓余，按辈分，我们是表兄弟呢。"

　　来人笑了笑，说："那不错。王先生当年闯荡江湖，见多识广，听说余成峰回来后见了不少人，王先生，他来找过您吧？"

　　王顺点头，说："当然来过。他带着一个很漂亮的女学生来的，还给我送了一斤点心，那点心真甜。不过你说他回来干什么？发动什么群众？我可没听说过这事。"

　　来人又有些猥琐地笑了笑："女学生很漂亮吗？"

　　王顺点头，咽了口口水，说："漂亮！我走南闯北二十年，就没见过这么漂亮的。"

　　来人哈哈大笑，说："你能把点心拿出来，让我也吃一口吗？"

　　王顺从里屋抽屉里拿出一块点心，让他尝尝。来人咬了一口，频频点头："嗯，不错，不错，咱富水的铺子就做不出这么好的点心来。"

　　点心太干，来人吃了几口后，有些口渴。王顺家里没热水，他拿出空心壶，要出去烧水，来人阻止了王顺。

　　来人说："王先生，我就不绕弯子了。你们村里有人到县衙告余成峰，说他参加了革命党，余成峰来到你这里，就没动员你参加他们的组织？闹个农会什么的？"

　　王顺摇头，说："这个没有。他参加的是什么组织？三皇会还是黄沙会？"

　　来人摇头，说："咱这里没有黄沙会，听说他参加的是革命党。"

　　王顺吓了一跳："没有！没听说他参加过什么党。你看他那样子，就一个穷读书的，风大了都能吹跑了，人家这个什么党能要他这样的？"

　　来人摇头，有些生气，从怀里掏出一把枪，朝着王顺瞄准了一下："王顺先生，你没说实话。国民政府是爱护人民的，但是反对政府，敢跟人民作对，我这把枪可是能打死人的。"

王顺被枪吓得朝后仰，差点摔倒在地，他勉强坐正，说："这……这位老总，您可别开玩笑。我就是一个种地的，我什么也不知道啊。余成峰来我这里，就送了一包点心给我，说了三两句话，他就带着他的女学生走了。"

来人噢了一声，把枪收起来，问："都说了些什么？"

王顺想了想，说："他先问我今年收成怎么样，然后问我找到了儿子没有，老婆回来没有，就这些。哦，还有，问余唯甄这保长当得怎么样，在村里欺负人没有。"

来人有了些兴致："你怎么说的？"

王顺说："我说没有啊，余唯甄是我舅舅，怎么会欺负我呢？"

来人又问了一会儿，发现再也问不出什么了，站起身就要朝外走。这时候，余唯甄的儿子突然来到了王顺家。他与王顺打了招呼后，便把来人拉到一边，两人叽咕了几句话，这人就跟着余唯甄的儿子走了。临走前，他威胁王顺，不许告诉任何人，他来找过他。

王顺偷偷在后面跟了几步，发现这两人朝余唯甄家去了，他觉得此事不妙，便忙朝余成峰家跑去。

余成峰家的街门虚掩着，王顺推开门，直接跑进了院子，喊道："余成峰，余成峰！"

没人答应。王顺边喊边推开堂屋门："王小秀，王小秀……咦，怎么家里没人呢？"

这时候，从堂屋旁边的卧室传出了余成峰的声音："谁啊？"

王顺说："我，王顺。"

余成峰从卧室走出来，有些意外："王大哥，你可是稀客啊，进来坐。"

王顺把余成峰拽到一边，说："你赶紧走吧。刚刚县衙的人到我家里打听你，我看弄不好他们会来抓你！"

余成峰很惊讶："抓我？我不过是一名老师，又没干什么坏事，他们凭什么抓我?!"

王顺摇了摇头，说："好像是有人去县衙告你，说你参加了什么革命党。这罪名不小啊，即便你是被人诬告，只要你进了大牢，不死也得掉三层皮！民不与官斗，我看你还是躲躲吧。"

余成峰拱手说："谢谢大哥，你是个好人。"

06. 幽深的黑暗

余成峰和小王赶紧收拾东西，准备回青岛。余成峰和母亲告别，说暂时要回青岛一趟，过几天回来。老母亲拉着余成峰的手流泪，余成峰顾不得与她解释，便和小王提着箱子，匆匆走出了家门。

然而，走了没几步，小王就走不动了。她的皮箱太大，里面又装了太多的书籍。余成峰接过小王的箱子，提着两个皮箱走了几步，也受不了，不得不放下歇息。

以这样的速度，两人天黑也走不出余家沟地界。

余成峰想了想，叫着小王来到了王顺家。

王顺正在家里剥玉米，看到余成峰和小王走进院子，便扔下玉米棒子走出来："你们怎么到这里来了？还不赶紧走?!"

余成峰赔着笑说："王大哥，得麻烦你一下，用你的马车把我们送到县城。"

王顺惊讶了一下："呃？送到县城？兄弟，我只有牛车，没有马车，用牛车把你们送到县城，得明天早上。"

余成峰哦了一声，他显然是忽略了这个问题。

王顺说："余家沟有十多辆马车，你还是去找辆马车吧。"

余成峰说："算了，还是你送送我们吧。我这么些年没在家，突然上门求人，人家也不一定愿意啊。"

王顺哼了一声，说："是你当年得罪人太多了，没人愿意搭理你吧？"

余成峰没想到一向老实的王顺能说出这种呛人的话。他有些尴尬，小声申辩说："我是为了民族的未来，为了孩子。"

王顺又呛了他一句："算了吧，村里因为这个事，很多人都被抓进了大牢。我被关了十多天，地瓜都耽误栽了，狗屁未来！"

余成峰生气了，提起皮箱要走，小王抓住他的手，对王顺说："王大哥，要不这样吧，我们两个先走，把这两个皮箱放您这儿，您明天给我们送到我们住的地方。"

王顺想了想，说："这样行。我要是送了你们，让县衙的人知道了，我王顺就得替你们去蹲大牢了。给你们送皮箱，我还有个说辞。你们定下个地方，明天我早早给你们送去。"

余成峰说："送旧店吧。旧店新日客栈。"

王顺点头，说："行。"

余成峰从兜里掏出一个大洋，递给王顺："王大哥，麻烦您了，这是一点小意思，您别嫌弃。"

王顺将大洋接在手里，余成峰和小王赶紧走了出去。王顺把皮箱提进屋子，然后，他装作上山砌地堰，拿着锤子铁锹出了村，来到一块离通城里的路不远的地里监视着前面的路。

不长时间，他就看到十多个穿着制服背着枪的人，骑着马和骡子，直奔余家沟。

王顺被他们气势汹汹的样子吓得缩在了沟里，怕他们发现他，一直躲了很长时间，才从沟里走出来，站在地堰上，四下观看。

周围变得很宁静，冬天的原野一片萧瑟，连个人影都没有，王顺想到了余成峰和小王，心情复杂。他原本对余成峰是没有好感的，特别是他带着一个这么漂亮的小姑娘回来，让他觉得这小子太有福了，家里有个王小秀，在外面还有一个这么漂亮的女学生跟着自己。自己就有一个李芙蓉，还跟着师兄跑了。他对他的什么国家未来之类的说法没兴趣，他一个平头老百姓，就想有吃有喝，晚上有个抱着睡觉的，现在这些问题还没解决利索呢，国家未来跟自己有屁关系！不像你余成峰，家里有老婆顶着，外面花天酒地的，闲着没事搞个国家未来的大口号，后面一大堆漂亮女孩子跟着，死了都不冤。他给余成峰通风报信，是看在王小秀的面子上。他不想让苦命的王小秀再受惊吓，再受奔波之苦。

王顺站的地方地势比较高，视野开阔，他能看到远处巍峨的老寨山，能看到附近的小树林和小树林远处的光秃秃的土地。看了一会儿，他突然看到远处有个移动的身影。身影很大，好像一头大狗熊。

他只知道附近有狼，却从来没听说过会有狗熊。王顺因此一直盯着看，一直到"狗熊"离得比较近了，王顺才看出来，那是一个人背着一捆草。等这人走到他前面不远的路上，王顺从此人走路的姿势上看出来，这人竟然是王小秀。

王小秀背着草，不急不慢地朝家走。王顺扔下铁锨，一路连滚带爬，跑到路上，追上王小秀，让她扔下草，跟他躲一下。

王小秀不知情由，说要回家做饭，太阳要朝下走了呢。

王顺怕被县衙的人看到，逼着她把草先放到道边，然后拽着她来到他家地堰下的沟里，把今天发生的事跟王小秀说了。

王小秀没当回事，说："余成峰就是个破教师，县衙为什么要抓他？"

王顺急了，说："王小秀，我怎么就说不明白呢？余成峰是个教师，咱都知道。可是现在有人诬告他，要害他，官府的人就要抓他，他如果跑了，官府的人不找你找谁？你别说你什么也不知道，不知道也没用，照样把你抓进去！"

王小秀害怕了："这个余成峰，不好好过他的日子，怎么净给我找事啊！我可真让他害惨了。"

王顺说："你只要听我的，就不会有事。我老江湖，走南闯北，没有不知道的。"

王顺和王小秀一直等到太阳将要落山，那帮骑着马和骡子的保安团从村里出来，朝着县城的方向走了，两人才回到村子。

村里看起来很安静，跟以前没什么两样，两人各自回家。王顺正要烧锅做饭，余唯甄带着几个人闯了进来。这些人虽然穿着便衣，但是王顺一眼就能看出来，他们是衙门里的人。

屋子本来就阴暗，这几个人挡住了光线，王顺觉得屋子变成了一个连一丝光线都没有的幽深黑洞，厚重的黑暗让他喘不过气来。

07. 王顺挨揍

有人关上房门，余唯甄让王顺点上油灯。王顺找到火柴，抖着手点上油灯。

借着油灯的光亮，王顺数了数站在面前的人，六个，加上余唯甄七个。余唯甄笑容僵硬，一脸的不高兴。

余唯甄后面六个人，皆一脸肃穆，随时准备杀人的样子。

余唯甄说："外甥啊，有人说余成峰来过你家。"

王顺装糊涂："我刚到余家沟的时候，他就到过我家呢。舅舅，您说他来过我家，是什么时候的事?"

余唯甄摆了摆手，说:"都这个时候，别耍嘴皮子了，村里很多都看到过你。他们两个到你家的时候提着箱子，出去的时候空着手走的。他们为什么要把箱子放你这里?"

王顺无奈，只得说:"哦，您说的是今天下午啊。对，余成峰和他的那个女学生提着箱子来到我家，说把箱子先在这儿放一放，我觉得都是一个村的，也算有点亲戚关系，就让他们把箱子放下了。"

余唯甄问:"余成峰就没说别的?"

王顺说:"没有。别的没说。"

余唯甄身后有人说:"把箱子拿出来!"

王顺说:"这……不行吧。人家余成峰把箱子交给我，让我保管一下，我给了你们，算怎么回事?"

余唯甄说:"拿出来吧。高团长他们是县保安团的，余成峰这小子跑得快，要是他们跑得慢了，现在已经被关进县大牢了。"

王顺转身走进里屋，把两个箱子提了出来。

那几个人打开箱子，一通乱翻。书、衣服什么的丢了一屋子。翻完了后，他们把东西又塞进箱子，两个人提着箱子，另一个人走到王顺面前，说:"王先生，您还认得我吧?"

王顺听出声音来了，来人正是上午来找自己的那个穿长袍的人。王顺点头，说:"您说话我听出来了，刚刚您在黑影里，衣服也换了，没认出来。"

余唯甄介绍说:"这位就是县保安团的高团长。"

高团长伸出手，跟王顺握手，说:"王先生，余成峰先生来您家放箱子的时候，真的没说别的?"

王顺装傻，说:"说了，让我给他好好保存着。"

高团长呵呵笑了几声，说:"王先生，您是一个好人，是一个不会说谎的人，您说谎的时候，头就会低下。"

王顺忙抬起头，众人哄笑，气氛有些缓和。

高团长拍了拍王顺的肩膀，说："其实我们都是受苦的人。王先生当年变戏法，受的是江湖的苦，颠沛流离，还会受到地头蛇的欺负。现在种地，受的是老天爷的苦，今年干旱，很多人家麦子绝收，没办法，只能四处讨饭。我们当差的，受的是上头的苦，上头让我们朝东，我们不敢朝西，上头让我们撵狗，我们不敢打鸡。种地的没种好挨饿，我们兄弟要是没当好差，轻则免职，重则要命啊！"

王顺说："余成峰当年是闹过事，不过他现在就是一个穷教书的，你们来抓他，那不是冤枉好人吗？"

高团长猛然转身，一巴掌扇在王顺的脸上："放屁！老子手里要是没有证据，能胡乱抓人吗？快说，他为什么要把箱子放在这里，他人去哪儿了？！"

余唯甄看到王顺挨揍，忙过去挡在他和高团长中间，对王顺说："外甥，余成峰跑到哪里去了，你就说了吧。听说这个余成峰加入了革命党，他回来是要鼓动老百姓造反的，此事已经惊动了登州府，你要是不说，被抓进登州府大牢，那就只能等死了。王金三也没办法救你。"

高团长朝着王顺摆了摆脑袋，两个保安团的人走过来，要绑王顺。

王顺害怕了，忙喊道："我说，我说！他们来我家，是想让我把他们送……送出去。"

高团长笑了笑，说："这就对了，说吧，他们想让你把他们送到哪儿去。"

王顺说："他们没说，只说先把他们送出村。我说牛车太慢，他们就不让我送了，把两个箱子放在了这儿。"

高团长哦了一声，说："还有呢，他们没说这箱子怎么办？"

王顺低下头，说："没说。"

高团长哈哈笑了，说："你看，你还是不会撒谎。王先生，你要记住，你撒谎的时候不能低头，否则，你就是告诉别人，你是特意撒谎的。"

高团长一挥手，两名壮汉继续捆绑王顺。王顺带着哭腔问："你们要把我送到哪儿去?"

高团长说:"这次就远了,你要是能在登州府活下去,就得送济南了。"

王顺说:"高团长,我求求您了,他们真是没跟我说什么啊。"

两人把王顺捆得像个粽子,高团长不满意,让两人把王顺松开,他亲自捆。松开后,王顺手里突然多了一把刀,他挥刀就扑向高团长。高团长是个高手,他一把就抓住了王顺的手,反手一拧,王顺手中的刀子就落地了。

高团长叹息说:"你看你,就会变戏法,连杀人都不会。"

高团长把王顺朝院子一推,王顺借势要逃,高团长的几名手下冲出去,扑倒王顺,拳脚齐上,对着王顺就是一顿猛揍。

王顺本来比一般人扛揍,但是这些人下手狠,王顺被揍得嗷嗷叫。

余唯甄看不下去了,过来为王顺求情:"高团长,不能再打了,再打就把人打死了。"

高团长过来,朝着众人挥手,众人停下手脚,朝后退了一步。

余唯甄过去,把王顺扶起来,说:"外甥啊,你这是何苦呢? 余成峰要造反,是国家的敌人,你还包庇他?! 高团长是读书人,脾气好,要是给别人,早就一枪崩了你了! 余成峰说了什么,你就告诉他吧,咱庄户人,不惹这些事。"

王顺被打上火来了,他摸了一把脸上的血,吐了一口血沫子,指着众人大骂:"孙子,你们有本事,赶紧杀了我! 别怪我不提醒你们,你们要是让爷爷活着,爷爷不弄死你们,你爷爷就不是人!"

高团长笑了:"呵呵,行,挺硬气。兄弟们,给王先生上个大菜!"

几个人上来要扒王顺的衣服,余唯甄骂了王顺几句,朝着高团长鞠躬,向他求情。高团长挥挥手,说:"那行,给你五分钟时间,你去问他,让他说出余成峰的下落,他要是不说,今天不能饶了这玩意儿。"

高团长让众人把王顺推进屋,他带着手下在门口站着,让余唯甄进去跟王顺说话。

余唯甄进屋，一脸无奈地对王顺说："外甥啊，你还是年轻啊。这人活着不容易啊，要会看风头，还要会变通。就像今天，人家高团长一开始对你很客气，你要是知趣，把他想知道的告诉他，他们怎么会打你？要是把这个余成峰抓住了，弄不好还能赏你个仨瓜俩枣的。这些人是什么人？都是杀人不眨眼的阎王爷啊，要是真把他们惹毛了，别说你了，余家沟的老百姓都得倒霉！"

王顺依然怒气未消："这些王八蛋太狠了！他们今天要是不杀了我，我王顺非报此仇不可！"

余唯甄借着语气说："就是啊，你想报仇也得活过今天啊，你要是再犟下去，你连今天都活不过去，你还报什么仇？你别忘了，你还有老婆孩子呢，儿子才七八岁，长大了，或者被人欺负了，他肯定要来找你这个爹。你想想，要是孩子哭着来了，看到你已经变成了一堆土，孩子得多伤心，你让孩子怎么办？"

王顺说："我不能这么干！我王顺好歹也是跑过江湖的人，要讲义气，人家相信我，我王顺即便是死，也不能出卖朋友！"

余唯甄气恼地扇了自己一个嘴巴："行，你小子既然不怕死，那我就不管了！"

余唯甄推门出去，向高团长挥了挥手，说："高团长，我是没办法了，你们自己看着办吧。这孩子是不向好草赶了。"

08. 狗死了

高团长进屋，问王顺："王先生，您还是不想说？哎呀，再不说可就麻烦了，刚才挨揍，那是小菜，后面的刑罚可就是大菜了。没人能熬过后面的大菜，早晚都得说，不过到那时候说也晚了，人不死也残废。"

王顺愤愤地说："你还说你是读书人，我看你就是一个杀人犯！"

高团长正色说："王先生，我可是正儿八经的前朝秀才，如果现在还是大清，本队长就是进士了，可惜啊，大清倒了。"

高团长边说话，边从腰里拔出一把短刀，对王顺说："这次咱不打人，本秀才文明点儿，用这个。"

高团长把短刀竖起来，把刀尖在油灯上烤。刀尖被油灯烤了一会儿，变得有点发红，还有点发蓝。被烤得发红的刀尖，散发出一股清冷的铁的味道。高团长吸着鼻子仔细嗅着，仿佛刀尖上正烤着一块肉。

高团长越嗅越上瘾，脸上显出很享受的表情，众人看着，都不敢说话。

王顺看得害怕了，问："高团长，你这是要干什么？"

高团长重重地吸了一下鼻子，说："消毒啊。我挑断你的脚筋，给刀消毒了，你的伤口就不会发炎，否则你因此丧命，我这个队长就失职。"

王顺声音都变了："你们不能挑脚筋啊！挑了脚筋，我不能干活了，我怎么种地？"

高团长说："能不能回来种地，得看登州府怎么判你呢，要是判你个通敌之罪，你直接就砍头了，还种什么地啊！"

王顺吓得汗都流下来了："还真送登州府啊？"

余唯甄过来，说："外甥，你就听我一句劝吧，他余成峰惹出了事，带着女学生跑了，逍遥快活去了。你一个种地的，跟着瞎掺和，弄不好小命都被人拐走了，他这明摆着害你啊，你还替人家保密，有什么好保密的？"

王顺想了想，觉得余唯甄的话有道理。但是又一想，如果自己把余成峰住在旧店客栈的事告诉他们，那不是送余成峰和那个漂亮女学生的命了吗？王顺对余成峰没有什么好印象，但是想到那个漂亮的女学生，他总是觉得于心不忍。

王顺对余唯甄说："舅舅，我有话跟您说。"

余唯甄让高团长他们先出去，余唯甄说："外甥啊，你现在唯一的活路，就是把余成峰怎么跟你说的，他们在哪里住宿，让你把东西送到哪里，都原原本本告诉高团长，高团长他们能抓住就抓住，抓不住也跟你没关系，这事就算过去了。否则，今天这一关你过不去啊。"

王顺眼珠子一亮："舅舅，您觉得即便把他们住的地方告诉了高团长，高团长也不一定能抓住他们？"

余唯甄点头，说："不一定。余成峰这个人很聪明，狡兔三窟，想抓他不容易。"

王顺哦了一声，说："那最好抓不住他们。舅舅，我把他们住的地方告诉您吧，您去告诉高团长。"

余唯甄想了想，点头说："行，你说吧。"

王顺闭上眼，说："余成峰兄弟，我先告诉你一声，我没有对不起你，我要是不把这事告诉他们，他们就会要我的命。你大伯也就是我舅舅说，我把你们住的地方告诉高团长，高团长他们也不一定能抓住你们，我才告诉他们的，你可不要怪我啊。我从沧州来到余家沟，就想老老实实当一个农民，你们谁的事我也不想掺和，我先把话说在前头，以后你们的事跟我没关系啊！"

余唯甄有些烦："怎么这么磨叽？赶紧说吧。"

王顺还是闭着眼："余成峰让我明天给他们把箱子送到旧店，新日客栈。"

余唯甄开开门，让高团长他们进来，当着高团长他们的面，问王顺："外甥，你刚才说余成峰让你把箱子送到旧店新日客栈，是不是？"

王顺点了点头，没说话。

高团长对王顺说："王先生，你要是撒谎，我可饶不了你。"

王顺说："我把实话都告诉你们了，你们以后别来了，我就是个种地的，你们有本事，就跟坏人斗，跟山上的土匪斗，折腾我一个庄户人算什么本事?!"

高团长旁边一个手下举手要打王顺，被高团长拦住："赶紧去旧店！谁抓住余成峰，赏两个大洋!"

众人欢呼一声跑出去，高团长拍了一下王顺的肩膀，说："王先生，你这人就是贱，早说何必受这个罪?"

王顺要骂人，被余唯甄踩了一下脚，余唯甄说："高团长，我家里有马车，我让人给您套上?"

高团长说："不用了，我们的马车停在村外面。"

高团长转身走出去，余唯甄拍了拍王顺的肩膀，跟在高团长身后，走了出去。

他们走出去后，王顺没听到狗叫，他有些疑惑，强撑着站起来，慢慢走到院子，走到拴狗的地方。淡淡的月光下，他看到为他看家护院的黑狗躺在地上，狗头一侧，有一摊黑黑的东西。

王顺蹲下摸了摸，黏糊糊的，他把手指头伸到鼻子前，闻了闻，一股呛人的腥臭味道呛得他一屁股坐在地上。王顺号啕大哭："你们这些畜生啊，狗又没得罪你们，你们为什么要打死我的狗啊?! 你们是猪狗不如啊……"

09. 给了十个铜钱

王顺哭得伤心欲绝，肝肠寸断。

他当年来到余家沟，本以为能过上安安稳稳的乡村日子，没想到啊，却是霉运连连。儿子和老婆成了别人的，自己光棍一个人过日子，不招谁不惹谁，竟然还被人狂揍一顿，小命都差点丢了。当然，还有与自己相依为命的黑狗。这条狗忠于职守，从来都没咬过人，王顺心情不好的时候，经常与狗面对面坐着，跟它说话。说老婆，说儿子，说师兄白果，说戏法，说庄稼。黑狗看起来很威风，其实脾气很好，坐着听王顺说话，能半天都不动一下。现在这狗躺在王顺的面前，任凭王顺哭喊，它一动都不动，王顺实在想不明白，他们为什么要弄死这个与世无争的畜生。

王顺正哭得热闹，突然有人拍了拍他的肩膀。王顺转头，看到王小秀站在自己身后，正默默地看着他。

王顺说："这都半夜了，你一个女子出来干什么？"

王小秀说："你知道半夜了啊？一个大男人，半夜在这里号叫，也不怕人笑话？"

王顺又忍不住哭了："他们……他们把我的狗砸死了！"

王小秀伸手拽他："一条狗，死就死了吧，有什么好哭的！快进屋，这大冷天的，再坐会儿就冻死了。"

王小秀的话好像有魔力，王顺想站起来，却试了好几次，都没有成功。王小秀架着他的胳膊，好不容易把他架起来，拖着他朝屋里走。

正在这时，一个人影突然冲进院子，边骂边朝两人扑过来："你们这两个不要脸的狗男女！我老婆子今天跟你们拼了！"

王顺没看清来人，问王小秀："这人是谁啊？"

王小秀冷冷地说："余成峰的妈！"

两人站着，等着这个老妇人扑过来。老妇人边骂，边伸手要抓王小秀，被王小秀抓住了胳膊："你天天骂我不要脸，我看你才是老不要脸呢。刚才那些人把屋子砸了个稀巴烂，还骂我打我，你怎么一个屁都不敢放?! 现在人走了，你显出能耐来了! 你活不能干，饭不能做，天天叫我三从四德，你的德呢? 你这种人活着就会欺负儿媳妇，你活着就个祸害! 还不如死了!"

老妇人骂道："你才是祸害呢! 你早早死了，我上青岛跟我儿子享福去! 你别以为你种了点儿地，就了不起了，要是没有老余家，你想种地都没地种呢! 你这个少教的骚货，还有你，你这个老瞎子的外甥，你再勾搭俺儿媳妇，我……我找余家人把你弄死!"

王顺呵呵笑了："我应该叫您舅妈吧? 舅妈，您好好看看，我差点让那些人砸死，就是因为你儿子把两个皮箱放在我这里，还有这条狗，都被那些人弄死了。我都被人打成这样了，你以为我会怕你? 你们余家人? 当年余成峰刚跑青岛去，你们家的日子没法过，你们余家人谁帮衬你了? 要不是我看王小秀可怜，帮她耕地，你们娘儿们得出去要饭吃! 你们余家好歹也是读书人，怎么有你这么一个恶毒女人!"

老妇人气得要抓王顺，被王顺一把推倒在地上。老妇人哇哇大哭，王顺推开王小秀，说："你回家吧，我不想听你们婆媳在我院子里骂街。"

王顺一瘸一拐进了屋，关上了门。

王小秀看着王顺关上门，也转身就走。老妇人从地上爬起来，跟在王小秀后面，边走边骂："你这个骚货……"

王顺先爬到炕上躺了一会儿，觉得身上没有那么疼了，肚子却开始咕咕叫，他便拖着身体下炕，烧火做饭。

锅里的水烧开了，屋子有了热乎气儿，王顺似乎看到了生活的希望。他吃了饭，从锅里舀了热水洗了脸。他本来想洗头的，但是想到头上很多地方被打破了，就没洗。

睡觉的时候，王顺做了一个梦。他梦到高团长等人抓到了余成峰，余成峰被高团长押着来到他家，向他要皮箱。余成峰大骂王顺，说他不忠不义，坏了江湖规矩。

梦醒后，王顺再没有睡着，瞪着眼一直到天亮。

听到外面有人走动，王顺想起床。这时候，他感到全身上下，从头发梢到脚指甲盖，无处不疼。

别说爬起来，就是动一动，他都觉得身上的皮肉要裂开了。

王顺咬着牙，先试着让左腿动了动，腿虽然疼得厉害，但是能动。他又试着让右腿动了动，两条腿都能动，两只胳膊也没事，这让王顺有些放心了。他慢慢活动身体，靠墙坐了一会儿，听到外面院子里有脚步声。王顺也懒得管，一直听到脚步声来到门前，余唯甄在外面喊："外甥，起来了没有？"

王顺回了一声："没有，浑身疼呢。"

余唯甄推开门，带着两个人走进来。

看到王顺靠着墙坐着，头上还有血迹，余唯甄有些担心："腿断了？"

王顺摇头，说："没有。就是浑身疼。"

余唯甄说："哦，那就没有事儿，歇两天就好了。他们两个是来拿皮箱的，昨天晚上光顾着抓人了，皮箱忘了拿。"

王顺低下头："拿走吧。等余成峰问我，我就说被保安团的人抢走了。"

余唯甄笑了笑，说："余成峰恐怕再也不敢回来了。"

王顺问："保安团没抓住他们？"

余唯甄说："没有。他们挺有心眼儿，在新日客栈开了一间房，却没在里面睡，在相邻的另一家客栈住着，高团长他们去新日客栈抓人，余成峰和他的女学生趁机溜了，两人挺能跑，保安团有人有马，也没抓住他们。"

王顺咧嘴笑了一下，忙收回表情，说："哦，这小子挺有心眼儿。"

余唯甄扔给王顺十个铜板，说："高团长让我代表他向你道歉，这十个铜板，你拿着去找黄老四包扎一下，开点儿药。"

余唯甄带着人走了，王顺从炕上慢慢下来，烧火做饭。吃了饭后，他拿着铁锹出去，先挖个窝，把黑狗埋在了杏树下，然后关了门，去找郎中黄老四把脑袋上了药面，包扎了一下，又带了一服草药回家煎。

王顺在家吃了三天药，身体的疼痛明显减轻了，头上的纱布还不能揭，但是他戴着帽子也看不出来。

10. 余唯甄成立联庄会

余唯甄派儿子来到王顺家，请王顺喝酒。王顺不愿意去，又不敢不去，只得买了两包点心，提着去了余唯甄家。

让王顺没有想到的是，高团长也在余唯甄家，正和余唯甄坐在八仙桌前喝茶。

余唯甄让手足无措的王顺坐下，高团长亲自给他倒了一杯茶，说："王先生，我先向您道歉啊，那天晚上的事儿，实在是不好意思，您别生气。"

王顺呵呵笑了两声，没说话，端起杯子喝茶。

余唯甄对王顺说："外甥，咱这里没外人，我就直说了。县里号召各村成立联庄会，各村有会长，十个村一个总会长，老夫不才，受高团长推荐，为东乡十村总会长兼余家沟会长。联庄会为三户出一丁，不出丁的两户各纳粮三十斤，县里还有一些粮饷，多少未定。现在村里联庄会成立在即，还缺一位称职的队长，高团长慧眼识珠，说你见多识广，可任队长一职，不知外甥是否愿意？"

王顺一愣："我?! 我一个外乡人，怎么能当这个队长?! 不行! 不行! 舅舅，您还是另找高人吧，别耽误了您的事。"

高团长接话说："王先生，您可别小看了这个联庄会的队长。就拿你们余家沟来说，一共三百多户，三户出一丁，那就是一百多人，一百人分十个小队，这十个小队都归您管，这权力比保长也差不了多少。您说得对，这种角色应该是族里有些名望的年轻人担任，不过这余家沟的年轻人，很少出门，没有见识，除了会种地，别的都不懂，怎么当这个队长？王先生走南闯北，见识多，懂得多，总比村里这些从来没出过门的年轻人强。我不会看错，余家沟的队长，非你莫属。"

王顺对这飞来的官职根本不感兴趣，他来到余家沟，本来是想远离江湖，远离是非，当一个平平淡淡的老百姓，没想到，各种各样的事情轮番找到他身上。联庄会队长，说得好听，其实就是保安团的狗腿子、会长的看门狗，天天招惹是非，他可不想当这么个角色。

王顺说："高团长，舅舅，我王顺当年从沧州来到余家沟，投奔我舅舅，就是厌烦了江湖是非，厌烦了天天跟人打交道的日子，劳心劳肺的，我受不了。这么些年了，舅舅您应该知道，我不愿意串门，从来不像村里人那样，闲着就摸牌九，我闲着没事，哪怕天天跑地里玩土坷垃，也不愿意聚到人堆了，我这种人，怎么能当这个队长？"

余唯甄点头，说："这倒是。"

王顺拱手说："高团长，舅舅，王顺对不起你们两位了，我一个外乡人，来到余家沟，就想过个安稳日子。我谁也惹不起，谁也不敢得罪，别说队长，就是联庄会，我也不想加入，我可以拿粮食，拿双倍粮食都行。"

余唯甄想了想，说："这个不勉强，外甥啊，咱先吃饭，这个事你回去想几天，过两天再答复我。"

王顺说："舅舅，我刚吃过饭了，你们吃吧，我家里的猪还没喂呢，我先走了。"

余唯甄留王顺吃饭，王顺不肯，逃也似的从余唯甄家出来，回了家。

此后余唯甄派人挨家挨户征询，愿意出丁还是愿意纳粮，王顺选择了纳粮。愿意出丁的人数不少，三百户人家的村子，出丁的占一半以上。第一天训练，高团长亲临余家沟讲话，看到出丁的竟然还有六十多岁的老头，哭笑不得，让余唯甄重新招人。年龄这么大了，跑都跑不动，要是土匪来了，怎么上阵打仗？

余唯甄让人重新招人，年龄限定在十六到三十五岁。这次人少了，只招到了不到八十人。高团长过来看了，又剔除了一些瘸腿瞎眼的，手脚不麻利的，剩下了六十多人。高团长派人训练这些人站队做操，拿着刀砍草人，村子一下就热闹起来，很多人都去看。王顺没去，他对这些事完全没有兴趣。

王顺没有当余家沟联庄会的队长，余唯甄又找到他，希望他能当个分队长，老东西甚至暗示王顺，如果他参加了联庄会，当了分队长，对他勾引王小秀，会有很大的帮助。

王顺对余唯甄的暗示嗤之以鼻。余唯甄对王顺的不屑很是恼怒，对他说："外甥，你是不是被余成峰迷惑了？！我余唯甄读书比你多，走过的桥比你多，我可以明白地告诉你，天下乌鸦一般黑，无论谁做皇帝，老百姓都是种地吃饭的命！唐宋元明清，哪个朝代造反，不是老百姓死光了，人家当上大官了？我这个当舅舅的应该告诉你，离余成峰这种祸害远一点儿，这是为你好，为全村人好！别被人卖了，还帮人家数钱！"

王顺知道余唯甄说的话是有道理的，可惜的是，这个老东西还是不知道自己在想什么。王顺懒得告诉他。他种自己的地，吃自己打下的粮，没有必要把什么都告诉别人。

余唯甄把联庄会闹得轰轰烈烈，王顺关着门在家里扒花生、剥玉米。

村里要整修围墙，这个得支持。王顺踊跃出工，还捐出了两袋子玉米。老寨山里有一股土匪，二三十个人，以打家劫舍为生。因为余家沟离老寨山比较远，又不靠官道，没有生意人，土匪们很少来余家沟骚扰。余唯甄在附近村子带头修筑围墙，又放出话去，说成立联庄会，主要就是为了防土匪，老寨山里的土匪不高兴了。土匪头子叫宋晓，是个杠头，他让王金三送信给余唯甄，让他送一百个大洋，还要写信道歉，或者他不当这个联庄会会长，否则就要马上发兵，进攻余家沟。

宋晓当年是个推车的脚力，给贩子从北乡运送花生、芋头、蚕茧等物到金口码头。后来因为贩子欠钱不给，宋晓去要钱，被贩子给打了。宋晓去找王金三，让王金三帮忙打官司，王金三帮忙写了状子，最后官司赢了，贩子却一直不肯给钱，宋晓气不过，杀了贩子，自己落草为寇。

宋晓因此让人把信送给王金三，让王金三把信送给余唯甄。余唯甄看了后，哼了一声，说："这个蠢东西，他要是敢来余家沟，我就先杀他祭旗！让他看看是我这个总会长厉害，还是他这个土匪头子厉害！"

王金三说："余会长，宋晓这个人是个好人，他就是气不过你说联庄会是为了对付土匪的话。还有，当年宋晓曾经到余家沟请您给他写一副对联，让您给骂了出去，他为这个事，一直耿耿于怀呢。"

余唯甄点头，说："对，当年这个家伙抢了城里张老板的绸缎庄，送了一匹绸缎给我，让我给他写两幅字，这种人，我能给他写字吗？张老板多好的一个人，被他抢了一次，破产了，回家种地去了。"

王金三说："他入了这行，手下有几十名兄弟要养活，没办法的事，抢了张老板，宋晓后来也挺后悔，把大部分绸缎都给他送回家去了。"

余唯甄说："这个我知道。不过这种人，终究是祸害。王老板，麻烦您捎信给他，让他尽管来吧。我余唯甄要是怕一个土匪，我还当什么总会长？！"

11. 联庄会闹剧

宋晓还真来了。

王金三把余唯甄的口信捎给他两天后，宋晓在大白天，骑着一匹骡子来到了余家沟。宋晓穿着长袍马褂，四方大脸，像是一个做生意的老板。他来到余家沟村外，看余家沟老百姓正在忙活着砌围墙，他从骡子上翻身下来，牵着骡子，走到正在低头弓腰搬石头的王顺面前，问："这位兄弟，余唯甄在哪儿?"

王顺抬头，看了看宋晓，指了指围墙大门，说："从门口进去，在围墙旁边的茅屋里。"

宋晓牵着骡子，从大门走进去，看到了位于围墙里面右侧的小茅屋。宋晓把骡子拴在茅屋旁边的槐树上，摇摇晃晃走进了屋子。

茅屋不大，中间放了一张八仙桌，桌子四周放了一圈长凳。靠东边有一张用木板搭起来的简易木床，床上被褥没叠，看起来脏兮兮的。

余唯甄正坐在桌子前打瞌睡。

宋晓来到桌前坐下，说："余会长，我来看您了。"

余唯甄抬起头，擦了擦嘴角的哈喇子，问："你是谁? 有事吗?"

宋晓笑了笑，说："我是宋晓啊。"

余唯甄刚要趴下的脑袋，猛然抬了起来，他瞪圆了眼珠子，看着宋晓："你就是老……老寨山……"

宋晓轻轻拍着桌子，说："对啊，我就是在老寨山占山为王的土匪宋晓，今天看您来了。"

余唯甄要站起来，被宋晓示意坐下，宋晓说："余会长，您放心，外面都是您的人，都在砌墙呢。我就一个人来的，您没必要害怕。"

余唯甄辩解说："我一个读书人，有什么好怕的？"

宋晓呵呵一笑，说："余会长在富水也算是个人物，怎么会怕我这个小土匪？说出去让人笑话。"

余唯甄问："宋头领来余家沟，不知所为何事？"

宋晓跷着二郎腿，说："余会长说不怕我这个当土匪的，让我随便来，我这不就来了嘛。没别的事儿，就是来看看余会长，这围墙修得不孬，余会长这是打算饿死宋晓和山上的兄弟们啊。"

余唯甄看了一眼笑里藏刀的宋晓，有些胆怯了，说："重新成立联庄会，是县太爷下的命令，我这个东北片总会长，也是县太爷任命的，各村重修围墙，也是县太爷的命令，此事宋头领应该去找县太爷。"

宋晓说："放心，我早晚会去找他。不过在找县太爷之前，我得先找你们，以免日后自己怎么死的都不知道。"

余唯甄恼了："宋头领这是威胁我？"

宋晓摇头，微微一笑，说："不是，本头领这是给余会长送个信儿。您知道西黄家老财主吧？我们杀他之前，我也是亲自去给他送了信儿，让他把钱送到山上，他不听，还想跑。您说要是附近的财主都像他一样跑了，我们找谁要钱去？找那些穷百姓？穷百姓自己吃的都不够，哪里有钱粮给我们？我没办法，只能把他杀了。你们这些人，瞒上欺下，自己吃得饱饱的，给我们这些穷人一点怎么了？何苦把自己小命送了。"

余唯甄苦着脸说："宋头领，我这刚当上总会长，还一点钱没捞着呢。您也知道，保长是个苦差事，一年那点俸禄，不够买双鞋的。"

宋晓笑了笑，说："联庄会会长是个肥差，保长算个屁。你这个总会长，一年捞二百个大洋不费劲。你拿一百给我，我让兄弟们配合您演几场戏，我保证您还能多赚二百！"

余唯甄哦了一声，问："演戏？演什么戏？"

宋晓说："当然是好戏了！我带人压庄，你带着联庄会把我们打跑，你有了面子，那些不愿意交钱的老百姓，肯定会赶紧交钱。还有村里的地主，都会来巴结您，到那时候，别说一百大洋了，您一年赚一千大洋，都没问题。"

余唯甄沉吟着："这个……不会露馅?"

宋晓呵呵一笑："放心，我们跟栖霞的几个会长演过好几回了，没人知道。要是您不放心，咱今天晚上就演一回。"

余唯甄想了想，站起来在房间踱步。这是他的习惯，在私塾教书的时候，他都是边踱步，边监视学生，边思考问题。

当然，为了不引起宋晓的过度反应，余唯甄都是绕着自己的椅子转圈踱步。转了几个圈后，余唯甄说："村里很多人不愿意交钱交粮，宋头领的这个办法倒是不错，起码能让这些不愿意交钱粮的人，赶紧把钱粮交上。"

宋晓拍了拍桌子："您看，这就叫合作! 大家合作起来，才都有钱赚，要是打起来，不是你死，就是我伤，有什么意思?"

余唯甄说："不过这戏怎么演，老夫可是一点经验都没有，宋头领可要多多帮助。"

宋晓笑了笑，说："这个您放心。傍晚我会派一个兄弟来到余家沟，他让您怎么做，您就怎么做，保您万无一失。不过咱说好了，要是这戏演好了，十天之内，您得把一百大洋给我送到山上。"

余唯甄拱手说："这没啥可说的，您放心便是。"

宋晓站起身，朝着余唯甄拱手，两人皆微微一笑，像极了一对心有灵犀的老友。之后，宋晓便转身走出了茅屋，解开了骡子缰绳，翻身上了骡子，一直走出余家沟围墙的门洞，最终消失在路口拐弯的地方。

当天傍晚，宋晓派的人果然来到了余家沟，找到了余唯甄。余唯甄按照此人的建议，让作为总队长的儿子挨个儿通知联庄会队员，分别到东西两处大门附近隐蔽，准备伏击土匪。

半夜时分，宋晓果然率领土匪来到东门。余唯甄亲自率四十名联庄会队员守着东门，看到土匪来到，朝着他们就开了一火铳，然后众队员有土枪的放枪，有弓箭的射箭。宋晓也不示弱，边让人朝着城墙开枪，边指挥一部分人朝村里冲。

余唯甄上马，带着联庄队的人迎战土匪。土匪看到村里有了准备，转身便逃。有点出乎余唯甄意料的是，宋晓的土匪中竟然有一人中了一箭，被余唯甄的人抓住了。

这让余唯甄为难了。宋晓派人与余唯甄商量，此人让余唯甄把俘虏杀了，算是他余唯甄的功劳，不过余唯甄要多付五十个大洋，算是给这个人家人的抚恤金。余唯甄不想杀人，半夜偷偷把人放了。

余唯甄与宋晓的这一场戏，让余唯甄在富水名声大振。余家沟以及附近村的老百姓更是踊跃交钱纳粮，联庄会队员走在路上，神气得不得了。

第三章

■ ■ ■

流民事件

01. 私塾内的风流事

临近年关，修围墙的老百姓经常请假，赶集置办年货，围墙的进度显著减慢。高团长带着县知事来余家沟视察，看到修墙的老百姓稀稀拉拉，还有不少老人妇女，出工不出力，知事不高兴，话语中对余唯甄这个总会长表现出了失望。

余唯甄非常郁闷，命令联庄会队员挨家挨户找人，确保每日修筑围墙的青壮年人数要达到一百二十人以上，平均每户每日要出青壮年一人，或者五十到六十岁老人、青年妇女二人，孤寡家庭除外。家里有故无法出工者，以相应钱粮顶替。

此举实行下去，村里一片哗然。有几户贫困人家，不出工，也不想交纳钱粮，余唯甄亲自带着联庄会几个蛮横勇武者，威逼利诱，顺利地把他们摆平。

村里有户寡妇，叫赵小娜，二十八九岁，带着公婆和两个女儿过日子。赵小娜丈夫也姓余，是余唯甄的小辈。其人是个赌徒，天天跑到镇上的赌场赌钱，家里原有的四亩好地都卖掉抵账了，穷得揭不开锅，要不是余唯甄拦着，赵小娜母女都差点被他卖了。后来欠账太多，没钱还，赵小娜的丈夫被人砍断了一条腿，扔进了沟里。被人发现后，抬到了家里，当时的保长余成峰自己掏钱，让郎中给赌钱鬼医治，可惜赌钱鬼因为流血过多，当天便一命呜呼了。

赌钱鬼以自己的命还了赌债，赵小娜带着两个女儿和年迈的公婆，日子过得非常艰难。她从余唯甄手里租了四亩地，和公婆靠着种地和偶尔给人打短工熬日子。

家里没人参加联庄会，本来就出了一份粮食，现在又要出一份砌围墙的钱粮，赵小娜实在拿不出来，就趁余唯甄在私塾的时候，去找余唯甄，让他宽限一些日子，等明年粮食下来，再拿这一份。

余唯甄与赵小娜一家血缘很近，他们租种他的土地，他只是象征性地收一些租子，赵小娜对这位年龄与其父亲相近的大叔，很是感激，所以她来求余唯甄，还带了八颗鸡蛋。

余唯甄的私塾是一处独立的院子，有间大学堂，还有一处自己的住处和书房。赵小娜来找余唯甄的时候，余唯甄刚好在书房里翻书，旁边的学堂里，传来琅琅的读书声："人之初，性本善……"

余唯甄看着赵小娜篮子里的鸡蛋，说："侄媳妇啊，这联庄会的钱粮，是每年都要交啊。围墙的钱呢，你种的那点儿地，你们一家五口吃饭都勉强，明年你能有钱粮交上？"

赵小娜低头说："大叔，您先帮忙宽限一下，明年或许就有办法了。听人说去金口织渔网赚钱，明年我想找几个伴，一起去织渔网。"

余唯甄笑了笑，说："织网能赚几个钱？再说了，织网是在春天，咱这儿刚好是开始耕地种花生的时节，你走了，家里的地怎么办？"

赵小娜不知说什么好了。

余唯甄把篮子递给她，说："把鸡蛋拿回去，给孩子吃。孩子长身体，不能马虎。等我下午跟村里老人商量一下你家钱粮的事，傍晚验收围墙回来，你再来。"

赵小娜答应了一声，转身就走。余唯甄抓住她的手，把篮子递给她："拿上！这里是私塾，把鸡蛋放在这里像什么？晚上还到这边来啊，我这些日子都住这里。"

赵小娜哦了一声，提着鸡蛋走了。

前朝贡生余唯甄看着赵小娜丰满的屁股和年轻的腰身，不由得微微露出了笑容。余唯甄起身，照了照镜子。虽然年近六十，但是他脸色红润，脸上没有老年斑，看起来依然精神头十足。美中不足的是，他脑袋上的头发都白了，当然，还有眼角干树皮一样的鱼尾纹。

傍晚，余唯甄亲自验收完了今天所砌的围墙，回家吃了点饭后，便以要处理公事为由，来到了私塾。

让他有些失望的是，赵小娜没有在私塾门口等他，不过这也让他有些心安。虽然他贪图赵小娜的年轻貌美，但是他又担心此事暴露，再像当年与王小秀那样闹得尽人皆知。

余唯甄开了私塾门，正要进去，突然一道身影来到面前，叫了他一声："叔。"

余唯甄手一哆嗦，轻轻答应了一声，推着赵小娜走进院子。

关院门之前，余唯甄转头四下看了看。劳累了一天的余家沟很安静，此时围墙上已经有人开始值夜了，余家沟几个喜欢赌钱的也都不敢出去了，余唯甄对村子的状况很满意。当然，他对今天晚上也满怀期待。

关上院门，余唯甄打开屋子门，进入书房，赵小娜在后面跟着进来。

余唯甄点上蜡烛，看到赵小娜神情紧张，就笑了笑，问她："侄媳妇啊，你吃饭了没有？"

赵小娜点了点头，说："吃了。"

余唯甄在书桌旁坐下，说："我今天下午跟村里几个老人商量了你家的事，不好办啊，像你这种情况的不少，要是一家开了头，别家的就不好弄了。"

赵小娜眼角红了："大叔，您知道我家的情况。要是再把这份粮食交了，家里就快断顿了。我们孤儿寡母的，您要是不管，就更没人管了。"

余唯甄让赵小娜在他旁边坐下，他拾起她的一只手，说："你看看，年纪轻轻的，就把一只手糟践成这样。多好的媳妇啊，余成国这个玩意儿真是对不起你啊！"

余成国就是那个赌鬼，赵小娜的丈夫。

赵小娜低着头，任凭余唯甄抓着她的手。

余唯甄感叹完赵小娜的手后，伸手在她的腿上拍了拍，说："不过侄媳妇，你是不知道，找你大叔的人太多了，我也为难啊。"

赵小娜抬起头，脸色蜡黄："叔，我什么都明白。"

余唯甄哦了一声："你……你明白什么？"

赵小娜起身，把外面的棉衣脱了，露出了里面的亵衣。赵小娜脸晒得黑，身上却很白，身材曼妙，一对乳房像两只小鸽子，顶着亵衣，似乎要飞出来。她来之前，显然用香胰子洗了澡，身上还散发着混着体香的香味儿。

余唯甄忍不住，咽了一口唾沫。他给赵小娜把棉衣披上，带着她来到寝室。余唯甄的寝室生着煤炉子，很暖和。

两人脱光衣服，钻进被窝。余唯甄抱着赵小娜的身体，又亲又啃，赵小娜催促他说："您快些吧，家里还有两个孩子呢。"

余唯甄鼓足力量，爬到赵小娜身上，分开她两条腿，刚要入巷，院子里突然一声惊叫，吓得余唯甄赶紧下来，就要穿衣下炕。衣服没穿完，院子里传来两只猫怒吼打斗的声音，余唯甄骂了一句猫，复又爬上赵小娜的身子。

此番两人努力，终于把好事做成，余唯甄心满意足，躺在炕上歇息。赵小娜说："大叔，看您平时一本正经的样子，我都不敢想您还能干这种事。"

余唯甄说："这有什么？是猫就吃腥，是个猴子就上树。男人长了这么个玩意儿，天生就是长给女人用的。这人啊，在人面前就得一本正经，这要是在人面前不装一装，那不就乱套了？就像你喜欢人家家里的东西，人家要给你，你就得说你不喜欢，或者家里有，你如果张口就要，这就不好了。"

赵小娜说："照您这么说，背后偷就好了？"

余唯甄一本正经地说："我偷的是人，又不是东西。这个多用几次少用几次，对于你我都没有损失，偷东西不行，那是贼。孔夫子都说，吾未见好德如好色者也，可见这好色乃人之本性。我余唯甄这么大岁数，就喜欢这一口，再委屈自己还有什么意思？"

赵小娜小心翼翼地问:"大叔,那围墙钱粮的事,您可得费心了。"

余唯甄拍了拍赵小娜的屁股,说:"你呀,真是个傻女子!放心吧,以后在余家沟,有你大叔我吃的,就有你吃的。"

02. 陌生的院子

县知事再次光临余家沟,这次知事大人对余家沟的围墙进度和质量表示满意,余唯甄长出一口气。

此时离过年仅剩五天了,知事大人走后,余唯甄下令除了联庄会队员之外,其余人放假过年。众人大喜,纷纷回家,开始准备迎接新年。

王顺怕得罪余唯甄,在交纳钱粮的同时,每天坚持到村外砌墙,因为家里没人做饭,早上和中午吃的都是冷饭,晚上回家才能烧一下炕。有时候累极了,他回到家啃几口玉米饼子,穿着棉衣钻进被窝就睡。

余唯甄宣布放假过年,王顺也没什么高兴的。自己光棍一个,过年也没人来看自己,自己一个人过年就包几个饺子,简单。

王顺唯一感到有些疑惑的是,余唯甄给他们放假的第一天傍晚,他扛着铁锹和锤子回到家,看着眼前这个破落的院子,突然觉得极为陌生。

低矮的院墙,几块木头已经脱离束缚的栅栏院门,到处是乱草的脏兮兮的院子,好像很多日子都没人住过的样子。他突然想到舅舅就死在眼前的杏树上,自己千里迢迢带着老婆孩子来到这儿,本来是想过安稳日子的,却没有想到,自从来到这余家沟以后,大灾小难连连不断。与自己想象中的阡陌相连、老婆在家里做饭、儿子在家里逗狗撵鸡的日子竟然背道而驰。

难道舅舅当年吊在树上，真的是有其用意？是在劝自己不要到余家沟来？

王顺站在院子外，仿佛看到舅舅左手拄着竹杖，探着脚下的路，右手拿着一根短些的竹杖，朝前探着远处的路，在院子里转来转去。偶尔，舅舅还会站住，侧耳听着门外，仿佛在听他王顺是不是来了。

有一点王顺可以肯定，舅舅是在收到自己信后，估摸着自己的行程，觉得自己差不多到了余家沟，才上吊的。

问题就来了，他即便要寻死，为什么不在自己来了之后，把要寻死的原因和他心里的事告诉了自己之后，再去死呢？他是怕告诉了自己之后，自己不让他死了，还是有其他的原因，或者寓意？

街上已经有儿童开始放爆竹，陡然的一声声爆炸，让王顺觉得烦躁。他紧紧地盯着在院子里转圈的舅舅余世民，想从舅舅细微的动作变化中，找到一些能表明他的目的的蛛丝马迹。

王小秀出来抱草做饭，看到了站在门口一动不动的王顺，她喊他："王大哥，站在门口做什么呢？天都快黑了，还不做饭？"

王顺木头杆子似的站立着，仿佛没听到她的话。

王小秀有些疑惑，她走到王顺面前，抬头看了看他，问："王大哥，你在看什么呢？"

王顺示意她小声点："我在看我舅舅，他在院子里转圈呢。"

王小秀吓得朝后退："王大哥，你别吓我，你舅舅死了好几年了。"

王顺小声说："是我舅舅的魂。他好像有什么心事，在院子里转来转去。"

王小秀躲在王顺身后，朝院子里看，院子还是那个院子，光秃秃的，什么都没有，连鸡都不知道躲哪里去了。

王小秀长出一口气，说："王大哥，你净吓唬我，院子里什么都没有。"

王顺说："不是没有，是你眼神不好。王小秀，你赶紧抱草做饭去吧，我再看会儿，我看这个老东西要干什么。要是他能听见我说话，我就要问问他，为什么在我快要来到余家沟的时候上吊死了，他就不能等我几天吗？"

王小秀看看四周无人，伸手摸了一下王顺的脑袋，说："脑袋不热啊，怎么净说胡话呢？"

王顺说："你别乱摸，让你婆婆看到，又得骂你。"

王小秀哼了一声说："听兔子叫，不用种豆子了！老东西看不到，也照样骂我，把骂人当干粮吃，吃一顿少一顿，让她骂去吧。王大哥，你这是八字不清，看到鬼了，你别动哦，我去叫四婶啊。"

王小秀顾不得拿草烧火了，转身就朝村东南角跑。她口中说的四婶，就是赵小娜的婆婆。老人家已经六十多岁了，是村里半个神婆。据说有鬼眼，有人吓着了，她能看到那人的魂掉在了哪里，也会破解一些简单的迷障。

王小秀跑到她家，老人家正在院子里喂鸡。听说王顺被他舅舅"神住"了，老人家让王小秀先走，去村东头桃园折一根桃树枝，她洗洗手，马上就去。

王小秀一路小跑，跑到村东头桃园里，折了一根桃树枝，又一路小跑，拖着桃树枝来到王顺家。

赵小娜的婆婆已经来到了王顺家门口。她从王小秀手里接过桃树枝，走进王顺院子，突然破口大骂："老瞎子，你这个老不死的，你回来出溜什么?!人有人道，鬼有鬼道，去了阴间，就不能坏了规矩！你嫂子我来警告你，马上回去！你要是不回去，你嫂子我去请牛头马面，把你抓回去，把你关进大牢七七四十九天！"

这个瘦小的女人，桃枝在手腰背挺直，手中桃枝挥舞得呼呼生风。她边骂边挥舞桃树枝，在院子里转了三圈，然后拖着树枝出来，在王顺身上抽了几下，对王小秀说："行了，让他把桃枝折断，在院墙上各个方向都压上一小截，就没事儿了。"

王小秀向老人家道谢，老人家摆摆手走了。

王顺还是一动不动。

王小秀问王顺："大哥，你舅舅走了吧？"

王顺说："大概是走了。刚才那个老妇人在院子里挥舞树枝，我看到我舅舅好像害怕了。"

王小秀说："那你进屋吧，你看天都黑了，烧火做饭，家里就暖和了。"

王顺点头，走进院子，开始抱草做饭。王顺的院子大，草垛在院子里。他点上蜡烛，开始生火做饭，家里有了热气，王顺才觉得这屋子跟自己热乎了起来。

03. 血战流民

临近年关，附近的治安状况越来越差。据说从西南来了一帮流民，他们其中的很多人，是当年流落到山东的捻军的后人，这些流民三五成群，挨家乞讨，如果见家里没有成年男人，便会变乞讨为抢劫，金钱、鱼肉，甚至粮食，见什么抢什么，闹得附近人心惶惶，老百姓不敢出门。

高团长带着保安团，像掉了头的苍蝇，四处乱飞，好不容易抓了十几个乞丐，却都是老弱妇孺，看着也不像能打能抢的，就把他们送去了万字会。万字会却早已人满为患，只是给了他们一些吃用之物，就把他们撵了出来。

正是这些吃用之物害了他们。两天后，这十几个乞丐便横尸富水城外，而杀害他们的，正是那些缺吃少穿的流民。

流民打家劫舍，四处流窜，专门欺负弱小。后来他们还强强联合，经常几百人趁夜突袭一个村子，然后迅速撤离。而在此之前，这个村子里的狗都会突然消失。

上了年纪的老人惊呼："长毛又回来了！"

老人所说的"长毛"，便是曾经在富水杀人无数的捻军。当年富水老百姓为了躲捻军，带着粮食等物躲进了山里，捻军跟踪而至，将这些老百姓全部杀害，尸体填满了一条山沟，此沟后来便被称为"死人沟"。

"长毛"来了的消息，迅速传遍了富水的山村集市、大街小巷，小小的富水县四处弥漫着惶恐不安的气氛。

围墙对付小股土匪可以，但是无法防范潮水一样的流民。据说这些流民爬墙如履平地，爬这些用乱石干垒的围墙，更是不费劲。

高团长给各村配备了几支汉阳造的枪，命令各村加强戒备，防备这些越来越成规模的流民。余唯甄作为总会长，忙得团团转，他要到下辖各村督导防御，还要亲力亲为，为余家沟的防御操心劳累。

要昼夜防备这些流民，村里八十个联庄会队员根本不够，余唯甄又在村里抽调了四十名年龄大一些的男子，加入巡逻站岗队伍。这次王顺实在逃不开了，便也从村里领了一把大刀，成了晚上巡逻队的一员。

比较有意思的是，盘踞老寨山的宋晓听说流民袭击老百姓，很是不高兴，他带着他的手下出山，打击那些为非作歹的流民。流民愤怒了，进攻宋晓的老巢，官府进攻无数次皆无功而返的宋晓匪巢，竟然扛不住流民的围攻，宋晓只得带着人从山上跑下来了。宋晓找到王金三，让王金三联系官府，说只要官府肯收编他们，他们愿意归顺官府，与保安团一起对付这些流民。

王金三找到高团长，让高团长与宋晓谈判。宋晓不相信高团长，他想直接见县知事。高团长将此事禀告县知事，县知事力排众议，同意让宋晓加入保安团，并全员列入保安团第八大队，队长宋晓，直接受县知事领导，并负责余唯甄这片联庄会的协防。

当宋晓穿着制服，骑着他的骡子，带着四十名手下来到余家沟的时候，连见多识广的余唯甄都惊得闭不上嘴巴。

宋晓拱手，哈哈大笑，说："余会长，咱现在是一家人了。"

余唯甄忙回礼："宋头领……不，不，宋队长，这东北片区有您，我可就放心了。"

宋晓向余唯甄献计，双方联合，主动出击，消灭附近的流民。

余唯甄摇头，说："流民之中，还是有不少好人的。如果主动出击，便会伤及无辜。"

宋晓哼了一声，说："我当过土匪，我还不知道'人'是什么东西?! 有吃有喝的时候，都是好人，要是饿得不行了，你再不抢就要饿死了，我保证人人都是杀人犯！那些流民本来就是普通的老百姓啊，鲁西南土匪闹得厉害，加上大旱，他们才逃出来，成了流民。这人啊，没法说孬好，逼急了兔子还咬人呢。我宋晓当年要不是穷得没办法，能上山当土匪? 这就叫穷则思变。呵呵，也幸亏我当了这土匪，要不今天我能上保安团队长? 余会长，您就听我的，咱先出击，杀一些流民，剩下的那些就不敢朝这边跑了，他们爱祸害谁就祸害谁，跟咱没关系。要是别人先下手了，这些流民都跑到咱这儿来了，咱可就麻烦大了。"

余唯甄觉得宋晓说得有道理，有些动心了："可不能杀人太多。要是一吓唬他们就跑了，那就放他们跑。"

宋晓点头，说："余会长放心，要不是没办法，土匪也不愿意杀人。"

余唯甄动用总会长权力，组织了一支二百人的精壮队伍，让宋晓指挥，这二百人中，就包括了王顺。

宋晓早就派人暗中跟踪这些流民，得知他们在附近主要的住所有两处：第一处，便是昔日他的老巢老寨山主峰；第二处，是孙家村东废弃的寺庙。

住在老寨山主峰的流民，都是精壮能打的，很显然，他们有盘踞老寨山的意思。

老寨山里有一个小小的尼姑庵，在龙门寺南不远处，尼姑庵里住着两个尼姑，一个老一个年轻，山上的流民要把那个年轻的抓到山上，幸亏老尼姑有准备，让年轻的尼姑跑了出来。小尼姑跑到附近村子求救，村子的联庄会派人把尼姑送到余家沟。余唯甄得知那些流民竟然调戏尼姑，气得鼻子冒烟，要求宋晓赶紧把山上的这些流民撵走。

宋晓得知住在山上的流民有二三百人，觉得现在这点人马不够用，又让余唯甄加人。余唯甄去请高团长协助，高团长不肯，说宋晓就是个土匪，他高团长是文明人，怎么能跟土匪搞在一起？

余唯甄没有办法，又从各村抽调人马，凑了一百人，交给宋晓。

宋晓不愧当了多年的土匪，敢打敢拼。半夜时分，他带着这三百多人摸到半山腰，让他们先埋伏起来，等山上枪响后，便向山上冲锋。他又亲自带着二十名兄弟，拿着枪绕到后山摸进山寨，先枪杀了几名站岗的流民，便一路开枪朝山寨猛冲。流民们手里没有趁手的武器，最多有把长刀，很多人手里的武器是在山上折的木棍，他们哪里见过汉阳造的威力？流民们冲锋了几次，见冲在前面的都被一枪撂倒了，再也不敢冲了，有的缩在山寨简陋的城墙里，有的转身朝山下跑。

山下三百多人听到枪响，乱哄哄朝上冲，刚好与朝下跑的流民撞在一处。联庄会队员有枪，枪声一响，冲在前面的流民纷纷倒地。流民们害怕了，四散而逃，也有一部分不怕死的举着木棍冲下来，双方战在一处，血肉飞溅，哭爹喊娘之声此起彼伏。流民虽然勇猛，但手中的木棒杀人困难，联庄会的武器除了枪，还有火铳，最差的是大刀，打起来，流民们就吃亏了。双方厮杀到天微微亮，流民们除了跑了的，就是在地上躺着的了。

山寨上与宋晓对抗的流民听到下面的喊杀声，知道这次人家是做了充分准备，便一股脑儿朝下冲。宋晓心狠手辣，带着手下追着打，一直到不见踪影。

王顺不想杀人。他在闯荡江湖的时候，经常看到四处流荡的逃荒者。他们胆小、可怜，王顺无法把他们与凶神恶煞联系在一起。他在众人朝山上冲的时候，便落在最后面。双方厮杀起来后，他和几个胆小的藏身在黑暗的树林里，即便有仓皇的流民从他身边跑过，他也一动不动，藏身于大树后。

天亮后，王顺跟着众人一起，绕过地上的尸体，来到山顶。宋晓正在带着人四处搜索漏网之鱼，只要发现有受伤的流民，不论老弱妇幼，一并杀死。

宋晓得知下面树林中的流民有的受伤未死，大怒，骂了带头的联庄会队长和他的二十多名手下，让他们迅速下去，杀死那些受伤的流民。

王顺等人返回，来到刚刚与流民交战的地方。受伤轻的流民已经离开，重伤的有的坐在地上，有的躺着呻吟。半面山坡，到处都是血，都是死人，都是穿着破烂的流民。这些流民有男有女，而且还有十多岁的孩子。他们现在大都静静地躺在山坡上，等待腐烂。

联庄会的人夜晚杀人都挺有劲，现在看到这些蓬头垢面、破衣烂衫的老百姓，下不去手了。他们站在这些浑身是血的流民面前，不知所措。

王顺看到一个腿上中了刀伤的汉子，正拖着一条腿在地上爬。他走过去扶着他，让他藏在山坡下的一棵松树后面。

宋晓在后面带着土匪们冲下来，他们直接冲到前面，枪杀那些受伤的流民，一枪一个，毫不手软。看到众土匪大开杀戒，部分联庄会队员也随之展开搜索杀人，有一部分联庄会队员选择从一边离开。宋晓边杀人边骂离开的联庄会队员，众人忍不住，跟他对骂起来。

宋晓是悍匪，杀人无数，现在又是保安团第八大队的大队长，怎么能忍受得了这个？他举着枪，逼着走在前面的联庄会队长跟他一起去杀人，联庄会队长不肯，双方对骂了起来。

宋晓恼了，说他要以保安团第八大队长的名义枪杀叛徒。土匪们看到宋晓举起枪，迅速围拢过来，举枪与联庄会对峙。联庄会的人都是村里的老百姓，平常都对这帮土匪恨之入骨，见土匪拿枪对着他们，土匪人又少，联庄会的几个队长发一声喊，二百多刀枪便也对准了土匪。

王顺看看不妙，忙出来打圆场，劝宋晓和联庄会的队长不要自相残杀，现在他们共同的敌人是流民，两下打起来，都没有好处。

宋晓是个聪明人，知道自己得罪人太多，联庄会的队长们没有不恨他的，好汉不吃眼前亏，便招呼他的四十名手下走了，追杀那些逃跑的流民去了。

躺在地上不能动的流民，如果没有人帮助，即便联庄会不杀他们，他们也很难活下去，何况地上躺着的，还有几十名联庄会的队员。联庄会的队长让各村把负伤的带上，众人下山各自回村了。

受重伤的流民都被宋晓等人残忍地杀死了，只有被王顺藏在树后的那个活了下来。朝后走的时候，王顺故意落在了后面，众人又累又饿，匆匆下山，也没人注意他，王顺与众人离得远了，便回转身，来到腿上受伤的那个汉子面前。

汉子抬起头，朝他笑了笑。王顺说："我扶你下山，待会儿县大队会来清山，你在山上不安全。"

汉子听王顺说话，有些惊喜："你不是本地人？"

王顺说："不是，我老家临沂。"

汉子高兴了："我是费县的。"

王顺说："我不是看老乡才救你，我是看你可怜，都是穷人。"

王顺扶着汉子，两人怕遇到人，不敢走下山的小路，而是绕到山后，从北坡下去。北坡陡峭，两人连滚带爬，几次险些送命，最后王顺终于把汉子安置在后山下的一处山洞里。

汉子告诉王顺，他叫张志良，他让王顺到孙家庄村东寺庙里找一个叫张志峰的，让他来救他。

王顺答应了一声，便匆匆朝回赶。王顺先赶到孙家庄，找到表弟孙丛乾，两人一起来到村东的寺庙，寺庙里却人去屋空，一个人影都没有了。

王顺让孙丛乾去买三服刀伤药，煎好后放在他的住处，等他来取。孙丛乾问用这药干什么，王顺让他别问，照做就行。

04. 变故

王顺回到余家沟，直接回家做饭，吃了饭，躺在家里睡了一觉，然后，他找到余唯甄，说他身体不舒服，要在家休息一天。余唯甄问了他打仗的情况，得知王顺没有受伤，就让他回家了。

王顺估计孙丛乾已经把药煎好了，就带了些窝头，朝孙家庄走。来到孙丛乾家，王顺拿上煎好的药，嘱咐孙丛乾此事不要告诉任何人，便提着药罐子，直奔老寨山。

太阳将要落下的时候，他来到张志良藏身的山洞，把药和窝头给了他。张志良饿极了，吃了两个窝头，噎得差点没上来气儿。王顺给他倒了碗药，当水喝了。

王顺告诉张志良，孙家庄村东的破庙里，一个人都没有了。大概是联庄会杀老寨山的流民，把那些住在破庙里的人都吓跑了。张志良很丧气。王顺告诉他，明天还会来看他，让他不要出去，现在各村联庄会都在抓流民，等过了这阵儿再出去。吃的喝的，他会来送给他。

王顺看到张志良冻得乱哆嗦，把身上穿的棉袄脱下来，给了他，便匆匆赶到孙家庄，在孙丛乾的僧房里，跟他住了一宿，第二天一早，回到了余家沟。

余家沟恢复了平静。王顺在家住了一天，晚上又带着窝头和水来到老寨山，找到那个山洞，张志良却不见了。山洞被收拾得干干净净，血迹也被擦干净了，仿佛从来没有人来过一样。

王顺是老江湖，一看就知道，这个张志良不是一般人物。他既然能从这里出去，还收拾得如此利落，肯定会有办法活下去。王顺长出一口气，迅速转身回家。

老寨山一战，流民吓得四散而逃，保安团和各村联庄会趁机扫荡，把流民完全赶出了富水境内。此事宋晓功劳最大，县知事嘉奖了宋晓，并从高团长掌管的保安团中拨出三十多人，充实到他的第八大队中。

高团长掌管的保安团总共一百八十多人，分为六个小队。他的死对头宋晓一来，先是分走了保安团的二十多条枪，现在又分走他的一个小队，高团长很是不高兴，就四处讲宋晓的坏话，说这些流民本来就是宋晓招来的，宋晓跟流民头子张志良一起闯过东北挖参，结果差点送命，两人就从东北回来，各自回了老家。此番张志良带着部分流民来投奔宋晓，宋晓本来是想杀了张志良，吞并张志良掌管的部分流民，让他们上山为寇，壮大自己的力量。张志良不肯，两人闹翻，宋晓这才带着土匪们追杀张志良，后来被张志良反杀，流民攻下了山寨。他投奔县衙，是走投无路，更是想利用县衙的势力，夺回老寨山，等他利用县衙养肥了自己，他还会带人上山，与县衙和富水县老百姓为敌的。

此事真真假假，宋晓百口莫辩。县知事审问被抓的流民，流民证实张志良确实是带着人来投奔宋晓，两人闹了矛盾的。至于宋晓投奔县衙的目的，只有宋晓一人知道了。

高团长拿准了宋晓的死穴，在县知事面前甚至上登州府状告宋晓。县知事知道此事不可小觑，开始设法对付宋晓。

知事让人到县衙告状，罪名是宋晓的十二名手下涉嫌杀人。这十二个人是宋晓手下的猛将，在宋晓占山为王之前，就是四处打家劫舍，在富水臭名昭著。知事接了状子后，下令警局抓人。警察不敢怠慢，在高团长的保安团协助下，迅速把十二人抓住，下了县大牢。

宋晓得知此事后，找到知事要人，被拒绝。宋晓上来了土匪脾气，趁夜带人闯进县大牢，把人救出来，又带着他们上老寨山做土匪去了。

宋晓从下山当保安团第八大队大队长，到再返回老寨山当土匪，前后十五天时间，变化之快，让知事惊愕，也震惊了富水老百姓。

高团长重新回到了富水东北片联庄会，与余唯甄一起协商如何对付宋晓。

此时已经过了正月十五，天气开始转暖，为了应对宋晓以及其他敌人的进攻，余唯甄重新发动各村加固围墙。沉寂了半个多月的余家沟，以及附近村子，重新热闹起来。

赵俊德向县知事举报，说王金三与宋晓过往甚密。县知事让警局调查，得知王金三与宋晓虽有些交往，却并未做祸害百姓之事，便从轻处理。县知事下令封了王金三的酒店，剥夺了他做讼师的资格。王金三突遭变故，又无可奈何，只得带着全家人，回到乡下老家。

王金三临走之际，来余家沟与余唯甄告别。从余唯甄家出来后，又请余唯甄派人把王顺叫回家，他有事要与王顺说。

王金三在王顺门口等了一会儿，王顺就回来了。

王顺推开木栅栏门，请王金三进屋。

王金三进屋坐下，看了看王顺，打量了一下屋子，说："兄弟，听我一句劝，你还是回沧州去吧，余家沟这地方水深着呢。"

王顺笑了笑，说："天下乌鸦一般黑，沧州那边闹红枪会，老百姓日子更没法过。"

王金三哦了一声，说："乱世出英雄，这么混日子，倒不如去参加红枪会，或者去投军。"

王顺苦笑，说："我当初来到余家沟，就是想过安稳日子。我哪儿也不想去，我跑江湖二十年，真跑草鸡（腻烦）了。"

王金三点头，说："人各有志啊。不过兄弟，我还是要劝你一句话，小心赵俊德，他对那本《燕子笺弹词》还没死心呢，这个人一肚子坏水。"

王顺说："一本破书，就那么值钱？我要是能找到，赶紧卖给赵俊德。"

王金三苦笑："你那是不知道赵俊德是什么人，你以为赵俊德真能花三十大洋买书？这书是北京的一个什么大官派人来买，赵俊德他们都是给这个人买的。赚钱倒是其次，他们就是想巴结他，攀上高枝儿。这个社会，要是上面有人，那可是一步登天啊，要什么有什么。"

王顺说："这光天化日之下，他总不能来抢吧？再说，就是抢，我家里也没有啊。"

王金三叹气，说："赵俊德在富水一手遮天，还用抢吗？我不就是个活生生的例子？富水人跟宋晓有交情的太多了，现在的县知事咱不知道，警察局长、之前的县知事，这些官老爷哪个家里没有宋晓送的黄金？保安团的高团长，当年跟宋晓交恶，是因为分赃不均，你不知道吧？当年他暗中送信，让宋晓抢了金口的一个商队，但又嫌宋晓给他送钱送得少了，才跟宋晓成了仇敌。这些王八蛋，哪个不是表面冠冕堂皇，暗地里坏事做尽？他们真要收拾你，随便给你安一罪名就行，要是不信，你看看我就知道了。"

王金三的一番话，再次让王顺心神不宁起来。舅舅啊舅舅，你说你一个瞎子，怎么就惹上了这么一个事呢？自己把命送了不说，这怎么还没完没了了呢？

想了半天，王顺去私塾找到了余唯甄，把此事向他说了，让他给出个主意。

余唯甄对此事不置可否，他对王顺说："《燕子笺弹词》的事，我也听人说过，到底在谁手里，不好说啊。"·

王顺愤愤地说："不管在谁手里，我手里可没有，我见都没见过！谁要是有本事，把我家拆了！"

余唯甄沉吟着不说话。

王顺说："舅舅，这事您可得帮忙啊。您在富水名声响亮，您找一找赵俊德，让他别折腾我了，我真的不知道那本书在哪里啊。"

余唯甄说："这个……外甥啊，赵俊德是咱富水一霸，我只是一个私塾先生，跟他搭不上话啊。"

王顺问："舅舅，您觉得这《燕子笺弹词》真的能在我舅舅手里吗？"

余唯甄笑了笑，说："这个……不好说。不过都说无风不起浪，你舅舅又是八角鼓的传人，这书倒是很有可能就在他手里。"

王顺说："有人说我舅舅是被赵俊德逼死的，此事是真还是假？"

余唯甄摇头，说："是真是假只有世民自己知道，他没跟我说起这个。不过赵俊德找你舅舅买这个书，很多人都知道。你舅舅这个人，有事都是藏在心里，要是他早跟我说，我能帮帮他，他也就不用寻死了。"

王顺说："舅舅，那您现在帮帮我呗。王老板跟我说，赵俊德还没死心，他说要《燕子笺弹词》的人是北京的大官，所以赵俊德才这么卖命。"

余唯甄点头，说："此事不假。据说这位大官很欣赏赵钧彤的文采，想买他的《西行日记》没有买到，这才派人到富水收集《燕子笺弹词》。赵钧彤是富水文人之翘楚，《燕子笺弹词》更是富水弹词的始发者，这《燕子笺弹词》不该落入他人之手啊。如果我是世民，我也不会把书让赵俊德卖到外地。"

王顺说："我不关心这些，我就想好好过日子，别让赵俊德来烦我就行。"

余唯甄说："这样吧，我把这事跟高团长说一说，高团长跟赵俊德熟悉，让他找一找赵俊德。"

王顺大喜："那就多谢舅舅了。"

05. 王小秀的婆婆

赵俊德没有来找王顺的麻烦，王顺却陷入了另外一桩麻烦事之中。

这桩麻烦事的起因，是他帮助过的张志良在富水城杀人了，张志良逃跑后，警察在张志良的住处搜到一件棉衣。棉衣表面与普通棉衣差不多，里面却有数不清的各种兜兜，甚至袖子里都有暗兜。有懂行的说，这种衣服应该是变戏法的人穿的，普通老百姓没有这种棉衣。高团长得知此事后，带着警察来找王顺，问这棉衣是不是他的。

王顺没有多想，说当然是他的，这些天他到处找这件棉衣，怎么跑到他们手上了？

警察要抓王顺，被高团长拦住。高团长说要把事情问清楚，才能抓人，这衣服是王顺的不假，在张志良那里找到了不假，但是这不能证明王顺参与了杀人。万一这衣服是被张志良偷走的呢？当时那些流民，能偷就偷，能抢就抢，偷一件衣服还不是小事？

王顺听高团长这么说，终于想起来了，自己救张志良的时候，看他冻得不行，把身上的棉衣扒下来给了他。他真是没想到，这个人竟然成了杀人犯。他后悔不已，只能顺着高团长的话，说这衣服年前的时候没有了，自己到处找都找不到，没想到，竟然是被流民偷去了。

警察将信将疑，但是有高团长在场，他们没有过于放肆，而是把棉衣还给了王顺。棉衣失而复得，王顺有些高兴，他不知道的是，正是这件棉衣，给他的人生埋下了连绵不尽的祸根。

春暖花开后，李芙蓉带着已经八岁的儿子来到余家沟，还给王顺带了一些吃的。八岁的儿子已经会翻跟头了，但是他对王顺很陌生。王顺看着妻儿，也有一种恍若隔世的感觉。

李芙蓉告诉他，因为沧州等地红枪会闹得太厉害，他们已经跟着师父离开了沧州，现在住在济南。他们此番回来，是按照惯例，来胶东一带演出赚钱的。没想到，今年赚钱很不容易，一路上逃荒的太多，他们在路上，好多次遭到流民的劫掠。

王顺看得出来，李芙蓉对这种四处流浪的江湖生涯，也已经开始厌倦。但是他隐隐觉得，余家沟也已经不安全了，在这里生存也需要圆滑，不能太善良，更不能出头。余家沟，已经不是他当年想象的淳朴的农家生活的样子了。他都不知道，自己是否能在余家沟住下去。

余家沟现在最热闹的事，是王小秀的婆婆咒骂王小秀。

王小秀的婆婆是青岛大户人家出身，小时候就进入青岛的教会学校读书，是青岛第一批进入教会学校读书的女孩子。她读大学时认识了余成峰的父亲，为了爱情不惜与家庭决裂，嫁到了余家沟。那时候余成峰的爷爷在县城经营着一个小药铺，余家还有些田产，在村里是富裕人家。后来余成峰的爷爷因为抓错了药，害死一名病人，被抓进大牢。为了救人，余家把田产和药铺都卖了，余成峰的爷爷被放出来后，已经半死，出狱五天，便一命呜呼，余家的好日子便宣告结束。那时候，王小秀的婆婆在家里是受气包的角色，她的婆婆在丈夫死后，经常咒骂她，说她是个丧门星。直到王小秀嫁到余家，王小秀老婆婆去世，王小秀的婆婆才咸鱼翻身，坐上了一家之主的宝座。不过那时候王小秀的婆婆还没展现出骂人的天赋，直到余成峰因为发动新文化运动失败，逃亡青岛之后，王小秀的婆婆脾气才突然变得暴躁，并时常咒骂因为作风问题被从青岛中学撵回家的丈夫。丈夫上吊死亡后，王小秀的婆婆把咒骂的目标转向了王小秀，当年女学生的矜持和教养不见踪影，变成了一个刻薄恶毒的农村老婆婆。

王小秀的婆婆刚开始骂人的时候，还遵循自己足不出户的淑女原则。当初余唯甄的老婆骂到家门口，王小秀的婆婆也只是在院子里对骂，而且声音不大，在院子外的人，勉强能听到。

王小秀的婆婆骂人从家里走出来，是因为余唯甄派人上他们家收取用以支付联庄会费用的钱粮。王小秀本来在认真地用斗量玉米，王小秀的婆婆突然冲进屋子，把装玉米的袋子抓住，对着两人破口大骂。村里负责收粮的人，还企图跟她讲理，直接被骂得目瞪口呆，仓皇而逃。

王小秀的婆婆还不解恨，踏着那人的脚步，一直追出门外，站在门口，从余唯甄骂到王顺，骂到死去的老头子和王小秀，骂得家门口鸡狗都不敢停留，村里人宁可绕道而走，也不从他们家门口经过。

余唯甄老婆不服，听说这老婆子竟然在自己家门口骂余唯甄老不正经，很不高兴。余唯甄好歹是附近大儒，是东北片区联庄会的总会长，自己又是余家沟无人敢惹的骂人第一高手，怎么能让你一个老太太随便骂来骂去的？

余唯甄老婆在某一天早上来到王小秀家门口叫板，王小秀的婆婆迅速从家门口冲出，勇敢迎战。这时候，王小秀婆婆的文化水平终于有了用武之地，各种新名词脱口而出，而且声调平稳有力，很有学院派风格，让只会歇斯底里骂"老屄"的会长太太迅速落入下风，最终仓皇而逃。

王小秀的婆婆一战成名，坐稳了江湖地位，越战越上瘾，便经常在村里四处谩骂，几乎是见谁骂谁，唯一不骂的人，就是儿子余成峰。

过年，余成峰偷偷摸摸回家，王小秀的婆婆兴奋异常，那几天没有骂人，天天在家里守着自己的儿子。

后来村里有人举报了余成峰，余唯甄觉得大过年的，不想大动干戈，就派人送信给王小秀，让余成峰赶紧走。

余成峰走了后，余唯甄派人上门抓人，老太太举着拐杖，把联庄会的人从家里一直骂出门外。而且从此以后，老太太见到扛着刀枪的联庄会人就骂，就举着拐杖要拼命，谁拉都拉不住。

后来老太太索性住在了屋子外面，白天黑夜四处出击，满世界骂人。这可苦了王小秀。王小秀每天在地里辛苦劳作，回来做饭后，还得四处找她婆婆，把她婆婆弄回家吃饭，晚上吃了饭后，还要赶紧锁门，把钥匙藏起来，不能让婆婆找到。否则，让她跑出去，王小秀就得追着她的骂声去找她了。

但是老太太后来学会跟王小秀搞声东击西了，她在村东头骂人，骂完之后，赶紧跑到村西头不出声。王小秀找不到她，只得回家，她觉得王小秀回家了，就在村西头骂。王小秀没办法，又只得跑到村西头找她，而这时，她又跑到村东头了。王小秀回了家，她就跑到自己家门口骂王小秀。

王小秀对这个无所不用其极的婆婆忍无可忍，不会骂人的王小秀，第一次在自己家门口，与婆婆进行了一场对骂，把得意忘形的婆婆骂得哑口无言。

王小秀把婆婆拽进屋内，关了起来。从此以后，村里人经常听到婆媳两个在院子里对骂，王小秀的声音干脆利落，婆婆的声音日益破败。与婆婆对骂完的王小秀走出院子的时候，目光虎踞龙盘，杀气腾腾，走路也不是总低着头了，而是昂着头，随时跟人干仗的样子。

06. 这个女人是谁

棉袄的事给王顺造成了非常大的困扰，警察来对王顺进行了好多次询问，后来还把他请到警察局，让他交代他跟这个张志良是什么关系，王顺一口咬定自己不认识这个人。后来高团长告诉他，警察局一直破不了案，这是要抓个人顶罪呢。王顺心里有鬼，怕真的被他们查到自己救了这个张志良，那他可就惨了。

高团长告诉他，此事余唯甄能帮他。警察局的局长是余唯甄的妻侄，少年的时候曾经在余家沟住过几年，在余唯甄的私塾里读书。

王顺大喜，准备了一些礼物，打算去求余唯甄帮忙。他怕有人看见，一直等到街上没人了，才提着点心等物来到余唯甄家。敲门之后，余唯甄的儿子出来告诉他，父亲这几个月一直住在私塾里，只是过年的时候回家住了几天。王顺又提着礼物，来到私塾门口敲门。

余唯甄的私塾，是经过改造的老屋。院子很大，加高了院墙，垒了门楼，大门高大气派，王顺站在大门旁边，觉得自己突然矮小了很多。

第一次拍门之后，过了很长时间，也没人应声，王顺只得再次拍门。

又过了一会儿，才响起了开屋门的声音，余唯甄很不高兴地说道："谁啊？这么晚了，有事明天再说。"

王顺忙说:"舅舅,是我啊,王顺。我有急事找您呢,您开一下门,一会儿就行。"

余唯甄答应了一声,过来开门,说:"外甥啊,怎么晚上来了呢?有什么事不能白天说?"

余唯甄挡在门口,不想让王顺进屋的意思。

王顺把礼物亮了亮,说:"舅舅,真是不好意思,这么晚了来打扰您。我这个事不是三言两语能说清楚,白天找您不方便啊。"

王顺要进去,余唯甄只得让开。

王顺等着余唯甄关了院门,让他走在前面,自己在后面进了屋。余唯甄在书桌前坐下,让王顺坐在旁边的椅子上。

王顺刚要说话,突然听到书房旁边的屋子里传来一声女人的咳嗽声。王顺愣了一下,问:"我舅妈也在这里跟您做伴啊?"

余唯甄强装镇定,没有回答王顺的问话,而是说:"外甥,你有什么事,赶紧说吧,我这都准备睡觉了呢。"

王顺看到余唯甄六神无主的样子,就知道他这儿肯定有事。但是这跟他没关系,他有自己的事要解决呢。

王顺说:"舅舅,您应该也知道,我因为丢了个棉袄,最近被警察局审问了好几次呢。警察现在怀疑我跟那个杀人的流民张志良有勾结,这不冤枉吗?我就是一个老老实实种地的农民,怎么会跟张志良有什么勾结?这事很清楚,是我的棉袄被人偷了,不知怎么落到了这个杀人犯手里,弄不好就是这个该死的杀人犯偷了我的棉袄呢。他杀了人,自己跑了,把我的棉衣扔在屋子里了。多简单的一件事啊,现在警察抓着我不放了。高团长说警察局这是要抓个人顶罪,他们好向上面交代呢。舅舅啊,您可得帮我这个忙啊,要是您不帮我,警察局弄不好就要把我抓进去顶罪呢。"

王顺说完,余唯甄略一沉吟,说:"这个事儿啊,我也知道。前些日子,我去知事大人那儿,遇到了警察局局长,跟他说起这个事儿。人家局长说得也有道理，你这件棉袄，丢得有些蹊跷啊。咱余家沟防守严密，流民没有进过余家沟啊。你听说过余家沟有人少东西了吗？没有，别的村有丢东西的，余家沟没有一个人因为流民少过东西。你说偏偏你少了件棉袄，而这棉袄恰巧又在杀人犯那里找到了，你说，人家警察怎么能不怀疑你？我都打算这两天找你谈谈呢，这棉袄到底怎么回事，你得给警察一个能说得过去的说法啊！"

王顺没有办法，只能死扛了："舅舅，要是我知道到底是怎么回事，我还用来麻烦您吗？我真的不知道是怎么回事呢。我的那件棉袄什么时候丢的我都不知道，我怎么能知道是怎么回事呢？"

余唯甄长出一口气，说："这个不好办了。如果是一件小事，我倒是可以帮你说几句话，可这是杀人大案啊，而且这个人杀的还是赵俊德的一个手下。你也应该听说了，赵俊德的这个手下负责管理赵俊德的赌场，每年替赵俊德赚不少钱，赵俊德什么人？富水知事都得给他几分面子，这事儿不好办，真是不好办。"

王顺可怜巴巴地看着余唯甄："舅舅，我是余家沟村民，还是您外甥，您可得想法帮帮我啊。棉袄怎么回事您不知道，我这些年老老实实在余家沟种地，从不乱交朋友，这个您可是看到了。"

余唯甄点头，说："这样吧，解铃还须系铃人，我去找一找赵俊德，让他跟知事和警局都说一声，这事儿就好办了。"

王顺拱手："王顺永远不忘舅舅大恩！"

王顺知道自己不可再耽搁时间，忙站起来告辞。

余唯甄把他送出院子，关了大门。

王顺拐进胡同，突然想起了那声突兀的咳嗽和余唯甄意味深长的表情。咳嗽声是压抑着的，很脆，听着很年轻，显然跟那个老帮菜一般的舅妈没关系。

难道……是王小秀？！

王顺突然觉得脑袋里炸开了一个礼花炮，他觉得自己的脑袋被这个想法炸得四分五裂，无法收拾。

王顺靠墙站了好一会儿，才觉得脑袋渐渐合拢了。他闭着眼睛想了一会儿，决定等一会儿。如果那个女的是王小秀，或者别的女子，那她肯定会在完事之后赶紧回家，以免让人发现。他想给自己一个答案，一个让自己满意的答案。

这个时候，他突然发现，王小秀在自己心中竟然如此重要，以至于他不惜顶着寒气，在初春的夜晚藏在这个胡同里，只是为了想给自己证明，今天晚上在余唯甄的屋子里睡觉的女人不是王小秀。

王顺本来打算早早回家，因此穿的衣服有点少，今天晚上风又有点儿大，刚好是北风，顺着胡同吹过来，一会儿就把王顺吹得浑身打哆嗦。

王顺忍着。他不敢走出胡同去，天上还有一钩月亮照着呢，他怕出去被人看到。

不知等了多长时间，王顺都有些忍不住了，门终于吱吱呀呀地开了。王顺刚要探出头去看，突然听到余唯甄的咳嗽声，王顺吓了一跳。他小心翼翼地探出脑袋，先是看到了余唯甄。余唯甄站在门口，背朝着他，仿佛特意挡住他的目光。然后，一个身形瘦小的女子从门里走出来，朝着余唯甄目光注视的方向，匆匆走去。

王顺怕余唯甄看到自己，不敢走出去看，因此只是看到了那个身影一眼。那个头和身形，跟王小秀很像，不过似乎又有些不像。到底是不是王小秀，王顺没看出来。

王顺想跑到王小秀家门口，看看王小秀是不是从外面进家。但是如果去王小秀家，无疑从私塾门口走最近。而余唯甄好像知道他王顺要从这儿经过，一直在门口站着。从胡同过去，那就绕道了，王小秀走路很快，即便他速度再快，也无法赶在王小秀跑到家门口之前赶到。

但是不去看看终究不死心，王顺快马加鞭，还得提着脚步，怕惊动一路上经过人家的狗。当他气喘吁吁跑到王小秀家门口时，听到屋子里传来王小秀和婆婆汹涌的对骂声。

这种对骂声几乎天天有，甚至半夜也有，已经说明不了任何问题。

王顺在王小秀家门口听了一会儿，听不到任何实际内容，都是无边无际的漫骂，让他这个大男人听了都感到羞愧。

王顺听了一会儿，便回了家。他打定主意，明天看到王小秀，一定要设法打探一下，即便王小秀不承认，他也能从她的表情上猜出来。

07. 耕地

初春的太阳是温暖的，路边的小草开始发绿，土地在阳光下，也泛着浓浓的香味儿。

王顺边犁地，边注意着地边的小路。王小秀家的花生地，就在他的西边，王小秀要去犁地，肯定要从小路上经过。

王小秀是个勤快的女人，即便是开始与婆婆吵架后，她也不会耽误下地干活。但是今天，她怎么来得晚了呢？难道昨天晚上……

王顺想到这里，不由得心慌意乱，不小心犁就跑偏了。他赶紧扶正犁头，吆喝着牛，认真犁地。

又等了一会儿，他终于看到王小秀赶着牛车出现了。她的牛车上，除了有木犁和耙之外，还装了满满一车粪。王顺长出一口气，怪不得来晚了，原来顺便送粪啊。

王顺看着王小秀赶着牛车从他的地头路过，又渐渐走远。

王小秀的这块地离他的地有些远，王小秀走了一会儿，就没影了，王顺知道，她是下了一个坡，一会儿又出现了，那是她上了坡。上坡之后右拐，一会儿，便到了她的地头了。

王顺看到王小秀爬上了牛车，开始卸粪，瘦小的身体在牛车上像个小红点，他笑了笑，吆喝着牛加快速度。

王顺的地昨天耕了一半，因此一会儿便耕完了，他换上耙，把地草草耙完，便套上牛车，赶着来到王小秀的地头。

王小秀已经卸完了粪，开始扬粪。

王顺把牛卸了套，拴在牛车上，也拿起铁锨，帮着她扬粪。王小秀瞪了瞪眼睛，看了看他，没说话。

在余家沟，王顺帮王小秀干活，早就被村里人默认。这些年，要不是有王顺帮忙，王小秀自己根本没法耕种这六亩地。至于两人是否上过炕，村里人都是半信半疑，说法不一。

扬完粪，两人来到地头歇息。

王小秀说："你忙你的吧，我自己能慢慢耕地，这小牛现在能拉动犁了。"

王顺笑了笑，说："没事。我自己的就剩一亩春田地了，半天就弄完了。女人耕地，终究不是事儿，整个余家沟，你看见谁家女人耕地了？"

王小秀说："我王小秀现在还有脸面吗？我都能跟婆婆对骂了，我还要什么脸?!"

王顺说："你那是没办法。你婆婆不是东西，村里人都说你骂得好呢。"

王小秀哼了一声，不说话了。

王顺沉吟了一会儿，说："王小秀，我问你件事，你不许生气。"

王小秀脸上平静："问吧，我有什么可生气的？我的事，你都可以知道。"

王顺心里暖和了一下，说："昨天晚上……你一直在家吗？"

王顺盯着王小秀的脸，王小秀嘿嘿笑了："你先告诉我，为什么这么问？"

王顺从王小秀的脸上看不出内容，知道自己问得太笨了，被人家识破了，很无奈："我……我昨天晚上在街上看到一个人，觉得挺像你。"

王小秀说："你先说说，大约什么时辰，在哪个地方看到的我。"

王顺想了想，说："大约戌时末吧。在……在……"

王小秀笑了："在私塾东吧？"

王顺目瞪口呆："你怎么知道的?! 那个人真的是你?!"

王小秀呵呵笑："哪个人？你先说说，你是怎么看到的？"

王顺说："我……我昨天晚上去围墙南门找人，经过私塾门口，看到有个女的从私塾里走出来，我……我只看了一眼，那个女人个儿不高，瘦，跟你……跟你差不多。"

王小秀一脸调皮地说："你看到的是谁，那就是谁呗。我说不是，我又没人证明。"

王顺不高兴了："你现在怎么这么不在乎自己的名声呢？我就是看着像，村里像你这种身材的女人有很多呢，我问你，就怕误会你啊。"

王小秀一脸不在乎："我现在还有什么名声？再说了，你已经认为是我了，我说是不是，还有什么用？"

王顺高兴了："这么说，那个人不是你？"

王小秀站起来，一脸的不高兴："王顺，你算我的什么人？你有什么权利问这个？你走吧，别耽误我耕地。"

王顺不敢问了，忙套牛耕地。

王小秀的这块地是玉米地，加上去年干旱，地很硬，王顺的牛正值壮年，拉犁也有些吃力。王顺把两头牛都套上，两头牛却互相顶架，王顺没办法，让王小秀扶着犁，他在犁头系了一根绳子，把绳套套在自己肩上，跟自己的牛一起拉。

一牛一人拉着犁，犁地就轻松了。王小秀看着王顺弓着腰拉犁的样子，有些心疼，再次歇息的时候，看着王顺满头大汗，不由得说："王顺，你这么帮我，你说我拿什么感谢你啊？"

王顺笑了，说："我稀罕什么，你应该知道。"

王小秀脸红了，骂道："你就没点正经的!"

王顺说："要不你告诉我，昨天晚上那个人是谁吧。"

王小秀又恼了："你怎么这么笨呢?!我就没看到过你这么笨的人!"

08.偷情

王顺帮王小秀犁了一天地。

晚上，王顺回到家，躺在炕上歇息，王小秀突然提着一块肉、几个鸡蛋闯了进来。

王顺大惊："这么晚了，你不在家做饭，跑我这儿干什么?"

王小秀说："我跑你这儿做饭不行吗?你躺一会儿吧，等做熟了，我叫你。"

王顺推着她朝外走："你赶紧走!我可不想让你婆婆跑到我门口骂人，那老东西骂人太难听了!"

王小秀嘿嘿笑了，说："我现在都不怕她了，你还这么怕她?其实你不懂，骂人最解闷了。我现在理解我婆婆了，她骂人是因为这些年遭际不好，心情苦闷。她不骂人的时候告诉我，她有时候吃不下饭睡不着觉，出去骂一顿就好了。我现在也是这样，我和我婆婆在家里互相骂，有时候就是互相解闷。再说了，我刚刚出门的时候，把她锁在家里了，她想出来骂我，她也出不来。"

王顺哦了一声，说："这挺有意思。那你儿子呢?"

王小秀说："儿子去他姥姥家了，你放心躺着吧。"

王顺听到这里，放心了，摊开手脚，在炕上躺着。

王小秀切肉切菜，抱草烧火，王顺惬意地躺在炕上，先是闻到了烧玉米秸的烟灰味儿，然后便是炒肉的香气。真香啊！当然，如果仔细闻，他还能闻到王小秀身上的香味儿。真是让人陶醉的味道。王顺突然想，要是王小秀能成为自己的老婆，那该有多好！她能干能吃苦，比李芙蓉强多了。模样更不用说，在王顺心里，他就没见过比王小秀长得更秀气的。名字也好听啊，小秀，多么自谦多么不卑不亢的一个名字。

王顺胡思乱想，觉得余成峰现在这个身份，跟他的女学生在一起也算合适，新派文化人，就得有个新派的样子。当然，作为新派文化人，他是不可以有二房的，那他就只能跟王小秀离婚了。当然，儿子是不能给王小秀的，那是余家的血脉。王小秀从余成峰家出来，无处可去，刚好到他王顺家，这是多么合适的一桩婚姻啊。结婚后，王小秀还能给他王顺养个孩子，王小秀在家里相夫教子，他就赶着牛车种地。如果余成峰同意，他还可以把他的地一起种了，除了供他一家人吃的，剩下的就归自己。

王顺正想得美，王小秀突然喊他吃饭了。

王顺答应一声，从炕上下来，看到小桌上已经摆上了一个葱炒肉，一个炒鸡蛋。当然，还有酒壶和两个小酒盅。王顺一屁股幸福地坐下，王小秀给他倒了一盅酒，又给自己倒了一盅。

王顺有些惊讶："你还能喝酒？"

王小秀笑了笑，说："陪你喝点儿，解解乏。"

王顺喜出望外："好，好，太好了。"

王小秀喝酒不比王顺差，两杯酒下肚，王小秀已经两腮绯红，眼波流转了。王顺酒量也不行，两杯白酒，已经有些发晕了。王小秀上来了酒兴，还要喝。王顺劝不住，只得又陪她喝了一杯。

喝了第三杯，王小秀就不行了，先是笑，笑了一会儿就开始落泪。她笑的时候是虚的，是那种飘着的笑，流泪却是很真实的，是痛到心底的泪。王顺看着王小秀扭曲的脸，几次都害怕她的眼睛里流出血来。这个女人太苦了，眼里流点血也正常，但是别流得太多了。还好，王小秀只是流泪，只是压抑着哭，没有流血。但是她的悲伤简直就要把她给撑爆了，要把王顺的三间小屋给撑满了，王顺一个大活人，都被这喷薄而出的悲伤给挤出了眼泪。

王顺给王小秀找毛巾擦眼泪，王小秀擦了两把眼泪后，站起来，抱住了王顺。王顺被突如其来的幸福打蒙了，抱着王小秀不知所措。

王小秀咬了他胳膊一口，王顺才恍然大悟，把王小秀抱到了炕上，放进了自己的被窝里。

两人干柴烈火，紧紧地抱在一起，疯了一般做爱，直到精疲力竭，瘫软在炕上。

王小秀躺着略微歇息了一会儿，正要爬起来穿衣服，院子里突然有人喊："大家快来看啊，王小秀这个骚屁跟野汉子睡觉了！都来看啊！来晚了就看不见！这两个不要脸的，还都光着腚捣蒜呢！"

王顺大惊，忙爬起来穿衣服。

王小秀边穿衣服边骂："这个老东西，怎么跑出来了？"

王顺紧张得手脚发抖："你不是说把她锁在屋子里了吗？这怎么能跑出来？"

王小秀不搭话，边小声骂边麻利穿好衣服，推开门走了出去："你乱号什么？你要死？王顺大哥帮我耕了一天的地，我过来给他送点好吃的，怎么了？！你这个老东西，怎么一天天就知道骂人呢？"

王小秀的婆婆哈哈大笑："好啊，送的东西不孬啊，把人都送炕上了！怪不得把老娘锁在家里，原来是出来找野男人啊！儿子啊，你赶紧回来吧，看看你老婆到底是个什么玩意儿！街坊四邻们，你们都出来看看吧，看看这个养野汉子的女人啊……"

王顺第一次经这阵势，瘫坐在炕上不知所措。他想把蜡烛吹灭，又怕那样更给人以口实，就把蜡烛放在炕头桌子上，他来到院子，看着王小秀和她婆婆拉扯。

王小秀想把婆婆拽回家，婆婆死活不肯，屁股赖在地上，大喊："都来看啊，街坊四邻们，王小秀想杀人灭口了！都来看啊，这个不要脸的骚货要下黑手了……"

王顺看不到院子外是否有人在看热闹，但是他知道，肯定有喜欢看热闹的余家沟老百姓站在院子外，看着王小秀和她婆婆撕扯，听着王小秀的婆婆骂人，在心情舒畅地幸灾乐祸。他甚至听到了远远近近人家开门关门的声音，显然，还有大批人马正闻声而动，赶赴而来。

他想起师父的话：有人倒霉，就有人高兴。很多人就靠着别人的倒霉活着。

王顺看到王小秀奋力拉扯着那个屁股拖在地上的老女人，他突然愤怒了，不害怕了，他一把推开王小秀，拽起那个在地上撒泼的老女人，一直把她拖出院子，扔在了外面，他本来还想骂她几句，又觉得自己跟一个老女人骂架不值得，就转身走回院子，关了栅栏门。

王小秀的婆婆大骂王顺，还说要联合村里人把他这个外姓人从村里清理出去。王顺把自己关在屋子里，不出声。

最后，负责晚上巡逻的联庄会队员把王小秀的婆婆劝回了家，王顺才上炕睡觉。

09. 王顺逃离余家沟

王小秀的婆婆向余唯甄告状，状告王顺和王小秀通奸。

此事民不告官不究，有人告了，余唯甄只得让人把王顺和王小秀叫到私塾，把两人说了一顿。王小秀对余唯甄一副不予理睬的样子，王顺也是口服心不服，口里答应着，并不十分上心。

这显然让余唯甄感到很窝火。

当然，余唯甄最恨的是王顺。在他的心里，王小秀已经是自己的人了，王顺这个小子竟然敢动他的人，实在是太不像话了。

两人走后，余唯甄气得在屋子里转圈。他虽然没有权力把王顺从余家沟撵出去，但是他却有办法，让他在余家沟待不下去。

王顺自然不知道这些。现在他每天忙着耕地、起花生垄、栽地瓜，一天紧似一天的暖意像是庄稼催种的鼓点，让他和王小秀每天忙得不可开交。

每个农民都知道，春天，是个不可耽误的季节。

王小秀有两亩地，本来打算租出去。这两亩地靠着王顺的地，王顺就把这两亩地一起种了，打下的粮食，依然给王小秀送家里去。

他们两家，在余家沟算是中等户。余家沟平均一个人不到一亩半地，有的人家，四五口人不到一亩地，比方赵小娜家。像这种人家，只能租种别人的地。余唯甄家是余家沟地最多的人家，有四百多亩地，儿子还在县城里开着药铺。再有两家有三四十亩地的。像他们这种有六亩地以上的，能有五六十户人家，剩下二百多户，都在四亩地以下。

王小秀每年种四亩麦子，一亩麦子平均一百多斤，四亩麦子五百斤，加上地瓜，他们一家三口差不多就够吃了。剩下的玉米、花生等就可以卖了。那些五六口人只有二三亩地的人家，不敢多种麦子，因为麦子产量低，只能多栽地瓜，一年到头以地瓜干为主食。

因此，这两人虽然累得要死，心里却并不苦。何况还有爱情滋润着。

经过最初几天的尴尬之后，两人已经平静地接受了村里人对他们的侧目和笑容。当然，他们也不过分，还是跟以前一样，早晚各自回家，白天有时候各干各的活计，王顺把自己的忙活完了，就会过来帮王小秀一起干。

他们像山地里的动物一样，在山沟里、在成长起来的玉米地里偷情。王顺的家，因为王小秀的婆婆那次闹腾，已经成了两人的禁忌之地，自从那天晚上之后，王小秀就很少到王顺家里去了。

他们在满足自己欲望的同时，也尽量避开村里人的眼珠子。

有了爱情滋润的王顺，现在是幸福的。这些年，他经历过这么多的苦难，现在终于有了报偿，以致王金三来找他，叫他一起去东北闯天下的时候，王顺对王金三的主张嗤之以鼻："东北?!现在东北比山东都乱，遍地土匪，我去干什么?我在家种着八亩地，够吃够喝的，哪儿也不去。"

王金三笑了笑，说："兄弟，你以为你能一直这么逍遥?这个世道，不会让好人有好日子过的。当然，坏人也不一定有好日子过。坏人会想办法折腾好人，然后，会有更坏的人折腾坏人，就这么互相折腾。我就是个例子。我王金三在城里帮穷人打官司，开个酒店过日子，不偷税漏税，就是因为认识了宋晓，就被人陷害了。富水人谁不认识宋晓?从知事到警察局长，谁家里没有宋晓送的金子?我王金三可真是没有，当年我帮他打官司的时候，他比谁都穷，可是我王金三因为认识宋晓，倒了大霉，你知道为什么吗?"

王顺摇头："不知道。"

王金三说："因为我王金三是个好人啊。我帮穷人说话啊，没有跟他们沆瀣一气，欺负穷人啊。要是我不为穷人说话，不跟他们作对，他们会陷害我吗?"

王顺说："我跟你不一样，我没跟他们作对。"

王金三笑了："兄弟，你要是肯听我的话，就跟我一起走，要是不听，那我也没办法。人逢乱世，别说好人没好报，坏人也没好下场。惠清大师说得好，这人啊，没了宽容之心，比虎狼都可怕。"

王顺惊讶："你去见过龙门寺的惠清法师?"

王金三点头，说："我前些日子想出家，惠清大师说我怨心太重，不可出家。呵呵，你看，我现在是走投无路，不去闯关东，我到哪里去?"

王顺说："那你就去吧，我不想去。"

王金三走了后，王顺前思后想，不知道这个昔日的王老板为何会单单来叫他一起去闯关东。这些天，警察局的孙局长频繁来找余唯甄，王顺心里有些忐忑，就去找余唯甄打听此事。

余唯甄正在私塾里抽着水烟袋，看到王顺进来，余唯甄叹了口气，说："外甥，你都知道了？"

王顺看着余唯甄的样子，就知道有事，他忙问："舅舅，怎么了？什么我都知道了？"

余唯甄叹口气，说："有人告你了，警察局要抓你呢，这几天他们来了三次了，我实在是挡不住了。外甥啊，你赶紧出去躲些日子吧，等这阵风过去，你再回来。"

王顺愣住了："抓我？为什么又要抓我？"

余唯甄说："还是棉袄那事儿。有人向警察局举报，说你跟那个流民张志良是一伙的，还说他杀人你也参与了。我跟警察局孙局长说这是诬告，孙局长说警察局现在也没办法，有人告状，警察局就要管。他们是想先把你弄进去审问一下，不过这警察局可不是好地方啊，你去了，就得挨刑罚，多少人被屈打成招啊。外甥，我相信你是好人，所以不想让你死在这些混蛋手里，你赶紧出去躲一躲吧。你放心，你舅舅给你留下的地和房子，我都会找人给你照料好，地租也给你收着。"

王顺突遭变故，目瞪口呆："这……这是怎么回事？我的棉袄只是……丢了啊，我没做坏事啊，好人怎么就没好报了呢？"

余唯甄叹气说："外甥啊，别的先不说了，没用了。你要是相信我，你就赶紧回家收拾一下，明天一早就走，走得越远越好。最多两三年，这件事就过去了，到那时候，你再回来，好好种你的地。要是不走，被警察局抓去了，是死是活就难说了。"

王顺颓唐地坐在椅子上，觉得自己连说话的力气都没有了。自己要是走了，牛和猪、鸡怎么办？还有自己辛勤侍弄的八亩好地，他还盼望今年会有好收成呢。当然，还有王小秀，自己怎么能离开亲亲的王小秀啊！想到王小秀独自在地里忙活的情景，王顺觉得有人在用刀子捅他的心脏。

余唯甄继续说服他："这个世道，就是这么不讲道理啊。大鱼吃小鱼，小鱼吃虾，虾吃沙，咱庄户人，就是小虾，到了这种时候，就得赶紧跑啊。还得快点跑，跑得慢了，让人逮住就完蛋了。走吧，你当年不是跟媳妇一起变戏法吗？再出去变几年戏法，回来就没事了。"

余唯甄说了一大堆话，王顺心里终于有了点缝儿。走就走吧，男子汉大丈夫，四海为家，总比被人抓进大牢遭罪强。

王顺站起来，朝余唯甄鞠躬："舅舅，那我就走了。您的大恩大德，等我王顺回来，一定报答！"

余唯甄摆手，说："别说这些，你好好活着，我就高兴。我不是你的亲舅舅，不过我跟余世民没出五服，余世民不在了，我不管你谁管你？"

王顺转身朝外走，走了两步又回来，问："舅舅，您能告诉我，是谁向警察局告我的吗？"

余唯甄一愣，说："这个……我也不知道啊，我没问孙局长，再说了，这种事，你问人家也不会告诉你啊。"

王顺哦了一声，转身走出了私塾。

回到家后，王顺先套上牛车，拉着大部分粮食来到孙家庄姨夫家，说他要暂时回沧州了，让姨夫暂且替他养着这牛，粮食就算是养牛的费用了。姨夫家有个牛犊子，正缺牛干活，自然很高兴。姨夫问他好好的为什么要回去，王顺说是老婆叫他回去的，别的不知道。

回到家后，王顺直接去王小秀家，把王小秀喊到他家，让她帮忙照料猪和鸡。猪可以便宜卖了，鸡什么的，她愿意养就养着，他家里还留了一些粮食，不愿意养，可以杀了吃。晚上鸡都进窝，很好抓。

王小秀听说王顺要走，哭得不成样子。王顺把前后原因跟她说了，王小秀不哭了，回家拿了十个大洋给他，让他路上用。王顺不肯要，王小秀死逼着他把大洋收下。

晚上，王小秀偷偷跑到王顺家，两人边流泪边拼命抱在一起，好像都要把对方留在自己身体里。

第二天清晨，王顺背着干粮和紧要之物，离开了家，离开了余家沟。

第四章

无路可走

01. 寻找红枪会

王顺脚步匆匆，朝西一口气走出了四十多里路，到了旧店村，才走进一家饭店，买了一碗面条吃。

吃了面条后，王顺继续朝西走。

他突然想到，就在这个季节，七年前的秋天，他和师妹李芙蓉还有儿子来看舅舅，走到这儿的时候，也是在这个小饭店，他和儿子、李芙蓉一起吃面条。然后继续西行。

就是在那次探望中，王顺和李芙蓉决定要来余家沟，给舅舅养老送终，接手舅舅的土地。七年啊，当时儿子四岁，现在都十一岁了，自己当时二十九，现在三十六了。在余家沟过了七年的王顺，竟然两手空空地被人从余家沟赶了出来，想想真是觉得不可思议。

王顺知道，现在住在济南的李芙蓉他们日子也不好过，到处都是红枪会，济南因为有督军张宗昌驻扎，红枪会不敢进，附近打把式卖艺的都跑进了济南躲避，济南城卖艺的都堵住了大街，老百姓看都看烦了，恨不能躲着走。

但是，自己不去济南又能去哪里呢？

王顺一路朝西走，遇到马车就求人家捎一程，一直走到高密火车站，坐着火车来到了济南。

他按照李芙蓉给他的地址，一路打听，走了很多错路，后来花钱坐着黄包车，终于找到了他们的住处。

师父他们租了一户人家的小院子，师父自己住了一间。剩下的三间大概是李芙蓉一家人住的，还有厨房什么的。院子不大，屋子很破，想到当年师父在沧州住处的阔大，王顺觉得有些凄凉。

三年没见，师父显得苍老憔悴了许多。王顺向师父请安，师父见到王顺，不由得落下了眼泪，这让王顺惊讶不已。在他的印象里，师父是强势的，甚至是有些凶恶的。当年他想带着李芙蓉和儿子回余家沟，便遭到了师父的怒骂。后来他偷偷带着两人跑路，师父却还是让师兄白果把他们的儿子偷走了。

王顺见到了师父和儿子，没有见到李芙蓉和白果，就问他们是不是出去变戏法赚钱了，师父长叹一口气，说："王顺，我老了，你赶紧想法救救你师兄吧。"

王顺大惊，忙问怎么回事。师父边掉眼泪，边向他说了事情经过。前些日子，受曲阜孔家邀请，师父带着李芙蓉和白果、师弟张小东等人去为孔家表演戏法十多天，孔家人赏赐不少。回来经过磁窑的时候，他们遇到了红枪会弘法，师父以江湖规矩，向红枪会的人表明身份，并奉上礼金，却被红枪会的人抓去，强迫他们入会，他们所带戏法器物和在孔家所得大洋，皆被红枪会的人掳走。

他们被红枪会的人关了十多天，最后，终于找到了逃跑的机会。

那天，红枪会的人和另一个帮会的人打仗，红枪会只在老营留了十多个人看着他们。半夜时分，师父等四个人趁着红枪会的人打瞌睡，偷偷从关押他们的屋子里跑了出来。然而，他们刚跑了不远，红枪会的人便追了上来。这些人都是精壮男子，每天练武，能打能跑。师父年龄大了，李芙蓉的儿子才十一岁，而且这十多天他们没吃过一顿饱饭，白果背着李芙蓉的儿子跑了一会儿，便不行了。他让师父和李芙蓉带着孩子先跑，他留下，拦挡他们一会儿，让师父到了济南后，再找济南的红枪会首领帮忙救他。如果一起跑，他们几个人一个都跑不了。师父明白，白果说的话是有道理的。师父拉着不肯跑的李芙蓉，李芙蓉背着儿子，逃向旁边的小树林。白果折了一根木棍，拦住了跑过来的红枪会的人。师父和李芙蓉他们跑了两天两夜，白天藏身于树林中，晚上赶路、找吃的，一直走到宁阳城，找到了师父的一个朋友，朋友找了一辆马车，把他们送回了济南。

回到济南后，师父通过朋友，联系上了当地红枪会首领，李芙蓉带着她所有的积蓄，和济南红枪会首领派的信使一起，赶赴磁窑，找当地的红枪会救人去了。

王顺一听，就要动身去磁窑，被师父劝住。师父说天太晚了，这件事已经过去十多天了，即便要去，也不差这一晚。他让王顺明天走，明天有从济南去宁阳的戏班，他跟着戏班的马车走，一则做个伴，二则马车走得快。这个戏班经常去宁阳，他们跟当地的帮派熟悉，跟他们走，也不会遇到危险。

王顺听了师父的话，出去买了一块熟肉一瓶酒，跟师父一起喝酒。两人边喝酒边聊天，王顺向师父说起了这七年的遭遇，当然，他把与王小秀的事给屏蔽了。

师父默默听完，说："这世间的事，没有什么道理好讲。官府不顾老百姓的死活，老百姓造反，官府与老百姓互相杀人，几千年了，一直如此。我这些日子也想归隐江湖，像你一样，找个山野乡村，种几亩地，过几天安稳日子。呵呵，没想到啊，你这日子过得也不安稳。"

王顺说："师父，您说得对，江湖是小戏法，天下是大戏法。江湖有风浪，天下有生死。现在这世道，当一个种地的老百姓，也不能太善良，善良人没法活啊！"

师父一脸凄苦，摇头说："唉，这江湖也难混了，天下动荡，江湖人也不得安宁，这人治人，人杀人，什么时候是个头啊！"

王顺和师父把一瓶酒喝了个精光。睡觉的时候，王顺要搂着儿子小咕噜一起睡，被儿子拒绝。

几年的离别，王顺在儿子眼里，已经完全成了一个陌生人。

第二天一早，师父让王顺带了一些钱，给了他一把短刀用以防身，便把他送到隔壁的戏班。戏班班主跟师父是好朋友，王顺以前就认识。王顺告别了师父，跟戏班一起上了路。

这个戏班的人老家大都在宁阳附近，他们在老家闹起了红枪会之后，才从宁阳来到济南。本来以为济南的钱好赚，他们没想到，济南涌进了数不清的各种五行八作，小剧团小戏班更是数都数不清。据说在升阳观外的戏楼附近，曾经有八十多个小剧团同时演出，演戏的人比看戏的人都多。这仅仅是戏楼和题壁堂附近的小剧团，整个济南有多少剧团杂耍，简直是不敢想象。

这个戏班成立几十年，一直在宁阳和济南之间的集镇村落演出。以前最主要的演出场地是老家宁阳，现在宁阳红枪会闹得厉害，不得不把主要驻地迁到了济南。王顺的师父和李芙蓉被红枪会追赶，跑到宁阳找朋友帮忙，把他们送到了济南，那个朋友便是戏班班主的哥哥。据班主说，当年他刚接手当班主，在济南唱戏，遭到当地流氓的欺负，双方剑拔弩张，要不是王顺的师父找人调解，他们在济南根本无法立足，因此班主对王顺的师父很是感激。

为了让王顺尽快赶到磁窑附近，班主停止了一路的演出任务，快马加鞭，在第三天中午时分，便进入了宁阳地界。

一路上，他们遇到了数不清的红枪会人盘查。班主跟他们头领都熟悉，又拿出大洋开路，因此路上算是比较顺利。

过了泰安，到了宁阳地界后，班主觉得到了自己老家，众人都松懈下来了。班主让戏班歇息一日，并派人打探当地红枪会的活动情况。

班主告诉王顺，宁阳当地红枪会闹得挺凶，他们各自为政，良莠不齐，经常互相攻伐，因此每次回来，他都得先弄清谁打输了谁打胜了，哪段路都由谁控制。

打探的人回来，告诉班主，现在宁阳境内的红枪会，都归汶上人郭廷俭管。郭廷俭带着老家的红枪会，一路打过来，已经攻占了宁阳县城，统治了大部分宁阳县境。当地的小帮派都投奔了郭廷俭，现在这条泰安到宁阳的官道，到处都是郭廷俭的红枪会所设的关卡。

02. 王金三当上了团长

班主一听，害怕了，忙带着人后退，退到泰安境内。王顺要独自去宁阳，被班主劝住了。班主告诉王顺，红枪会的这些首领，大部分是村里的恶霸，他们有的专门欺负老百姓，有的连老百姓带官府一起欺负，有的专门跟官府作对，因此别说是他们不了解这个郭廷俭，即便是了解他，他的手下什么样子，也是无法预料。红枪会这些人，比张宗昌手下的大兵都要复杂，村里的地痞流氓占大多数，然后就是穷得没法过日子的老百姓。好人有，坏人更多，他们没有纪律约束，没有像样的队伍，打仗一窝蜂，胜了杀人抢东西，败了也是一窝蜂，各自跑各自的。

王顺这样的外乡人，要是落在他们手里，难有个好下场。

班主派了两个人，顺着官道进去，一路探听情况。他则带着大队人马，随时做好启程返回济南的打算。

探听消息的两个人，去了三天，还是没有回来，班主有些慌了，正要带着人返回济南，突然从官道上下来一支穿着官军制服的队伍。

这支队伍在村外驻扎下来，封锁了道路。班主见多识广，告诉王顺，这是张宗昌的队伍，应该是来打红枪会的。

官军封锁了北上济南的道路，班主去找当官的，想让官军放他们回去，却被当官的扣下了，他们说班主很可能是红枪会派来的奸细。

好在戏班几十年在这条官道上来回行走，大家都认识村里的族长。副班主求族长帮忙，族长找到军队当官的从中周旋，当官的让戏班凑够一百个大洋去赎人。

戏班众人和王顺把身上的钱都掏出来，才凑够五十个大洋。戏班的人又找到当地族长，用戏班的道具做抵押，借了五十大洋，副班主叫上王顺和族长一起，到军营交钱。

军营的人收了钱，又不想放人了。他们大概觉得戏班这钱挺好弄，让戏班再交一百大洋。副班主恼了，当场就跟这个人吵了起来。

戏班在济南的时候，也给军营唱过戏，都是副班主带队。副班主搬出几个他认识的军营当官的，这个当官的开了恩，降了五十大洋，再缴五十就行。副班主还是不让，说要回去面见张宗昌告状。

当官的恼了，拔出了盒子炮，要枪毙副班主。副班主也是个犟种，梗着脖子不肯低头。两下吵得挺凶，王顺正在担心，一个更大的官进来了，吵架的这个官赶紧放下枪敬礼，喊道："团长！"

后面进来的官问："这嚷嚷什么？张督军不是说要跟百姓搞好关系吗？"

先前的军官说："报告团长，这人就是您要抓的那个戏班班主，您说他有奸细嫌疑。"

王顺听着这后进来的军官话音耳熟，转头看了一眼。

这个军官穿着一身笔挺的军服，黑壮，个子不高，手持马鞭，带着杀气。王顺看了一眼，愣住了，这……这不是王金三吗？

军官看了一眼王顺，也惊叫了一声："你?! 你是谁?!"

王顺说："我是王顺啊。您……您是王老板？"

王金三围着王顺转了一圈："咦，你不是在家种地吗？怎么跑到这里来了?!"

王顺说："王老板，这个一言难尽啊……"

王金三挥手，示意那个军官下去。军官带着屋子里的几个士兵下去，王金三又示意王顺和那个副班主在椅子上坐下，他坐在刚才那个军官坐的位置上，说："我现在是张督军所属第七军军长兼岱南防御许司令手下第二十旅六十一团团长，不要再叫我王老板了。"

王金三说话抑扬顿挫，踌躇满志："王顺啊，当年我叫你一起出来闯天下，你不出来，要在家种你的八亩地，怎么样？我王金三以后就在军界混了，哪天当兵当够了，就去当个登州府尹什么的，比当年在富水当个讼师强多了。"

王顺惊愕："登州府尹?! 比富水县衙还大?!"

王金三哼了一声："县衙算个屁! 老子现在就是团长了，富水县知事看到本团长，得浑身乱哆嗦!"

王顺还是觉得不可思议："王老板……不，不……王团长，你找我的时候不是说去闯关东吗? 怎么就来这里当上团长了呢?"

王金三说："这人啊，还得做好事儿。我有个朋友叫梁元善，他当年在东北救过山东督军张宗昌的命，我说到东北，就是投奔他的。也是本团长命好，我去他家找他父亲要他的地址的时候，刚好碰到他在家。梁先生就给我写了一封信，还教给我见了张督军怎么说话，我就带着信，来投奔张督军了。这张督军也是知恩图报，见我毛笔字写得好，还会功夫，很高兴，直接就让我当了团长，让我带着一千人马，来打红枪会。"

王顺叹息："王团长真是有福之人啊! 朝中有人好做官，王顺今天算是见识了。"

王金三说："这个还得亏人家梁先生，张督军这是报梁先生的恩呢。说说你吧，你怎么跑到这里来了?"

王顺把这些日子发生的事向王金三说了，王金三骂道："这些王八羔子! 等我打完红枪会，就带兵回富水，看我怎么收拾县衙那帮混蛋! 王顺，你哪儿也别去了，跟着我干，你不愿意当兵，就当我随从，也不用你打仗，钱也不少发你的。打败了红枪会，我帮你找你老婆。现在兵荒马乱的，你进去找人，那不就是去送死吗?"

王顺想了想，觉得军队打红枪会，肯定能见到不少红枪会的人。现在王金三又当了这么大的官儿，帮自己找老婆那肯定没什么问题了。王顺就答应了下来。

王金三让人放了老班头，把一百大洋还给了他。王顺跟着老班头回到戏班，告辞了戏班众人，带着自己的包裹，就来到了军营。

王金三让人给王顺发了一套军服，枪不够，没给他，王顺也没要。王顺的任务是跟着王金三，帮他添茶倒水的，也没有具体任务。王顺跟他说好了，等打败了红枪会，他找到了李芙蓉，他是留下来跟王金三当兵，还是回济南，由他自己决定，王金三同意了。

03. 兵败如山倒

王金三接到命令，让他迅速出击，攻打宁阳城。

到这时候，王顺才知道，张宗昌为了打败红枪会，除了命第七军军长兼岱南防御司令许琨率部进攻宁阳外，还派了二十七师师长兼德州防御司令董鸿逵、第三军军长程国瑞、第四军副军长方永昌及曹州、兖州、沂州镇守使等七路大军，同时任命淄青道尹白荣卿为鲁南宣抚使，采取四面围攻之势和软硬兼施之策略，进攻宁阳。王金三的一个团，只是其中小小的一部分。

王金三立功心切，接到命令后，马上率部朝着宁阳进发。

一路之上，红枪会闻风而逃，这些以大刀为主要武器的民间武装，都不敢与手持汉阳造的正式军队抗衡。

王金三见状，很是兴奋。他觉得张督军派这么多的大军来围剿一帮乌合之众，实在是太浪费军力了。如果给他足够的枪弹，他王金三一个团，就可以歼灭这些红枪会。

两日后，王金三率部来到离宁阳只有二十里路的地方，遭遇到了一股红枪会的狙击。据说这支红枪会是郭廷俭嫡系，有不少火铳，还有一部分汉阳造。王金三挺兴奋，率领大军一顿冲锋，便把这一支红枪会打跑了。

王金三觉得还不过瘾，要去攻打宁阳，部下说不行，外面的这些红枪会不清理掉，等他攻打宁阳城的时候，双方里外夹击，部队就完了。

王金三觉得有道理，就率部追击这支红枪会溃军。

这支红枪会一边跟王金三打，一边朝南跑。王金三审问俘虏，得知红枪会在泗店、南王村一带有个仓库，仓库里有大量的粮食和武器，这支人马是保护仓库去了。王金三大喜，命令部队加快速度，直奔泗店，务必拿下。

泗店离宁阳城有十多里路，走了一半，王顺就觉得有点不对头。

现在正是春种时节，前几天刚下了一场不大不小的雨，地里应该有很多忙碌着耕种的人才对，然而，路两边光秃秃的地里，竟然连一个人影都没有。

路上也没有人。以前的行军途中，多多少少会遇到一些人，即便是在到处是红枪会卡口的宁阳北部，路上也是有牵着牲口或者赶着牛车的老百姓的，然而，从宁阳往南的这段路上，他们一个人影都没有看到，甚至连鸟都很少看到。

天上太阳高照，地上是裸露的大地、寂静的道路和稀疏的刚长出叶子的小树林，除了这支疲惫的军队，他们几乎没有看到任何活动的生命。

王顺骑马技术不精，他费力地打着马，撵上跑在前面的王金三，说："团长，我觉得有点不对，这路上怎么一个人没有呢？两边的地里也没有人。"

王金三被一场接一场的胜利冲昏了脑袋，摆摆手说："别大惊小怪的，大军出动，百姓躲避，这正常。"

王顺说："不对啊，我们刚进宁阳地界的时候，路两边可是有不少耕地种地的老百姓，路上也有人。老百姓躲避大军，是老远看到了才躲，他们总不会提前知道大军来了，都躲在家里不出来了吧？还有，路两边地里的老百姓看到大军躲了，远处地里的老百姓不该躲吧？您看，远处的地里也一个人没有。"

王金三说："这个也正常。天天闹红枪会，老百姓也害怕啊。再说了，他们昨天听到咱和红枪会打仗，枪打起来一片一片的，哪个老百姓敢出来？放心，红枪会这种乌合之众，也就欺负一下保卫团，不敢打正规军，闹不出什么幺蛾子。"

王顺将信将疑，边走边观察着路两边的动静。

快要到泗店的时候，他们终于遇到了一个人。这人背着铺盖卷和三弦琴，用竹杖探路，朝着他们迎面而来。

是个盲人。

王金三举起手，让军队稍作歇息，他和王顺下马，走到盲人面前。

王金三朝着盲人拱手，说："这位师父，您这是到哪儿去啊？"

盲人停下脚步，抽动了几下鼻子，说："这位军爷是要去打红枪会吧？"

王金三脸色一变："呃？你怎么知道本团长要去打红枪会?!"

盲人笑了笑，说："老瞎子闻到死人的味道了。"

王金三不高兴了："先生不要乱说话，话说多了会死人的。"

盲人拱手说："军爷不要不高兴，此处自古便是战场，地势不险，却处处暗藏杀机。"

王金三拔出枪看了看，又把枪插了回去："老先生，你是红枪会的奸细吧？"

盲人呵呵笑，说："老瞎子眼瞎，脑子不糊涂。官府欺压百姓，红枪会也不是什么好鸟，我一个说书赚钱的瞎子，凭着两片嘴皮赚钱吃饭，他们不稀罕我，我也不稀罕他们。"

王顺的舅舅是盲人，因此看到盲人有些亲切，就对王金三说："团长，他就是一个瞎汉，让他走吧。"

王金三点了点头，上马，带着大军继续朝前走。

走了一会儿，王金三对王顺说："我怎么觉得有点心慌呢？"

王顺说："我也觉得。"

王金三让大军停下，命令一个营先行进入泗店，进去之后派人回来送信。

先头营还没出发，突然响起了一声沉闷的牛角号声。四周的山坡上，出现了无数手持各种武器的红枪会。王金三已经跟红枪会过了几次招，他没有太惊慌，命令军队朝着最近的山坡进攻，夺取制高点，等待后面大军的救援。

左侧不远，有一个小山坡，山上有一片小树林，让人惊喜的是，山坡上没人。

王金三率大军朝着山坡冲去。

然而，就在他们冲到半山腰的时候，树林里突然冒出一排火枪火炮。炮手点燃火炮，一阵阵巨响之后，无数的铁砂、铁片朝着大军飞来。

王顺眼疾手快，按倒了王金三。王金三旁边的军士们倒霉了，冲在前面的都倒在了地上，死的死，伤的伤，一片哀号之声。炮声之后，火枪手朝着他们开火了。王金三趴在地上，命令军队散开，朝着山上还击。山上也朝着他们开枪，双方互相打了一会儿，先头营长突然跑过来，指着后面让王金三看。王金三转头看过去，后面漫山遍野，像闹蝗灾一般，无数包着红头巾的红枪会，挥舞刀枪，朝着他们冲过来，他们边跑边喊："无极老祖，刀枪不入！"

阵阵呼啸，像海浪一样，起伏涌动，震得王金三耳膜如敲鼓。

士兵们看到这种场景，害怕了。王金三命令分头迎敌，以营为单位，分别迎击各方向敌人。

士兵们看着周围排山倒海一般的敌人，军心早就散了，部分大兵朝着没有敌人的西北角溃逃。营长想拦，没拦住，被士兵们冲倒在地。营长恼了，朝着士兵们开枪。士兵毫不犹豫地还击，营长吓得躺在地上，一动不敢动。

山顶上的红枪会也喊着"无极老祖，刀枪不入"，举着红缨枪冲下来。王金三命令士兵开枪，士兵们举枪射击，却根本挡不住排山倒海一般的红枪会的冲锋。士兵们子弹不多，普通士兵每人只有五发子弹，很多士兵一会儿就把子弹打光了，只能干瞪眼。

红枪会们看到士兵们没有子弹了，齐声欢呼，冲得更加欢快了。王金三的面前像涌动着无边无际的红色海洋，让他目瞪口呆："怎么这么多的红枪会啊?!"

王顺说："团长，咱不能打了！再打下去，兄弟们都没活路！"

王金三说："那也不能这么投降啊，要是这么降了，我以后怎么在军界混？我怎么有脸去见恩人张督军?!"

王金三命令士兵上刺刀，跟红枪会拼命。一部分士兵上了刺刀，跟他冲了上去；一部分站在原地，不知如何是好。

双方交战，红枪会如群虎下山，前面的士兵一层一层地被红色的海洋淹没，惨叫声无边无际，半面山坡，如人间地狱。

王顺要朝前跑，被王金三拉住。王金三举着枪，喊着后面的士兵们朝前冲。后面的士兵看着前面的景象，不敢冲了，有的转身朝山下跑，下面的红枪会漫山遍野，比上面的还多。冲下去的士兵也很快被红色的浪潮淹没了，声音都没发出来。

王金三吓傻了，举着手枪的手也不会动了，木头人似的看着涌上来的红枪会。

04. 逃回老家

王金三和王顺被红枪会抓住。因为张宗昌各路大军已经压了上来，红枪会的人没有时间，杀人很随意，放人也很随意。杀够了就放，放够了就杀。

临到王金三和王顺的时候，王金三从鞋底掏出早就藏好的一小块金子，递给了红枪会的小头目。小头目看了看他，笑了："当官的啊，怪不得这么有招。"

王金三听到外面杀人的声音，吓坏了，忙把两只鞋都脱了下来，把剩下的两小块金子也给了小头目。小头目让他走，王金三忙指着王顺说："这是我兄弟，我们一起来的，大头领，把他也一起放了吧。"

小头目不耐烦："不行！"

负责杀人的要拖着王顺出去，王金三挡着，苦苦哀求。

小头目恼了，对负责杀人的说："算了，一起拖出去宰了！"

负责杀人的一招手，上来几个红枪会员，用绳子把两人绑起来，就拖了出去。

外面是一片空地，地上躺着一排排的尸体。被绑起来的士兵一排一排地被拉着过来，红枪会的行刑队在原地等着，人过来就砍，砍累了就换人。

有时候等着挨刀的人实在太多，行刑队忙不过来，他们就会顺手放走一批，真是要多任性就有多任性。

王金三和王顺看着前面一堆堆的尸体和刺眼的鲜血，两人腿都软了。

到这时候，他们才知道，被红枪会消灭的不止他们一个团。起码有三四个团，被红枪会包了圆。即便是现在，十多万红枪会还在和张宗昌的大批军队血战，被送到这儿的，都是昨天被俘虏的。

王金三和王顺前面堵了一大堆等着挨刀的军士。军士们已经死了心，知道前面等着的只有死亡了，大部分人都是一脸的麻木绝望，有一部分腿脚软了，走不动了，甚至还有拉尿在裤子里的，都被临时砍掉了脑袋和胳膊，拖出了行列。

王顺闭上了眼，麻木地跟着人群朝前走。边走，他边想着王小秀，想她现在大概应该是在种花生，或者栽地瓜吧。想到她自己赶着牛车的样子，王顺心里就难受。但是想想自己要死了，就又为自己感到悲伤。

他想了一会儿，突然听到有人在他耳边小声说："师弟，你怎么在这儿？"

王顺睁开眼，发现跟他说话的，竟然是白果！白果头包红头巾，手持红缨枪，正在维持秩序。

王顺顾不得惊讶，忙说："师兄，快救我！我是来找你的啊！"

白果示意他别说话，跑到旁边找人去了。

王顺和王金三继续顺着队伍朝前走，走了一会儿，一直走到前面站着刽子手的地方，眼看就要挨刀了，白果手持一个令牌，匆匆跑过来，把王顺的绳子解开了。

王顺忙说："师兄，前面还有王金三王老板呢，就是当初在富水帮咱对付赵俊德的那个王老板。"

白果有些为难："我跟堂主只说了你一个人啊。"

王顺说："堂主也不在这里，你多放一个他也不会知道。王老板是好人啊，我的命都是他救的。"

白果正犹豫，旁边等着砍人的红枪会刽子手不高兴了："兄弟，赶紧的，想救你就救，不想救你就走，别耽误老子杀人。"

白果答应了一声，过去把王金三的绳子也解开了。三人没等走，刽子手就举起大刀杀人了。

白果举着令牌，带着两人走出刑场，一直来到泗店的大街上，白果把令牌交给王顺，说："你们赶紧走，拿着这个令牌走出红枪会的包围圈后，就把它扔掉，否则会被官军当成红枪会抓起来。"

王顺说："师兄，你跟我们一起走吧，李芙蓉在宁阳找你，生死不明，我们得找她啊。"

白果摇头，说："你们先走，要是找到李芙蓉，就带她回去。我这时候要是走，被抓住了就是死，我会找机会跑出去，你们放心。"

王顺和王金三不敢多逗留，朝着白果鞠躬后，两人便拿着令牌一路向南来到邹城。他们在邹城休息了两天，偷了几件衣服换了，扔了令牌，搭上了两辆贩运陶瓷的马车，一路颠簸，来到费县。

在路上，他们就听说了，张宗昌的军队在宁阳付出了惨重的代价，最终打败了红枪会，会首被杀，剩下部分红枪会徒四散而逃。

王金三很惋惜自己的"军界"生涯如此短暂，犹如昙花一现，更不用说当"登州府尹"了。他很明白，以自己这次"战绩"，如果去见张宗昌，小命很可能就没了，因此他也不敢再去济南，只能和王顺一路逃回富水老家。

王顺倒是想回济南，但是想到大股的红枪会虽然没了，四散的红枪会更要命，也不敢独自北上，只得跟着王金三先回富水再说。

两人一路打短工，甚至要饭，经过临沂、莒县、诸城、高密，历经大半年时间，终于在当年初冬，回到了富水。

王顺不敢回余家沟，先住到了王金三家里。王金三怕自己私自逃跑，惹恼张宗昌派人来抓他，便提着礼品，跑到梁元善家里，让梁元善给张宗昌写了一封信，替自己说说好话。梁元善答应下来。王金三想跟着梁元善回东北，但此时梁元善已经被委任为北乡联庄会会长，他还要照顾病重的父亲，暂时不想回去。王金三无奈，只得回到家，每天与王顺一起喝酒解闷。

王顺偷偷回了几次余家沟，不过没进村，他背着粪篓子，装成拾粪的，到王小秀的几块地附近转悠，转悠了好几天，也没有遇到王小秀。地里有人冬耕，王小秀的一块地已经耕了，王顺不知道是她自己耕的，还是找别人帮忙的。看着被翻出的新鲜的土地，王顺心里很难受。他看到联庄会巡逻不是很严密，就跑到了孙家庄村里小庙，找到表弟孙丛乾，让他帮忙去找王小秀。

孙丛乾见到穿得像乞丐一样的王顺，很惊讶，他告诉王顺，前些日子联庄会还到处抓他呢，他怎么敢跑回来？

王顺说他想见王小秀，见一面就走。

孙丛乾不想去替他办这件事。他一个出家人，光着头穿着僧衣，跑到别的村子去找一个女人，要是让师父知道了，非惩罚他不可。王顺说了一大堆好话，孙丛乾架不住这个表哥的磨叨，不得不答应下来。

05. 夜路遇鬼

第二天一大早，王顺又挑着粪篓子来到王小秀的地头附近转悠，一直等到日上三竿，才看到王小秀扛着馒头，朝着她的这块地走过来。

王顺怕有人跟着，先离她远一点儿，等她走到地头开始刨玉米根了，他才走过去。

王小秀对王顺的到来，一点都不惊讶，只是觉得这样子有点滑稽，不由得笑了。笑了两声之后，她又捂着脸，呜呜地哭了。

王顺怕有人看到，忙把她拉到地头的沟里。王小秀把头埋在王顺的怀里抽泣，王顺一动不动地抱着她。

王小秀哭了一会儿，抬起头，含着泪珠说："大哥，我今天看到你了，我死也甘心了。"

王顺笑了笑，说："这说的什么话。好好活着，过个一年两年，我还得回来呢。"

王小秀听王顺这么说，又哭了："你回不来了……呜呜呜……你家的房子都被人拆了……"

王顺愣住了："什么?! 房子?! 谁拆了我家的房子?! 那是我舅舅留下的，谁敢给我拆了，我非杀了他!"

王小秀说："我听说是那个叫赵俊德的人带着人去拆的。保长想去挡着他们，没成。那么多的警察在外面围着，说你勾结杀人犯，谁敢出面拦挡，就跟杀人犯同罪。村里都说赵俊德欺负人，但是没人敢出面。"

王顺气得咬牙切齿："赵俊德，你这个王八蛋! 我舅舅的屋子碍你什么事了?! 你怎么这么缺德啊!"

王小秀擦了擦眼泪，说："屋子拆了能盖呢，这没什么。现在你回不了村呢，保安团每天都派人在你家附近转悠，你可千万不能回去。"

王顺懊恼地点头："我知道了。"

王小秀说："大哥，我怎么觉得有人在特意对付你呢？你是不是招惹到谁了？"

王顺咬着牙说："赵俊德！赵俊德说我舅舅家里有《燕子笺弹词》，他拆了我舅舅家，就是想找这本书呢。"

王小秀说："为了一本书，把人家屋子都拆了，这个赵俊德也真不是玩意儿。"

王顺抱了王小秀一会儿，下面有了反应，翻身把王小秀压在身下，就要解她的裤腰带。王小秀一个翻身，把他从身上掀了下来："你畜生啊，这大白天的！"

王顺涎着脸："妹妹，好妹妹，我忍不住了，我想要你啊。"

王小秀站起来："你们男人是不是天天就想着这点事儿啊?！人都想要你命了，你还惦记这个……"

王小秀突然不说话了，朝着山路的方向看了一会儿，喃喃地说："坏了，来人了……"

王小秀声音不大，却像惊雷一样，炸得王顺跳了起来。王顺顺着王小秀的目光看过去，果然，在小路的东头，有一里多远的地方，出现了十多个手持大刀的联庄会队员。他们虽然没有跑，却是步履匆匆，一看就是奔着自己而来的。

王顺冷笑了一声。经过了大战红枪会和在宁阳死里逃生，经过了两千多里路逃亡的王顺，已经不是在余家沟时候的王顺了。这些联庄会都是什么货色，王顺心里很清楚，他们也就是恃强凌弱，杀几个流民，串串寡妇门。联庄会的小头目，也大都是一些乡村地痞角色，真要单打独斗，他王顺还真不怕他们。

不过，面对这十多个人，他还是不能跟他们拼。他得走了。

王顺让王小秀蹲下，他亲了她一下，用铁锨挑起拾粪篓子，就要走。

王小秀急了："扔了你那破篓子，赶紧跑吧！"

王顺笑了笑，说："他们追不上我。你好好过日子，等着我啊。"

王顺不顺着路走，而是顺着地边小路，一直朝南走。他知道，前面不远，就走出了余家沟的地域，再经过一个村子，就是北乡联庄会的地盘。北乡联庄会的会长是梁元善，他是不会让余唯甄的人到他的地盘抓人的。

那十多个人跟着也跑上了地头的小路，朝他追过来。王顺不敢托大了，把粪篓子扔了，提着铁锨跑。他跑出了余家沟的地盘，一直跑到邻村，让他没有想到的是，余家沟的那些人还是追着他不放。

王顺有些急了。现在是白天，北乡联庄会还没有出来巡逻，自己要是被余家沟这些人抓住，只有死路一条。

王顺不敢大意了。

他知道，自己不能朝王金三家跑，也不能朝梁元善家跑，他只能朝山里跑，跑到树林里躲起来。他们找不到自己，等天黑了只能回去。

附近能藏人的山林，只有老寨山了。老寨山是宋晓的地盘，联庄会的这些人也不敢过去。王顺折了一个弯，朝着老寨山跑去。

这十多个人，像甩不掉的鼻涕一样黏着他，一直到中午，王顺跑进了老寨山，他们才悻悻离去。

王顺也怕被土匪抓住，他在山里藏到了天黑，打退了两次毒蛇的进攻，便从山里出来，朝着王金三家走。

为了不遇到联庄会，王顺要绕开路上经过的村子，因此走得格外慢。

幸亏月光好，又是初冬，地里没有庄稼，王顺从地里走了一段路之后，上了官道，朝着王金三家去。

官道经过一个村子，村头有一个小小的土地庙，王顺经过土地庙的时候，听到里面似乎有动静，不由得转头看了看。

他和王金三从宁阳一路讨饭回到富水的时候，经常在这种土地庙里住宿，也在土地庙里遇到过形形色色的人，这些到处都是的破破烂烂的土地庙，简直成了另外一个世界。这些人中有江洋大盗，有乞丐，有逃犯，也有落魄的文人。有些常年混江湖的，会在土地庙里住下后，在门外横放一根棍子，示意里面被人占了，其他人不得入内。这种时候，一般人会走开，也有人实在走不动了，就在外面喊话，跟里面的人商量，让里面的人开恩，放人进去。

王顺和王金三多次经历这种场面，因此下意识看了看这个破烂的土地庙门口。

门口没有放东西，王顺有些放心了，转身继续朝前走。

走了一会儿，小路拐了个弯，迎头突然撞上了几个人，其中一个人肩膀上还扛着什么东西，王顺想躲，已经来不及了，三个手持大刀的壮汉冲过来，把他围住。

其中一个问："干啥的？"

王顺听口音不是本地人，知道坏了，忙说："我赶路的，去亲戚家。亲戚年龄大了，我去看看，你们走你们的，我什么都没看见。"

对方笑了："大晚上的也敢出来瞎溜达，你胆子不小啊。拿十个大洋，放你走。"

王顺哭笑不得："我一个种地的，从哪儿弄十个大洋？都是穷人，这位老大，穷人不打穷人，您就放了我吧。"

这人哼了一声，说："别说得那么好听，谁知道你是什么东西？也怪你倒霉，大晚上的出来瞎溜达，走吧，去见见我们老大，是死是活，就看你的造化了。"

这人说得没错，自己是够倒霉的。王顺知道，他们袋子里的东西，不是偷的就是抢的，这些流民，对撞见他们的人，都是要杀人灭口的。这是规矩。

王顺趁他们还没动手绑自己，转身就跑。然而，他刚跑了没几步，突然觉得脑袋一阵剧痛，就失去了知觉。

06. 遇到张志良

王顺醒来的时候，先闻到了一阵肉香味儿。他抽了抽鼻子，恍惚以为自己是在王金三家中。他的肚子咕咕叫起来。王顺想站起来，这时候他才发现，自己的双手被人捆着。

王顺听到有人在聒噪着喝酒，他喊了一声，却没有发出声。他睁开眼，看到前面不远处点着一根蜡烛，有七八个人正围着蜡烛坐着，边吃东西边喝酒。

王顺终于想起来路上遇到的那些人，很显然，自己这是被他们抓住了。

王顺挣扎着坐起来。

那些喝酒的人发现他醒了，其中两个走过来，把他朝他们喝酒的地方拖了拖。

一个满脸胡子的汉子抬起眼皮，瞄了王顺一眼问："哪个庄的？"

王顺说："余家沟的。"

汉子略微一愣："余家沟？我怎么听着说话感觉耳熟呢？认识有个叫王顺的不？"

王顺心一横，说："我就是。怎么了？你们也帮着警察局抓人？"

汉子愣住了，他放下手里的肉骨头，举着蜡烛，走到王顺面前，仔细打量了几眼，突然大喊了一声："真的是恩公啊！恩公，你怎么会在这里?! 我到处找你都没找到你啊！"

王顺也听出来了，这人竟然是自己救过的流民头子张志良！后来他杀了人，害得自己逃离了余家沟，现在无家可归。

张志良让人给王顺松绑，让他坐在自己刚才坐的位置上，跪下便要磕头。

王顺要扶他起来，张志良不肯，撅着大屁股，砰砰砰就是三个响头："恩公，您大人不计小人过，我这些兄弟都不认识您，您千万别生气啊！"

张志良见他的那些兄弟兀自在呆坐着，火了："都滚过来，给恩公磕头！"

大家都跑过来，跪在王顺的面前，起起伏伏地磕头。

局势转换如此之快，王顺还有些不适应："都起来吧，什么生气不生气的，你们不杀我就行。"

张志良站起来，让人给王顺找了一个碗，倒了一碗酒，给他找了一双筷子，张志良亲自下手，从锅里抓了一块带着大肉的骨头，递给王顺。

王顺一天没吃东西，实在是饿了，当下也顾不得讲究了，抓过张志良递过来的猪骨头，张口就咬。真香啊，王顺一口气把骨头啃光了，和张志良等人碰了一下碗，喝了一大口酒，觉得真是过瘾。

张志良又伸手从锅里给王顺抓出一块肉骨头，王顺招呼大家都吃。张志良挥了挥手，众人欢呼一声，伸手从锅里捞肉，又都抓起碗向王顺道歉，敬酒。王顺又吃又喝，很是过瘾，决定暂时不追究张志良带给自己的伤害了。何况现在这个样子，他追究又有什么用？

张志良倒先提起了他杀人的事。告诉王顺，当年他杀的是赵俊德的一个小弟兄。这个小弟兄仗着赵俊德跟警察局的关系好，在富水东关一带横行霸道。他看上了从费县过来的唱渔鼓的小姑娘，把人家强奸了，还把小姑娘的父亲给打断了一条腿。小姑娘和父亲去县衙告状，县衙让警察局处理，警察局把这个小地痞抓起来，关了三天又放了。

小地痞又带着人去打小姑娘的父亲，刚好被张志良遇到了，双方就打了起来。对方人多，张志良为了震撼他们，也为了帮小姑娘报仇，一刀就把那个小地痞抹了脖子。那些小地痞看张志良下狠手，不敢上了，转身跑了。

张志良也不敢在富水待下去了，屋子也没敢回，直接从官道逃往了青岛。

后来，他才知道，自己扔在屋子里的那件棉衣，拖累了王顺。他心里非常不安。

今年夏天，他觉得杀人的事基本过去了，才从青岛回到了富水，并偷偷跑到余家沟寻找王顺。然而，他看到的却是一堆残垣断壁。经过打听，他才知道，王顺因为帮助他，遭到警察局的缉捕，不得不逃离了余家沟。此后，张志良四处打听，寻找王顺，都没有找到。

现在张志良是富水丐帮帮主，他带着他的这几个兄弟，经常在余家沟附近转悠。他知道，王顺终究会回来的。不过没想到，他们会以这种方式相遇。

得知了王顺目前的处境后，张志良邀请王顺暂时加入他们。他们虽然是丐帮，却不愁吃喝，他们虽然不是官府中人，却也没人敢欺负他们。特别是在这兵荒马乱的日子里，当一个乞丐，可比在家种几亩地强多了。

王顺没同意。他说等等再说，如果他实在无处可去了，他就加入他们。

终于找到了救命恩人，张志良很是高兴。他与手下频频向王顺敬酒，最终他们皆酩酊大醉，席地而睡。

王顺没有喝多。他虽然救过张志良，但是他不了解张志良，而且对他重伤逃离自己给他找的山洞的事印象深刻。很显然，当年这个张志良对自己也不是很放心，自己又怎么敢完全相信他？

何况这些流民为了生存，经常互相残杀，兄弟反目、夫妻互杀都是常事，他王顺一个外人，怎能放心和他们为伍？

等这些人都躺在地上睡过去之后，王顺偷偷从地上爬了起来，他走到门口，推开庙门，走出来后，又给他们关上，然后，他顺着小路，一阵急走，一直走到王金三村子，遇到了巡逻的联庄会，被联庄会的人送到了王金三家。

让王顺感动的是，王金三还没睡，看到他回来，王金三终于长出一口气，他问王顺到哪儿去了。

王顺也不隐瞒了，把今天的事从头到尾向王金三说了。王金三让他睡下，说明天去帮王顺处理这件事。

07. 县知事糊弄梁元善

第二天早上，吃了早饭后，王金三带着王顺，去梁家庄找梁元善。

王金三在王顺面前，无数次提到过梁元善。目中无人的王金三，全世界只服一个人，那就是这个曾经把张宗昌从俄罗斯人手里救出来的梁元善。

梁元善曾经在海参崴的一家大商行担任翻译，商行主要做中国与俄罗斯之间的贸易，因此梁元善认识了不少俄罗斯人。当地的华人跟俄罗斯人有冲突，梁元善得知后，都会挺身而出，利用自己的关系，帮助他们。

当年张宗昌在东北当响马，被俄罗斯人抓住，俄罗斯人要杀他，梁元善利用自己的关系和口才，硬是把张宗昌从俄罗斯人手里给救了出来。

现在张宗昌当了省督军，很多人都来巴结梁元善，包括现任知事。

王顺跟着王金三来到梁元善家，见到了在他心中神一般的梁先生。当年这个梁先生一封信，就让王金三从一个流浪汉，变成了一个带着一千多人的正规军的团长，你说他不是神谁是神？

出乎王顺意料，梁元善瘦瘦的，戴着眼镜，很和善，看起来像一个教书的先生，不像有太大本事的样子。王顺知道，这才是高人呢，深藏不露。

王金三见到梁元善，也不客气，直接提出让他去找县知事，让知事大人为王顺摘掉头上的杀人犯帽子。

梁元善慨然答应，让人套上马车，带着王金三和王顺就来到县衙，找到了县知事。

县知事看到省督军的恩公来到，自然不敢怠慢，赶紧让进客厅，给梁元善等三人上茶。

梁元善不卑不亢，喝了几口茶之后，直接向知事说明来意。知事很重视，让人把警察局孙局长叫来，孙局长记下了王顺的名字，答应马上解决此事。

事情顺利解决，王顺和王金三很是高兴。两人回到家后，一边喝酒，一边对未来的日子进行了重新规划。

王顺当然是想继续回到余家沟，先借点钱，把被赵俊德拆掉的房子盖起来。王金三则想等过些日子，让梁元善帮忙，自己重新回到富水城，把酒店再开起来，继续当讼师。等赚了钱后，花钱买点贵重东西，让梁元善带着他们去济南，把跟张宗昌的这关系接上，有了张宗昌这个大后台，以后富水城谁还敢欺负他们?! 两人越想越高兴，这酒就越喝越大，直到都躺在春天温暖的土地上。

过了几天后，两人觉得王顺的事应该解决了，就大摇大摆地出去了。

他们先去了一趟余家沟，找余唯甄。余唯甄看到这两人走进私塾，很惊讶。王金三告诉余唯甄，说王顺的事是一桩冤案，他们已经和梁元善一起找过县知事，王顺的事很快就会得到解决。

余唯甄现出惊喜的样子，说："那太好了，我外甥这些年在余家沟种地过日子，老老实实的，他怎么能去杀人呢?"

王金三在余唯甄的私塾坐了一会儿，把自己在张宗昌手下当团长，带着上千人去打红枪会的事儿向余唯甄吹了一遍。当然，他把自己被红枪会俘虏、差点被杀的情节省略了。他说他回家，是因为不想当那个团长了，天天打打杀杀的，他不喜欢，还是回来当老百姓好。

两人从私塾出来后，王金三又带着王顺，去他的老屋看了看。

路上，村里人看到王顺，都跟他打招呼。王顺经过王小秀家门口的时候，还在她家门口略微站了一会儿。他甚至觉得现在有很多人看到，他也不怕，他要让余家沟的人知道，他王顺又回来了，那些想趁机欺负王小秀的人，还是老实一点儿吧。

王顺虽然已经有了心理准备，但是当他看到昔日高大整齐的瓦房变成了一堆瓦砾，整洁的院子一片破败的时候，还是没忍住，他站在院子里，眼泪哗哗地流了下来。

七年啊，他盼望着能给他安定生活的这个小院子，曾经给他遮挡了七年的风雨，曾经给了他憧憬和温暖。七年中，每天清晨从这个院子里走出去，去耕种，管理庄稼，每天晚上回到这个院子，喂鸡、喂猪，躺在炕上想象着未来的生活和在沧州的儿子媳妇，当然，也想王小秀。而现在，他的希望和梦想肇始的地方，已经变成了一片废墟，满目疮痍。王顺觉得那些破烂的砖瓦石头，好像一下子闯进了他的心里，扎得他浑身难受。

王金三问王顺："这是谁给你拆的?"

王顺抹了一下眼泪，说："赵俊德，他想找《燕子笺弹词》。"

王金三咬牙切齿："这个混蛋！老子也是被他害得酒店都没了！王顺，你放心，等咱缓过劲儿来，咱整死他!"

王顺围着房子转了一圈，突然发现几个联庄会的人，朝他走过来。

王顺忙喊王金三快跑。王金三看到是联庄会的人，上来了倔脾气，走到路中间，挡住了他们的去路。

王金三在当地也算名人，走在前面的人认识他，跟他打招呼。

王金三不客气，问："你们是来抓人的?!"

联庄会的人说："今天不是。我们会长让我们给您和王顺捎句话，让你们赶紧走。他说今天给王老板一个面子，不抓王顺，下次就不行了，下次王顺再来余家沟，联庄会就要抓他了。警察局和保安团刚刚派人到联庄会下了告示，要抓他呢。"

王金三愤怒了："胡扯！老子刚从余会长的私塾出来，我跟余会长说了，我和省督军张宗昌大人的救命恩人梁元善一起去找的县知事，县知事说此事他会处理好，警察局怎么会抓人?!"

这人摆了摆手，说："别的俺也不知道，就送这么一句话给你们，你们自己看着办。"

联庄会的人走了，王顺和王金三心凉了半截。王金三让王顺在这儿等着，他去找余唯甄问问，到底是怎么一回事。

王顺躲在屋子后面的一个玉米秸垛后面，等着王金三。王金三走了一会儿，便急匆匆赶了回来。

他叫上王顺就朝外走，两人从余家沟围墙东门出去，回到了王金三家。

路上，王金三告诉王顺，警察局的人还真的来过余家沟，要抓王顺，看来这县知事那天是糊弄他们。

王金三不服气，又去找梁元善。

梁元善仔细询问了情由之后，叹了一口气，说："人家知事不肯给我梁元善面子，我也没有办法。他既然敢这么干，肯定有他的理由，我们即便再去询问，也没用。"

王金三说："梁大哥，要不您写封信，我再去找一找张督军？"

梁元善苦笑了一声，说："人情只能用一次，用多了就不灵了。你去找张督军，他给了你一个团长的位置，人家这就算报恩了。地方上的事，张督军又不明底细，你觉得他能随意应承下来？县知事肯定也想到了这一步，即便张督军派人下来调查，他们也有办法糊弄过去。自古官场就是这么回事，我们跟张督军又不是什么亲戚，县知事没当场拒绝我们，就是给我们面子了。"

王金三说："这么说，王顺就只能等着被抓了？"

梁元善说："找个地方躲个两三年，这事儿就过去了。没别的办法了，躲吧。"

08. 巨变

王顺在王金三家又住了一些日子。天越来越冷了，王金三跑了几趟富水，想继续经营原先的酒店，没有成功，酒店被官府没收了，原因是他勾结土匪，土匪没抓住，此案不能结，酒店就不能还给他。王金三想在富水租个地方接案子，继续当讼师，也被法院告知不行。他因为有勾结宋晓的嫌疑，法院不能接受他做讼师。

王金三无奈，只得觍着脸再去找梁元善，想让梁元善帮自己去找县知事。梁元善告诉他，自己现在去没用了。他刚得到消息，张宗昌被另一派军阀打败了，已经逃出了济南。县知事前后不一，依然通缉要抓王顺，大概也是这个原因。

强大的靠山说没就没了，这让王金三很受打击。实在没有想到，自己回到富水，会是这么一种下场。他本来以为自己当过团长，回到富水会很威风，走到哪儿都有人小心翼翼地迎接他，没想到，现在张宗昌竟然都跑了，自己这个团长算个屁啊！

王金三窝在家里上火，宋晓乔装打扮成老百姓，来看王金三，并请王金三上山，当二当家的，被王金三拒绝。不过宋晓的话启发了王金三，宋晓走后，王金三告诉王顺，他想自己拉一支队伍，占山为王。王顺大惊，说这不是造反吗？

王金三说乱世出英雄，当年张宗昌甚至张作霖，不都是土匪出身吗？

王金三叫着王顺一起，去找梁元善商量此事。让王顺没有想到的是，梁元善很赞同王金三的想法。他告诉两人，东北土匪多如牛毛，很多老百姓农闲了就去当土匪，农忙了就回家忙活。当土匪就是赚钱，种地是为了有口吃的，两不耽误。土匪闹大了，政府就会设法拉拢他们，把他们编入军队中去。

"官匪本来就是一家，土匪闹大了，得了天下，他就是皇上，是官府。皇上要是被土匪打败了，跑到山里，就是土匪，天下之事，不过如此。"梁元善说。

王金三受到梁元善鼓舞，信心大增。

但是当土匪得有人啊，还得有钱，刀枪总得置办一些，王金三还想给自己弄一把枪。没有一把像样的手枪，怎么能算是一个像样的"大当家"呢？

王顺不想跟王金三上山当土匪。现在他倒不是觉得这有什么不好，像他这种人，人不人鬼不鬼的，还有什么好不好的呢？他就是不想，就像他不喜欢吃土豆一样。当然，他也觉得王小秀不会同意他上山当土匪，这一点也比较重要。他知道，现在王小秀最盼望的，就是他王顺回到余家沟，像以前那样，每天赶着牛车上山，春耕秋收，安安稳稳地过日子。

这是她的期望，更是她的依靠。但是他王顺现在回不去，他是杀人犯。而他成为"杀人犯"的原因，是他太善良了。

正在王顺犹豫着，不知何处可去的时候，师兄白果突然来到了王金三家，找到了王顺。

昔日风流倜傥的白果穿着一身打着补丁的粗布衣服，蓬头垢面，脸色蜡黄，与街上经常见到的乞丐没有什么两样。

白果是王金三和王顺的救命恩人，王金三让老婆杀鸡买肉，款待白果。

白果却等不及了，先让王顺给他找点吃的。王顺给师兄拿来了两个玉米饼子，白果也不吃菜，一只手抓着饼子，一只手端着碗喝水，一直把两个饼子都送进肚子，才长出一口气，眼神也平和了，脸上渐渐有了血色。

白果告诉王顺，现在济南乱成一团。张宗昌被一个叫白崇禧的军阀打败，逃出了济南，据说到日本去了。可恨的是，张宗昌在逃出济南之前，引狼入室，让原驻守青岛的日本第六师团军开进了济南。日本军队没有阻止中国军队进入济南城，但是中国军队进入济南之后，双方不断发生冲突，最后，中国军队继续北伐，撤出了济南，日本军队在济南开始了惨绝人寰的大屠杀，他们见到中国人就杀，无论男女老少，一个都不放过。现在济南城几乎家家闭户，人人自危，很多人想尽办法从城里逃出。

白果来余家沟，是受李芙蓉所托，来探探路，看看王顺是否从宁阳逃了回来，如果他回来了，他们一家人就设法从济南逃出来，到余家沟住一段时间。

得知李芙蓉安好，王顺很欣慰。他把自己的情况向白果说了，白果很失望，他说："这么说，我们只能待在济南了？"

王顺说："只能这样了。现在兵荒马乱，还是别出来吧。"

王金三说："要是真没地方去，干脆到我这儿来吧，我刚好要招兵买马，人越多越好。"

白果摇头，说："我就是一个变戏法的，还有老婆、孩子和师父呢，不能跟王大哥上山。再说，师父他们在济南也不知怎么样了，既然余家沟住不得，我就赶紧回去，想别的办法。"

王顺也想跟着白果去看看老婆和儿子，但是想到人家现在是一家人了，自己去了尴尬，又想到王小秀，就狠了狠心，打掉了自己的这个想法。

白果走了后，王金三忙着在外面招兵买马，经常两三天不回家，王顺在王金三家里更是觉得茫然无措。

孙丛乾突然穿着一身俗家人衣服找到了王顺，他一脸苦相地告诉王顺，他们的寺庙被官府征用了，官府说要宣传"新文化"，要"提倡科学，反对迷信"，具体来说，当和尚是迷信，读新书是科学，因此官府命令和尚还俗，把寺庙腾出来办学校。

王顺大惊，以为是余成峰杀回来了。孙丛乾告诉他，跟余成峰没有关系，这次是官府下来搞的，县知事亲自找的惠清方丈，余唯甄也去了。余唯甄是龙门寺大施主，每年给龙门寺送去大量的钱粮，惠清方丈以为余唯甄能帮着龙门寺说话，余唯甄却很沮丧地告诉他，这次不行了，这次新文化运动是官府发起的，各级官员必须执行，跟余成峰他们当年不一样。即便是他的私塾，这次也要充公，统一办学，统一课本，老师是外聘的年轻教师，他余唯甄可以以校舍等物入股，学校却不是他私人的了。

惠清方丈无奈，只得宣布解散僧众，大家可以还俗，可以去别的地方出家，各奔前程吧。孙丛乾本来要跟几位师兄去泰安或者青岛，投奔那里的大寺庙，有从别的地方来的僧人说，现在全国都在搞新文化，虽然有的地方早一些，有的地方会晚一些，但是无论早晚，全国各地都要"新文化"，都要腾庙办学，跑到哪儿都一样。孙丛乾无奈，只得还俗回家。但是他当惯了和尚，不愿意待在家里，就打听着来找王顺了。

王顺不敢相信，跟着孙丛乾来到附近有寺庙的村子看，果然，这些寺庙的墙上都贴着标语，和尚也没了，标语跟当年余成峰他们贴的一模一样，都是"提倡科学，反对迷信"之类。

09. 王小秀向王顺求救

王顺经常跟王金三喝酒。王金三酒量大，王顺不服，经常喝大了，迷迷糊糊就睡过去。

一天半夜，王顺正睡得香，王金三突然拍他的门："赶紧起来，余成峰屋里的在外面找你呢。"

王金三说"余成峰屋里的"，王顺还没有反应过来，不过"余成峰"这三个字，已经引起他的注意了。王顺觉得这不是好事，边穿衣服边暗自揣摩，不知发生了什么事。衣服穿了一半，他突然明白过来了"余成峰屋里的"不正是王小秀吗？本地人习惯把丈夫称呼"外头"，主外的意思，把妻子称为"屋里的"，主内的意思。这种称呼挺有意思，不过王顺一直不适应。

王小秀半夜跑了二十多里路，从余家沟来到王金三家，肯定不是小事。王顺心里暗暗叫苦，莫非余成峰回来了，要找他算账？

他穿好衣服，开了门，王小秀一头闯了进来。

没等王顺说话，王小秀就掉眼泪了："大哥，您这次一定要帮帮我啊。"

王顺蒙了："我帮你?! 这是什么意思？你别急，有什么事慢慢说，有我呢。"

王小秀点头，说："余成峰被余唯甄抓起来了！我找不到别人帮忙，只能找你了。"

王顺拍了拍脑袋，知道自己想岔了，不是余成峰要找他和王小秀的麻烦，而是他自己有麻烦。

王顺长出一口气，说："哦，这个事啊。你先说说，是怎么一回事。余成峰不是一直在外面吗？余唯甄怎么能抓到他？"

王小秀抹着眼泪说："就是说嘛，他跑回来干什么啊?！他傍晚进家的，打扮成卖香油的，还挑着担子。我一看就不像，卖香油的天天风吹日晒的，脸都是黑的，他细皮嫩肉的，一看就有鬼。我让他赶紧走，他说现在出不去，要等明天一早走，结果……呜呜……结果刚睡下，余唯甄的联庄会就翻墙进了院子，余成峰还没穿上衣服，就被他们给摁住了。现在人在村里关着呢，明天就送县大牢了。王大哥，这人晚上要是救不出来，就完了。"

王顺突然想到一个问题："对了，王小秀，你怎么知道我住在这儿啊？"

王小秀说："你上次告诉我的啊，说你住在王老板家。你问这个干什么？赶紧想办法帮我救人啊。"

王顺又问："你是怎么跑出来的？没人跟着你？"

王小秀说："没有。你放心吧，这次我长心眼了，我跑一会儿就停下朝后看，没人跟着我。我是自己从西边围墙一个豁口跳下来的，那个豁口是村里人自己偷偷弄的，就是为了自己出去方便，外人不知道，余唯甄也不知道。"

王顺放心了，他想了想，说："这个事，是个大事，我去跟王大哥商量商量。"

王顺对王金三的称呼，从一开始的"王老板"到后来的"王团长"，已经变成了现在的"王大哥"了。

王顺跑到王金三和他老婆睡觉的屋子外，把王金三喊出来，将王小秀来的目的跟王金三说了。

到底是当过团长的人，王金三当机立断，说："马上救人！联庄会的这些人也太欺负人了，人家偷偷回趟家，也没得罪他们，他们凭什么抓人？都一个村子住着，这还算人吗?"

王顺提醒他说:"王大哥，余唯甄可是您的老朋友，您不怕得罪他?"

王金三哼了一声，说:"狗屁! 这个人我还不知道? 满嘴道德文章，一肚子小肚鸡肠，老而不死是为贼，余唯甄可不是什么好东西。我王金三虽然没大本事，但是做人堂堂正正，我在乎他干什么?!"

两人进了屋子，王小秀依然在抹眼泪，看到王金三，忙叫了他一声:"王老板。"

王金三摆手说:"别这么叫，我现在可不是什么老板了。弟妹，咱别的事不说了，你说说余成峰被关在什么地方吧，有几个人守着。"

王小秀忍住抽泣，说:"关在村里的祠堂里，几个人守着俺……俺不知道。"

王金三愣了一下:"哦……这可不好办了。你们村的祠堂在村子中心，村里还有联庄会巡逻，要是一两个人守着还行，人多了，可就难说了。我现在手里没人，不是当团长的时候，手下有一千多人，那时候，别说一个联庄会，就是富水保安团，老子都不在乎……"

王金三陷入回忆过去的兴奋中，王顺忙打断他的话:"大哥，别说那些了，目前我们该怎么办?"

王金三略一沉吟，说:"得找人帮忙，还得找几个高手。没人帮忙不行，万一人没救出来，我们再把自己弄进去，那就完蛋了。"

王顺说:"王大哥，要不这样吧。我和王小秀先走，去探探情况，等您找到人了，就去余家沟西北角的那条通孙家庄的小路，我们在那儿等您。"

王金三说:"行。那你们先走，我马上就到。你们放心，有我王金三在，人肯定能救出来。"

王金三说完话，转身出了屋子，自己准备去了。王顺从屋子角落里拎出一个包袱，从里面掏出一个小布包，揣进怀里。又穿上了一件厚夹袄，跟着王小秀就出了屋子，直奔余家沟。

两人急走慢走，来到了余家沟西北角。此处有一片小果园，果园用树枝圈着，有一处树枝被人撅断了，露出一个缺口，王小秀带着王顺，从缺口走进果园，穿过果园，便是那处被人为破坏的围墙。走近围墙，王顺才发现，这段围墙竟然是他砌的。当年为了砌这段墙，他还与果园的主人吵了一架。果园主人嫌他把墙砌进了他的果园里，其实砌墙是拉着线的，王顺只是为了地基牢固一些，让最下层的石头朝果园方向突出了不到一个拳头的距离。对方不依不饶，王顺不得不把那段墙全部掀了。后来在进攻占领老寨山的流民的时候，这个果园主人为了争功，接连杀了两个流民。这两个流民是一家子，一个女人，还有女人抱着的孩子。他去割他们耳朵的时候（当时的保安团八队大队长宋晓命令以左边耳朵数量记功），被别的流民用木棍砸倒了，又用石头砸烂了脑袋。

想到这里，王顺不由得叹了一口气。这人啊，得饶人处且饶人，过于贪婪是会送命的。

这处围墙是余家沟老百姓自己偷偷拆的。有一段日子，联庄会晚上关闭村子大门，不让人随便进出，有急事出村的百姓就从这里偷偷出去。后来进出的人多了，围墙就被人拆得很矮了。联庄会过来垒过几次，但是架不住老百姓拆得快，就干脆不管了，反正现在也没有土匪进村。

现在的联庄会，已经跟刚成立的时候大不一样了。经过这些年的明争暗斗，联庄会队员也分成了三六九等，最上层的几个人，把持着联庄会的各种好处，每天吃喝嫖赌，在村里作威作福，没人敢惹他们。他们甚至跟宋晓的土匪光明正大地来往，要是有不怕死的二愣子跟他们闹事，直接就让土匪出手。联庄会中层的二十多人，原先是联庄会的小组长，现在他们成了联庄会的骨干。他们负责白天夜晚的巡逻，平时也帮家里干农活，多少会分点好处。那些普通的联庄会队员，好处就很少了。而村里以他们名义征收的联庄会钱粮，却一点都不少。老百姓和这些底层的联庄会队员就很不高兴，经常搞摩擦，甚至刀枪相向。

就像这围墙，以前是没人敢这么弄的，现在老百姓不管了。联庄会之危害，已经超过了土匪，老百姓明里不敢跟他们对抗，暗中做一些小手脚，已经是公开的秘密了。

10. 王顺救出余成峰

从这里进入位于村子中间的祠堂，可直接走大街，也可以走村后的胡同，再穿过胡同，来到祠堂。

王小秀带着王顺走村后的东西胡同。这条小胡同很窄，没有一点光亮，晚上走入其中，就像是走进了没有尽头的黑洞之中。好在有王小秀，有王小秀柔软却坚韧的小手拉着王顺，王顺才觉得心安了一些。

从这条东西胡同走一会儿之后，两人摸到了朝南走的那条胡同，胡同到头，便是村子的东西大街，再朝东走几十步远，便是村里的余姓祠堂了。

两人走到胡同口，刚好遇到了提着灯笼的巡逻队，两人赶忙躲在胡同里一户人家的门口。幸亏巡逻队的人没朝胡同里走，而是边说着话，边摇摇晃晃顺着大街走过去了。

王顺从怀里取出一个布包，拿出一张面具，戴在了脸上。他示意王小秀在这里等他，他则小心翼翼走上大街，贴着临街屋子的墙壁，朝着祠堂摸去。

祠堂大门朝东。王顺走到祠堂西侧，紧贴着墙壁，一步一步小心翼翼地走到头，他刚要探头观察大门的情况，一个背着大刀的联庄会队员却走了过来。他看到了王顺，吓了一跳，骂道："你吓死老子了！你是谁啊？这大黑天的躲这里?!"

王顺戴的面具，是一个六十多岁的老人面具，王顺压着嗓子说："哎呀兄弟，是我啊，老余啊。"

这人伸过头来看了看，说："余家沟差不多都姓余，这黑灯瞎火的，我也看不出你是哪个老余啊？走吧走吧，别在这转悠，今天晚上这里不许有人。"

王顺答应一声，假装转身要走，却从怀里掏出一个手绢，在这人的面前飘了一下。这个联庄会队员刚要骂人，却突然浑身发软，王顺忙把他接住，轻轻放了下去。

另一个看大门的听到这边有动静，边喊着这人的名字，边走过来。王顺躲在祠堂一侧，这人走过来，看着躺在地上的同伙，骂咧咧地用脚踹他。王顺走出来，这人拔刀，问："你是谁？干什么的？！"

王顺见只剩这么一个人了，也不害怕了。他从藏身处走出来，走到这人面前，压着嗓子说："我是你老叔啊，你怎么不认识我了？"

这人放松了警惕，凑过来看。王顺又故技重施，把这人也迷倒了。

王顺从这人身上搜出钥匙，打开了祠堂的大门。

祠堂里面黑黑的一片，显得很神秘很压抑，王顺两腿发软，小心翼翼地喊了一声："余成峰，你在哪儿？"

余成峰答应了一声："在这儿，你是谁？"

王顺循着声音摸过去，找到了被绑在祠堂中间柱子上的余成峰。王顺给他解开绳子，带着他就朝外跑。

余成峰还有些不放心："兄弟，您是哪一伙儿的？老寨山的？"

王顺说："别说话，赶紧跟我走！"

余成峰听出来了："原来是你啊！"

两人跑出祠堂。王顺看了看躺在地上的两人，怕他们冻着，叫余成峰帮他一起，把两人抬进祠堂，又锁了祠堂大门，把钥匙扔在地下，两人便转身跑进胡同。

王顺叫上吓得乱哆嗦的王小秀，三人一起跑到胡同北头，又朝西跑，一口气跑到围墙边，爬上了围墙，又顺着围墙下来，三人才坐下，歇息了一会儿。

三人不敢耽误太多时间，略作歇息后，走出果园，一直走到路口，看到王金三带着几个人，正在路口四处张望。

看到三人过来，王金三忙迎上来。王顺说："王大哥，我把人弄出来了。"

王金三一愣，有些不相信。他走过来，仔细打量了一下余成峰，很惊讶："王顺，你行啊，你是怎么把人弄出来的?!"

王顺笑了笑，说："这地方还不安全，咱边走边说。"

王小秀向众人告辞，说她要回家。要是联庄会知道余成峰没了，肯定会去她家找人，她不在家这事就更麻烦了。王小秀把余成峰叫到一边，跟他说了几句话，便转身回去。

王小秀走了后，王顺和余成峰跟着王金三等人一起走，边走，王顺边得意扬扬地说了救人的过程。

他刚说完，余成峰突然朝他冲了过来，挥手就打了他一个耳光。王顺还没反应过来，余成峰又是一个巴掌。这两巴掌把王顺打恼了，他扑过去，一下子就把余成峰扑倒在地。

余成峰像一头小豹子，跳起来又把王顺扑倒在地。两人躺在地上，你翻我滚，都恨不得弄死对方。

王金三等人冲过来，强行把两人分开。余成峰不肯罢休，还要冲过来打架。王金三很愤怒，抓住余成峰，骂道："姓余的，你是什么玩意儿? 王顺冒着掉脑袋的危险把你救出来，你还打人? 还他妈的读书人，你这书读到狗肚子去了?!"

余成峰喊道："你怎么不问问我为什么打他?! 我打他是轻的! 我现在要是有枪，得杀了他!"

王金三愤怒了，打了余成峰一巴掌："你就是个疯子! 你老婆真是瞎了眼，还跑这么远来找人救你!"

余成峰知道自己打不过王金三，又怕引起众怒，因此不敢跟王金三动手。他捂着脸蹲下，哇一声哭了："你们怎么不问问我为什么揍他?! 他把我老婆睡了! 我这次回来，就是调查此事的! 要不是他，我根本就不会回来，更不会被人抓住!"

众人被余成峰的话镇住了。

王金三转头问王顺："兄弟，你真的把人老婆睡了?!"

王顺支吾着说："我……帮他干了六年活，他跑出去六年，家里的地都是老婆种着，要不是我，他老婆累死，也种不过来!"

王金三说："先别说这些没用的，你到底睡人家老婆了没有?!"

王顺低头，小声说："睡了。"

王金三举起手，想打人，又放下了，他招呼众人："走走走，咱不管他们两个，让他们打，谁被打死都活该!"

11. 无路可走

王金三带着众人走了。

余成峰不哭了，但是还蹲着。王顺在旁边站了一会儿，走过去，说："兄弟，我对不起你，你打吧，这次你打我也不还手了。"

余成峰蹲着，不理他。

王顺从怀里掏出一把小短刀，递给他："你弄死我也行。反正我现在房子也没了，老婆孩子也成别人的了，还成了杀人犯，警察局和保安团还有联庄会都抓我，活着还真不如死了。不过咱有话在先，你别为难王小秀。王小秀是个好女人，你要是在家守着她，她不会跟任何人乱搞。再说了，你跟你那个学生就没点事？你先对不起人家王小秀呢，你更不能为难人家了。刀子接着，你看着弄吧，这次我保证不还手！"

余成峰接过刀子，站起来，朝着王顺比画了一会儿，又把刀子扔了，踹了王顺一脚，转身就走。

王顺捡起刀子，追上余成峰："兄弟，你可不能乱跑，现在联庄会到处抓你呢，抓着有二十个大洋的赏钱，这钱可不少。"

余成峰不听，继续朝前走。

王顺拽住他的衣服："你找死啊?! 余唯甄肯定派人四处抓你呢，弄不好他还派人向保安团打报告了，天亮了以后，全县的联庄会都会出来抓你！二十个大洋，啧啧，一辈子吃穿不愁了！"

余成峰甩开他的手："滚一边去！你手脏，别碰我！"

王顺松了手，看着余成峰一路朝东走，朝他喊道："朝南走！朝南走！过了照旺庄就没事了！"

余成峰倒是听他的话，找了条小路，朝南走了下去。此时，天已经微微亮了，王顺突然感到非常疲惫。他拖拖沓沓朝着王金三家走了一会儿，突然想起王金三刚才的样子，站住了。

很显然，现在的王金三是不会愿意看到他的。

王顺是个要脸皮的人，他即便满大街要饭，或者饿死，也不愿意涎着脸去看人家的脸色。

但是，现在不去王金三家去哪里呢？济南，已经成了人间地狱，何况即便自己现在想去，手里也一分钱路费都没有。当年他和王金三从宁阳回来，除了乞讨之外，能偷则偷，能抢就抢，为了活下去，两人简直变成了禽兽。那时候两人死里逃生，又远在异乡，除了死什么都不怕，但是现在不一样，现在的王顺已经回归了人性，想到那些经历，他觉得他们两人简直就是两只老鼠，不，是两只恶狗，是比老鼠凶残、比恶狗还下作的玩意儿，他此生再也不想经历第二回。

东方已经开始泛红了，王顺站在小路中间，看着微微泛红的东方，觉得自己就这么站着也不是回事，就迎着太阳朝东走去。

他不知道东方会有什么，也不知道这条小路一直朝东走会通到哪里去，他只是觉得，这太阳升起的地方，总不至于像人间如此不堪吧。

他走了不知多长时间，当太阳约有一人高的时候，小路朝东到头了。前面是一条南北向的小路。小路很窄，但是比较平坦。这条小路的出现，让忙活了大半宿的王顺很茫然。

然而，当他朝北看，看到那间小小的土地庙后，才突然醒了过来，这条小路，竟然就是前些日子他走过的、从老寨山通往王金三家的那条小路。而这间土地庙，则是张志良他们那些流民的栖身之所。

王顺不由得朝着土地庙走去。

土地庙的门上挂了一把锈迹斑斑的锁，没锁上。王顺摘下锁，走了进去。土地庙里没人，地上也被收拾得干干净净，张志良他们吃饭的锅、碗、筷子踪迹皆无，好像这里从来就没人住过的样子。

王顺不得不佩服，这个张志良能在这里待下去，确实是有些真本事。

关上庙门，挂上锁，王顺更加迷茫了，连张志良他们都走了，自己还能上哪里栖身呢?

王顺站在庙门口茫然四顾，突然发现前面小路上出现了一个乞丐的身影。乞丐背着铺盖卷，手持打狗棍，好像这个世界上唯一的一个人影，出现在了这空阔的地方。

王顺竟然有些激动。在这个怪异的早晨，他突然觉得这个乞丐的身上有了神性，乞丐像是从天而降的大救星，让他有一种朝着无底深渊降落中被人托住的感觉。

王顺身上有了力气，拔腿朝着乞丐追了上去。

乞丐一直不快不慢地走着，他背着阳光，四周宁静，像是这片荒芜大地的一个暗喻。王顺精神振奋，一直跑到他的面前。让他惊喜的是，这个乞丐竟然是张志良！

王顺喊道："张兄，真没想到，竟然又遇到你了！"

张志良停住脚，转头看了看他，说："老先生，您是……"

王顺一愣，这才想起来，自己昨天晚上戴的面具还没揭下来。他揭下面具，张志良一愣，说："原来是王大哥，没想到啊，您还有这两下子。"

王顺笑了笑，把面具装进小布包里，说："以前混饭吃的小伎俩。"

张志良看了看王顺，说："王大哥好像忙了一宿。您这一大早的，这是要到哪儿去？"

王顺叹了一口气，说："不瞒张兄，我现在无处可去了。我想一直朝东走，像你们一样，走到哪儿算哪儿，没想到，这路到这儿到头了。"

张志良笑着说："这就是缘分啊！走吧，跟我去见一个人。"

王顺哦了一声："谁？"

张志良说："一个你想不到的人。他像我们一样，一无所有，但是又什么都有。"

王顺糊涂了："这人是个神仙？"

张志良笑着说："不是。但是比神仙都神。"

第五章

■ ■ ■

赵小娜之死

01. 山中龙门寺

怕路上有麻烦，张志良让王顺把面具戴上，两人便一前一后，顺着小路朝北走去。

初冬的路上，人很少。两人穿村过巷，经过孙家庄的时候，看到原先龙门寺的和尚暂住的寺庙大门上，贴着"腾庙办学，善莫大焉"的标语。

过了孙家庄朝西走两里路，再朝北走，一会儿便进了老寨山。

老寨山山高林密，即便是冬天，山中小路还是被树木挡着，阳光像是被树枝切碎了，偶尔漏下一点儿，也是冰冷的，一点儿热量都没有。

两人在山间小路穿梭了大半天，来到已经坍塌了的龙门寺。龙门寺东侧有一间厢房还没有倒塌，张志良开门进去，昏暗的屋子里，坐着一位穿着僧袍的老者。他再仔细一看，不由得大惊："惠清法师?! 您怎么在这里?! "

惠清法师笑了笑，说："阿弥陀佛，施主请坐吧。出家人处处为家，何况此处是千年龙门，贫僧回到这间老屋，此为天意。"

王顺突然想起来，龙门寺和尚暂住的孙家庄村里寺庙，已经被"腾庙办学"了，和尚被遣散，惠清法师大概是无处可去，只得回到了这里。

王顺不由得说："这些人，真是不讲道理! "

惠清摇头，说："施主差矣，读书明理，是长久之道。世间之书，亦是经书，腾庙兴学，亦是善事，是修行之一种。佛说万物无常，一切皆流，何必计较于何处修行呢?"

惠清的话，王顺能听明白一半，一半听不明白。不过这跟他没多大关系，他也不想弄明白。现在他又累又饿，只想吃点儿东西，然后美美地大睡一场。

张志良跟惠清打过招呼后，不知从哪里摸出一个窝头，递给了王顺。王顺接过窝头，狼吞虎咽，几口便吃了。张志良又拿出来两个，王顺喝了几口水后，又全都吃了，还是觉得没有吃饱。但是想到张志良他们吃的也不多，他不吃了，说吃饱了。

张志良带着王顺来到西侧的一间厢房。这间厢房部分屋顶尚在，张志良他们又利用倒下的檩子和破布玉米秸，把倒塌的那一侧堵上了。破旧的木门也勒上了玉米秸，地上铺了一层乱七八糟的木头，上面放了一些干草，放了几床黑不溜秋的被子，这间屋子，就成了张志良他们的住处。

王顺真是累极了，他钻进张志良黑乎乎的被窝里，还没细闻被窝里的臭味，人就呼呼睡了过去。

王顺一睡就是一天。

傍晚，张志良喊王顺起来吃饭。屋子里点了一根蜡烛，还有一口大铁锅，破破烂烂的屋子里聚集了六个人，王顺一醒来，就闻到了满屋子的肉香味儿。

他抽了抽鼻子，张志良喊他一起坐下吃肉。

王顺爬起来，凑到锅边朝里看了看，看到锅里肉汤还沸腾着，几大块肥肥的猪肉炫耀似的在肉汤里颤动，在缭绕的香气中若隐若现。

王顺不由得惊叹："你们的日子真不孬！天天吃好吃的。"

张志良说："猪肉是宋晓送的，这家伙想让我们兄弟入伙，经常来送东西拉拢我们。宋晓人不地道，太奸，不过猪肉是好东西，该吃还得吃。窝头是余会长送的，人家是送给惠清法师的，法师一个人吃不了这么多，就送给我了。"

王顺问："余会长？张兄，您说的余会长是哪一个？"

张志良边招呼他坐下吃饭，边说："余唯甄。余会长是龙门寺的大施主，经常派人来给法师送吃的用的。我还跟余会长聊过天呢，他说把惠清法师撺到这里，也是没办法，他正在设法筹钱，帮惠清法师重建龙门寺呢。"

王顺有些惊讶："余唯甄敢来这里？他不怕宋晓？"

张志良笑了笑，说："大当家的还跟余会长在这里见过面呢，两人客客气气的，余唯甄后来还送了一头猪给大当家的，他怎么会怕他？两人好着呢。"

王顺想到了王金三，不由得愤愤地说："王老板当初因为认识宋晓，就被人告了，房子被没收了，讼师也当不成了，还差点蹲了大牢。余唯甄跟宋晓来来往往的，怎么就没有事儿?!"

张志良拍了拍王顺的肩膀，说："吃饭。只准州官放火，不许百姓点灯，你走南闯北的，连这个都不懂？"

张志良还从墙角拿出个酒坛子，给大家每人倒了一碗酒。众人边喝酒边聊天，王顺因而得知，这些人大都是从鲁西南逃荒过来的。他们有的是光棍汉，有的也加入过红枪会或者黄沙会什么的，杀过人，现在不敢回老家。也有的因为太穷，在家里没法混了，就跑了出来。张志良本来是和哥哥一起到胶东，打算从胶东乘船去闯关东的，但是路上被流民抢了，这兄弟俩干脆加入了流民，并组织起了大量流民，从事抢掠。这一路抢过来，没想到在老寨山栽了，张志良的哥哥也下落不明了。

老寨山之战后，活下来的流民大都离开了富水，或者投亲，或者去附近要饭，也有的实在没有地方可去，只得返回了老家。张志良他们还留在这里，是实在没有地方可去。他们在附近没有亲戚，也没有路费去闯关东，老家那个穷地方，地无三尺平，穷得冒烟，即便是地主，也都让穷户们给抢得精光了，回去只能等着饿死。富水这地方，土地肥沃，交通发达，商业兴盛，不管是要饭还是偷抢，起码饿不着。

王顺跟张志良商量，说他想在这里住几天。张志良大喜，说那太好了，他有机会报答恩人了。

张志良他们活得很潇洒，每天晚上喝酒吹牛，睡得很晚，第二天日上三竿才爬起来，吃了饭后，就拎着打狗棍出去讨饭。当然，讨饭只是幌子，机会合适了他们就偷，鸡鸭、衣服、粮食，甚至狗。牛他们是不偷的，一则目标太大，容易被抓住；二则牛是庄稼人的命根子，盗亦有道，没仇没恨的，不能让人家没法过日子。

傍晚回来，大家把东西拿出来，放在锅里一通乱炖，就开始喝酒吹牛。

晚上有这么多人在一起，日子过得快一些，白天他们都走了之后，王顺在龙门寺周围转悠，四处皆是山坡和树木，很是无趣。

龙门寺南不远，有个小小的尼姑庵，里面住了一老一少两名尼姑。小尼姑贪玩，经常跑到山上玩。有个叫吴三的流民看小尼姑秀气，起了色心，想去占便宜，却被老尼姑撞见，用棍子把吴三打跑了。

此事被张志良知道后，狠狠地揍了吴三一顿，并亲自带着吴三去尼姑庵向小尼姑道歉，此事让王顺对张志良刮目相看。

02. 余唯甄的愤怒

余唯甄最近烦心事特别多，很多事让他无法决断，因此陷入了无休止的失眠和心悸之中。

他的私塾已经成为富水县第十八小学，附近七八个村子的学生都可以免费入学学习。学校分了三个班级，有一百多个学生，新聘的教师都是青岛或者济南中学毕业的学生，一个个生机勃勃。校长是孙家庄的，叫孙宇，与余成峰是在青岛学校的同学。孙宇喜欢穿西服，围着灰色围脖，喜欢拉着长腔阅读英文版的《莎士比亚》，学识渊博，深受县知事和教育署长的重视，是县新文化运动委员会的副主任。而余唯甄因为想要担任余家沟小学校长未成，又煽动学生和家长反对新式课本，已经被从新文化运动委员会委员的职务上撤了下来，这让余唯甄很是懊恼。

孙宇还喜欢穿上运动服，亲自带着一百多名学生跑早操。边跑，边让学生们喊口号："一二三四，振兴中华！……"一百多名学生排成两队，看起来很长，口号喊起来很有气势，这简直就是在向余唯甄示威！余唯甄每当听到这些稚嫩的腔调喊出的口号声，脑子就要爆炸，他就有冲出去，打这个年轻的校长几个耳刮子的冲动。当然，还有此事的始作俑者，新上任的教育署长。

这个教育署长是从登州道下来的，据说曾经在英国留过学。署长来到富水后，召集各地学校校长和私塾先生开会，他竟然没有先去拜祭孔圣人像，而是大谈英美等西方的教育方式，这简直是数典忘祖，让余唯甄等一众私塾先生非常的不爽。

教育署长讲完后，让余唯甄等人发言。余唯甄自恃在富水教育界有些名气，将教育署长讽刺了一番："听说署长大人出国留学，那必然是学富五车，古今中外，无所不知了。不过这洋人又称蛮夷，其语言被先祖称为鸟语，他们有着狗一样的黄眼珠、黄鼠狼一样的黄头发，这还不算，据说他们尊卑不分，更不懂孔孟之道，署长大人去那种地方留学，能学到什么学问？老夫还听说有人去东瀛留学，日本人在大唐之时，就派人来向大唐学习各种礼仪学问，现在我们反而要去向这个弹丸小国学习，真是可笑至极！老夫以为，我等应该学习的，是先祖的礼仪，先祖的治国兴邦之策！当年秦王一统天下，何等的豪迈！放下先祖不学，去学习那些蛮夷文化，老夫觉得，这新文化运动走错路了！"

余唯甄说完，私塾先生们纷纷拍巴掌叫好。

教育署长笑了笑，说："余会长，您在当地可是德高望重，是有影响的人。我认为人类文明一直在前进，学他人之长，补自己之短，才是发展之道。欧美重视科学，重视民主，而科学和民主其实也是胡适和鲁迅先生所主张的新文化运动的一部分。现在中国的有识之士已经意识到，如果不向西方学习，我们必然会落后于人，受制于人。打个比喻，就像我们富水县吧，有的人勤于学习才高八斗，有的人抱残守缺不学无术，我们是应该向才高八斗的人学习，还是向不学无术的人学习呢？"

余唯甄不高兴了："署长大人是说老夫不学无术了？！"

年轻的教育署长笑了笑说："如果我们不向比我们优秀的人学习，一直守着老祖宗那一套，跟不学无术也没什么两样。"

余唯甄起身离席。

此后不久，教育署长便向余家沟派来了新任的校长孙宇。

孙宇在余家沟，吸引了众多年轻女子和小媳妇的目光，包括赵小娜。

余唯甄在学校里的书房还保留着，孙家庄离余家沟只有八九里路，孙宇每天晚上都回家，这里因此依然是余唯甄和赵小娜颠鸾倒凤的欢乐窝。余唯甄年老体弱，根本无法满足如狼似虎的赵小娜，当老树皮一般的余唯甄无奈地从赵小娜绸缎一般的身子上滑下来的时候，赵小娜无端地就想到了风度翩翩的孙宇。

当然，赵小娜知道，她如果想一直得到余唯甄的好处，她的这个想法就不能让余唯甄知道，她只能忍着内心的煎熬，直到欲火熄灭。

余唯甄是什么人？他感到了赵小娜的异样，问她："怎么这段时间对我不热乎了？是不是心里有人了？"

赵小娜忙申辩："叔，您瞎说呢，我心里只有您，怎么会有别人？"

余唯甄哼了一声，说："你们这些女人，是什么东西，我还不知道？那个姓孙的带着学生跑步，半个村的小媳妇大闺女都出来看，哼，真他妈贱！"

赵小娜不由得说："那个孙宇围着围脖，哎呀，看起来真有学问的样子。"

余唯甄冷笑一声："这么说，我余唯甄没有学问了？天下学问，还有比'四书五经'再大的？你要是爱动弹，你去问问姓孙的，他懂'四书五经'不？学问？！哼，你大约是看他年轻吧？"

赵小娜忙伸手过来摸余唯甄："人家爱喜欢谁喜欢谁，我就喜欢叔！"

余唯甄叹了口气，他自然听得出赵小娜话语中的敷衍。将心比心，他喜欢年轻的女人，女人又怎么能喜欢一个老头子？

道理余唯甄比谁都明白，但是看到孙宇，他心里就冒火，就恨他，由孙宇想到新上任的教育署长，余唯甄便萌生了利用宋晓除掉他的想法。

脑子里刚蹦出这个想法的时候，余唯甄被自己吓了一跳，心猛跳了好一会儿。但是等心跳过之后，他细细琢磨，觉得自己的这个想法很是不错。

他还找了一张纸，把此事的风险和收益细细地列了出来，经过两天两夜的仔细思量之后，余唯甄带着一百个大洋，上龙门寺去找宋晓。

03. 余唯甄雇凶杀人

在山里住了五天，王顺遇到了给惠清法师送吃食的余唯甄。

让王顺吃惊的是，余唯甄到山里来，不只是为惠清法师送吃的，他还想见宋晓。张志良看在吃了人家诸多馒头的份上，叫着王顺一起，到山上找这个人人闻之丧胆的土匪头子。

王顺和张志良朝山顶爬，经过当年他救张志良的地方的时候，张志良站住了，跪下，朝着山坡磕了三个头，以祭奠当年战死在此地的流民。

当年就是在这里，宋晓带着联庄会的人，杀了上百名流民，但是现在，张志良跟宋晓竟然成了朋友，宋晓还想拉他入伙，这真是一个奇怪的世界。

张志良站起来，对王顺说："我每次经过这里，都要向我的那些兄弟姐妹磕头请罪，我张志良对不起他们。"

王顺哦了一声，把心里的问题直接问了出来："兄弟，宋晓是您的仇人，您……就不恨他？"

张志良说："不瞒王大哥，我有时候真是恨不得杀了他。但是这人啊，不能只看仇恨，何况现在想想，我们当年上千人又偷又抢的，当地老百姓怎么能不恨我们？宋晓和联庄会杀过我们的人，我们当年也杀过他们的人，人家现在不追究我们，我们何必去找人家的麻烦呢？这人活着都不容易，还是先想法活下去吧。"

王顺点头，又问："那宋晓知道你的身份吗？"

张志良笑了笑，说："宋大当家的是聪明人，他们没问，我也没说，或许知道，或许不知道吧。"

王顺和张志良来到山上，见到了宋晓。宋晓听说余唯甄请他下山有事商量，马上跟他们一起下了山，来到龙门寺。

余唯甄和宋晓到张志良他们住的西偏房谈事，王顺和张志良到惠清法师的住处，跟惠清法师学打坐。张志良跟惠清法师已经学了一段时间，打坐已经有些模样了，王顺刚开始学，腿都盘不起来。

两人在惠清法师屋子坐了一会儿，余唯甄就来向惠清法师告辞，上了马车，回去了。

宋晓没走，当天中午，他给了张志良一个大洋，让张志良出去买了肉菜，和王顺三人一起喝酒吃肉。

边吃，宋晓边把余唯甄请他下山的目的告诉了两人。县教育署新来的署长因为将余唯甄的私塾变成了乡村小学，沿用统一教材，这让余唯甄非常不满。余唯甄对其表面上言听计从，其实心里非常恼火。最近这个署长又做了一件让余唯甄无法容忍的事，他从县城派了一个刚从济南中学毕业的学生来到余家沟，让他出任余家沟小学的校长。而刚调走的教育署长，早就答应这个位置是他余唯甄的。为了此事，余唯甄跟新任的教育署长翻了脸，但是这个署长仰仗上面有人撑腰，一点面子都不给余唯甄。

余唯甄找宋晓的目的只有一个，干掉这个年轻的署长。

王顺听了宋晓的话，瞪大了眼珠子："我舅舅……要杀人?!"

宋晓笑了笑，说："这有什么稀奇的，当官的哪个暗地里不干这些勾当？"

王顺说："我舅舅不当官啊，他虽然是联庄会会长，其实骨子里就是一个老夫子，一个老私塾先生。"

宋晓说："那是你不了解你舅舅。他们这种老夫子，都是两面人。表面上一套，背地里一套。别的不说，除了你们俩，谁还知道他跟我这个土匪暗中联络，还给我钱让我杀人？哼，这些读书人表面上知书达理，背地里坏着呢。实话告诉你们，找我杀人的多了去，登州府尹的师爷、县知事，甚至保安团长都来求我帮过忙。官兵剿匪为什么剿不了我？其实我这点人马，怎么能是县保安团的对手？! 保安团高团长每次进山之前，都先派人来给我送信，我带人躲了，他才带人进山，朝天放几枪就回去了，当然，本首领每年都要给他们送礼，这就叫那什么什么……有福共享，有难同当。"

张志良问："大当家的，那这人你到底是杀还是不杀呢？"

宋晓说："当然要杀了，到手的钱不能不要。我宋晓是土匪，土匪就是要杀人越货，杀的越多，名头越响，不杀人这土匪就当到头了。"

王顺问："我舅舅给你多少钱？"

宋晓说："多少钱不能告诉你。不过你们要是想赚钱，你们就说个价，这事儿我就交给你们做。"

王顺忙摇头，说："不行不行，我们怎么能杀人？"

张志良却说："我干！价钱合适，杀多少都行！这人活着，不就是为了钱吗？"

宋晓从怀里掏出十个大洋，放在张志良面前，说："这是一半，等把人杀了，我就给你另一半。有时间规定啊，不能超出半个月。"

宋晓吃饱喝足，趔趔趄趄上山了。王顺和张志良看着宋晓的背影，王顺说："真是奇怪，土匪成了香饽饽，日子比我们好过多了。"

张志良说："这有什么奇怪的？自古官匪一家。不管是匪还是官，都是欺压老百姓的，有时候为了争权，互相攻打，有时候为了对付老百姓，还互相利用，历朝历代，老百姓都是最苦的。你要是不信，你就想想你自己。他们杀了多少老百姓啊，还利用老百姓杀老百姓，咱杀一两个人，算什么呢？王大哥，您也是走南闯北的人，连这点事儿都不敢干？"

王顺摇头，说："我就是个老老实实种地的庄稼人，土匪和官家干什么，咱管不着，反正我不杀人！"

张志良拉着王顺进屋，说："这个事儿我不想让别人知道，王大哥，我们合伙干吧。你帮我把风，我动手，赚的钱咱俩分。"

王顺还是摇头："不行不行，我不敢干这个，不赚这份钱。"

王顺试图说服张志良不要去杀人。他不知道这个年轻的教育署长做的是错的还是对的，但是他对余唯甄动辄杀人的行为感到不寒而栗。而且自己这个满嘴仁义道德的舅舅竟然暗中勾结土匪，让土匪头子帮他去杀人，这让王顺觉得十分可怖。

"兄弟啊，你上次杀人，是人家先欺负你，这次不是啊，人家这个新来的教育署的署长也没得罪你，你为了赚几个大洋去杀他，我觉得这样不好，要是惠清法师知道了，他肯定会把我们从这里撵出去。"

张志良摇头，说："王大哥，你还是不了解余唯甄和宋晓他们这些人。宋晓既然答应了要帮余唯甄杀人，那这人肯定活不了。咱不杀他，宋晓也会找别人杀他。"

王顺听了，很茫然，说："都活得好好的，为什么要杀人呢？这不是没事找事吗？"

张志良说："人命有时候是大事，比天都大；有时候是小事，不值一提。你这种人，讲究这个讲究那个的，在这个社会混，吃大亏了。算了，我另找人吧。"

第二天，张志良带着一个兄弟走了，傍晚回来，带回了那个教育署长的一只耳朵。王顺看到了那只看起来薄薄的、饺子皮一样的毫无血色的耳朵，突然觉得心情非常恶劣。

宋晓从山上下来，跟张志良他们一起喝酒，张志良拿出那只软塌塌的耳朵，向宋晓等人描述他杀那个年轻的教育署长的过程。

张志良是在中午杀了那个教育署长的。他本来打算晚上动手的，他跟着他从县衙出来，走到一条狭长的南北小巷的时候，看到小巷里一个人也没有，就从后面追上去，一刀豁开了他的喉咙。

"挺年轻的一个小伙子，我割下了他的耳朵，他还朝前爬了好几步，手朝前面指着。那地方离他家不远了，他的老婆和一个四岁的女儿住在那里。不过他没爬到家门口，就断气了。"

张志良有些得意。

众人齐声恭维张志良，说他敢说敢做，是个男人的样子。王顺从那屋子里出来，躲进了惠清法师的屋子里，看着惠清法师打坐。

惠清法师结束了打坐，起身在狭小的屋子里伸展身体，王顺突然说："法师，余唯甄雇人杀人了。"

惠清法师略微一愣，双掌合十："阿弥陀佛！"

王顺说："法师，余唯甄既然信佛，他怎么还杀人呢？"

惠清法师犹豫了一会儿，说："信佛之人有三种：贫僧一心向佛，无欲无求，此为一种；还有一种，虽然身在世俗，却坚信佛能保佑他们，能看到他们，这种人在世间为善人，很少做坏事；第三种信佛的人，是希望他们做坏事，佛能原谅他们，甚至护佑他们，这种人表面是好人，实际言行不一，坏事做尽。"

王顺说："法师，富水人都知道您是得道高僧，您怎么能跟余唯甄来往呢？"

惠清笑了笑，说："佛度众生，余施主有心事佛，也算有缘，或许某一天，余施主突然顿悟，立地成佛，也未可知。"

04. 面具

余成峰半年前就丢掉了青岛的工作，他不敢回家，在同学孙宇的帮助下，化名赵峰，在比较偏僻的富水县南部山区一处小学，找到了一份教学的工作。

这个学校，只有三间屋子，十一名学生。这十一名学生中，年龄小的八岁，大的十六岁。学生们经常因为要帮家里干农活而缺课，甚至连个招呼都不跟老师打，就不来了。到了农忙季节，学校空无一人，教育署规定的寒暑假，在这里形同虚设。

当然，薪水也是少得可怜，两个月一个大洋，仅够余成峰填饱肚子。

乡野的风光是美丽的，乡村是贫瘠闭塞的。即便与相隔不过四五十里路的余家沟相比，这里也贫穷得让人瞠目结舌。更可笑的是，余成峰那稀薄的薪水，在这里竟然无处花销。他只得在每次发薪水后，跟在附近村教学的孙宇一起，坐着马车到离此三十多里远的羊郡码头购买一些生活用品。

羊郡码头曾经是胶东一带最大的码头，清朝中期，这里的货轮直通南洋各国。那时候，青岛还只是一个小渔村，烟台也尚未开埠。可惜，因为河水淤泥过多，使得近海越来越浅，现在大船已经无法进来，这个昔日繁荣的商业码头，也日薄西山，愈见凋落。

好在码头上还有一些酒馆店铺，两人沐浴海风，在码头上吃一顿便宜的海鲜，买一些东西，此时来码头送山货的马车已经回去，两人便只能一路步行，回到村子。虽然山路遥远，两人高谈阔论，却也不算寂寞。

孙宇原先在余家沟小学任职，自从跟他关系很好的县教育署长被杀，余唯甄重新担任余家沟小学校长后，孙宇便被余唯甄从余家沟小学赶了出来，辗转来到此地任职。

两位好同学现在相逢于此，惺惺相惜，经常互相慰藉，也算是灰暗生活中的一些欢乐吧。

余成峰此番回去"调查"王顺与王小秀的奸情，被余唯甄抓住，又被王顺救出，仓皇逃回住处后，天色已经大亮。

他洗了脸，换了衣服，便去上课。

然而，他人在这三间破旧的茅屋中，耳朵里在听着学生们的诵读之声，心却依然没有离开余家沟。温良恭顺的王小秀红杏出墙，而且男方竟然是那个老婆被人拐跑了的老实巴交的王顺，这让余成峰实在是无法接受。

当然，接受了新式教育的余成峰从理论上来说，可以说服自己。男欢女爱，本就是人之本能。他也不歧视王顺，人人平等，是文明社会的基本法则。让他无法排解的，是不知从何处蜂拥而至的屈辱感。

这种屈辱感来自很多方面。比方来自家族方面的。他的父亲当年就在青岛让一个女学生怀孕，并因此被人撵回了老家。自己更不消说，自从去了青岛，终日与那些时髦的女学生打交道，对土里土气的王小秀一点好感都没有。为此余成峰很无奈。他期望王小秀能像妈妈一样，用一己之力，保住一点余家在余家沟的名声。但是他错了，他的期望落空了，王小秀跟那个来自鲁西南的变戏法的睡觉了，这简直就是当着余家沟全体老少爷们的面，打他余成峰的脸！

他余成峰是余家沟唯一一个读过大学的人（当年父亲在青岛教书，其实不过是高中毕业），他在王小秀面前，在余家沟乡亲面前，都觉得要高人一等。而王小秀是自己的夫人，显然也是要比其他人高一些的。然而，让他没有想到的是，王小秀竟然没有觉得自己比村里人"高"，而是觉得自己还不如村里人，自己跟王顺上炕，一点都没有感到下贱。

这让余成峰的自尊受到了严重的打击。他边教学，边运用自己擅长的逻辑理论，对这些事情加以解释。两天后，才大体把自己说通了，得出了一个能说得过去的结论。结论很简单，王小秀是个像王顺和余唯甄那样的"贱人"。他们像猪狗一样，不知道思考，没有尊严，也不会努力去争取更好的生活。

他想平等地看他们，而其实，他们本身就是愚昧而卑贱的。

还有余唯甄。这个昔日的老夫子，已经俨然是余家沟甚至是附近村子的土皇帝。他拥有武装，有至高无上的权威，在周围几十里欺男霸女，却无人敢发一言。

孙宇曾经跟他说，他怀疑县教育署长的死跟余唯甄有关，被余成峰否定。他觉得，余唯甄虽然顽固迁腐又自私，却断然不会杀人。一个读了几十年圣贤书的人，怎么会杀人呢？想都不敢想。

但是现在，余成峰觉得自己错了。昔日的老夫子因为当上了联庄会会长一职，已经变得凶神恶煞。他相信，如果不是王顺救了自己，余唯甄很可能半夜派人将自己弄死。

余成峰想到自己被余唯甄带着人五花大绑时的屈辱，他愤怒了，他决定报复一下余唯甄。

余成峰给学生放了一天假，先找到了王金三，让王金三带着他，找到了王顺。

余成峰从兜里掏出两个大洋，递给王顺："王顺，你给我做个面具，照着余唯甄的脸做。"

王顺很惊讶："你要这面具干什么？"

余成峰说："这个跟你没关系，你只管照我说的做。"

王顺说："我不要你的钱。要是真要钱，你给我二十大洋也不够。不过这面具也不是说做就能做的啊，我起码要先看着脸，做出第一个，然后还得改，改个三遍五遍，才能做好。我在这里，也看不到余唯甄的样子，我怎么能做出来？"

余成峰说："也不用太像，差不多就行。"

王顺还是有些担心："你想回余家沟？"

余成峰不高兴了："我去哪里跟你有什么关系？！两天啊，我给你两天时间，明天傍晚我来取。"

王顺想了想，说："那好吧，我尽量做。你如果想让人认不出来，还得买一件余唯甄穿的貂皮大衣和帽子。"

余成峰哼了一声："这个还用你说?!"

王金三趁机鼓动王顺跟他一起造反："你看你现在这个样子，没家没口的，光棍一个，现在官府还抓你，你不跟我一起造反，你还能干什么?!"

王顺想也没想，一口拒绝了王金三："王大哥，我跟你说过，我这个人没有什么大本事，胆儿也小，就想好好种地，当一个本本分分的农民。等官府不抓我了，我就回家，把我舅舅的屋子盖起来，还养上牛，养条狗，继续种地。我大舅余唯甄上次来的时候说了，他会找机会跟县知事说说我的事，让我别胡闹，在这里等他的消息呢。"

王金三哼了一声，说："你那个舅舅，两面三刀，你听他的？我跟他打了这么多年交道，还有人比我更了解他？他要是真想帮你，还不是一句话的事儿？人又不是你杀的，警局都知道这事儿，就因为一件衣服就说你是同犯，这不扯淡吗？"

王顺说："我不瞒你们，当年联庄会在老寨山围剿流民，张志良受了重伤，我不忍心看他死，就把他给救了。我那件棉袄，就是我救他的时候送给他的。"

余成峰哦了一声，说："这件事要是让县衙知道，可有点麻烦。"

王顺说："所以我不敢露面啊。王大哥，你是一个好人，不过你是人中龙凤，命中注定不能像我一样。我这种人，生来就是种地的命，种地的人，别的事干不来。"

王金三叹了一口气，说："你啊，真是扶不上墙的烂泥。也罢，我看你也不是那块材料。不过我王金三有言在先，将来我王金三当了大官，你们要想投奔我，别怪我王金三不给你们面子。"

05. 余成峰遇到赵小娜

第二天下午，余成峰穿着跟余唯甄穿的衣服同款的貂皮大衣，戴着貂皮帽子，骑着马，再次来到龙门寺。

王顺已经把面具做好了，余成峰戴在脸上，从兜里掏出小镜子照了照，不太满意。面具很粗糙，只能说像余唯甄，但是跟他想象的能达到以假乱真的水平还有差距。

王顺看到余成峰摘下面具，打量来打量去，知道他不满意，就说："两天的时间，这里又没有好的泥土捏脸型，我只能做到这样了。白天不行，晚上戴着去余家沟，保证没人能认出来。"

余成峰没法说什么，只能先把面具小心装进兜里，把马交给王顺，让他拴好，自己转身直奔余家沟。

龙门寺离余家沟十多里路，余成峰得在天黑后进入余家沟，因此他一路走得很悠闲。

今天的天气比较暖和，风很小，天空晴朗，虽然已临近傍晚，但是不冷，空气中还有一丝丝暖意，这让余成峰感到有些惬意。

真是难得的一个好天气。

最让余成峰觉得有意思的是，现在他穿着貂皮大衣，戴着貂皮帽子，堂而皇之地走在路上，竟然没有一点恐慌的感觉。经过孙家庄的时候，他还遇到过县里的保安团。两个保安团队员，都背着钢枪，一个骑驴一个骑着骡子。余成峰知道，如果自己想跑，他们必然会一边开枪一边追过来。他是跑不过骡子的，驮着人的驴很难说。他不跑，强装镇定，朝着两人迎面走了过去。

有意思的是，这两人老远看到自己，竟然把坐骑拉到了路边上，两匹牲口一前一后，从他身边经过。与两人擦身而过的时候，余成峰装作很傲慢的样子，没看他们。他直到要拐弯了，才转头看那两人，发现那两人也已经拐弯，进了村子。

余成峰长出一口气。他知道，应该是自己穿的这身貂皮大衣，让那两个保安团队员把他当成了某个村子的财主。

余成峰觉得这挺有意思。一件衣服就让这些保安团队员对自己彻底改变了态度，人随衣服马随鞍，这话太有道理了。

余成峰就这样，穿着他借来的貂皮大衣和帽子，走过了孙家庄后，又顺路拐向东南，一路慢悠悠地走，傍晚时分，来到了余家沟村外。

他转到村子西南角，进入那片小小的果园，观察了一会儿围墙上的情况。

围墙很长时间没人经过。余成峰知道，每天傍晚，会有一帮人巡视一遍整个围墙，这么长时间没来，他们应该是巡视过了。

等天完全黑下来之后，余成峰拿出面具，小心翼翼地戴在脸上，便爬过围墙，进入村子。

虽然有面具在脸上，余成峰还是不敢大摇大摆地从村子的中心街走。他从村后走，一直走到村子东头，从王顺被拆的屋子西头经过，走到自己的家门前。

看着自己家的门楼，看着周围熟悉的屋子和胡同，余成峰突然觉得今天晚上有些过于顺利了，让他准备充足的心情有些落空。

他觉得如果不在村里转一转，遇到那么几个人，实在是对不起自己脸上戴的这个面具。

余成峰就没有回家，而是继续朝前走，一直走到了村中心的东西大街上。大街上也没人，好像余家沟的人今天都特意躲着他。余成峰顺着大街朝西走，一直走到祠堂门前，也没看到人。他有些灰心，在心里骂了一句脏话，就转头朝东走。

他一直走到昔日余唯甄的私塾，现在的余家沟小学大门前。他还扒着门缝，朝里看了看。因为大门后是一面照壁，余成峰看不到里面是否有灯光。

不过大门没有上锁，因此可以肯定，里面有人。

余成峰朝大门口两侧看了看，没有人出现，他便顺着大门口朝东走。他想兜一个小圈子，回家看一看母亲，然后再爬进余唯甄的院子，向他讨一个说法。

走过小学校院墙，他刚想摘下面具，突然前面出现了一个人影。那人显然也看到了他，迟疑了一下，站住了。

余成峰忙把手放下，朝着那人走过去。

是一个女人。余成峰学着余唯甄的样子，咳嗽了一声。女人出声了："叔，您怎么出来了？这大黑天的，别摔着。"

余成峰听出来了，这女人是村东南角的寡妇赵小娜。这是个长得很媚，却又苦命的女人。从辈分上论，她应该叫自己大哥。被人叫了大叔，余成峰一时觉得很别扭，哦了一声，学着余唯甄的声音说："没事儿，我出来溜达溜达。"

赵小娜打量了一下余成峰，说："叔，您是不是害病了？怎么声音都变了?!"

余成峰忙咳嗽了两声，说："哦，没事儿，没事儿。"

余成峰刚要走，赵小娜突然靠过来，很媚地笑了笑，说："叔，您这是等不及了，出来找我的吧?"

余成峰不知道赵小娜与余唯甄之间的烂事，他被赵小娜的骚浪样儿吓了一跳。他从赵小娜的话里听出来了，这个赵小娜和余唯甄之间有情况。

这个重大的发现让他觉得今天晚上的行动意义重大起来。他不动声色，咳嗽了两声。赵小娜竟然伸手在他的裆部抓了一把，说："你这老东西，一天天的想法不少，就是家伙不好使，真气死人！"

余成峰对赵小娜说："我今天有事，你赶紧回家吧。"

赵小娜一愣："有事？您下午还让我今天晚上好好洗洗澡呢，这怎么就有事了?"

余成峰听得心头乱跳，暗骂余唯甄真不是个玩意儿，嘴里忙说："急事。你回家吧，明天晚上再来，我得走了。"

余成峰急于脱身，转身就走。赵小娜却追上来，挡住他的去路："你不是我叔吧？你到底是谁？"

余成峰推开她，说："赵小娜，你要是个聪明的，赶紧回家，今晚的事不要跟任何人说，你要是再问下去，对你可不是什么好事。"

赵小娜笑了笑，说："我听出来了，你是余成峰大哥吧？嘿嘿，大哥，你这一打扮，跟那老东西还真像。"

余成峰知道瞒不住她，只得说："赵小娜，你放心，今晚的事我不会跟任何人说。我打扮成这样，没别的意思，也只是想回家看看，你是我弟媳，你只要答应我今天晚上回家，哪儿也不去，咱就各走各人的，互不干涉。"

赵小娜哼了一声，说："大哥，你这是吓唬我啊？我跟你直说了吧，我家里老的小的，就靠我自己养活呢，我一个女人能靠什么？说句不要脸的话，我就靠着跟那个老流氓睡觉呢。我这个事，别说余家沟，附近十里二十里的没有不知道的。你也别拿这事吓唬我，你跟谁说都没关系，要是你有兴趣，我可以领着你到我家，跟我公婆说去，你想不想去？！"

余成峰忙说："弟妹，你别这么说，我可没有小瞧你的意思。你家的情况我还不知道？都是我那兄弟穷作，天天喝酒赌钱，最后把自己都作死了。要不是他把家作成那样，你何必糟践自己？跟那个糟老头子。"

赵小娜听余成峰这么说，有些感动了，说："大哥是个好人，当年俺男人活着的时候，大哥没少帮俺，俺都知道。大哥，你好人做到底，你给我两个大洋，我给孩子过年买点好吃的，买两件衣服，这事咱就算过去了。"

余成峰有些惊愕："两个大洋，这事才算过去？！弟妹啊，你这有点过分了。别说两个大洋，我今天晚上一个铜板都没带呢，我哪里有大洋给你？再说了，我这也没耽误你什么事啊，你该去找余唯甄，你就继续找，怎么还要跟我要两个大洋呢？"

赵小娜说:"大哥,我这是看你当初照顾过俺家的分上,给你减了八个大洋呢。余会长在村里说过,谁抓到你,就给谁五十个大洋,报信的给十个大洋,抓到王顺的给十个大洋,报信的给两个。你看,你可比那个外乡人贵多了。俺要是不向你要这两个大洋,现在跑去向老家伙报信,十个大洋马上就到手了,俺只向你要两个大洋,俺这是损失了八个大洋,还救了你一条命呢。你得好好感谢俺呢,你还不想给?"

余成峰想了想,觉得人家说得也有道理。但是他真的没带钱,就说:"我今天是真的没带钱啊。要不这样吧,等过两天,我想法把钱送给你。"

赵小娜说:"你家有钱啊。王小秀种那么多地,家里肯定有钱,你回家给我拿两个大洋去。我在你家门外等着。"

余成峰无奈,只得答应赵小娜。

06. 掐死赵小娜

余成峰和赵小娜来到家门口,他让赵小娜在草垛后躲一躲,他翻墙进入院子,把面具摘了下来。

王小秀听到了院子里的动静,点着蜡烛,推开屋门,看到是余成峰,刚要说话,余成峰捂着她的嘴,把她推进屋子,关了门。

王小秀知道余成峰回来,是要找她算账的,她把蜡烛放在桌子上,低着头,站在一边。

余成峰顾不得别的,对王小秀说:"赶紧拿两个大洋给我,我有急用。"

王小秀有些蒙:"我哪里有两个大洋?家里的钱都给你了,剩下点钱在你妈那里。"

余成峰不得已，又去敲老妈的门，向她要钱。老太太拿出了几个铜板，说家里就这么点钱，家里的钱在王小秀手里。余成峰不得已，只得又去跟王小秀要。

王小秀把家里装钱的布袋拿出来，只有二十多个铜板。她说她手里是有点钱，不过存在城里的钱庄里。

余成峰无奈，只得拿着这些铜板，出来见赵小娜。

赵小娜在外面冻得乱哆嗦，见余成峰出来，她很不高兴地说："就两个大洋，拿了这么长时间？从富水城来回一趟都够了。"

余成峰把赵小娜拽到草垛后，说："真不好意思，家里没留这么多钱。这样吧，两天后赶孙家庄集，我让人把钱给你送集上，你定下个地方，我保证给你送去。"

赵小娜恼了："你这是耍我呢！我在这里等了你这么长时间，脚都冻麻了，你出来说没钱?！没钱你早早出来告诉我一声啊，让老娘等这么长时间?！不行，你今儿必须给我弄两个大洋，你要不给我，我让你走不出这余家沟！"

余成峰也恼了："赵小娜，咱这乡里乡亲的，还是一大家子，你怎么就这么不依不饶的?！我余成峰当年可是帮过你们的，你怎么就不能让我这一天两天的?！"

赵小娜哼了一声，说："别说这些没用的！你们男人是什么东西，我还不知道?！你说赶集时给我，就是不想给我！到时候我找不到你人，我去告官也晚了！你们家大业大的，给俺孤儿寡母一点钱怎么了?！"

看着赵小娜愤怒的样子，余成峰知道，这个女人这是认真的了。余成峰实在是不理解，为何区区两个大洋，竟然就让昔日的一个温润少妇变得如此狰狞？她再穷，有余唯甄帮衬着，也不至于活不下去啊！

余成峰想了想，说："要不我打个欠条给你，你可以拿着欠条去找王小秀要钱，我跟王小秀说一下，让她明天找人借两个大洋给你。"

赵小娜不答应："要是王小秀问我你为什么欠我两个大洋，我怎么说？我说是你嫖我的?！要不这样吧，你用你穿的这件貂皮大衣顶账吧。"

余成峰眼珠子一亮："也行，后天我让人去孙家庄集上，拿两个大洋跟你换回来。"

赵小娜嘿嘿笑了，说："这个就不用换了，换什么啊，你这大衣我看了，我穿着也合适。要是你觉得吃亏了，我可以陪你睡觉，睡几次都行。"

余成峰明白了，她这么不依不饶的，是看上了自己穿的这件貂皮大衣啊！这衣服是他跟一个叫于周的老先生借的，据说是养货，值二百大洋，这个女人真会想好事。二百大洋，他余成峰把家卖了，也卖不出这些钱啊！

余成峰心中突然起了恶意。

赵小娜看余成峰不说话，以为自己的话让他心动了，她就走过来，伸手就朝他的裆间摸去，浪声说："余大哥，我可会陪男人玩了，走，咱找个地方玩玩去。你玩高兴了，就把这大衣给我。"

余成峰跟着赵小娜，来到村东头。村东头有很多草垛、玉米秸垛、麦秸垛、花生垛，一眼望不到头。

他跟着赵小娜钻进一个玉米秸垛里。这个玉米秸垛外面用竖着的玉米秸挡了好几层，里面铺着麦秸，钻进去后，余成峰闻到一阵好闻的麦秸香味儿。

赵小娜进去后，迅速脱下外面的衣服铺在麦草上，躺了下来。她三两下褪下棉裤，伸手就抓住了余成峰的下体。余成峰还没有反应过来，下面已经自行膨胀了起来。

余成峰脑袋里还在激烈搏斗，身体却不由自主，倒在了赵小娜身上。

这个赵小娜真是个尤物。她的小嘴香喷喷的，舌软如绵。她边喘着粗气，边说："余大哥，跟你说句实话，你当保长的时候，俺就想跟你干呢。不为别的，俺就是稀罕你。你今天晚上把俺干好了，俺一分钱也不要你的，大衣也不要。"

真是个让人琢磨不透的女人。余成峰的手伸进了赵小娜的棉袄里，摸着她的奶子，不由得浑身颤抖起来。他刚要继续摸下去，脑子里突然想起了王小秀，想起了余唯甄，他缩回手，对赵小娜说："我得走了。赵小娜，这衣服我不能给你，等后天你去孙家庄集上，到卖肉的老张那儿，我给你十个大洋。"

赵小娜恼了，伸手就拽住余成峰的大衣："你不干也行，大衣给我！我就没见过你这样的男人！"

余成峰说："这个貂皮大衣是我借人家的，我把家卖了都不值这个大衣钱。要不……我给你十二个大洋吧，你放心，这点钱，我还是能拿出来的。"

赵小娜哼了一声，说："两个选择。第一个最简单，你把我干了，干完你就走。第二个选择，就是这件大衣！我赵小娜从来没欺负过人，今天我就欺负你了！"

余成峰跟赵小娜抢衣服，赵小娜不松手，余成峰愤怒了，他猛地掐住了她的脖子。赵小娜拼命挣扎，却不肯松手。余成峰手下用力，直到赵小娜不动弹了，松了手。

余成峰整理了一下衣服，站起身。这个时候，他才发现赵小娜躺在地上，一动不动。

他有些害怕了，拍了拍赵小娜的脸："赵小娜，我得走了，你也回家吧。"

赵小娜还是一动不动。余成峰把手放到她的鼻子下试了试，鼻息皆无。

07. 两人来到龙门寺

余成峰连滚带爬，从玉米秸垛里逃出来，跌跌撞撞跑进村子。现在他只想赶紧离开余家沟，离开这个让他进退失据的是非之地。

快走到大街中心位置的时候，前面突然出现了一队巡逻的联庄会。余成峰这才惊醒过来，从兜里拿出面具贴在脸上，然后，模仿着余唯甄走路的样子，朝前继续走。

联庄会队员们走过来，看到是"余唯甄"，忙站成一队，向他敬礼。带头的问他："会长，您这是要上哪儿去?"

余成峰咳嗽了两声，模仿着余唯甄的口气说："看看，看看。"

他怕他们听出声音不对，不敢多说话，摆手示意他们忙他们的。联庄会队员们又敬了一个礼，才转身离去。

余成峰满意地摸了一下自己的脸，继续朝西走，一直走到了西南角围墙残缺处，观察了一下四周，然后，从残缺处爬出了围墙。

这个时候，余成峰感到筋疲力尽，两脚发软。他坐在一棵桃树下歇息了一会儿。

他想到了赵小娜，想到了她被自己掐着脖子时绝望的样子。余成峰扇了自己两个巴掌，边流泪边念叨："赵小娜，我余成峰对不起你啊。我没想弄死你，你说你怎么就那么倔呢，哎呀，你说你怎么就那么倔呢……"

余成峰念念叨叨，突然听到有人轻声喊他："余成峰，你在哪儿?"

声音不大，却把余成峰吓了一跳。余成峰跳起来，问："谁?!"

一个人影从一棵桃树后面露出头："是我，王顺。"

余成峰抹了一把脸，骂道："你怎么像个鬼一样?! 妈的，吓死我了! 你在这里干什么?!"

王顺说："我……我就是不放心啊。我表弟去龙门寺，说看到你穿着貂皮大衣，朝余家沟走，我怕你万一被人抓住，就过来了。"

余成峰看着王顺小心翼翼的样子，有些感动。他拍了拍王顺的肩膀，说："谢谢王大哥，这地方不可久留，走吧。"

王顺跟在余成峰后面，走出桃园。

王顺说："兄弟，我听你说了赵小娜的名字，你遇上赵小娜了?"

余成峰不想多说话，只说了一个字："是。"

王顺说："这个女人不简单，你离她远一点儿。"

余成峰没回话。

两人一前一后，迈着疲惫的脚步，绕过孙家庄村围墙，走进了龙门寺。

王顺给余成峰找了两个窝头，倒了一碗热水。余成峰把水喝了，窝头没吃，他钻进王顺的被窝，倒头便睡。王顺无奈，也只得从另一头钻进被窝，睡下了。

第二天上午，余成峰起来得很晚。

王顺的这个所谓的被窝，下面是一堆乱草，乱草上面铺着几件旧衣服，只有上面有一床破破烂烂的被子。刚钻进被窝的时候，被窝很冷，但是越睡越暖和。身下的干草厚厚的，把人陷进去，软软地包住，这草好像还会发热，热乎乎的，把人直往里拽。

余成峰知道，龙门寺是个比他住的那个羊儿山还要安全的地方，官兵和联庄会的人不敢轻易来这里。土匪宋晓虽然不信佛，但是也从来不骚扰龙门寺，相反，他还保护着这块地盘，把这里当成他的势力范围。当年龙门寺香火还旺盛的时候，宋晓就带着十多个人盘踞在山上，进山烧香拜佛的人，无论是平民百姓还是达官贵人，他都不管。但是宋晓把这里看成是自己的地盘，来玩可以，来捣乱，绝对没门，官府的人也不行。他的人隐藏在山里的每一个角落，随时都会冲出来，教训那些想来找事的人。

王顺早早起来，上山背树枝去了。张志良他们早上不吃饭，中午在外面凑合一顿，晚上回来，要正儿八经做点热乎的，大吃大喝一番。他们还要多烧点儿火，让屋子热乎乎的，这样晚上睡觉的时候才不冷。

白天的时候，张志良他们都出去讨饭，王顺的任务就是去山上背树枝。王顺是个做事认真的人，他每天都要背大半天树枝，给惠清法师屋子里生一堆火，在他们住的屋子里也生一堆火，把两间屋子都烧得很暖和。这样，他就觉得没白吃张志良他们的饭，他住得心安理得。

王顺上山背树枝还没回来，余唯甄坐着马车，来到了龙门寺。他给惠清法师送来了花生油和小米、窝头等吃用之物。

余唯甄从马车上下来，刚要朝惠清法师住的小屋走，余成峰伸着懒腰，从王顺他们住的西侧屋子走了出来。

余成峰看到余唯甄，愣住了，伸上去的胳膊，好长时间没有落下来。

余唯甄看到余成峰，也是一愣，朝后退了两步，又站住了。

两人都互相打量了一会儿，觉得对方现在没有加害自己的意思，才松懈下来。

余唯甄干笑了两声，说："是成峰啊，真巧，没想到能在这里遇到你，这就叫缘分啊！"

余成峰拱手说："是余会长啊，这大清早的，不是来抓我的吧？"

余唯甄摇头，说："不是。成峰啊，你别误会，老夫是来给法师送点吃的，没想到你也在这里。这是怎么了？跟王顺混在一起了？"

余成峰听这话音，余唯甄好像不知道是自己杀了赵小娜。他有点惊讶，也有点放松了，就笑了笑，说："这里应该不是余会长的地盘吧？"

余唯甄摇头，说："公务归公务，私交归私交。老夫好歹是富水东北片联庄会总会长，你余成峰是官府通缉犯，你回到余家沟，我不抓你，没法向官府交代啊。在外面遇到，我就不是余会长了，你也不是什么通缉犯，我们就是爷儿俩，就是一家人。"

余成峰不想多事，就说："那您就忙您的吧。咱俩各忙各的，互不干涉。"

余唯甄显然今天心情不错，笑了笑，说："成峰，既然咱俩在这儿见到了，那就聊几句吧。老夫真有些话，想跟你说一说。我们虽然看法不一，但是在余家沟，能跟老夫聊几句的，还真的没几个人。"

余成峰指了指身后的屋子，说："这屋子刚好没人，不过余会长恐怕会嫌这屋子脏。"

余唯甄走过来，推开门朝里看了看，不由得捂住了鼻子。屋子里一股浓重的酸臭味儿，让他抬起的腿，又退了出来。

余唯甄指了指马车，说："成峰，你先稍等一下，我跟惠清法师打个招呼，我们上马车坐一会儿吧。这马车能坐两三个人，宽敞着呢。"

余成峰点头，说："好。"

余唯甄走进惠清法师的屋子，一会儿便走了出来，招呼余成峰上他的马车。余成峰虽然心情复杂，但还是上了余唯甄的马车，在他的对面坐下。余唯甄的马车上生着炉子，比他们的屋子暖和多了。

08. 辩论

余唯甄说："成峰啊，我知道你恨我。从一开始你们搞新文化运动，你们就恨我，当然，我也恨你们，你们这些年轻人，把好好的一个国家搞得乱七八糟啊。我听说有个叫胡适的，还提倡要消灭中国字，让中国人都用西洋文，这不只是数典忘祖，简直就是禽兽啊！新文化运动要是这么搞，中国还能是中国吗?！"

余成峰点头，说："是有这么一回事。胡适先生是新文化的先锋，胡适先生的这种提法是有些急躁。中国人的愚昧，是几千年愚民教育的结果，不是一朝一夕就能扭转过来的。世界上有一些国家，确实在通用英语之后，得到了很大的发展，但是那些国家的本国文化本来就很薄弱，适合引入他国文化。中国不行，中国想要适应时代潮流，必须要经过很长一段时间的教育，要几代人的努力才行。但是新文化教育，是中国能跟上世界发展的唯一途径。闭关锁国、因循守旧已经残害了中国几百年，再这样下去，中国人在世界上就一点地位也没有了！"

余唯甄哼了一声，说："中国怎么就没有地位了?！高丽国、小日本、暹罗，这些国家哪个能赶上中国？哪个比中国大？依老夫看，中国要强盛，唯有一条路，那就是杀掉革命党，复兴帝制！秦皇汉武，那时候的中国多威风！你们动辄说愚民教育，说中国落后，当年是秦始皇灭掉六国，统一了天下啊！要是没有秦始皇，中国能有这么大的国土?！中国落后的根源就在于你们这些自以为有了点文化的革新派！要是中国还像以前那样，分出三六九等，兵户只管准备打仗，农户只管种地，文臣武将各司其职，百姓沿用告密连坐，整个国家井然有序，哪个国家能是中国的对手?！国家怎么能不强盛?！成峰啊，你是读书人，圣人之学不可废，祖宗法制不能荒啊！咱余家虽然不曾大富大贵，可大清的时候也出过五品大员，现在祠堂里还有皇上御赐的牌匾呢！咱万万不可忘了本啊！"

余成峰拱手说："叔啊，您说的这些，恰巧都是阻碍中国发展的最大障碍！中国要发展，最重要的一条就是放开思想，告别愚昧！什么等级制，什么告密制，什么忠君爱国，儒家的这一套就是禁锢人的思想，把好好的人教育成了傻子！西方已经成了人人平等的民主国家，总统实行竞选制，哪个上任的总统不为老百姓做事，老百姓都有权力让他下台。这样的国家才有活力，国家领导人才能设法讨好老百姓，老百姓也才能更爱国家！您应该知道吧，现在西方已经生产出汽车、飞机了，美国人吃的是牛肉喝的是牛奶，我们呢？我们普通老百姓还是吃不饱穿不暖。哦，叔，您见过飞机吗?"

余唯甄哼了一声："飞'鸡'？不就是在天上飞的鸡吗？"

余成峰忍住笑，无奈地摇头，说："您也算是富水大儒了，连飞机都不知道，还大谈什么国家强盛？等人家飞机大炮打来的时候，我们还拿着大刀朝前冲，真是悲哀！"

余唯甄愤怒了："中国早就有大炮了！红衣大炮知道吗？明代就有了！"

余成峰说："我当然知道了。不过那红衣大炮的先祖，可是欧洲人制造的。中国人买了人家几门大炮回来，然后仿制出来的。八国联军侵略中国的时候，人家用的什么武器，中国人用的什么武器？大清的军队为什么一触即溃，这个您不会不知道吧？"

余唯甄说："照你这么说，孔圣人他们都是错的了?!"

余成峰摇头，说："孔圣人当然没错，他老人家在两千年前就写出了《论语》，启迪民智，在当时是厥功至伟。但是，我们后人不争气啊！就像两千年前我们祖宗做了一件好衣服，但是一件衣服不能穿两千年啊，思想也是。而且我们现在所信奉的儒家，已经不是孔圣人的儒家了。汉武帝的罢黜百家独尊儒术，是经过改造的儒术，内法外儒，是帝王之术，把商鞅那一套愚弄民众的东西夹在了儒家里，把老百姓当傻子一样对待。如果孔圣人知道我们一直把这些乱七八糟的东西当成他的思想，孔圣人会高兴吗？时代不同，文化必然不同。如果孔圣人生在今天，并且周游列国，那他必然会写出新的文章，产生新的思想。我们这些人，当然不能和孔圣人比，但是如果我们一直守着圣人那一套没前进，我觉得圣人会骂我们是草包的。"

余唯甄好长时间不说话，但是余成峰看得出来，自己并没有说服这个余会长。他从余唯甄的表情中，看到的是愤怒和不屑。

余成峰正要告辞下车，余唯甄突然问了一句："你是共产党吧？听说共产党的那些人，也支持什么新文化运动？"

余成峰笑了笑，说："叔，跟您说句实话，我余成峰就是一个落魄书生，共产党恐怕看不上我这样的吧。不过我知道他们，他们追求的是平等和民主，让老百姓过上好日子，他们是一群值得敬佩的人。"

余唯甄从鼻孔里哼了一声，说："要是真让他们得了天下，他们恐怕就不一样了。不管什么人，只要大权在手，就不想撒手了。这种事，历史上比比皆是。"

余成峰不想跟余唯甄争论下去，就说："叔，您要是没别的事，我就下去了，我刚起来，还没吃早饭呢。"

余唯甄不急不慢地说："听说新来的教育署长被人杀了，你知道此事吗？"

余成峰刚要起来，听到这儿又坐下了，他说："知道。"

余唯甄说："这个教育署长弄的什么改革教育，看来这是不得人心啊。成峰啊，你觉得不得人心的事，能是好事吗？"

余成峰笑了笑，说："这人啊，有时候真是糊涂的。再说了，教育署长怎么死的，现在还没查出来呢，叔这是觉得这杀人犯是做了件好事吗？"

余唯甄忙辩驳说："哦，不，不，不管什么时候，杀人都是不对的，人命关天嘛。成峰，咱爷儿俩谈论得不错，我也跟你们年轻人学习学习，常学常新嘛。你忙吧，车夫把东西都卸完了，我也去跟惠清法师告个别，我今天还得去见知事大人呢。"

第六章

■　■　■

王金三举事

01. 大闹茶庄

王金三四处奔走了三四个月，最终联系上了四十多名穷汉，准备起事。王金三一开始说起事，是有些赌气的成分的。他本来以为自己曾经是做过团长的人，回到富水这种小地方，应该人人对其很尊敬，自己在富水的地位起码比赵俊德这种人要高，可让他没有想到的是，县知事对其阳奉阴违，其他人更不用说，在富水上层人士的眼里，他王金三就是一个笑话。

王金三因此赌气，要干一件让他们后悔不及的大事。然而，当他历尽千辛万苦，把人马召集起来之后，却有些犹豫了。他晚上甚至做噩梦，梦见自己被赵俊德和余唯甄抓住了，他们要砍下他的脑袋，献给县知事，这让王金三惊惧不已。

王金三为此特意去了一趟余家沟，想看一看昔日好友余唯甄对自己的态度。出乎他意料的是，余唯甄对其很是热情，让人杀鸡买鱼招待他。喝酒的时候，余唯甄还提到了梁元善和张宗昌，说要是有机会，他想见见这两人。王金三很高兴，很显然，余唯甄对他还是很重视的，虽然这其中有张宗昌的原因。

回到家后，王金三去找梁元善，说余唯甄想跟他交朋友。梁元善却对余唯甄没有好感，他不喜欢余唯甄那种儒不儒武不武的跛扈派头。梁元善与王金三不一样，他不喜欢出人头地，不喜欢乱交朋友，只喜欢做一些实际的事。比方他自己出了大部分钱，又号召大家捐了一些，在村里建了一所小学。他没有驱逐村里寺庙的和尚，小学的事他也不参与，连校董都不是，新任教育署长对他很是敬佩。

王金三要起事，梁元善也不反对。他觉得现在正是乱世，群雄争霸，官匪并存，当土匪只要不祸害百姓，势力发展大了，日后想当官就可以被招安，反而比普通老百姓吃香。

王金三还是有些犹豫。即便他一边在招兵买马，一边还是犹豫。

有人建议做一面旗，红布镶金边的那种，王金三就带了钱，去城里买布。

县城里有家茶庄，叫天府一品，是县城里最高档的茶庄，招待的都是这个县城里最有钱的人。即便当年王金三当着讼师开着酒店的时候，也只是偶尔来喝一次茶。

王金三走到茶庄门口，看着蓝底金边的茶庄招牌，突然觉得自己应该进去坐一坐。自己曾经是堂堂的团长，当年要是带着兵经过富水城，县知事都得朝自己鞠躬，怎么就不能到这个小小的茶庄坐一坐呢？

王金三给自己鼓了鼓勇气，抬腿走进了茶庄。

茶庄老板认识王金三，看到他，笑呵呵地过来打招呼。

但是王金三看得明白，这个老板对自己很是敷衍。很显然，老板不以为他王金三会舍得在这儿买茶叶。

王金三很不高兴，就想花钱买点好茶，震一下这个势利的老板。

他看上了一块茯苓砖茶，但是他带的钱不够。这块砖茶是极品，要四个大洋，但是他兜里只有一个大洋。

茶庄老板还是笑呵呵地看着王金三，也不说话。

王金三下不来台了，他挥挥手，对茶庄老板说："张老板，把这个砖茶给我包起来，我明天派人把钱送过来。四个大洋，是不？"

张老板毕恭毕敬，说："王老板，您也是茶庄的老客了，您知道咱这的规矩啊，本店概不赊账。当然，不是怕不给钱，进这个茶庄的，都是富水城有身份的人，没人差这几个钱，不过这是本茶庄祖上传下来的规矩，上百年了，都没人破这个规矩呢。"

王金三心情不好了。他知道，不用说别人，即便当年赵俊德来拿茶，都是经常赊账的。

王金三冷笑了两声，说："张老板这是不赊给我了？"

张老板正色说："王老板此话差矣，一品茶庄从来就不赊账，哪怕是县知事来了，也要一手钱一手货，这是规矩！王老板要真是想买这茶叶，也不差一天，明天带足了钱，来取便是。"

王金三受够了小县城这些所谓的上层人士对他的蔑视，他今天要爆发了。是的，他准备好了，要与这个世界决裂，要与这个世界刀枪相向，在决裂之前，就让自己先以一个普通人的身份爆发一次，让这个世界知道他的愤怒，懂得他的委屈，让他们知道，他们要为他们的傲慢，为他们的高高在上，付出代价。而这个代价，很可能就是他们的性命。

不过王金三也是经历过大场面的人，他的爆发虽然让人猝不及防，却是坚韧而克制的。

他笑了笑，说："张老板，我可是见过赵俊德来贵店赊茶叶的。您大概是忘记了，那天我也在场，我就在旁边的茶桌上品茶，跟我一起的还有绸缎庄的孙老板，赵俊德从二楼下来，带了五个饼茶走了。当时茶钱一共三十个大洋，您让赵俊德签了个字，赵俊德也没说哪天来送钱。张老板，您这是典型的狗眼看人低啊。"

张老板没想到，王金三能如此不留情面地揭他的老底，这还不算，最后还狠狠地骂了他一句。他气得目瞪口呆，几乎说不出话来："你……你怎么骂人呢?！王金三，你也不想想，你在富水县城算一个什么东西?！别他妈的以为当了几个月的团长就了不起了，连张宗昌都跑到小日本去了，你还以为你真是根章丘大葱呢?！兄弟，我要是你，我就赶紧离开富水，在外面混得人五人六的再回来，富水城的人还能尊敬你。就你现在这个样子，嘿嘿，跟你说句实话，别说你到我这儿赊茶叶，你就是到富水城随便一家饭店赊碗面条，都不会有人赊给你！当然，把你当要饭的打发，赏你一碗面条的不算。"

王金三愤怒了："我不算东西，就你算东西?! 一个卖茶叶的，不过认识了几个小县城的二流土鳖，就以为自己是个上等人了?! 我呸! 老子确实不算个东西，不过老子今天告诉你一句话，你最好好好记着，不要瞧不起穷人，不要瞧不起落魄的人，否则你会吃大亏的! 老子现在给你一个机会，把那个茶叶送给老子……不，不，老子不要了，你别以为我王金三买不起茶叶，过些日子你磕头送给老子，老子都不一定要! 这样吧，你给老子鞠一个躬，老子就饶了你，否则，老子告诉你，你以后的麻烦大了! 你信不信?!"

张老板不相信这落魄的昔日讼师会咸鱼翻身，边骂王金三，边招呼两个伙计朝外推王金三。王金三存了大闹的心思，把两个朝外推他的伙计摔倒在地，他依然站在茶庄的大厅里。

张老板正要继续喊人，赵俊德带着两个痞子走了进来。

赵俊德看到王金三，笑了："哎哟，这不是王团长吗? 掌柜的，王团长光临，您怎么不赶紧招呼啊?"

张老板正气得够呛，说："赵老板，您来得正好，您给评评理，王金三要赊茶砖，我没赊给他，他就在这里骂我，您可是咱县城德高望重的人物，您说说看，这个事该怎么办?"

赵俊德说："怎么办? 您还真以为他是个团长啊?! 他就是富水街上的一个小混子! 我赵俊德是大混子，他王金三是一个不入流的小混子! 小混子敢上咱的家门口叫板，不揍他还等什么?!"

赵俊德一挥手，他的两个小兄弟朝着王金三就扑了上去。

王金三还想给赵俊德一个机会，赵俊德根本不听，亲自抓起顶门的杠子，朝着王金三就冲过来："你他妈的还想在富水街上充好汉，你也不看看这是什么地方?! 老子今天一杠子砸死你，我让你他妈的再来搅和!"

王金三看情形不好，转身就朝门外跑，赵俊德和他的两个小弟兄在后面紧追不放，王金三跑得快，带着他们转了几条胡同，终于把三人甩下了。

王金三不买什么蓝布红布了，他转身就朝城外走。此时的王金三没有沮丧，而是心情激动。他已经下定决心，不再犹豫，回去马上造反。对，造反！造这些自以为是高等人的反，造赵俊德这种恶霸的反，造那些不干人事的官老爷的反！既然他们容不下他王金三，既然对他如此不屑，他何必还要顾忌他们?!

02. 王金三说服张志良

王金三回到家，召集众人商量，要年前举事。众人不同意，都说好先过年，在家过个年吧，等过完年再闹腾，不差这么几天了。

王金三心情不爽，在家憋了两天，跑到老寨山找宋晓喝酒。经过龙门寺的时候，王金三看到王顺在破破烂烂的龙门寺山前的空地上变戏法，张志良等一帮乞丐围着观看。

王顺还是穿着那身破棉衣，戴了一个纸做的瓜皮帽。他画了一个不太规则的大圆圈，自己站在圆圈内，让众人站在圆圈之外，王顺朝着众人拱了拱手，说："诸位看官，诸位乡亲父老兄弟姐妹，我们师徒来到贵宝地……"

张志良喊了一声："王兄，这里也没外人，你就别啰唆了，直接亮活吧。"

王顺正色说："不行！这是规矩！我得按照规矩一步步来，要不，我这戏法没法变呢。"

张志良笑了："行吧，你愿意怎么弄就怎么弄吧，反正闲着，有的是工夫。"

王顺继续说："……我们师徒来到贵宝地，讨碗饭吃。俗话说，在家靠父母，出门靠朋友，各位有钱捧个钱场，没钱捧个人场。快过年了，王顺先给大家变一个美人，各位兄弟带回家过年啊!"

　　王顺说完，抱拳环绕一周，解开了破棉袄的布扣，从怀里掏出一块红布，他两只手抻着红布，朝着众人上下左右抖擞一圈之后，突然一转身，众人的面前出现了一个绝色女子！

　　此女子穿着一身红衣服，笑盈盈地看着众人。众人看得目瞪口呆，嘴角流着哈喇子。然而，没等众人看够，女人突然一转身，没了，王顺又苦巴着一张脸，出现在众人面前。

　　张志良等人不干了，让王顺再把那个美人变出来，让大家再看一会儿，或者摸一把，王顺不干，说这个只能变一次。

　　众人很是不高兴，说好不容易看到这么漂亮的女人，却只看了一眼就没了，不过瘾。

　　王顺又给众人表演了三仙归洞、空中抓鱼等戏法。这些戏法大家都经常看到，没多大兴趣。王顺表演完了，张志良等人一哄而散，各自忙自己的去了。王金三走过来，问王顺："兄弟，宋晓这几天在山上没有？"

　　王顺看到是王金三，叫他到屋里坐一会儿。王金三先去拜会了惠清法师，然后才出来，跟着王顺到他的屋里坐下。

　　王顺从来没听说过王金三信佛，因此很奇怪："王大哥，您以前就信佛吗？"

　　王金三摇头，说："敬佛而已。不过我以前对这些事都不在意，这些日子想了很多事，觉得这人活着，总得信点什么，人才有奔头。信佛信道，总比信孔夫子那套要强。很多人老了，或者穷得没法过了，就去投奔寺庙，对于老百姓来说，也是一条没有办法的出路，要是投奔官府，官府能管他们吗？"

　　王顺有些惊讶："大哥跟以前不一样了啊。"

　　王金三呵呵一笑，说："最近认识了一些高人，这些人都是穷苦人家出身，却读了不少书，懂的事儿多，跟他们学了不少东西。"

　　王顺哦了一声，说："是余成峰他们那些人吧？这些人可是跟官府作对的。"

　　王金三哼了一声，说："只要是好人就行。官府里这些人争权夺势，哪儿有个好东西？听说新来的教育署长是个好人，还不是马上就被人杀了？！"

王顺说:"大哥,您知道是谁杀了他吗?"

王金三摇头,说:"我怎么能知道?是谁?"

王顺刚要说,又觉得没意思,就说:"算了,管他是谁杀的呢。您不是要上山找宋晓吗?我陪您上去,正闲着没事呢。"

王金三说:"你去把张志良叫来,我跟他说说话。"

王顺出去,找到张志良,把他叫进屋子里。

王金三鼓动张志良跟他一起造反:"张兄,您大概不知道,我王金三当年在富水也算一号人物,现在不行了。不过,不瞒兄弟,我王金三马上就要东山再起了!而且这一次,我会让富水城那些看不起我王金三的王八蛋后悔死!兄弟,你信不信?"

张志良笑着说:"我相信,王老板从来就是做大事的人!当年是富水城有名的讼师和酒店老板,后来跑到济南,直接当了团长,您这种人干出什么事,我都不觉得稀奇。"

王金三伸手,拍了张志良一巴掌,说:"既然如此,你就跟我干吧!别的不敢保证,我保证半年后,先封你个营长干干!"

张志良一愣:"王老板又要从军?"

王金三呵呵一笑,说:"行,看来王顺这个兄弟嘴巴挺严实,我的事儿他一点都没往外说。不过王顺这人啊,没有大出息,就想着他的那几亩地。他不明白,在这种乱世,即便是种地,说不定也会从天上掉下把刀子,扎在你头上。不说他了,我就问你一句,兄弟你跟我干还是不干?跟我干的话,我先封你个连长!"

张志良惊愕了:"这行啊,别说连长,就是个排长,我也跟着王老板干!不过您得告诉我,咱什么时候走啊,去投东北军还是南军?"

王金三大手一挥:"投奔谁,这是以后的事。现在咱得先拉起队伍来,人多了,不管投奔谁,官也不能小了。东北张作霖,当年不就是个小土匪吗?"

张志良泄气了:"王老板想上山当土匪啊?那算了,宋晓就在前面山上呢，我要是想当土匪，早就跟他干了。他那么几个人，官兵进山就东躲西藏的，平时弄点钱，还得给当官的送去，没意思，还不如我这个乞丐活得滋润。"

王金三笑了笑，说："我跟宋晓不一样，我不想当劫匪，我拉队伍，是跟官兵干，是保护老百姓的。"

张志良愣了："保护老百姓？跟官兵干？！王老板，您这想法倒是不错，但是您得有粮饷啊！还得有枪支弹药。抢老百姓简单，有几把大刀就能干活，跟官兵干，那得有硬家伙。"

王金三竖起大拇指，说："兄弟是干大事的人，有章程！不过这个你放心，枪支粮食，我都有办法。宋晓拉起队伍多年了，干的都是打家劫舍的活儿，让老百姓瞧不起，人一直不多。我这次上山，就是说服宋晓，加入我这边来的。"

张志良略一沉吟，说："如果王老板能说服宋晓投奔您，我就带着我这几个兄弟跟您干！"

03. 王金三上山找宋晓

王金三和王顺一起，来到山上找宋晓。

宋晓正带着几个兄弟贴对联，准备过年。

宋晓已经把寨子左侧大门的春联贴上了，王金三读出了声："德行天下居宝地。"有一个小喽啰把右侧的春联举了起来，王金三读道："福至龙门落满山。"

宋晓问："王老板，这对联如何？"

王金三笑了笑，说："对联倒是可以，也有道理，这是教人向善啊。大当家的，这人还得做善事，才有好报啊。"

宋晓笑了笑："过年了，贴一个应景，什么善事恶事的，我宋晓不信这个。"

宋晓叫着王金三和王顺走进山寨，进入他住的屋子。宋晓住的屋子也比较简陋，三间茅屋，不过屋子里生了火盆，里面暖烘烘的。

三人落座，王金三开门见山，说："咱明人不说暗话，大当家的，我是来收编你的。"

宋晓哦了一声，点着烟袋，吸了一口，说："王老板不是一般人，这说话就是不一般啊。说说吧，你凭什么收编我。"

王金三说："我本来打算给你一个团长干干，后来想了想，先给你个营长吧。你没有文化，当官要有文化，没文化不行。等我拉起队伍，就请人教文化，等你有文化了，我就给你升官。"

宋晓扑哧笑了："王老板啊，您不是一般人，这个我宋晓知道，不过这说话总得有点来头，你这兵无一员、马无一匹的，怎么封我当营长？"

王金三说："当年我上济南，也是孤身一人，我怎么就一下子当了团长？"

宋晓说："这个谁不知道？那是因为有梁元善，没有梁元善的推荐，你能当了团长？恐怕你连张宗昌的军营都进不去呢。"

王金三正色说："这个只是其一，而且是不重要的一方面，最重要的是，本人有文化，是个当团长的料，要是你宋晓或者一个种地的去了，张督军能让你们当团长吗？"

宋晓抽了抽烟袋，把烟袋挪开，说："有道理。王老板的话有道理。"

王金三说："所以，不管什么事，都要看谁去做。你宋晓当这个山大王也有十多年了吧？一开始就四十来号人，现在还是四十来号人，官军没有来弄你，那是人家根本就不在乎你。要是你现在有一千号人，你送再多的钱给县知事和高团长也没用，省里直接就派军队来了。"

宋晓笑了笑，说："这么说，我没有大本事，也算个好事了。"

王金三摇头，说："错了。要是你真有一千人，那你得有一千人的章程。县太爷看到你也乱哆嗦，那这富水县不就是你的？要是你有一万人，你有一万人的章程，你就是省督军的座上客，到那时候，别说团长营长，当旅长师长都没问题！"

宋晓动心了："那咱怎么才能有一万人？不，不，一千人就行了，我就想当个团长！就顶天了！"

王金三哼了一声，说："真没志气！我今天来，就是想让你当上这个团长的！你只要听我的，我保你三年之内，当上国军的团长！到那时候，别说县知事，就是登州府尹，看到你也要给你鞠躬！"

宋晓把烟袋磕了，说："你就说吧，让我怎么干！"

王金三说："当然是跟我干了！过年后，我就带人上山，我当大当家的，你是三当家的。"

宋晓哼了一声："还三当家的，二当家的我都不一定干呢。"

王金三说："你还想当团长不？"

宋晓说："当然想啊。"

王金三说："想就听我的！你知道二当家的是谁吗？是张宗昌的救命恩人梁元善！现在张宗昌下去了，听说去了日本，但是如果他回来呢？那梁元善就是我们的贵人了！"

宋晓有些惊讶："梁元善是东片联庄会会长呢，他能跟你一起上山当土匪?！"

王金三得意扬扬地说："所以我说你这个人眼光不行啊。梁元善闯过关东，在东北就是有名的买办，你想想就行，连张宗昌的命都能从俄罗斯人手里救出来，他能是一般人吗？这种人都是少见的聪明人，所以才知道跟我干有出息。兄弟，你要向梁先生学习啊！"

宋晓当了这么多年土匪，还能活到现在，自然也是有些本事的。他对王金三的话半信半疑，说："我也认识梁先生，这样吧，等他真的上山了，当了你的二当家，我就跟你一起干，当三当家的！"

王金三大喜："那就这么定了！"

王金三和王顺在宋晓那儿吃了午饭，喝了一通大酒，才下了山。王金三走后，张志良问王顺，王金三说服宋晓的事怎么样了？王顺把王金三上山的经过都向张志良说了，张志良也不相信梁元善能跟王金三上山。

"要是梁元善跟着王金三上山，那我就带着兄弟们跟他干！"张志良说。

乞丐头儿张志良有些兴奋，仿佛看到了什么光芒，看到了希望。

梁元善是什么人？不只是走南闯北有见识，而且是连富水县知事也很敬重的人。在富水县城甚至乡村，很多人不知道县知事的名字，但是很少人不知道王金三，还有跟着王金三声名鹊起的梁元善。

说起来，梁元善是跟着王金三沾的光，要不是有王金三投奔济南的张宗昌，一下子当上了团长，谁会知道梁元善？谁会知道梁元善曾经是张宗昌的救命恩人呢？知道了这件事后，梁元善一下子就成了众人瞩目的焦点了。以前谁会知道这么一个人呢？不显山不露水的。富水闯关东的太多了，发财的有，杳无音信的也有，但是谁能随便写一封信，就让一个走投无路的人一下子成了团长？唯有他梁元善啊！从这方面来说，梁元善很显然比当过团长的王金三要有本事，要厉害多了。

现在这梁元善不只是名贯富水，还是东片十村联庄会的会长，名声和权势都有了，如果他都能跟着王金三上山，他张志良一个乞丐，还有什么可顾虑的呢？

张志良对王顺说："王大哥，梁元善都跟着王金三上山了，你还怕什么？我们一起上山算了。"

王顺摇头，说："不干。俺就是一个农民，除了种地，俺什么也不想干。"

张志良哈哈一笑："王小秀呢？不想干王小秀？"

众人跟着大笑。王顺抬头看了看众人，突然流出了眼泪："我……我是真想王小秀啊，她是天下第一的好女人。"

04.除夕夜

王顺是在山上过的新年。除夕日下午，王金三派人来接王顺去他家过年，被王顺拒绝了。他觉得自己这个熊样子，也就配跟这些乞丐一起过年，还是别去人家家里，给人添堵了。

余唯甄给惠清法师送过年物品的时候，也顺便给王顺捎了一些，有鱼有肉的，让王顺非常感动。

晚上，张志良还弄了一挂鞭炮放了。王顺把余唯甄给他送的鱼肉做了，众人一起喝酒。在龙门寺这边居住的乞丐人数不定，经常有人慕名而来，也经常有人走了，去了金口或者烟台、青岛等地，比较固定的就是四个人。今天晚上，也就是张志良和他的那三个兄弟，加上王顺，五个人。

其实这五个人，都是想家的。即便是杀人不眨眼的张志良，在拜祭祖先时，也偷偷流了几颗眼泪。

酒肉上桌后，大家几口酒下肚，别的烦恼也就忘记了，开始大呼小叫，猜拳喝酒。

张志良酒量不是很大，几杯酒下肚，话就有点失控了。他让大家都停下来，听他讲一讲杀那个教育署长的经过。

众人虽然都是流民，却无大恶，最多干一些小偷小摸的勾当，杀过人的，只有这张志良。第一次杀人，他是为了义气，杀的是无恶不作的地痞，这是一众人愿意推举他为丐帮首领的缘故。第二次杀人，他是为了钱，这也无可厚非，毕竟他杀的是一个当官的，在众人眼里，自古当官的就没个好东西，都是欺负老百姓的。

张志良喝了一杯酒，长叹一口气，说："听说这个教育署长是个好人，余家沟有几个穷人家的孩子上不起学，他自己拿钱让他们上学读书。我是上了宋晓的当啊，这个宋晓不想杀的人，让我去杀了！钱他赚了大头，我作了孽！我有种预感，那个小女孩不会饶了我的，她是唯一看到我的人。"

王顺说："杀了这个教育署长后，余家沟小学的校长也被撤了，余唯甄当了校长。"

张志良长叹一口气："我张志良简直就是个狗都不如的畜生啊！帮助坏蛋杀了好人！"

有人说："算了，张大哥，这个人你不去杀，宋晓也会派人杀，结果都一样。"

张志良闷声喝酒。王顺听了张志良讲的事后，心情不好，从屋里出来，站在门口。

王顺发现前面似乎有个人影，他一愣，走过去，发现是惠清法师。

王顺忙对法师鞠躬："法师，过年好。"

惠清还礼："施主，过年好。"

两人站在门外，听着山外此起彼伏的鞭炮声。

王顺想到了去年在老家过年，半夜时分，王小秀偷偷跑到他的家里，两人浓情蜜意，感觉世间所有的鞭炮，都是为他们而放。

而现在，王顺感觉这世间所有的鞭炮，都跟他无关，都已经舍他而去。

05. 梁元善出山

过完年后，王金三来找王顺。原来是师父和李芙蓉等人去烟台演出，经过富水，到余家沟找他没找到，又打听着找到了王金三。

王顺与王金三一起来到王家，拜见了师父。王金三因为白果对其有救命之恩，非要留他们一行人在他家住两天，师父不肯。王顺看到儿子跟白果亲热得如同父子，感觉别扭。勉强陪着师父和师兄、李芙蓉等人吃了饭，师父等人上了马车，朝烟台进发，王顺便回到了龙门寺。

傍晚，王金三又来到山里，把李芙蓉和白果给王顺留的东西给了他。这两人倒是有心，给王顺买了一大包衣服鞋子等物。

王金三是和梁元善一起来的。梁元善高高的个子，戴着眼镜，清瘦，跟矮壮的王金三走在一起，活像一根秤杆一个秤砣。梁元善说话温和，好像是一名大学教授。当然，王顺没有见过大学教授，在他看来，那是一些神仙般的人物。但是梁元善一直给他这种感觉。从认识他的第一天起，王顺就有种自惭形秽的感觉，觉得人家梁元善才是真正的人物，自己跟人家相比，就是一个土坷垃。

张志良等人是第一次看到梁元善。

当王金三介绍，说这是梁元善的时候，张志良一愣，下意识地在裤腿上擦了几下手，才敢伸出手来，跟梁元善握手。

梁元善没有嫌弃王顺他们的破屋子，和王金三进入屋子后，便在王顺被窝前的木墩上坐下。

王金三有些得意，说："你们不是不相信梁先生会跟我一起上山吗？今天梁先生来了，你们可以问他，他到底会不会跟我王金三一起上山当土匪。"

梁元善笑了笑，说："王兄弟的话有些不妥，我们上山，是举事，不是当土匪。土匪是祸害老百姓的，我们举事，是要保护老百姓，为老百姓说话。"

张志良还是很困惑："梁先生，您算是个有钱人，富水知事看到您，也得点头哈腰的，您这种人，怎么还要造反呢？"

梁元善说："元善没有读太多的书，但是在海参崴的这些年，明白了一件事，国家想要强大，匹夫必须努力。中国现在军阀遍地，山头林立，只要人多了枪多了，就是一方诸侯。现在兵荒马乱，官匪不分，老百姓的日子越来越难过，梁元善选择投笔从戎，是想凭一己之力，拯救一方黎民。诸位都是热血男儿，何不一起做点事情呢?!"

张志良说:"不瞒梁先生，宋晓也多次叫我上山呢，我们兄弟虽然也做了一些坏事，但是不想像宋晓他们那样，不是下山抢劫，就是绑架老百姓。当乞丐，虽然窝囊，但是不那么招人恨。不过依我看，这当土匪呢，还是欺负老百姓安全，那些财主豪绅不好惹，一不小心惹了个有权势的，就会遭到官兵的攻击。梁先生，您说你们不欺负老百姓，那吃穿问题怎么解决?"

梁元善说:"我可以告诉诸位，我与金三兄弟起兵，就是为了壮大势力，专门对付这些欺负老百姓的官兵的! 富水大小匪帮，二十个有吧? 宋晓这算不大不小的，他们杀人越货，坏事做尽，当官的花着宋晓的钱，上面让剿匪，他们就与宋晓联合做做样子，但是对老百姓呢? 他们却是说一不二，比土匪都要霸道! 当年张宗昌在东北，不过是一个民团小头目，手下不足百人，后来混成了山东督军。现在金三兄弟手下也有五十多人，加上宋晓的人马，已近百人，我与金三走遍富水大小匪帮，他们答应，如果举事成功，皆愿意投奔而来，到那时候，我们便会有三百人马。有了这三百人，可以与官军周旋，也可以投奔各处军阀。当年张宗昌正是投奔了张作霖，才成了山东省督军。如果日后金三兄弟当了督军，诸位别说是营长团长，师长军长都不成问题! 到了那时，元善必定会与金三兄整治军政，让百姓过上安居乐业的好日子!"

张志良问:"梁先生，宋晓答应入伙了吗?"

梁元善笑了笑，说:"我来了，他就会答应的。"

张志良一拍大腿:"梁先生都举事了，我们怕什么?! 我们兄弟也干了! 我们就是一帮穷要饭的，我就怕王老板嫌弃!"

王金三大喜:"那太好了! 梁先生都不嫌弃我们，我们都是穷兄弟，谁嫌弃谁?!"

张志良说:"这上山了，就得有名分，俗话说，名正言顺，不知王老板会给我张志良一个什么名分?"

王金三说:"我和梁先生商量了，我是大当家的，宋晓老二，梁先生三当家的，你就是四当家的。"

张志良拱手："多谢大当家的！"

王金三又和梁元善一起上山，还是用同样的一番话，做通了宋晓的工作，然后两人就各自回家，准备举事。

王金三傍晚回到家，又累又饿。他推门进屋，屋里还没有点灯，王金三感觉有些奇怪，伸手摸了摸锅盖，锅盖竟然是凉的。

王金三火起，喊道："人呢？妈的，想死啊，饭都不做了?！"

喊了三声，女儿抱着一捆草，从外面走了进来，说："爹，您先歇歇，我这就做饭。"

王金三怒道："你妈呢？她怎么没做饭?！"

女儿低着头，点了蜡烛，不说话。王金三正要发脾气，老婆从里间屋子走了出来。她两眼通红，眼泪滚滚，看着王金三不说话。

王金三看到老婆的样子，火气一下子就没了。

自从他带着老婆孩子从城里回到老家后，他在外面四处交友吹牛，寻找出人头地的机会，老婆带着孩子，在家种地养猪，养活着一大家子人。当年他在宁阳兵败回家，老婆看到像乞丐一样的他，也是这个样子。

王金三说："你这是怎么了？你看你，我不是好好的吗？怎么了这是？"

老婆让闺女烧火做饭，她让王金三进里间，关了房门，也不点蜡烛，质问王金三："人家都能好好地过日子，你为什么非要折腾得没法过?！我真腻烦了！王金三，你再折腾，我就带着孩子走！出去要饭，也不跟你过这担惊受怕的日子了！"

王金三要举事进山的事是瞒着老婆的。他不是怕老婆知道，而是觉得没必要告诉她。一个大男人要做大事，要奔前程，有什么必要告诉老婆呢？等事成了，她知道也不晚。女人不都是这样吗？头发长见识短的，何必跟她们说呢？

王金三伸手要揍老婆，但是听老婆哭得伤心，他把手收了回来，说：

"我……我折腾什么了？你听到什么了？都是胡说呢，我就是想……想弄点钱，把日子过好。"

老婆哭着说："你还说谎！盐帮李仁桥下午来了，他说他和他的兄弟不想跟你上山了，他说上山当土匪，还不如偷盐。偷盐被抓住了，最多蹲几年大牢，当土匪要是被抓了，那是直接砍头啊！他让我劝劝你，别去送死了，实在不行，跟他去南海偷盐算了。孩他爹，俺这些日子就觉得你不对劲，俺没想到你是去当土匪啊！你看看，自古当土匪的，哪个有好下场?!俺求求你了，你好好跟俺过几天太平日子吧，这些年，俺真让你折腾腻烦了啊！"

王金三气得跺脚大骂："李仁桥这个王八孙子！真他妈不是东西！男人的事，你跟一个女人说什么?!下次落我手里，非揍他一顿不可！"

老婆哭着说道："我看这个李大哥比你强多了！人家还知道挂着老婆孩子，还知道过日子，你呢?!你什么时候挂着老婆孩子了?!你什么时候知道家里日子艰难了?!我管不住你，我能管住我自己，这次你要是再胡作下去，我就走，带着孩子回娘家！"

王金三毫不犹豫："这个办法不错，你带着孩子回娘家我还放心些。钱你放心，我会每个月都派人给你送钱去。"

老婆听到王金三这么说，号啕大哭。

06. 好像是一个傻子

孙宇带余成峰认识了一个朋友。此人名叫王伯颜，二十多岁，穿着一身青色长衫，帅气，干练，知识渊博。

孙宇带了一瓶好酒，王伯颜拿出珍藏的鱼罐头，做了一个红烧肉，三个年轻人吃肉喝酒，畅谈天下，好不痛快。三人从中午喝到傍晚，皆微微有了醉意。余成峰欲留王伯颜住下，王伯颜不肯。

正争执时，突然有一个穿着精干的年轻人跑进屋子，对着王伯颜耳语了几句。王伯颜马上站起来，对着余成峰和孙宇拱手，说："二位兄弟，王某有要紧事，来日再聚，告辞了！"

孙宇和余成峰要出去送一送，被那个年轻人挡住了："两位请留步，千万不要出来！"

余成峰还想出去，被孙宇拉住了。

两人在门口，看着王伯颜和那个年轻人匆匆走出院子，余成峰有些不解："孙宇，你怎么不让我出去送一送这位兄弟？咱这不是失礼了吗？"

孙宇笑了笑，说："此人不是一般人，不要用平常礼节看待他，我们出去送，反而是不好。"

余成峰噢了一声，说："我也觉得此人谈吐不凡，远超我们两个。孙宇，这个王伯颜，到底是个什么来头？"

孙宇笑了笑，说："他什么来头，到时候他自己会跟你说，我现在不能说。"

富水南部山区开始闹起了农会。那些山民白天上山干活，晚上则偷偷从家里溜出来，参加聚会。

晚上，余成峰坐在屋子里读书，经常听到那些川流不息的脚步声。这些脚步声，给夜晚的山区增添了活力，让他感到了一种涌动着的力量，这让他感到兴奋。这个死寂的山区社会，其实一直沉浸在从清朝蔓延而至的精神泥淖中，要想从这泥淖中爬出来，最关键的是先让当地老百姓醒悟过来。

这些日子，孙宇也精神十足。余成峰明显感觉到，两人相聚的时候，孙宇不再像原先那样，一脸的怨气。余成峰暗自猜测，难道孙宇也加入了农会？不能吧，农会应该是农民的组织，他们怎么说也算是知识分子，怎么能加入农会呢?

余成峰问孙宇,孙宇笑而不语。

余成峰郁闷之余,喝了点酒,偷偷回了一次家。

他是晚上回去的。他在傍晚时分踏上回家的路,一路疾行,终于在半夜时分,来到了余家沟村外。

他站在围墙大门外,能看到的,只是隐隐约约的一段围墙,村子躲在围墙后面,像是躲在人脑子中的记忆。

余成峰想到了自己因为搞新文化运动失败仓皇离村、奔赴青岛的那个清晨。

说是清晨,其实是凌晨两点多,黑夜依然笼罩大地。余成峰提着皮箱走出村子,回头观望,他能看到的,跟现在看到的景象差不多。也是一个被围墙围起来的小村子,不过那时候的围墙是残缺的,隐隐能看到围墙内的房子。

那时候余成峰的心情是恓惶的,觉得自己被自己所爱的这个小村子抛弃了,自己成了一个有家难回的孤儿。

而现在,余成峰站在余家沟村外,心情异常复杂。他觉得自己有愧于这个村子。妖冶的赵小娜好像从村子里伸着手,在朝他打招呼。他杀了她,杀了这个妖孽,奇怪的是,自己现在并没有害怕。他感到了一种粗野的欲望在吸引着自己,这欲望的旋涡中有着浓重的赵小娜气息,像是透着邪魅的死亡之召唤,让他无法自拔。

因为困乏,余成峰脑袋有些迷糊,他朝着大门走去。走得近了,他能看清大门顶的围墙上,隐隐约约似乎有个红点在一闪一闪的。酒精在余成峰的脑袋里澎湃汹涌,他什么也不想,只管跟跟跄跄朝前走。终于走到围墙下了,围墙上的人看到了他,对他喊道:"你是谁家的?来干什么?"

余成峰刚要喊,突然想到父亲已经死了,喊王小秀的名字吧,似乎有些不妥。

他正犹豫,围墙上的人突然骂了一声,朝他开了一枪。

枪是空枪，没有装铁砂，但是响声和火光还是把余成峰吓醒了。他从混沌的状态醒悟过来，转身就跑。

围墙上的人哈哈大笑，说，好像是一个傻子。

07. 再次看到赵小娜

余成峰仓皇而逃。他觉得自己两只脚速度飞快，犹如一只奔跑的野兔。他一直从大门口绕过西南角的小土坡，来到土坡后面的小桃园里。

跑进小桃园，他觉得安全了，这才感到自己两腿发软，心脏跳得难受。他在地上坐下，看着周围沉默的桃树，不敢久坐，略微歇息片刻之后，他取出面具，戴在了脸上。这次他没有穿与余唯甄同款的貂皮大衣，只是在头上戴上了一个很普通的瓜皮帽，便在豁口处越过围墙，从村后小胡同朝东走去。他走的是老路线，从村后一直走到王顺舅舅家屋后，然后，从王顺舅舅被扒了屋顶的老屋朝南走，走到自己家门前。

他像上一次那样，再一次在自己家门前站住了。

一个念头突然清晰了，他不是想回家，而是想像上次那样，去余唯甄私塾门口转一圈，甚至……他没敢再想下去，但是去余唯甄私塾门口转一圈的念头，却清晰而坚决，让他无法忽视。

余成峰再次朝南走，一直走到村东西大街，顺着大街朝东走，走到村小学西侧胡同，躲进这条南北胡同里。

胡同离余家沟村小学大门不远。余成峰打算在胡同里躲一会儿，就朝东走，然后绕回自己的家。

他刚在胡同里躲了一会儿，就听到身后传来了脚步声。余成峰不得不走出胡同，来到小学大门口，躲在门楼下。就在这时候，大门突然开了，一个人影从屋里闪出来。

余成峰目瞪口呆！出来的人竟然是赵小娜！余成峰怎么也想不到，那晚，他并没有将赵小娜掐死，只是掐昏了她。当时，他慌慌张张的，根本没去仔细查看赵小娜咽气了没有。

赵小娜转头，也看到了余成峰，她也瞪大了眼珠子。这时候，从胡同里出来的联庄会巡逻小队刚刚朝西走去，如果赵小娜一喊，联庄会队员跑回来，余成峰插翅难逃。

余成峰朝着赵小娜拱手，示意她放过他，别出声。

赵小娜从惊讶中回过神来，忙捂住了嘴巴。

正是下半月，月光淡淡地照着大街，照着大街一侧的屋顶。两人四目相对，眼神里都有惊恐，有无尽的疑惑。

等巡逻队走了，赵小娜转身就朝自己家的方向走去。

余成峰探头朝西看了看，月光照耀下的余家沟大街弥漫着一层淡淡的青银色，给人一种阴森森的感觉。那几个人消失了，不知去了哪里。

余成峰从门楼下走出，追上了赵小娜，说：“赵小娜，对不起，我……我不是真心想要杀你。”

赵小娜匆匆朝前走，不理他。

余成峰说：“我今天晚上突然想回余家沟，你也知道，联庄会的人在抓我，我冒着性命危险回来，就是来向你道歉的。哦，我的意思是说，这应该是老天爷的安排，我没想到……”

赵小娜站住，说：“余成峰，你自己说说，你是不是个畜生?!”

余成峰点头，说：“我……我是因为……”

赵小娜说：“我就是想要你个大衣，你不给就算了吧，你为什么要杀人?!”

余成峰说：“是！我是个畜生，我连畜生都不如！不过……”

赵小娜打断他的话,说:"不过什么?! 你杀人还有理了?!! 我知道你们在干什么,我也知道余唯甄是什么玩意儿,我赵小娜是贱,你们男人比我赵小娜更贱,更不是东西!"

余成峰不敢反驳,说:"是,男人没有一个好东西。"

赵小娜说:"你别动,我打你两巴掌,咱俩就算两清了,互不相欠!"

余成峰挺着脖子,一动不动。赵小娜运足力气,啪啪扇了余成峰两巴掌,打得余成峰耳朵嗡嗡响。

赵小娜跟余成峰说了一句什么,他也没听到。他只觉得裤裆下挨了一脚,好在这一脚踢得有些偏,力道朝着右大腿根过去了,没有踢中要害。

他捂着大腿蹲下,赵小娜则转身走了。

余成峰耳朵嗡嗡响,大腿根阵阵发疼,心里却不由得对赵小娜起了敬意。这个看似顽劣的女人,倒是有些心胸。

赵小娜影子消失了之后,余成峰在原地坐下,看着赵小娜身影消失的地方,心中五味杂陈。

坐了一会儿之后,他站起来,走到赵小娜家的大门外,从兜里掏出四个大洋,把大洋顺着门缝放了进去。然后,他转身,朝着自己家走去。

余成峰经过王顺舅舅家的废墟的时候,看到一个人影站在院子里,看着面前的废墟出神。

余成峰仔细看了看,觉得这个人应该是王顺,就朝他走了过去。

王顺听到动静,也转身看。看到是余成峰,王顺没说话,在院子里蹲了下去。

余成峰走进院子,说:"没想到,你也在这里。"

王顺说:"我经常回来看看。我舅舅说过两年就不抓我了,我得谋划一下,等回来了怎么住。"

余成峰笑了笑,说:"你相信他?"

王顺说:"我现在谁也不相信了。不过事情都有过去的时候,我这个样子，是因为被赵俊德诬陷的，万一赵俊德突然死了呢？我不就好过了？"

余成峰哀叹，说："王顺，你真是个扶不起的阿斗。"

王顺说："我不用你扶，我一个种地的，有口吃的就行。"

08. 正式起事

过了正月，太阳一天比一天暖和，王金三的老婆带着孩子回了娘家。王金三没有了后顾之忧，与骨干李兴锁定下了举事的日子。然而，等他去通知那些原本答应跟他一起举事的人时，大部分人都以各种理由推辞了，不去了。

王金三很是恼火，把众人骂了一顿之后，只带着李兴锁等四人进了山。

张志良看到王金三只带了这么几个人进来，很是失望。又得知梁元善因为老父亲病重，暂时也不能进山，张志良也打退堂鼓了，他说他要等着梁元善进山，他才能跟着王金三举事。

王金三不管他，他和李兴锁、尚启月等人把王顺他们住的屋子隔壁修缮了一下，暂时先住了进去。

晚上，王金三与众人商量，如何召集人马。

张志良闲着没事，也过来玩，他说："王大当家的，您这弄法不行啊。古人造反，有两种办法：第一种办法就是利用流民，当年李自成造反，就是利用流民一路抢劫，人越来越多，后来成了大事；第二种办法是创立宗教，当年的太平天国、天地会、白莲教，都是利用了宗教。当然，要是想当土匪，靠着打家劫舍过日子，人多少不限，三五人即可，要是想成大事，大当家的可就要想法招人了。老百姓爱凑热闹，你人越多，来投奔的就越多，你的山寨才能红火起来，要是红火不起来，这事就难弄了。"

王金三愁了一夜，终于想出了一个办法。

第二天上午，王金三向宋晓借了两匹马、两杆快枪，派李兴锁和尚启月，各骑着一匹快马、背着一杆长枪直奔附近村子的联庄会。

李兴锁是附近有名的屠夫，杀牛杀驴都不在话下，一脸凶相。尚启月是个穷猎户，整天背着一杆破枪在附近转悠，打兔子打野鸡，遇到狗就打狗，看到山上有放羊的，也会趁机偷羊，却没人敢惹。这两人骑马来到孙家庄联庄会院子，联庄会的人认识这俩愣货，看着他们背着枪骑着马，以为来头不小，没人敢拦。

李兴锁和尚启月在院子里下马，把马拴好，直奔屋里。

李兴锁拿出一张王金三写的纸条，拍在桌子上，瓮声瓮气地说："我们大当家的说了，明天中午准备一百个人的饭菜，要有肉有豆腐，要有大饽饽，中午之前送到龙门寺！当然，不送也行，只要不怕俺山上一百多杆枪就行！"

尚启月早就摘枪在手，李兴锁说到这儿，他抬枪，瞄准了在院子里槐树上蹦跶的一只麻雀，一声枪响，麻雀从树上掉了下来。

有人过去捡起来，麻雀的整个脑袋都没了。

联庄会的人话也不敢说，瞪着眼看着两人出门上马，打马而去。

第二天一大早，王金三爬山来到宋晓的山寨，说中午请众人吃猪肉炖豆腐和白面饽饽，宋晓将信将疑，带着众人下山，来到龙门寺。

王金三让李兴锁等四人背着从宋晓那儿借来的快枪在山口值勤，营造出一番山里驻有队伍的气氛。

中午时分，孙家庄真的派人送来了两百个白面饽饽和两大桶猪肉豆腐炖粉条。经过山口的时候，李兴锁等人嘱咐送饭菜的人，山里到处都是王大当家的队伍，让他们不要乱说话，也不要乱看，现在不是宋晓占领老寨山的时候了，惹了麻烦对谁都不好。

王金三也让张志良帮忙，带着他的人在山路两侧的山上巡逻，并要让进山送饭的人看到。张志良等人为了吃一顿猪肉炖豆腐，也是尽力演出，把他的人分为两部分，在小路两侧的山上来回移动，让来送饭的孙家庄老百姓觉得两边的山上有很多巡逻的土匪。

来到龙门寺后，王金三亲自监督，让宋晓的人排着队过来领饭。他让四十多个人排成长长的一队，队伍的尾端刚好隐藏在被树林遮住的小路上，给来送饭的老百姓一种人马很多的错觉。

送饭的老百姓不敢多看，放下饭菜就要走。王金三把他们喊过来，给了他们三个大洋，算是饭菜钱，又给了四人每人一个大洋作为辛苦费。这让送饭的老百姓喜出望外，对王金三赞不绝口。

送饭的人回去后，到处宣传龙门寺进来大队伍了，一眼看不到头，山上到处都是巡逻的，这人马少说也有二三百人。大当家的王金三，为人仗义，不欺负老百姓，还有钱，大洋一筐一筐的。

王金三照此连吃了半个月，他的名气越来越大，来投奔他的人越来越多。不到一个月，他的人马就由五个人，扩张到了六十多人。

这六十多人，有日子过不下去的光棍汉，也有地痞流氓，还有从别的山头跑过来的土匪，王金三不管莠好，照单全收。

梁元善也在父亲的病见好之后，来到了山里。张志良和宋晓看王金三还是有两下子，甚至梁元善都进了山，两人也都带着人，投奔了王金三。

王金三和宋晓的人马合在一起，上了山顶，在宋晓原先的住处扩建房子。住处有了，枪支短缺的问题凸显了出来。

王金三派人四处购买枪支，但是民间枪支有限，搞了十多天，买了七八支火枪，杯水车薪，解决不了问题。梁元善得到消息，说栖霞牟二黑家里有上百支枪，要是能把牟家的枪弄到手，那他们的火力就比保安团都厉害了。

王金三觉得这个行，就带着人去了栖霞。

到了栖霞后，他先让大队人马藏在山里，他和宋晓、梁元善、张志良去牟二黑庄园查看情况。四个人来到庄园外，看着高高的围墙和围墙上的岗楼就泄气了。凭他们这点力量，来硬的是根本没戏。

王金三和梁元善又打扮成生意人，找到了牟二黑的管家，想购买一些枪支，被人家的管家轰了出来。两人气得不行，却又无可奈何。

四个当家的在牟二黑庄园外转悠了两天，看到人家的家丁训练有素，武器精良，再看看自己那帮以铁锨、馒头为主要武器的乌合之众，商量了一番，只得带着穷兄弟们返回富水。

走到栖霞蛇窝泊的时候，这支乱糟糟的队伍被当地联庄会盯上了。联庄会的人埋伏在道路两侧，对他们发起了攻击。好在联庄会的武器也不咋的，朝着他们开了几枪后，反而被宋晓率领着他的人马打得四下逃窜。

王金三的队伍被打死两个，伤了六个。

王金三不敢嘚瑟了，带着人马匆匆回到老寨山。

王金三和梁元善正苦思良策，宋晓和张志良带着一部分人找王金三，说要下山"宰羊"（绑票），要是不宰羊，这么多人再吃下去，宋晓他们攒的一点家底就要被吃光了。

王金三不肯，他说他的队伍绝对不能扰民，不能欺负老百姓，要"争功与安民"，要保一方平安。

宋晓摊牌了，说他不能跟着王金三这么折腾下去了，他要分开单干。

王金三无奈，集合队伍，让大家自由选择。愿意跟着宋晓"宰羊"的，就站到宋晓那面去，愿意跟他"争功与安民"的，就站到他这边来。

队伍一阵骚动之后，人马分开，王金三这边剩下四十多人，宋晓那边四十多人。张志良带着他的人犹豫了一会儿，还是站到了王金三这边。

王金三带着他的人马回到山下龙门寺原址，在龙门寺搭了简易的茅草房，安置下来。

回到龙门寺的当天晚上，王金三召集梁元善、张志良、李兴锁等人开会，商量队伍下一步的行动。

王金三的提议是学习当年的红枪会，深入老百姓，在各村发展力量，设香堂。张志良则建议学当年的水泊梁山,抢劫大户,杀富济贫。

梁元善则主张队伍向南走,一是南部山区多,利于隐蔽,而且离县城比较远,官兵势力弱;二是南部有共产党在发展农会,如果官军进攻,还可以有所倚靠。

王金三对共产党不了解,还有所顾虑。梁元善自告奋勇,要去南部山区了解情况,王金三同意了。

09. 又见王小秀

王金三带着队伍离开龙门寺上山后,王顺独自留在了山下龙门寺。张志良他们临走前,留下了不少吃的用的,他倒是不担心饿着。唯有一样,就是孤独、无聊。

张志良他们在这儿的时候,王顺每天捡树枝、做饭,偶尔还跟张志良一起下棋,觉得时光过得飞快。张志良他们走了,吵吵闹闹甚至经常有人打架的破屋子空了,只剩下他一个人了,王顺觉得这时间过得真是慢啊!

唯有让他感到时间在流动的,是惠清法师的日渐衰老。

过了新年后,法师经常在打坐的时候呼呼睡过去,晚上却睡不着,整宿整宿地在外面站着。

老寨山经常有马虎出现,这马虎很少在白天出现,它们一般晚上出动,袭击牲口和人。张志良他们在的时候,也有马虎来过,但是它们很聪明,人多的时候,都是悄悄地来,悄悄地走。现在王顺一个人住在这里了,马虎们胆子大了,经常来扒门,王顺不敢睡,吓得握着棍子站在门后,一直等到马虎走远。

马虎走远了，他也不敢睡，穿着衣服，躺在被窝里支棱着耳朵听，一直到实在熬不住了，才睡过去，又在睡梦中经常被噩梦吓醒。

晚上睡不好，王顺就在白天睡。天气日渐暖和，王顺白天睡得很香，经常睡到下午才肯起来。

白天睡得好，晚上就更睡不着了，他看到惠清法师在屋外打坐，就从屋子里出来，坐在惠清法师旁边。有时候两人聊几句，更多的时间是谁也不说话，各自坐着。

跟惠清法师一起，王顺觉得很安宁，山野中的各种怪异的叫声，也不那么恐怖了。

更让王顺觉得奇怪的是，惠清法师木头桩子一样坐在龙门寺前的空地上，一直到半夜，那些在周围跑动嗥叫的马虎竟然也不来打扰他。

有惠清法师撑腰，王顺觉得自己胆量大了，经常提着棍子走出老寨山，夜行二十多里路，偷偷回到余家沟。

他已经不从西侧翻墙进去了，他在村东头也发现了一段可以轻松爬过去的围墙。他从村东头进去，走上一百多步，便是他曾经的家。

现在，曾经寄托着他希望的老屋，已经是一片残垣断壁。在黑夜的笼罩下，倒塌的老屋显得很悲壮，仿佛在呼喊，在悲鸣。

王顺觉得自己像这倒塌的老屋，都已经被这个世界所遗弃，不知该何去何从。

他围着倒塌的屋子转上两圈，又走进废墟，在废墟里竟然找到了一床破被子。王顺有些意外之喜，他把被子展开，坐进去，用被子把自己围起来，坐着看了一会儿天，竟然昏沉沉睡了过去。

他做了一个梦，梦到舅舅拄着竹杖，在院子里转圈，嘴里念念有词，说他找不到自己的屋子了。

王顺梦醒了，看到东方已经发亮，不敢再耽误，把被子叠好，赶紧溜了出去。

从此以后，王顺就经常回自己的老屋废墟里睡觉。哪怕是几间没有了屋顶的屋子，也让他觉得安全，觉得舒心。他甚至把自己睡觉的那间屋子略微收拾了一下。用自己放在院子里的笤帚，把角落里的泥土打扫干净，又搬了几捆玉米秸挡住那个小小的角落，一个泛着浓郁的玉米秸清香的避风小窝就完成了。王顺把被子抱进角落里，盖着一半，铺着一半，睡得比原先舒服多了。

王顺在这个破烂的家里，重新制作了一个窝，这让王顺感到很兴奋，有些幸福，像一只小老鼠有了自己的新窝，像一个家失而复得。

他几乎每天晚上都要悄悄跑回来，在这里睡觉，偷偷地在附近游荡。他曾经多次在附近遇到余成峰。余成峰戴着余唯甄的面具，像鬼一样进入余家沟，却很少回家。两人遇到了，就会找个地方坐一会儿，说一会儿话。

有一次，余成峰对他说："我们都是找不到自己的人。"

余成峰的话，王顺听不明白，又觉得很有意思。自己不就在这里吗？怎么还用找呢？不过这个读书人应该不会是个傻子，他说的"自己"，应该是另有所指吧？是指什么呢？王顺想了半天，还是没想出个具体指向，只得作罢。

王顺有一次睡过了头，一直睡到了天亮。他匆匆爬起来，刚从废墟里走出来，便看到了去屋后抱草的王小秀。

王小秀很惊讶："你怎么在这里？"

王顺笑了笑，把头上顶着的一截玉米秸叶子拿下来扔了，很认真地说："我经常回来睡觉。"

王小秀朝废墟看了看，说："连个屋顶都没有，你怎么睡？你就不怕冻死？"

王顺指了指屋角的那堆玉米秸说："我就在那里面睡，可暖和了。里面还有一床被子，可惜，就是没有枕头。不说了，我得赶紧出去呢，别让联庄会的人看到。"

王顺朝王小秀拱了拱手，转身就走。

走了几步，他突然觉得自己走得有些唐突了，而且刚刚自己朝王小秀拱手，似乎有些不伦不类。他转身朝后看，看到王小秀还在原地站着，痴痴地看着自己。王顺心里突然震动了一下，他突然想起来，自己这些天回来，从来就没有想去看看王小秀。

自己对不起这个女人啊！

王顺朝着王小秀深深地鞠了一躬，才转身朝外跑去。

当天晚上，王顺在龙门寺与惠清法师闲聊了一会儿之后，又提着木棍走出老寨山，一路经过孙家庄，翻墙进入余家沟。

按照惯例，他先围着屋子转了两圈，还在王小秀的门前站了一会儿，便转身回到自己的院子，爬过堆在门前的乱石，进入屋框内。废墟里也到处都是碎瓦乱石，每次走进废墟内，王顺脑子里都会想到赵俊德带着他的人，爬上屋顶，把瓦、檩子、石头胡乱扔下的场景。每次想到这里，王顺的心就隐隐地疼。

这些人，为什么要去害别人，而不好好地过自己的日子呢？

这是一个让王顺想了很久，也没有想明白的问题。就像他想不明白，李芙蓉当年为什么会跟自己，后来又舍弃自己，重返师兄的怀抱一样。

王顺钻进自己的小窝，坐在被子上，突然感觉屁股下的被子似乎厚多了，他还闻到了一阵阵好闻的肥皂味儿。王顺摸了摸，发现自己的被子上，又多了一床被子。不止如此，靠墙还放着一个枕头。

他抱起枕头闻了闻，有女人用的香肥皂的味道。

王顺想到了早上自己走的时候，王小秀痴痴地看着自己的情形，不由得喃喃地说了一句："王小秀，你这个傻子啊！"

王顺放好枕头，脱下鞋子，钻进被窝。以前他是不脱鞋子的，一是为了逃跑方便；二是怕冷。但是现在盖着王小秀的被子，他就不能穿着鞋子钻进被窝了，否则怎么能对得起她啊！

钻进被窝后，王顺闻到了自己的脚臭味。这让他有些不安。他不知道自己这双臭脚，已经有多少日子没有沾水了，简直比大粪坑还要臭不可闻。他有些羞愧，自己这活得简直不是人了。当年他在村里种地的时候，哪怕再累，晚上也要泡泡脚，多年的习惯了。自从逃亡济南之后，自己的这个好习惯就丢了，活得简直比猪都要脏。

王顺内疚了一会儿，正要睡过去，突然听到了轻微的脚步声。他赶紧穿上鞋，扒开玉米秸，露出头向外看。虽然是黑夜，但是习惯了黑暗的王顺还是看得出来，来人是王小秀。王顺看着她小心翼翼地爬上乱石堆，蹲下，小心翼翼地伸腿走下来。

王顺从玉米秸里钻出来，说："小心石头。"

王小秀吓了一跳，差点喊出声来。王顺忙说："是我，王顺。"

王小秀拍了拍自己，小声说："你可吓死我了！"

王顺从王小秀的嗔怪声中，听出了欣喜和娇憨。

王小秀小心翼翼走过来，王顺猛然抱住了她，两人亲吻了一会儿，便急不可待地钻进玉米秸里，两个苦命人儿疯了一般地互相爱抚，边流着眼泪边互相啃咬。

10. 王伯颜的身份

余成峰第一次看到了农会的力量。

他居住的村里，有一户山民因为土地纠纷，被一个赖皮告到了县衙。余成峰知道事情的整个经过，那个赖皮就想把这户人家在山坡上的六亩板栗地给霸占了。余成峰帮忙给这家人写了答辩状，他本来以为这件事情非常清楚，赖皮很难获胜。然而，这个赖皮找了赵俊德帮忙，官府判定那户山民的板栗地都要让给那个赖皮。

这六亩板栗地，是这户山民辛苦开荒栽出来的，是他一家人的活命本钱，自然不肯拱手相让，赖皮到板栗地耕种的时候，与山民的儿子打了起来，两人都挺能打，都受了伤。

赖皮带着伤去了县衙，县衙派了法官和十多名警察来到村里，要将这家的两个男子抓到县大牢。

然而，法官和警察却遭到了当地农会的阻挠。村里的老百姓在几十名青年小伙的带领下，把法官和警察撵出了村子。警察不服气，回去搬了救兵，一百多名保安队荷枪实弹来到村子。村民依然没有退缩，附近村里的人也在农会的组织下，挥舞着铁锨、锄头过来增援。保安队面对几百名义愤填膺的村民，不敢开枪，只得撤了回去。

保安队和警察走了后，村里的农会召开了全村会议，投票决定后，给那个赖皮下了通知：如果他不收回诬告，他将被全村百姓驱逐出村子。

赖皮无奈，只得向县衙申请，收回了状子。

经此一事，农会在当地名声大噪，农会也从秘密活动，变成半公开活动。

余成峰虽然没有参与此事，却从头到尾非常关注。他每次到现场观看，都能看到孙宇穿着普通农民衣服，在人群中穿梭不停。他知道，自己原先的猜测是对的，这个小子瞒着自己，偷偷参加了农会。

没等余成峰找到机会质问孙宇，孙宇就带着王伯颜，再次来到了余成峰的住处。

王伯颜还是穿着长袍，梳着分头。与第一次见面相比，王伯颜精神抖擞，意气风发。进屋坐下后，王伯颜笑了笑，很郑重地说："余成峰同志，你不是向孙宇同志打听我的身份吗？我现在可以告诉你了。"

余成峰没想到王伯颜会这么直接，他一愣："同志?!"

孙宇笑了笑，说："王伯颜同志已经对你的过去进行了调查，他觉得你是一个可以信任的人，是一个可以为国家民族共同奋斗的同志！"

余成峰问王伯颜："王兄，您是……农会的会长吧？"

王伯颜笑了笑，说："让孙宇告诉你吧。"

孙宇说："王伯颜同志是共产党在富水县的县委书记！是共产党在胶东委任的第一个县委书记！"

"啊?!"余成峰惊讶地站起来，"县委书记?!"

王伯颜示意余成峰坐下，孙宇忙关上门，说："这么大声干什么?! 大惊小怪的！"

余成峰说："我真是没想到，您年纪轻轻，就当上了县委书记！"

王伯颜笑了笑，说："我这个县委书记，现在无权无势，只有责任，而且责任重大啊！余兄，你在青岛教过书，应该听说过共产党吧？"

余成峰点头："当然听说过。"

王伯颜正色说："那我就不多介绍了。余成峰同志，我们的党，是一心一意为人民的党。现在我们在这里开展农会工作，发展武装，聚集力量，下一步，我们就要夺取富水县城，把富水发展成党在胶东的革命基地。我们在这里发展农会，急需有知识有文化的同志加入我们的革命行动，我这次来，就是特意来征询你的意见的，你愿不愿意加入我们的农会呢？"

余成峰忙说："我愿意！非常愿意！"

第七章

■ ■ ■

胶东抗粮军

01. 新的落脚点

梁元善从南部山区回来后，带回来一个让王金三挺高兴的消息。

共产党在南部山区发展农会，有很多老百姓加入。那边也有联庄会，但是联庄会不像北边这么强悍，很多联庄会跟农会暗中来往，甚至联庄会的会长也是农会的会长。所以，队伍如果去那边，会比较安全。

王金三与梁元善一番商量后，王金三下令收拾东西，朝南部山区进发。

众人其实也没有什么收拾的，除了个人随身带的刀枪，便是被褥。王金三和梁元善各有一匹马，张志良骑着骡子。众人早就有了去南部山区的打算，因此收拾得很快，不用半天时间，所有东西都打包完毕。

王金三和梁元善去向惠清法师辞行，然后便率领众人出发。

王金三走到半路，遇到了从余家沟回来的王顺。王顺忙站到一旁，让王金三等人过去。

王金三骑着马走到王顺身旁的时候，对他喊道："王大哥，跟我们一起走吧。你光棍拉伙的，一个人有什么意思?!"

王顺拱手说："谢谢大当家的，我跟惠清法师做个伴儿。我就不去了。"

王金三从兜里掏出两个大洋，扔给王顺。

王顺一直站在路边，看着王金三的队伍走得没影了，拐弯了，才转回身，继续朝前走。

王金三率领队伍一路朝南进发，沿途不少老百姓站在路边看。王金三很高兴，朝着大家拱手，咧着大嘴笑："父老乡亲们，王金三的队伍是咱老百姓的队伍啊，有谁欺负你们，你们就告诉我王金三。我王金三现在不是讼师了，但是我现在手里有人有枪！我保证给大家做主，让咱老百姓不受欺负！"

众人都知道王金三的队伍不欺负老百姓，而且队伍中的人都是附近村子的，不少人熟悉，都站在路边跟他们打招呼。

中午，队伍来到一个村子。王金三让张志良带着两个手下，三人持枪来到村里最富的一户人家，让他们迅速准备饭菜。

富户不敢怠慢，忙找村里人帮忙做饭。王金三队伍吃饱喝足，继续开拔。王金三让梁元善记下这家人名字，下令队伍以后不许再骚扰人家。

一路经过的村子，都有联庄会的人跟着他们，监视着他们。张志良要带人跟他们打，被王金三制止："我们不打联庄会，他们都是穷老百姓。他们攻击我们，那另说。"

王金三的人就这样被联庄会的人一路跟随着朝南走，走得疲惫不堪。傍晚时分，打头阵的梁元善终于骑着马回来了，说前面村子的联庄会会长于周带人亲自在村口等着大家。

王金三来了精神，吆喝大家赶紧走，别一个个像瘟鸡。

联庄会会长于周是当地名儒，在富水县，名气不在余唯甄之下。于周亲自来迎接王金三，这让王金三喜出望外。

于周已经命人做熟了饭菜，王金三和梁元善、张志良、李兴锁等人被于周安排到小房间吃饭，手下众人进入大屋子，分成四桌，大吃大喝。

于周因为是联庄会会长，不方便与众人一起吃喝，将众人安排好之后，他便回了家。

于周一走，早就饿得前胸搭肚皮的众人就不客气了，皆张开饕餮大嘴，甩开腮帮子，叉开筷子，抢肉的抢肉，吃鱼的吃鱼，喝酒的喝酒，吧唧之声盈耳，像是大户人家的猪圈开食。

两杯酒下肚，李兴锁兴奋了，用筷子夹起一块肉，说："妈的，这才是咱兄弟们应该过的日子。冒着掉脑袋的风险举事，天天窝在山沟里啃窝头，还不如张兄当乞丐呢!"

张志良哈哈大笑,说:"兄弟说得是啊,其实土匪就是土匪,官府天天都想着怎么剿灭我们呢,能活下去就不错,大当家的说'争功与安民',安个屁啊!不过大当家的带我们来到这里,是一着妙棋,老寨山离县城太近,保安团高团长跟余唯甄又穿一条裤子,要是在当地太闹腾,余唯甄跟保安团联合对付咱,就凭咱的这点势力,还真不是他们的对手。到了这里,就没关系了,这儿到处都是山,离着县城还远,只要咱在城里多设几个眼线,官府也拿咱没办法。兄弟们,咱的好日子来了!"

王金三端起酒杯,吆喝着众人干一杯。梁元善端起杯子,说:"各位兄弟都说话了,我也说两句。大当家的去我家找我,希望我跟着举事,不是为别的,就是因为我梁元善人缘好。我为什么人缘好?大家都知道,我曾经帮过很多人,但是从来没有害过人。人有善恶,我梁元善不勉强各位,但是我早就跟大当家的说好了,如果咱的山头也像宋晓那样杀人越货,我梁元善马上割袍断义,回家种地,侍奉父母!"

李兴锁说:"梁先生是富水有名的好人,不过我们这些人,天生就不是什么好料,要想当好人,我们在家里种地就得了,何必跑到这儿来呢?到了哪山唱哪歌,梁先生,您总不能让兄弟们饿着肚子装好人吧?"

王金三站起来,说:"各位兄弟,听我说一句!我王金三既然带头举事,就有办法让大家吃香的喝辣的!于会长给我们准备了这么多好吃的,还有这么多好酒,你们还有心思扯淡?!别的事以后再说,今儿是今朝有酒今朝醉,来,干一个!"

众人都端起杯子,跟王金三碰杯。

王金三把酒喝了,继续说:"梁先生说得对!我王金三是当过团长的人,我王金三举事,拉起来的这帮人马不叫土匪!梁先生说叫救国军,我觉得这名字有点儿大,不过有一点,我们绝对不能危害百姓!梁先生您放心,咱拉队伍是为了安民,这个绝不会让您失望!还有吃的喝的问题,我刚才说了,我王金三要是连这点办法都没有，还怎么救国安民?! 我得保证兄弟们吃肉喝酒，还不伤害百姓，要没这个本事，我当这个大当家的还有什么意思?!"

王金三的话让大家很满意，众人碰杯喝酒，喜气洋洋。

02. 绑架赵俊德

第二天，王金三带着众人找山头落脚。众人在附近转悠一番，决定把队伍拉进附近最高的山峰羊儿山。这羊儿山曾经是当地老百姓躲避捻军的地方，山上还有当年老百姓留下的茅屋锅灶。

王金三当即命令众人进山砍树搭屋，当天晚上就在山上住了下来。

住下来之后，王金三让梁元善负责招兵买马，购买枪支，让李兴锁和张志良负责弄钱。王金三给两人定下规矩：不许骚扰普通老百姓，不许出人命，不许在附近"宰羊"，到县城附近去，绑的什么人，具体多少钱，必须记清楚，最重要的一条，要设法把赵俊德给他绑来。

李兴锁以前就在很多匪帮专事绑票，对这个行当轻车熟路。张志良以前虽然没有绑票，但是干的也都是偷鸡摸狗的事，虽然有很多是临时起意，但是要想偷个大的，也需要提前踩点，看看这户人家是否殷实，所以二者在很多地方是相通的。其实根本不用王金三叮嘱，穷老百姓他们看都不看，瞎耽误工夫。而且穷人惜财不惜命，偷他们点东西，他们能跟你拼命。富人不一样，他们虽然同样爱财，但是只要别让他们伤筋动骨，他们还是很看重自己的那条小命的。

还有很重要的一条，张志良他们在富水城周围转悠多年，对哪家有钱、哪家好惹哪家不好惹非常了解，李兴锁他们去了，直接按照钱多钱少、是否勾结官府欺负人这几条绑票就行。

李兴锁和张志良他们仗着地形熟悉，首先把赵俊德绑了回来。

赵俊德在富水城横行霸道惯了，根本没把王金三放在眼里。他被李兴锁和张志良的人押到山上后，解开眼罩，看到面前站着王金三，破口大骂："我说富水城谁敢绑我，原来是你这个不知死活的玩意儿！姓王的，你别以为你跑到山上，叫上这么几块料老子就怕你！你马上把老子送回去，再给我磕十个响头，老子就饶了你，否则我赵俊德非弄死你不可！"

王金三被赵俊德气笑了，他让人把赵俊德绑在半山坡的树上，又让人抓了几只老鼠，绑住了老鼠的脚，放在他脚边。这山上有北方著名的毒蛇，此蛇名叫七步蛇、蹦脚蛇，土灰色，据说咬人的时候会蹦起来，人被咬了之后，最多能走七步，便毒发而亡。

此处山坡地势复杂，潮湿，正是毒蛇喜欢出入的地方。

王金三让人告诉赵俊德，他赵俊德不是有赌场吗？他今天也在这山上设一个赌场，跟赵俊德赌一晚上，这一晚上值五千大洋。

赌局很简单，赵俊德在这里待一天一晚上，要是没被蛇咬死，那王金三就派人把赵俊德送回家，一分钱不要。要是赵俊德被毒蛇咬死了，那王金三也派人把他送回家，还送他一副棺材。

当然，赌就要有赌的样子。赵俊德虽然被绑着，但是有人伺候吃喝，吃的是肉喝的是酒和好茶。

赵俊德一开始装好汉，不服输。早晨天气冷，蛇也不喜欢动弹，到了中午时分，阳光把人晒出了汗，毒蛇们开始活动了。

赵俊德虽然是富水人，却从小在城里长大，很少到农村去，更是没见过毒蛇。当这一身土灰色阴沉沉的家伙出现在他的周围，一脸阴森地看着他的时候，他吓得声音都变了，屎尿齐出，大喊："我愿意拿钱，赶紧把我放下来！"

看守他的人忙把蛇赶走，把赵俊德愿意拿钱、屎尿拉了一裤筒的事儿告诉了王金三。王金三不为所动，说不管他，等他叫王金三亲爹再说。

看守回来，告诉赵俊德，王金三不放他，要想保命，得叫王金三"亲爹"。

赵俊德气不过，怒火攻心，又大骂王金三。

等了一会儿，两条毒蛇又围了过来。这两条毒蛇没有理睬赵俊德，而是把赵俊德脚下的几只老鼠吞进了肚子里。老鼠是用麻绳绑着的，麻绳拴在树上，蛇吞进了老鼠后，却无法把麻绳弄断吞进去。蛇努力了几次之后，看着面前的美味就是无法弄进肚子里，恼了，吐出老鼠，朝着赵俊德就扑过去。赵俊德吓得哇哇叫，拼命跷着腿，声音恐怖绝望，几乎不像人发出的。

赵俊德惨绝人寰地叫了一会儿，想起了看守的话，忙喊道："亲爹！亲爹！王金三亲爹、亲爷爷、亲奶奶、亲祖宗，你赶紧放了我吧！我赵俊德不是人，是狗，不不，狗都不如的玩意儿！亲爹，亲爹哎！……"

看守把毒蛇赶跑了，跑到山顶，把赵俊德叫爹的话告诉了王金三。

王金三命人把赵俊德放了，让他洗了个澡，换了衣服，把他带到自己面前。

赵俊德吓得腿软，站不直，哆嗦个不停，看到王金三就跪下了："亲爹，我服了！我赵俊德是彻底服了！您说怎么办就怎么办，能把我放了就行！"

王金三哼了一声，说："赵老爷，我给你机会，你不要，真是没办法。你想回家，可得破财了。"

赵俊德点头哈腰："破财消灾，这是规矩，我懂。"

王金三说："懂规矩就好。我先问你个问题，你得老老实实回答。"

赵俊德点头："大当家的放心，我肯定老老实实回答。"

张志良踹了赵俊德一脚："怎么说话呢？大当家的是你叫的?！叫亲爹！你不叫我还让人把你绑到树上！"

赵俊德刚要叫，王金三挥手说："行了，赵老爷既然服软了，咱也得有个限度。亲爹不能乱叫，我王金三是个倔人，不是个得理不饶人的人。也不像赵老爷，在富水城想打谁打谁，想拆谁家的房子，就拆谁家的房子。这人坏事做多了，会遭报应的。"

赵俊德低着头，不敢说话。

王金三说："赵老爷，我王金三被撵出富水城，是得罪人太多，我不怪任何一个人。我就想知道一件事，人家王顺那么老实一个人，你给人家把房子都扒了，他都没敢放个屁，你为什么还要诬陷他勾结土匪，让他有家不能回呢？"

赵俊德拱手说："大当家的，您这可冤枉我了。我找王顺，就是想买他舅舅手里的那本《燕子笺弹词》，我还给他出了高价。至于拆他家的房子，那是余唯甄的主意，他说那本《燕子笺弹词》很有可能就藏在老瞎子的屋梁上。结果我上了这个老东西的当，搞了半天，老瞎子的屋梁上，就有八个铜钱。说王顺勾结土匪，跟我更是一点儿关系都没有。那是余唯甄在县知事面前说的，我当时在场，听得清清楚楚！"

王金三惊讶："余唯甄为什么要这么做呢？"

赵俊德笑了笑，说："这个事其实很简单。那个老东西在余家沟相好的不少，他看好了一个叫王小秀的，结果这个王小秀跟了王顺，把老东西气得不轻。余唯甄在余家沟，他是撒尿画圈，他就是皇上，谁触犯了他，都没有好结果。余成峰算一个，王顺算一个，还有些你们不知道的呢。"

王金三骂道："这个老东西！这么狠！"

赵俊德说："大当家的，您问的，我都按实回答了，说说我的事吧。"

王金三说："你的事简单，我让你省五千个大洋你不愿意，没办法，让人把钱送来，你就回家。"

赵俊德一脸哭相："大当家的，您真看得起我，我家里哪有那么多钱？您就是杀了我，我也拿不出来啊。"

王金三一挥手，说："那算了。我只能杀鸡儆猴了，来人，把赵老爷还绑树上！"

赵俊德吓得躺在地上："有有有！我回去借，我一定亲自把五千大洋送到山上来！"

王金三说："不懂规矩？钱没来，你能回去吗？你写信，让家里人把钱送来，咱是一手收钱，一手交人，两不相欠！"

赵俊德说："我明白！我写，我马上写！"

王金三早就准备好了纸笔，赵俊德按照王金三的意思写了信。王金三为了让他家里人相信，又让赵俊德把手上戴的玉扳指摘下来，放在信封里，让张志良火速把信送到了赵俊德家中。

这赵俊德家中正乱成一锅粥，看到了赵俊德的亲笔信，又看到了他戴了几十年的玉扳指，他老婆还算冷静，马上让人卖铺子典当值钱物品凑钱。

钱凑够后，赵俊德老婆派人赶着马车把大洋送到了山上。王金三看到白花花的一箱子大洋，高兴了，二话没说，就把赵俊德放了。

03. 王伯颜来到山上

绑赵俊德是一个良好的开头。有了这五千大洋，王金三让梁元善去了一趟东北，买回来二十多杆枪和一箱子子弹。王金三又在山上请人盖了几间屋子，在山下设了几处哨卡，正儿八经过起了快乐的绑票日子。

日子好了，来投奔的人就越来越多，王金三的队伍很快发展到近二百人。人多了，需要的钱就多，张志良他们的绑票任务就越来越重，绑的人便越来越多，经常良莠不分，把老实本分的庄稼人也绑了。张志良还仗着自己人多枪多，经常跟宋晓的人发生冲突。宋晓多次亲自来找王金三，骂王金三当初吹牛说要"争功与安民"，现在"宰羊"宰得比谁都多。

这让王金三猛然惊醒。王金三与梁元善等人商量，觉得不能再这么弄下去了。要是山寨有了上千人，那怎么办？把整个富水县的人都绑了？

梁元善给王金三出主意说，现在势力强大了，他们应该有所依附，单打独斗是不行的。

王金三不知道该依附谁，梁元善出主意，说可以依附共产党。共产党在附近经营多年，很有些势力，老百姓也愿意相信他们。

王金三对共产党不了解，梁元善说："大当家的，有一个人你认识，他现在就是共产党的人，他叫余成峰。"

王金三一愣："余成峰?! 他是共产党?! 回一趟余家沟，都能被人抓住，这种人能成什么事。"

梁元善笑了笑，说："那是过去的余成峰，现在余成峰加入了共产党，跟过去不一样了。这人是个读书人，懂得多，跟当地的老百姓和联庄会关系都搞得不错，否则早就被联庄会的人抓起来，送进城里了。"

王金三还是不肯同意："我没看到他们有什么本事，老子更不想跟他们干。梁先生，您可是个有本事的人，您得为咱这些兄弟找个好的出路啊！"

梁元善沉吟了一会儿，说："这样吧，我去找个人你认识一下。认识了他以后，你就知道咱该怎么办了。大头领，你现在可不像以前了，现在这二百个兄弟就靠着你呢，你走的每一步路，都要小心。"

王金三点头，说："我也愁啊，这么多兄弟，天天跟我要吃的要喝的，还得给他们发饷，是得找点正经营生干了。"

梁元善告辞王金三，下了山，找到了余成峰。

余成峰家里聚集了几个年轻人，余成峰看到梁元善来了，便让大家先回去。众人散去后，余成峰给梁元善倒了一杯茶水，问："梁先生是个大忙人，不在山上辅佐大当家的，跑到我这里做什么？"

梁元善说："孙宇到青岛去了，我想见王伯颜，只能到这里找你，这是孙宇临走的时候告诉我的。"

余成峰点头，说："孙宇跟我说过此事。不过梁先生，王书记很忙。现在加入农会的村子有一百多个，农会会员有几千人，王书记正在筹备建立自己的武装呢，您想见他，这几天恐怕不行。"

梁元善笑了笑，说："我来，正是给王书记送队伍的。"

余成峰大喜："真的?! 什么队伍?"

梁元善说："我们的队伍。现在山上的队伍扩大了，二百多人了，但是大当家的挺愁，不知道下一步该怎么办了。王伯颜不是想拉队伍吗? 这不是最好的机会吗?"

余成峰紧紧地握住了梁元善的手："太好了，简直太好了! 没有队伍，农会就是一盘散沙，有了队伍，贫穷老百姓才能站着说话啊! 我马上派人联系王书记!"

两天后，余成峰和王伯颜打扮成生意人模样，来到羊儿山下。梁元善早就派人在山下等着了，赶紧将两人带到了山上。

梁元善带两人见到了王金三，余成峰把王伯颜的身份告诉了王金三。

王金三笑了："连地盘还没有呢，就县委书记了，共产党比我还心急。"

王伯颜正色说："王先生，您这话错了，共产党早就有了地盘，不过这地盘很多人都没有看到，那就是民心。远的不说，我们党在南部山区经营这么多年，官府无数次派人来搅和，都没有成功。我们党的农会越来越壮大，这就是民心的力量。"

王金三哦了一声，仔细打量了一眼王伯颜，没说话。

梁元善偷偷看了王金三一眼，又看了看王伯颜。

王金三笑了笑，说："这些大道理我不懂，你就撂个底吧，你来我这里，有什么想法。"

王伯颜说："王先生也是一方豪杰，举事之初，就发誓要争功与安民，我今天来，就是想联合王先生，做一番大事业！"

王金三有些心动："你先说说，做什么大事业？"

王伯颜说："打富水城！不知道王先生有没有这胆量？"

王金三摇头："就我这点人？不行！这不是胆量不胆量的事，这是瞎闹。富水城保安团有四五百人，有机枪，就我们这点人，枪就几十支，怎么打？去送死？"

王伯颜说："我们当然不能只靠您这点人马。现在农会已经有了自己的队伍，要打下县城，必须要有足够的人马和枪支弹药，还要有内应，这点请王先生放心。"

王金三沉吟了一会儿说："既然联合在一起，那就得有一个总头，这个总头是谁？"

王伯颜笑了笑，说："总指挥当然是党了。我是共产党在富水县的书记，我是总指挥，大当家的是副总指挥，您的队伍是第一纵队，您兼任第一纵队总指挥。"

王金三摇头："那不行。你会打仗吗？我当年可是在张督军手下当过团长，指挥过一千人的队伍，你当总指挥，老子不放心。"

梁元善忙纠正说："大当家的，跟王书记说话，不可'老子老子'的，你也是个有文化的人，这样对人不尊敬。"

王伯颜笑了笑，说："无妨。党指挥队伍，这是我们的政策。这样吧，我先告辞了，王先生和梁先生好好商量一下，等过些日子我再来拜访你们。"

王伯颜走了后，王金三对梁元善说："嘴上无毛办事不牢，你找的这个小孩子不行。"

梁元善说："大当家的错了，你别看他年纪小，参加革命可已经四五年了，年轻有为。而且他背后可是共产党，共产党在南昌搞起义，在湖南搞农民起义，济南青岛，全国各地都有他们的组织，都有他们的队伍。这帮人也会做工作，自己和老百姓吃住在一起，有好吃的先给老百姓吃。我看国民党不是他们的对手，天下早晚是他们的，跟他们干没错。"

王金三摇头，说："这事难说啊。再说了，咱要联合，也要联合个官大的。他自己弄了几个人，就成了富水县委，自己成了书记，这个不靠谱。梁先生，你去找他们的大司令，我跟他们的大司令谈。"

梁元善笑了笑，说："这附近还没有共产党的队伍呢，到哪里去找大司令？"

王金三说："那就先等等。我打过仗，这打仗的事太难说了，你能想到我一个团，一千多支枪，却让红枪会那帮泥腿子给打败了？这事不能着急，着急了，小命就没了。咱现在的首要任务，还是要壮大队伍，要弄枪。人多了，枪多了，什么都好干。"

04. 王顺与赵小娜

王金三当然没有忘记王顺，他经常让张志良下山"宰羊"的时候，顺便捎一些吃的用的给他。

王顺却对张志良的到来反应平淡，他已经习惯了在山里的平静生活。王金三他们走了之后，王顺找到了和尚们留下的农具，在屋后开垦荒地，开始按照季节，栽种花生和地瓜、豆子等农作物。

有了可以耕种的土地，王顺的心逐渐安定了下来。他把张志良他们留下的破烂铺盖和杂物都扔了出去，把屋子打扫了一下，让孙丛乾帮自己盘了锅灶和炕，又请人把屋顶整修了一下。现在蛇虫已经出洞，又下了几场小雨，余家沟的老屋子已经无法睡觉，王顺趁着夜晚，把被子和能用的东西都搬到了山里，这山里就越发像个家了。

为了不冷落了老屋，王顺还是趁着夜晚经常回去。发现有人偷了他家的石头，他让王小秀从家里拿出了毛笔和纸，写了"谁拿了我老瞎子的石头，请送回来"的字样，放在石头上。落款是"余世民"。众人看到了这歪歪斜斜的字，还真的以为是老瞎子显灵了，一时各种传说纷纭，偷了石头垒成墙的，纷纷把墙拆了，把石头又送了回来。

王顺看了很满意。他还给自己做了个面具，穿上舅舅的衣服，左手挂着竹杖，右手竹杖探路，趁着夜晚来到余家沟，在余家沟的大街上溜达。

他这样做，只是因为无聊，一时兴起。走在街上，遇到联庄会的巡逻队，王顺就停下，跟他们打招呼。巡逻队的人则吓得四散而逃。

王顺觉得挺有意思，拍打着竹杖，一直来到余唯甄住的学校外。学校大门关着，这难不倒王顺，他从学校后面的矮墙上翻墙而进，猫腰走到大门口，才郑重其事地拍打着竹杖，朝着余唯甄住的书房走去。

边走，他边学着舅舅的声音喊："兄弟，你在吗？……"

王顺边学边想笑。他都觉得奇怪，自己一个本分老实的庄稼汉，怎么突然搞起了恶作剧，好像被鬼神附体了一样。

他走到余唯甄的门口，用竹杖啪啪敲门。屋子里没有声音，也没人开门。王顺刚要走，突然听到屋子里传来一声女人的尖叫。

王顺觉得奇怪，就继续用竹杖拍门："兄弟，你怎么了？"

王顺拍打了一会儿，屋里传来了余唯甄哀求的声音："大哥，我错了，我对不起您，您饶了我吧，明天我就去您的坟上给您烧八台大轿、童男童女，还有钱，您要多少钱都行！求您看在我们兄弟一场的面子上，饶兄弟一次！"

王顺很奇怪，哦了一声，说："你说说看，你怎么对不起我了？要是你说实话，老瞎子今天就饶了你！"

余唯甄说："我……我拿了赵俊德的钱，帮他把那个女子弄到了您家。都是赵俊德的主意，我……我不过是个帮凶，别的没有了，真的没有了。"

王顺心里惊奇，原来这个余唯甄还真不是东西，竟然帮助赵俊德，害自己的本家大哥。王顺觉得余唯甄应该还有一些坏事没说，但是他怕自己待的时间长了露馅，就骂了余唯甄几句，转身拍打着竹杖走到后院，翻墙出了院子。

出了院子后，王顺遇到了一队联庄会的巡逻员。他拔腿刚要跑，可想到了自己戴着舅舅的面具，便一边拍打着竹杖朝前走，一边说："前面有人吗？借光借光，给老瞎子让让路。"

联庄会的人吓得哇哇叫，转身便跑。

王顺哈哈笑着，拍打着竹杖朝前走。快走到自己家的时候，突然有人拍了他一下肩膀，把他吓得一哆嗦。

王顺站住。身后有女人笑了一声，说："我知道你是谁。"

王顺没有说话。

女人继续说："余成峰打扮成余唯甄，也应该是你给他弄的面具吧？不过他演得不如你演得像。"

王顺知道此人是谁了。他转回头，看到了一条单薄的黑影。

赵小娜继续说："王大哥，你要是能看到余成峰，你就告诉他，让他远走高飞吧，别搞什么革命了，这人杀来杀去的，有什么用？他们斗不过余唯甄，余唯甄这老东西心眼儿太多了。"

王顺说："那你还跟着他？"

赵小娜没有回答王顺的话，说："别看我没有文化，可你们这些人的心思，我都看得很明白。不管是余成峰还是余唯甄，没有一个好东西。还有你王顺，你要真是个好男人，你就把王小秀接出去，她一个女人，养着那个天天骂她的婆婆，种着那么多的地，还要承受着那么多人的指指点点，要是我，早就找根绳子把自己吊死了。"

王顺刚要说话，赵小娜说："你不要说我，我是什么都看透了。我现在已经不把自己当人了，活一天算一天，活够了就想法死。王顺，你也别贪恋你舅舅给你留下的那几亩地了，你要是个有脑子的，就赶紧离开余家沟吧。等余唯甄这个老东西死了，你再回来。"

王顺说："你不要这么说，我舅舅是余家沟最有文化的人。"

赵小娜呵呵笑了两声，说："他那些文化，都是怎么整人的文化，给当官的舔屁股文化。你要是不信，你自己去问问他，你的房子是不是他拆的。"

赵小娜说完，转身就走了。王顺看着她的影子，觉得她神出鬼没的，像个女鬼。

此后的几天里，王顺一直在琢磨赵小娜的话，经常看着周围生机勃勃的山坡出神。

张志良向他讲述现在山寨的状况，喜形于色，并把王金三再次邀请他上山的意思说了。王顺一点都不感兴趣，他打断张志良的话，说："我要去种地了。"

张志良悻悻地说："王大哥，你这人越来越让人无法琢磨了。"

王顺轰走了张志良，却没有去种地，而是站在屋子前的空地上发呆。

表弟孙丛乾刚好进山，他看到张志良等人，忙闪身在路边，让张志良等人先走。

王顺看到孙丛乾，转身回到了自己的屋子。孙丛乾已经还俗结婚，还加入了联庄会，他经常奉余唯甄的命令，来看望惠清法师。

05. 师兄的大戏法

孙丛乾在拜见了惠清法师后，来到了王顺的屋子。

此时的王顺正躺在炕上，看一只蜘蛛结网。

这只蜘蛛颇为肥大，比一个袁大头都要大，它在王顺的头顶上慢悠悠地吐丝，从房间的西头爬到东头，又从东头爬过来。阳光打在蜘蛛朝着窗户的一侧，王顺因此能清楚地看到蜘蛛身上的毛刺。蜘蛛大，毛刺也很嚣张，一副粗壮有力的样子，王顺看得有些入迷。

孙丛乾走进屋子，关门的声音吓得蜘蛛停止了活动。它趴在王顺头顶的蛛丝上，一动不动，在蛛网上颤颤巍巍。

王顺怕它掉下来，落到自己头顶，忙向旁边挪了挪身体。

孙丛乾进屋的时候，那只蜘蛛开始继续挪动。王顺从炕上坐起来，说："来了？"

孙丛乾点头，说："我刚刚看到张志良了。这个凶神，富水人看到他没有不害怕的。"

王顺哦了一声，不说话。

孙丛乾哼了一声，说："他当年在县城杀人，警察到处找都没有找到他，想不到他藏在这里。哥，有人说你当初救过他的命，这是真的吗？"

王顺说："你来就是为了问这个？"

孙丛乾说："这种人就不该活着！他现在到处绑票，富人绑，生意人也绑，有时候绑不到人，穷人也绑。有的穷人被绑上山，没钱赎，就直接在山上入伙。这伙人，现在可害人了。"

王顺说："那你不抓他？你这联庄会是干什么吃的？"

孙丛乾说："联庄会算个屁啊？现在王金三根本瞧不起联庄会的人。他住的那地方的联庄会会长于周的亲戚被绑了，于周找王金三要人，王金三原本打算要三百个大洋，于周上了一趟山，他就要了二百大洋，于周很不高兴。这王金三也是的，人家于周收留了他，他就给人家少要一百大洋，我看这王金三有点张狂了。"

王顺说："他张狂跟我有什么关系？他当他的土匪，我当我的老百姓，大路朝天各走一边，各人过各人的日子。"

孙丛乾说:"你可是救过王金三的命呢,还有张志良,你都救过他们。有人说你闲话呢,说你救了两个土匪。"

王顺早就听过这种话了。他哼了一声,说:"我救他们的时候,他们可都不是土匪呢。"

孙丛乾说:"王金三当年也是个好人呢,帮穷人打官司还不收钱。现在不一样了,他手下人多了,他就得想法搞钱。听说在他手下当土匪,每个月还有饷钱呢。他一开始还说不绑票呢,现在还不是靠着绑票活着,绑得比宋晓还狠。"

王顺不愿意听这些,也不愿意说话。

最近他总是想起师父说的一句话:"江湖是小戏法,社会是大戏法。"

现在的江湖人不守规矩,而社会根本就没有规矩。

他最想不到的是,他非常尊敬的余唯甄,这位附近十里八乡最德高望重的私塾先生,提到孔夫子恨不得跪地磕头的人,竟然为了钱勾结恶霸,欺负自己的大哥。老夫子都这样了,这世道还有好吗?

王顺无法像张志良和王金三那样,谁也不相信。不相信天道规则,不相信孔老夫子,不相信余唯甄,只相信势力。他得找到一个可以让他相信的人,这样,他才觉得自己的生活有意义。

但是现在,他能相信谁呢?

孙丛乾走了之后,王顺继续盯着头上的蜘蛛,看它结网。

他突然想到了王小秀。他已经很多天没有见到王小秀了。现在正是春耕春种的时候,王小秀肯定赶着她的牛车,天天在地里忙活。

王顺爬起来,走到外面。太阳已经到了头顶,阳光明媚,惠清法师住的小庙周围,也是一片花红柳绿,生机勃勃。

惠清法师颤颤巍巍从屋里走出来,王顺忙跑过去扶着他。

现在的王顺已经完全负担起了照顾惠清法师的重任。他每天早上和中午负责给惠清法师做饭,给法师洗衣服。法师唯一不肯让王顺帮忙动手的,是他的尿壶。法师每天早上，会早早地把他的尿壶从屋子里提出来，把尿倒掉之后，再放回去。

王顺扶着法师到他常坐的蒲团上坐下，法师眼望着前方小路，说："王施主，他们今天不会来了吧？"

王顺哦了一声，说："谁知道呢，应该不会来了吧。"

法师不再说话，在微热的阳光下，闭目养神。

王顺有些愤愤，说："法师，要是他们再来，我就去山上找宋晓，让他们把那个南方人和我师兄抓住。这两个人，都不是什么好东西。"

法师摇头，说："不可。"

王顺问："法师，那个南方人说龙门寺有宝物，这事您知道吗？"

法师笑了笑，说："天下至宝，人心有度。他们不懂。"

法师说得轻巧，王顺却看得出来，法师对师兄白果带来的那个年轻的南方蛮子，很是在意。

昨天下午，王顺正在庙后的地里种花生，宋晓的一个小兄弟突然跑过来，问他是否认识一个叫白果的。

王顺一愣，赶紧说认识，白果是他师兄。

那小兄弟一挥手，就有两个汉子把五花大绑的白果和一个黑瘦的男人押了过来。

风度翩翩的师兄白果，看到王顺后，笑容满面。王顺本来以为师兄应该是和李芙蓉还有儿子一起来的，他没有想到，白果的旁边站着一个黑瘦子。王顺觉得这个黑瘦的男子有些面熟，却一时想不起来在哪里见过他。

两人都被解开了绳子。白果边摩挲着被勒疼的手腕，边说："师弟，你不认识苏先生了？在沧州的时候，他住在我们隔壁啊。"

王顺哦了一声，想起来了。寻宝的南方人，当年自己的儿子失踪，据说还是师父找他下的手呢。

苏先生尖嘴猴腮，简直就像一个被脱了毛的猴子。他朝着王顺笑了笑，略微点了点头，便像寻找骨头的狗一样，在周围转悠开了。

王顺进屋生火烧水。屋子外面，苏先生和师兄白果两人边很神秘地说着话，边围着龙门寺转着看。

王顺把水烧开，招呼两人过来喝水。喝完水后，苏先生拿着罗盘继续在外面转悠，白果一脸神秘地对王顺说："苏先生是一名非常有名的采宝师，他早就听说龙门寺有宝。这次有你在这里，他肯定能采到宝贝。"

王顺觉得有些莫名其妙："宝贝？龙门寺有什么宝贝？师兄，你现在不变戏法了？开始寻宝了？"

白果哈哈一笑，说："师父说过，江湖是小戏法，社会是大戏法，本师兄现在开始搞大戏法了！"

06. 保安团攻打羊儿山

余唯甄这几天一直焦虑不安。

他和其余几家联庄会接到命令，让他们配合保安团，对盘踞在羊儿山上的王金三部进行围剿。而且作为配备比较好的联庄会，他要挑选出一百名精壮汉子。

余唯甄不想进攻羊儿山，他除了怕给联庄会带来伤害外，就是不想得罪王金三。作为王金三的老朋友，余唯甄太了解王金三了。王金三除了疾恶如仇之外，就是记仇，只要得罪了他，他早晚都会报复。况且在余唯甄的意识中，他是一个读书人，过去他是一名熟读"四书五经"的私塾先生，现在他是余家沟联办小学的校长。而联庄会，只是几个村子联合在一起抵御匪患的民间组织，不是军事组织，怎么能拉出去打仗？

余唯甄去找县知事王仁宝。王仁宝正被持续不断的头痛折磨得要死要活，他忍着怒火，听完了余唯甄的絮叨后，毫不客气地对他下了逐客令："余会长，请你打完王金三再来见我吧，我现在不想听任何人说话。"

余唯甄压着一肚子怒火，从县知事的办公室出来，在院子里，他遇到了满面红光的高团长。

高团长握着余唯甄的手说："这次王金三蹦跶不了几天了。余会长，我们要通力合作，一定要抓到王金三。"

余唯甄冷冷地说："王金三那个人可不是吃素的。高团长，打仗是会死人的。"

高团长笑了笑，说："当然。不死人能叫打仗吗？不过你放心，富水县这么多人，死个百八十人只是小事一桩，只要咱俩能活着就行。"

余唯甄说："万一咱俩死了呢？"

高团长脸色变了，好像余唯甄要杀他似的："余会长，这种玩笑可不能随便开，不吉利。"

由高团长做主帅的剿匪活动看起来颇为周密，其实漏洞百出，余唯甄觉得这次所谓的剿匪，简直就是一场闹剧。

保安团四百人，留下一百人守城，剩下三百人由高团长亲自率领，加上余唯甄的联庄会以及其他联庄会凑成的四百人，七百大军浩浩荡荡，黎明时分从富水城出发，直奔羊儿山。

从富水城到羊儿山有五十多里路，按照高团长的计划，军队急行军，两个多小时就到了，队伍却在半路发生了内讧。东南片联庄会的一个队员因为嘲笑西南片联庄会队员放的一个屁，两人起了争执。当然，争执一开始是轻微的，可以很轻松地就压下来的，但是没有人管，周围的人却一个劲儿地起哄拱火，最终这一个屁，导致双方联庄会发生了对峙。在对峙中，东南片联庄会的队员朝着对方放了一火铳，打伤了对方五个人，其中两个重伤。双方的几个好事者迅速加入战斗，扩大冲突，一百多人在狭窄的道路两旁互相殴打起来，领队的想控制，已经晚了，控制不住了。

这两个联庄会的会长都与余唯甄、高团长走在前面，听说自己率领的队伍打起来了，两个会长赶紧回去处理。这些联庄会队员本来就不想跟王金三打仗，此时趁机大闹，两个会长也压制不住。最后高团长朝天连开两枪，才制止了这两帮人的冲突。

高团长让各联庄会会长安排人把受伤的送回家，其余的继续前进。手忙脚乱的会长把事情处理好，将联庄会队员重新编队，才继续朝着羊儿山进发。

经过这次冲突，一众联庄会队员的心就更散了，不断有人以拉肚子、头痛等各种名义离队。高团长气得七窍生烟，也没有办法。联庄会的人不像他的保安团可以随便骂随便打，他们不是军人，不领军饷，热衷于参加联庄会的大都是村里的小痞子，愿意打仗的也是这帮人。想正儿八经过日子种地的，谁愿意干这事啊？兵不兵民不民的，耽误种地不说，自己看着都别扭。现在又要以这种身份去跟有刀有枪的土匪干仗，他们那是一万个不情愿。有人开了头，以各种借口离队的人就越来越多。各联庄会会长大都是村里的保长、族长，自然也不愿意得罪他们，因此大都选择了放行。余唯甄的联庄会势力比较大，纪律也算是比较严的，他也放了十多个人回去。

高团长气得又骂联庄会的会长们，会长们不敢跟他当面叫板，忍气吞声，但是他们可以消极对待，对高团长的命令阳奉阴违啊！

从富水去往羊儿山的小路上，就出现了很有意思的一幕。高团长率领的保安团在前面走一会儿，就得停下来等一会儿落在后面的联庄会。即便如此，联庄会与保安团的距离也是越来越大。

雄心勃勃的高团长没有办法，只得派副团长领着联庄会的人在后面，他亲率保安团的人快马加鞭，奔赴羊儿山。

这就使得高团长精心策划的包围羊儿山的军事行动，成了单方向进攻羊儿山。

　　而王金三早就通过潜伏在城里的线人，知道了高团长要进攻羊儿山的消息。王金三为了迎接高团长的围剿，做好了充分的准备。

　　他得让高团长领教他的厉害，还不能对保安团造成太大的伤害。伤害太大，如果让上面知道了，登州府尹派出大军，十个王金三也顶不住。就像当年的红枪会，轰轰烈烈几万人，最后还是被张宗昌的大军给消灭了。

　　王金三召集梁元善等人一番商量，定下了"诱敌深入、分而击之、捕而不杀、夺其武器"的策略。

　　保安团来到山下后，在高团长的率领下朝山上进攻。他们一路如入无人之境，经过第一道瞭望哨，经过第二道瞭望哨……连续几道哨卡，一个人都没有看到。

　　高团长老奸巨猾，害怕有诈，就让一个下属带队进攻山头，他带着一部分人在半山腰搜索。羊儿山不大，但是植被茂密，王金三的人正藏在半山坡的树林里。他们看着高团长散开了人，在山上搜索，有人就朝着高团长开了一枪。这枪打得很准，把高团长的帽子打飞了。

　　高团长吓得惊叫一声，一屁股蹾在地上。

07. 砍头事件

　　高团长爬起来，还没找到帽子，突然有人喊："姓高的，俺们大当家的说了，让你带着你的人赶紧滚回去！要是你再敢动一下，俺们就要杀人了！"

　　高团长被这差点给自己开瓢的一枪吓得有点蒙，但是在众多下属面前，他不能尿啊。他找到帽子戴在头上，指挥众人朝声音传来的方向扑过去。

那边砰砰打过来两枪，一个保安团员中枪，倒在地上哇哇大叫。

高团长等人还击，打得树叶啪啪掉。对方没有了枪声，高团长带人冲过去，一个人影都没有看到。

高团长下令大家搜索前进。大家畏畏缩缩，刚走了没几步，从另一个方向又射来了几枪，又有两个保安团员倒在地上。

这时候，山顶方向也传来了零星的枪声，接着便是枪声大作。

到这个时候，高团长知道麻烦了，人家这是早就做好了准备。放眼四顾，到处是高大的树林，这里山不高，却是典型的山地地形，小山一个接一个，别说藏一二百人，就算藏个三五千人都没问题。现在王金三的人在暗处，他们在明处，这不是等着挨打吗？

高团长没想到，王金三还有这么多的鬼主意，他没有办法，只得下令后退。保安团从山上一路往下撤，王金三的人藏在旁边的树林里打冷枪，保安团留下了八具尸体，仓皇而逃。

下山后，高团长他们在山下等了一会儿，联庄会的那帮大爷还没到。高团长生气了，决定放联庄会的鸽子。他没有带着队伍往后走，而是朝南走，绕过了他们来时的一段路。

以余唯甄为首的联庄会自然不知道这些，他们在中午时分，才拖拖拉拉来到了山下。王金三这时候正在山上准备庆功宴呢，他只知道保安团来攻打山寨，根本没想到联庄会会在后面。联庄会来到山下，没见到保安团的人，以为保安团的人打到山上去了，就朝山上爬。

他们走到半路，遇到了六个巡逻的土匪。这几个土匪看到余唯甄他们穿着便服，提着刀枪，觉得有些奇怪，就问他们是哪个山头的。

余唯甄朝着旁边的人使了一个眼色，旁边的人一拥而上，把这六个巡逻的土匪给抓了起来。

余唯甄问他们，保安团的人哪里去了。土匪说他们冲上山，被王金三利用计策给打跑了。

余唯甄不信。这个时候，山上有土匪下来，被抓的土匪朝他们大喊救命，余唯甄连忙命令联庄会的人后撤。

但是联庄会几百人，已经堵住了山路，往下撤很慢。余唯甄就让一部分有枪的挡住冲下来的土匪，他带着其余的人押着这六个土匪撤了下去。

余唯甄的联庄会跟土匪一战，打死了两个土匪，土匪打死了十三个联庄会队员，打伤了二十多人，还俘虏了三名跑得比较慢的联庄会队员。

余唯甄带着六名土匪回到县城，王仁宝大喜，奖励了余唯甄一百大洋。

王金三派人到余家沟，找到余唯甄商量换人，一个换一个，他们俘虏了三个联庄会队员，换三个土匪，剩下的三个可以抵钱。

余唯甄觉得这个办法不错，他去找王仁宝商量此事，却被王仁宝一口拒绝。富水匪患猖獗，保安团剿匪不利，多少年了，只知道到处是土匪，却连土匪的一根毛都没抓到，这次好不容易抓了几个，杀了他们，一是可以邀功，二是可以对县域内的土匪起到震慑作用，这是千载难逢的好机会，他怎么能放了他们？至于那三个联庄会队员，他们为国尽忠，也算死得其所，县府可以拿出点钱，来抚恤他们的家人。

经过简单的审判之后，当地法庭便判处这几个土匪死刑。

其实这几个土匪，不过是刚进山几天的农民，他们不但没有参与绑架等行动，来到山上之后，连山都没有下过。

土匪内部也是有严格的阶级分层的。就像《水浒传》里的那些所谓豪杰，如果你上山之前就杀过人或者大闹过官府，名声响亮，你入伙之后，肯定不是一般的小喽啰。反之，如果你上山之前就是一个种地的小老百姓，那你上山后，就是最底层打杂的小土匪。

这六个人就是这种，否则他们也不会在别的土匪准备吃庆功宴的时候，被派下来巡山。

官府不管这个，只要你上了山，那就是土匪，就足以杀之。

为了彰显自己的剿匪功绩，王仁宝命令把这六人装进囚车，在富水城巡街三天。富水城不少人家被绑架过，整个城市人心惶惶，听说抓到了土匪，整个富水城的人都出来了，围着囚车观看，漫骂。

稍稍有些不尽如人意的是，这六个土匪穿着破烂，个子矮小瘦弱，一脸乞丐相，根本不像他们想象中土匪的样子。

然而，既然官府说他们是绑票的土匪，那他们肯定就是绑匪了。众人朝着这六人扔菜叶，扔石头，打弹弓，各种骂。这六个倒霉的小土匪在上刑场之前，就已经血流满身，奄奄一息了。

按照王仁宝最初的打算，他要把这六人游街三天后，第四天推出城外问斩的。但是这六个人撑不住场面，第三天游街的时候，就都一动不能动了。他们的脑袋被强制露在外面，已经被菜叶等杂物覆盖了大半，露出一只半只眼，也都是闭着，脸上除了血便是各种脏污，看不出本来面目。

中午歇息的时候，看押的警察爬上囚车看了看，六人中两人已经气若游丝，剩下四人都是面如死灰，进入到说死也行、说活着也行的状态了。

警察赶紧把此事上报，最后到了县知事这儿，知事王仁宝果断下令：推出城外斩首。

富水以往杀人，都是由狱警偷偷执行，而且要把人带到后山里，不让人看到。这次王仁宝要来个狠的，就在东门外河边行刑，而且广告众人，让城里和周围百姓来观刑。

为了让更多的百姓看到这场杀人盛况，王仁宝把杀人的时间定在下午三时三刻。杀人现场除了留下部分保安团员维持秩序外，剩下的保安团员和警察全部被派到四周乡村城镇，敲锣打鼓告诉村民来观看现场杀人。

城里的老百姓首先得知了杀人时间的更改，皆从大街小巷里蜂拥而出，赶到东门外。胆大的靠近临时布置的行刑台，以图将刀光闪亮人头落地的情景细细看到；胆小的堆在后面，甚至还有肩扛孩童的父亲、抱着幼儿的母亲，皆满脸的喜悦和激动。昔日荒芜的一块河滩地，很快变得人头攒动，车马喧嚣。

早早得到消息的小摊贩，迅速在东门外摆上了摊位。糖葫芦、瓜子、爆米花等，应有尽有。

等得到消息的乡下百姓赶来的时候，前面已经没有地方了。他们甚至连行刑的台子也看不到，只能看到乌泱泱的人群。没有办法，那就只能待在更远的地方，期望能看到要被砍头的土匪一眼。

为了防备土匪们劫法场，刑场外面布置了大量的警察和保安团，余唯甄的联庄会也被抽调了二百人过来，他们都戴着红袖箍，手持大刀，协助警察维持秩序。

然而，这点人相比越涌越多的看客来说，实在是太少了。高团长看着这一眼望不到边的人群，有些害怕了。他派人去催促县知事提前行刑，说这人太多了，保安团那点人简直是大海里撒芝麻，要是混进了王金三的人，抓都没法抓。

王仁宝本来还打算在行刑台上向老百姓训话的，听说了这种情况后，他不敢去了，下令准时行刑。

三点刚过，在保安团的簇拥下，六辆马车拉着六名土匪终于光临刑场了。看客们看到端着枪的保安团，赶紧后撤，让出一条道。马车来到行刑台下，有人打开囚车，把六个人拖到台上。

到这时候，能跪着的土匪就剩下一个人了，其他的五个都趴在台上，有的一动不动，有的偶尔抽动一下，像是干涸的泥塘里突然冒出的一个水泡。

行刑的刀斧手随即上台，举起了大刀。

高团长过来看了看，问刀斧手，趴在地上的能不能砍，刀斧手说能砍。

高团长也没有废话，转身走到后边，对着老百姓挥了挥手，站在台前的老百姓都闭了嘴，等着高团长讲话。

高团长说："父老乡亲们，大家都知道，这几个土匪，都是王金三的手下，他们作恶多端，恶贯满盈，高某今天代表富水的父老乡亲，宣布对他们执行死刑！"

高团长说完，朝着刀斧手们招了招手，刀斧手手中大刀纷纷落下，一阵鲜血飞溅，人首分离，站在前面的看客们一阵惊叫。

行刑完毕，高团长率领保安团迅速撤离。被砍头的土匪的家属们哭着蜂拥上前，给他们入殓。

看客们不肯走，围着指指点点。后面的众人还不知道发生了什么情况，皆一脸懵懂。前面传话过来，说人杀完了，保安团都走了。大家很不高兴，觉得什么都没看到，怎么就完事了呢？这些人就纷纷朝前挤，想看看前面什么情况。后面的人挤得太凶了，前面的人就骂，还团结起来阻挡后面的人朝前面挤。后面的人本来就恼火，一边与前面的人对骂，一边对挤。最后，终于发展成了一场群殴，后面的人打前面的人，前面的人打后面的人，捉着对儿打。

这场群殴从下午一直打到傍晚，保安团和警察过来，将众人驱散。

08. 胶东抗粮军

砍头的那天，王金三和梁元善还真带了三十多人去了法场。王金三和梁元善让王顺给做了两张面具，带着众人打扮成看热闹的混了进来。但是他们来得晚了。他们没想到王仁宝突然改变了砍头的日子，等线人把消息送到山上的时候，已经快两点了。众人匆匆赶到东门外，刚好看到两帮人在互殴，行刑台上已经没有了人影。被杀的土匪，也被家人拉走了，地上只留下了六摊血迹。

王金三等人回到山寨，谋划如何报复余唯甄和县知事王仁宝。

张志良提议先把抓的三个联庄会队员杀了，也算给兄弟们报了仇。

梁元善不同意。都是穷苦老百姓，杀来杀去的，都是拿老百姓出气，不能这么干。张志良说他们来进攻山头，就是我们的敌人了，不是老百姓了。慈不带兵，义不掌财，要想当好人，就别占山为王。

梁元善说他们占山为王，不是欺负老百姓，不是为了杀人，而是对付豪强恶霸，是"争功与安民"，官府无辜杀人，是犯罪，他们不能跟官府学。

双方争执不休，王金三同意了梁元善的说法，不杀人，但是得让余唯甄拿钱赎人，一个人五百大洋。

至于被杀的六个兄弟，就把这一千五百大洋给六家分了，也算是对他们家的一个交代。

众人同意了王金三的主张，派人给余唯甄送了信。余唯甄不想拿这些钱，就让这三家人凑钱，让村里人捐款。这三户人家都是穷老百姓，没钱，捐款也少得可怜。

余唯甄出损招了，他让人打听王金三的老婆孩子，找到了他们的去向后，将此事告诉了保安团高团长，想让高团长抓住王金三的家人，用他们换被抓的联庄会队员。

此事被保安团的一个小队长宋仁甲得知，宋仁甲是共产党安排在保安团的眼线，他赶紧让人把此事告诉了王伯颜。

王伯颜得知此事后，来不及通知王金三，马上让余成峰带着几名农会骨干，把王金三的妻女接了出来。

余成峰他们只比高团长的人早到了几分钟，他们刚带着王金三的妻女从藏身的地方出来，就看到高团长他们进了村子。高团长一行人志在必得，在村口留下了埋伏，剩下七八个人迅速扑向王金三老婆居住的屋子。余成峰等人不敢怠慢，带着众人从村后的山上逃出，经过大半天的奔波，终于来到了羊儿山。

王金三听妻子说了他们被救的经过，对王伯颜感激万分。王伯颜趁热打铁，劝他加入革命队伍。

王金三还是有些犹豫。

梁元善有点火气了，说："大当家的，咱已经没有退路了。这次咱是得到了消息，早早做了布置，一个不小心还是损失了六个人，要是他们来个突袭，咱死的人更多。羊儿山，现在已经成了富水境内最大的山头了，树大招风啊。王仁宝不会打宋晓，宋晓是个人精，他绑票不绑有权有势的，也不绑穷人，专门绑中不溜的，钱弄到了，还不会得罪当官的。咱是专门挑那些有权有势的绑，得罪人太多了，王仁宝以后肯定还会想法围剿我们。咱这点势力，干不过保安团，何况王仁宝还能请求登州府支援，要是登州发兵，再加上这些联庄会，咱跑都没有地方跑！共产党不一样啊，人家家大业大，王仁宝不是不知道这里有共产党，但是上面不管，他就假装不知道，这就是因为他知道共产党不好惹。咱要是加入了他们，别说王仁宝不敢动咱，就是想动，咱也有共产党这个大后台，不至于孤立无援啊。"

王金三想了半天，最后看了看梁元善，说："大哥走南闯北，见多识广，既然你同意，咱就试试吧。"

王伯颜和余成峰听王金三这么说，大喜。双方坐下一番协商，决定成立"胶东抗粮军"，王伯颜为抗粮军总指挥，王金三为副总指挥兼第一纵队指挥。抗粮军下辖三个纵队，分别为王金三部、王伯颜部、徐子山部。

王伯颜作为胶东抗粮军总指挥，给王金三下达了第一个命令：开始做准备，要在一个月内，拿下富水城，把富水城变成胶东革命的根据地。

这个命令让王金三异常兴奋。按照王伯颜的说法，拿下了富水城后，王伯颜是富水的县委书记，那他王金三就是县长。县长是什么？在过去那就是县太爷啊！这县太爷虽然不如当年他在张宗昌手下当团长的时候威风，却也算是光宗耀祖了。

余成峰奉命进驻羊儿山，协助王金三训练抗粮军战士，并给抗粮军规定了几条纪律。按照余成峰的规定，既然是共产党领导的抗粮军了，就不能再绑人了，即便是豪强恶霸也不能绑，这是铁律。还有一条是不能喝酒，喝酒误事。

这两条遭到了张志良等人的强烈反对。王金三和梁元善支持余成峰的决定，与张志良大吵一架。让王金三和梁元善没有想到的是，当天晚上，张志良就带着三十多人下了山，到附近一座山上占山为王了。

王金三很气愤，要带人去问罪，被梁元善劝住。他们现在最主要的任务就是训练兵将，夺取富水城，任何事情跟此事相比都是小事，不可因小失大。

王金三企图跟余唯甄要钱赎人的事没有成功，他与梁元善商量后，从山寨的积蓄中拿出六百个大洋，给被杀的六个兄弟一家一百个。这虽然跟王金三预想的五百大洋差距很大，但是依然在附近引起了轰动。一条命一百大洋，死了也不屈啊。来投奔山寨的人蜂拥而至，甚至有的人是带着枪来的，这让王金三兴奋不已。

那三名被抓的联庄会队员，都托了人找到王金三或者梁元善，让他们放人。王金三和梁元善以及余成峰商量此事，梁元善和余成峰都主张放人。王金三索性好人做到底，晚上让人做了一顿好吃的招待这三人，并告诉三人，第二天早晨，他们就可以回家了，三人对王金三感恩戴德。

然而，第二天早上，王金三还没有起床，有人来报告，说那三个联庄会的人被杀了，看押他的兄弟被人绑在树上，嘴里堵着破布。

王金三带着人过去，果然，联庄会的三个人都躺在地上，地上有三摊鲜血。

看现场情况，这三人没有搏斗，但是有两个挣扎过。其中一个还从床头爬到门口。这种情况下，他们肯定会叫喊，而关押三人的房子旁边十多步远的地方，就是抗粮军的一处住所，住着五十多名抗粮军。也就是说，被杀的人的喊叫，抗粮军很可能是听到了，甚至可以说人就是他们所杀。但是王金三在调查的时候，他们的口径却非常统一，都说什么也没听到，人当然也不是他们杀的。

调查了两天毫无结果，王金三只得接受现实，派人把尸体送到了余家沟。

自此，余唯甄的联庄会与王金三的抗粮军成了死敌。

梁元善为此事深感忧虑。梁元善曾经告诫王金三，千万不要与联庄会为敌。他们占山为王不是目的，而是将来能有所依附，从而土鸡变凤凰，就像当年张宗昌那样。得罪了官府，他们可以逃进山里，甚至化整为零，各自回家，但得罪了联庄会，联庄会真的要联合起来对付他们，那他们很可能走入绝境。

土匪有土匪的规矩，要留后手。然而现在，他们把自己的后路给堵死了。

09. 乱局

被杀的三人中，有一个是王顺的表弟，孙丛乾的亲弟弟。

这三人的尸体被送回余家沟的当天下午，王顺来到羊儿山。他是受表弟的委托，来找王金三要人的。他不知道，自己的小表弟已经变成了一具冰冷的尸体，被送了回去。

王金三听山下报告王顺来了，忙亲自下山迎接。王顺见到王金三，就一脸歉意地说起了自己的表弟。这小表弟跟孙丛乾不一样，很乖，从小就喜欢躲在角落里呆坐，一坐就是大半天。他的姨夫姨母一度认为这个孩子是有什么病，很难长大。但是没想到，他的这个小表弟很顺利地长大了，而且孝顺能干，孙丛乾当了和尚后，他们家的几亩地，全靠这个小表弟耕种。听说小表弟被山寨抓了，他带着姨母凑的所有的钱财上山，希望大当家的能把他的小表弟放了。

王顺的姨母很穷，家里连头牛都没有，就一幢不值钱的破房子，加上村里的捐款，他们也只凑够了十多个大洋。王金三看着王顺拿出的装着大洋的袋子，真想找个地缝钻进去。

王金三把王顺请上山顶坐下，把三人被抓被杀的前后过程详细跟王顺说了。王顺听了，除了表示惊讶外，也没说什么，站起身就要走。

王金三多次挽留，让他在山寨里住几天，王顺都不肯。

王顺下山后，一路疾走，来到孙丛乾家的时候，已经半夜了。他把钱给了姨母，在表弟的遗体前磕了头，一口水都没有喝，连夜返回了龙门寺。

王顺与这个小表弟接触不多，对他的死，并没有感到太多的悲伤，他哀伤的是，人竟然可以如此轻松地杀人，一条生命竟然说没有就没有了，他感到错愕，感到不可思议。

孙丛乾处理完兄弟的丧事后，来到龙门寺，找到王顺，让王顺给他做一副王金三的面具。他要上羊儿山，给兄弟报仇。

王顺不肯给他做。他把表弟被杀的经过详细向孙丛乾说了，让孙丛乾不要误杀好人。孙丛乾见王顺执意不肯帮忙，愤愤而去。

当天晚上，心情烦闷的王顺再次回到余家沟，他在自己家的废墟前坐了一会儿，王小秀也没有过来。他已经有很多日子没见到王小秀了，倒是多次见到余成峰。余成峰也喜欢坐在他家的废墟旁发呆，一言不发。

余成峰跟王顺一样，也是从村子的东南角出入余家沟，他很谨慎地在东南角附近转悠，转悠到半夜，或者离去，或者趁联庄会的巡逻队偷懒的时候到村里其他地方转悠一会儿。

王顺则在老屋的废墟前坐一会儿之后，戴上舅舅的面具，幽灵一般随意在村子各处转悠。

老瞎子在世的时候，虽然有些花花草草的事儿，但是行善积德，在余家沟村很受百姓尊敬。因此"老瞎子"在余家沟频频出现，并没有惊扰村民，余家沟老百姓在恐慌了一段时间之后，就平常心了。甚至有胆大的特意在晚上跑出来，就是想看到"老瞎子"。

打扮成老瞎子的王顺在余家沟村转悠的时候，即便遇到联庄会或者村里百姓，大家也并没有太多惊慌。胆小的赶紧跑开，胆大的会靠过来，跟"老瞎子"说话："世民大哥，您回来是有什么心事吗？"

"老瞎子"当然不回答，只顾走路。胆大的撑着胆子跟了一会儿，也会害怕，就撤了，不敢跟了。

余家沟唯一知道"老瞎子"真实身份的，就是赵小娜。王顺经常在村东头遇到从余唯甄屋子里出来的赵小娜，两人偶尔也会聊几句。但是赵小娜太喜欢骂人，骂余唯甄，骂王金三，骂官府，她几乎没有不骂的人，这让王顺不喜欢。因此王顺看到她，经常装作没有看到她。

赵小娜却不，看到他要走，就喊："老瞎子！你别走！"

王顺就站住。说实话，王顺还挺喜欢她喊他的，他虽然有些讨厌她，但是还是有些喜欢的。一个妖冶漂亮的女人，没有男人不心动。

然而，赵小娜却只是跟他说话，把他当成她骂人的听众，这让王顺很不满意。赵小娜再喊他的时候，他就经常装作没听见。赵小娜就会再喊："老瞎子，你再不站住，我就把你是谁告诉大家了。"

王顺无奈，只得站住。赵小娜就哧哧地笑。赵小娜也不是一句正经话不讲，她告诉王顺，余唯甄已经在四处购买枪支，甚至寻找江湖杀手，要杀了王金三。具体原因赵小娜不知道，她只是听到过余唯甄与联庄会的人商量此事。

王顺觉得这个消息很重要，但是他无法决定，自己是否要把这个消息告诉王金三。

王金三是他的好兄弟，但也是杀死他表弟的仇人，余唯甄是他的叔伯舅舅，但也曾经害过他，两人看起来都是好人，又都不是好人，真是一个两难的选择。

王顺回到龙门寺，张志良来看他，给他送东西。王顺不想要他的东西，让他带走。张志良不听，把东西放下后，就带着人走了。

王顺要把东西扔了，惠清法师看到后，劝他留下，不要浪费食物，人有善恶，食物却只是食物。王顺便留下了。

经常是张志良刚走，白果和那个采宝的南方人就来了。他们每次来，都让王顺赶紧做饭。

三人吃饱后，白果跟王顺说话，提议王顺设法把惠清法师支出去几天，说惠清法师住的屋子地下有宝，白果很明确地说："是一只金牛拉着金耙。这个南方人法力有限，他说抓不住金牛，但是可以得到金耙。这两件宝物是金国的时候，一个金国法师留下的，他们想让金牛把老寨山的地气带到金国，被当地的一名道长镇住了。龙门寺之前是一座道观，你不知道吧？"

王顺对师兄的行为不屑一顾。他对白果说："法师什么都知道，你们还是别玩这些小花样了。"

10. 决议攻城

被山寨的人杀死的三个联庄会队员中，有一个是余唯甄亲戚的孩子。亲戚来余唯甄家借钱的时候，余唯甄推托说没有钱。亲戚的孩子死了，余唯甄陡然义愤填膺，集合所管辖村子的联庄会队员，让他们参观完三个年轻人的尸体之后，又接连开了六百多人的联庄会队员全体会议、一百多人的联庄会代表会议。在会议上，余唯甄涕泪横流，哀悼年轻生命的过早离去，痛惜三个年轻人家人的悲伤，然后，便是一番激动人心的演说。总体意思是，土匪猖獗，他们不只绑架，还杀人，要是我们纵容他们如此猖獗下去，让他们觉得我们好欺负，那他们就会盯上我们，不断袭扰我们、残杀我们，我们必须团结起来，跟他们斗到底，把他们打败，抓住他们，杀光他们，他们才不会来绑票、来杀人!

最后,余唯甄下令各村联庄会选精壮青年,每村出十个人、十匹马,出最好的武器,到余家沟报到。

各村联庄会积极响应,七十名精壮年轻人很快聚集到余家沟。余唯甄经过一番挑选,从其中挑出了二十个人,又找赵俊德出钱,从青岛买了二十支盒子炮。余唯甄让他们分成两帮,每帮十个人,打扮成做生意的、赶马车的等,专门在羊儿山一带转悠,袭击落单的或者单独外出的抗粮军。

按照余唯甄的吩咐,他们把人抓住后,直接杀掉,然后带到隐蔽处抛尸,只需带一只右手回来领奖即可。奖金当然是由赵俊德提供,每杀一个,可得大洋五十。

抗粮军都是附近的农民,他们要经常回家侍弄庄稼,看望家人,这些人就成了联庄会杀手的猎物。

抗粮军连续有人失踪,引起了王金三和梁元善的注意。王金三放出诱饵,又派出精锐暗中跟随,终于发现了联庄会的一个杀人小队。抗粮军迅速出击,包围了这支小队,双方经过一番激战,联庄会的这支小队被击毙六人,剩下四人投降。

经过审讯,这四名杀手供出了他们杀害抗粮军十余人的事实。

王金三让他们带路,在一处山沟里找到了十三具尸体。这些每具价值五十个大洋的尸体,有蜷伏着的,有坐着的,有躺着的,还有趴着的,很局促地被扔在一个不起眼的山坳里。为了不被人发现,他们的身上凌乱地盖着一些树枝。

王金三让人把这些尸体从山坳里抬出,抬到山上,命令四名联庄会队员跪在他们面前,让手下用刀砍下了他们的脑袋。

杀这四个人的时候,梁元善有急事去了金口,等他回来,得知王金三把这四个人杀了,很是懊恼。王金三还不肯罢休,要组织人马,进攻余家沟。梁元善力劝王金三"君子报仇,十年不晚",他们现在还没有力量跟联庄会抗衡，千万不能招惹他们。此事必须压下，要以大局为重。

第二日，余成峰也赶来了。他是来通知王金三开会的。王金三只得先把此事放下，赶到王伯颜召集的开会现场。

王金三没有想到的是，这是他最后一次见王伯颜。

此时的王金三，已经把这个比自己年轻二十多岁的年轻人当成了他的依靠。王伯颜处世沉稳，做事有章法，而且大胆果断，正是莽撞却没有长远之计的王金三最为需要的人。

王伯颜也对这个第一纵队指挥寄予厚望。在那个春风和暖的傍晚，王伯颜来到村口，等着王金三。

王金三和余成峰骑马来到村口，看到站在稀薄暮色中的王伯颜，很是感动。他感觉看到了希望，自己的希望，富水县人的希望，甚至是民族的希望。自从跟王伯颜见了几次面后，王金三的想法有了很大的改变，他现在不想别的，只想一心一意跟着王伯颜干下去。

王金三和余成峰从马上跳下来，王伯颜走过来，伸出手，郑重又亲切："王副总指挥，辛苦了。"

王金三给王伯颜敬了一个标准的军礼，然后握住王伯颜的手："王书记辛苦了！"

王伯颜虽然情绪饱满，但是王金三看得出来，这个县委书记脸色憔悴。他听梁元善说过，王伯颜的工作并不顺利，很多人怕风险太大，都不支持攻打县城。

王金三对王伯颜说："书记您放心，我王金三听您的。一纵队三百多人，二百多条枪，您说打哪儿就打哪儿！"

王伯颜重重地握了握王金三的手，说："我相信王副总指挥！"

会议的地址是在王庄村村头的一幢屋子里。屋子是胶东地区典型的农家住房，三间屋，一进门是锅灶间，锅灶间位于三间屋子的中间，东侧是大炕，主家睡觉的地方，西间是杂物间，放着粮缸、笸箩等各种杂物。杂物间收拾了出来，中间放了一张方桌，方桌四边摆满了凳子。

王伯颜和王金三走进院子的时候，看到院子里已经站了不少人。余成峰招呼大家开会，众人进屋，围着桌子坐下，王伯颜讲话，会议便开始了。

王金三是第一次参加这么严肃的会议，因此正襟危坐，一言不发。王伯颜先分析了当前的局势，以及当地农会的发展，等等，然后对各地的工作进行总结。

王金三看得出来，有几个年龄比王伯颜大的人明显对王伯颜不服气。王伯颜发言的时候，他们频繁打断他的发言，对他的话横加指责。

王金三很不高兴，他拍了拍桌子，说："大家还让不让王书记发言了?! 你们谁要是觉得自己比王书记有本事，比王书记讲得好，谁就赶紧说！要是讲得不好，别怨我王金三骂人。"

王伯颜忙制止王金三，说："我们讲究人人平等，只要对工作有利，大家可以踊跃发言。"

王伯颜虽然这么说，但是有了王金三这两句话，再没人说话了。

最后，王伯颜宣布一项重大决定。经过县委研究，决定于农历四月二十四进攻富水城！兵分四路，王金三率一纵队主攻东门，并在攻进城里后打开监狱，放出囚犯。因为囚犯中有不少积极分子甚至共产党员；徐子山率二纵队进攻北门，策应王金三；王伯颜率三纵队主攻南门，占领县衙；农会武装主攻西门，策应王伯颜。保安团内的共产党员宋仁甲做内应，负责传递消息。

王金三对王伯颜的这个决议很兴奋，第一个表示支持。那几个跟王伯颜作对的不同意，表示不参加这次行动。徐子山和保驾山党支部代表也举手赞成这次行动。决议得到大多数人的拥护，宣布通过，王伯颜很疲惫地宣布散会，大家回去准备。

王金三和余成峰临走之时，王伯颜让余成峰暂时不要回学校了，要全心全力协助王金三，训练队伍。

第八章

■ ■ ■

陷入危机

01. 进攻富水城

王金三此时有近三百人马，枪近二百支，即便是有四百多人马的县保安团，也轻易不敢招惹他们。

余唯甄的暗杀队被消灭了十个人后，剩下的也不敢出来了，这让王金三把全部的精力都用在整训人马、准备攻城的事情上。余成峰也按照王伯颜的命令，辞了教师之职，每天待在山上，与梁元善和王金三筹划进攻县城之事。

攻城的日子很快临近，余成峰下山，去联系王伯颜，与他敲定具体行动时间和计划。

然而，余成峰找遍了王伯颜经常去的地方，问了他所知道的王伯颜认识的所有人，在外面找了三四天，也没有找到王伯颜。

包括原定协助攻城的其他纵队，他们也很多日子没见到王伯颜了，不知道如何是好。一帮人像失去了主心骨，迷茫而无助。

余成峰回到山上，把王伯颜失踪了的消息告诉王金三，王金三蒙了，那么年轻有为的一名县委书记，一个大活人，怎么能说没有就没有了？这个王伯颜，可是他所遇到的最让他折服、给予他希望最多的一个人啊，他没有了，他王金三怎么办?!

王金三不肯相信这个事实，他让梁元善镇守羊儿山，他亲自和余成峰下山，四处寻找王伯颜。他们找遍了能打听到的王伯颜去过的所有地方，包括离羊儿山六十多里路的王伯颜老家。他们一直找到预定进攻县城日子的最后一天，也没有找到王伯颜。他们得到的唯一信息，就是那天晚上，他们开完会，王伯颜把王金三和余成峰送出门外后，回到了屋子，跟屋子里还没走的党员们说了几句话，大家就一起离开了。

因为担心官府的抓捕，王伯颜的住处不固定，经常突然消失，又突然出现，所以一开始大家对他的消失并没有在意。现在临近攻城，主导攻城的王伯颜还是没有出现，众人慌了。

那几个反对攻城的人对王金三说，王书记很可能回济南或者上海了，攻城的事还是算了吧。现在富水周围到处都是官府的兵，他们即便拿下了富水城，又怎么能守得住？这不是自己去送死吗？现在他们要做的是继续隐蔽，韬光养晦，积蓄力量，等待时机，而不是自我暴露，把自己送上断头台。

王金三回到羊儿山的时候，精神萎靡，神情恍惚。王伯颜的失踪，不仅让王金三半个多月的准备落了空，还让他鼓胀起来的似乎近在眼前的希望落了空。

就在此时，县保安团的线人宋仁甲派人送来消息，说明天保安团大部分都出城，城里就剩下四十多个人，让他明天按时发兵。王金三让余成峰给宋仁甲回信，把王伯颜失踪的事说了，王伯颜不在，别的队伍恐怕不会发兵，他这么点人马打不下富水城。来人带着信走了，下午又回来了，还是带着宋仁甲的信。宋仁甲在信里说，徐子山答应派兵攻城。现在城里保安团就四十多人，很容易打，千载难逢的好机会啊，他的人还可以在里面做内应，里应外合，肯定没问题。

看了宋仁甲的信，王金三又来精神了。半个多月前，王伯颜确定明日攻城的时候，他根本没想到守卫富水城的保安团四百多人，会在今日外出。现在虽然王伯颜失踪了，失去了一部分军事力量，但是这四百人没有参与守城，完全可以抵消王伯颜和那个村农会的军事力量。

难道这就是传说中的百年一遇的好机会？

王金三召集众人商量，梁元善和王金三决定攻城，余成峰提议还是等一等，等等王伯颜的消息。好好的那么一个大活人，总不会从此消失了吧？现在王伯颜没有下达最终的命令，他们选择等他，不算违反纪律。

王金三决意攻城："打下县城，等王书记来了，算我王金三送给他的一个大礼！王书记肯定高兴！"

梁元善说："王书记不在，这城攻也可，不攻也可。不过现在有这么一个好机会，放过可惜了。用兵贵在随机应变，这个机会来了，我们不能放过。如果利用得当，说不定我们真的能成就一件大事！"

王金三拍了桌子，说："那就打他娘的！余指导员，你不愿意攻城，那你就留下守山寨，我和梁先生带着兄弟们打进富水城去！"

余成峰摇头，说："还是我去吧。王书记不在，我怎么能不去？还是让梁先生守山寨吧，兄弟们都愿意听他的。"

经过一番准备后，第二天上午，王金三便率领队伍，朝着县城方向进军。

他们在傍晚时分，来到东门外河边的树林中。王金三把指挥部设在哨所里，让余成峰带着几个人留守指挥部，他亲自率抗粮军攻城。

这时候，城里的守军已经得知王金三要来攻城了，派出一个人出城探查情况。这个哨探刚出城，就看到了王金三藏在小树林里的队伍，他忙掉转马头，一边喊"王金三来了"，一边朝东大门跑。王金三率抗粮军在后面追。

守卫东大门的保安团看到抗粮军冲过来了，忙叫喊着关大门。哨探看到大门要关，只好掉转马头，朝北门而去。

王金三大喊一声，率军朝东大门冲去。看到守大门的保安团要关门，王金三抬手，朝着其中一个就是一枪。但是他枪法差，没有打中。王金三边继续开枪，边朝着众人喊："妈的，别不舍得子弹，开枪啊！要是关上大门，咱可就麻烦了！"

抗粮军们端起枪，朝着正关大门的保安团一阵乱枪。两个保安团员倒在地上，剩下的转身便跑。

大家边开枪边朝城里冲，守卫东大门的保安团看到抗粮军这么多人，还有枪，都一溜烟跑了。

王金三竟然就这么稀里糊涂地率众人进了城。

占领东大门之后，王金三勇气倍增，与众人商量，要拿下其余三门，控制整个富水城。

然而，问题出来了。队伍子弹短缺，他们打仗又没经验，刚才冲进来的时候，怕城里有敌人，一个劲儿开枪，很多人把子弹都打光了。

王金三骂了众人一通，正愁从哪里弄子弹，宋仁甲派人送来了两箱子弹。众人大喜，王金三让众人火速分了子弹，然后兵分三路，一路进攻临近的南门，一路进攻北门，王金三亲率大军，进攻县衙。

县衙前面有个钟鼓楼。钟鼓楼上的守军朝着抗粮军放了几枪，便被吓跑了。拿下了钟鼓楼后，王金三分出一部分人进攻监狱，他率精干队伍进攻县衙。

进攻监狱的行动比较顺利。监狱里的犯人听到外面枪声大作，早就开始行动起来了。有的设法砸开了脚镣，有的开始破坏牢门。

敢持枪对抗抗粮军的狱卒不多，抗粮军砸开监狱大门后，击毙了几个冲出来的狱卒，缴获了投降狱卒的枪，便让狱卒打开了所有监牢，把犯人们都放了出来。很多犯人无处可去，选择拿起武器，加入了抗粮军。

对南门的进攻，也很顺利。抗粮军拿下南门后，索性朝西进攻，又拿下了西门。

王金三率主力进攻县衙，却受到了守军的强烈阻止。

东门和钟鼓楼的守军都退到了县衙里，县衙成了他们最后的庇护所。他们组成了强大的火力，把王金三的抗粮军死死地挡在了外面。

王金三发起了三次冲锋，在县衙门口扔下了十多具尸体，也没有冲进去。

王金三正要发动第四次冲锋，余成峰派人进来送信，说他得到消息，出去执行任务的保安团听说王金三进攻县城，马上返回来增援，已经走到半路了。

王金三害怕前后受敌，马上派人给进攻南门和北门的抗粮军各小队送信，让他们带上死伤的人，撤出城外。

王金三向县衙里的保安团喊话："里面的兄弟听好了，我们要带着我们死伤的兄弟撤了，你们别开枪。咱各为其主，我王金三不怪你们，要是你们敢开枪，我王金三可不是好惹的！"

稍停了一会儿，里面有人喊道："大当家的，你们要是不要手腕，我们就不开枪，你们要是要手腕，可别怪兄弟们不客气！"

王金三答应了一声，让人把躺在地上的伤员和尸体抬起，众人迅速撤出了城。

他们来到外面的小树林里，看到了徐子山派来的支援队伍。队伍只有三十多人，徐子山没来，派了一个副指挥过来。副指挥告诉王金三，他们找不到王伯颜，不知该怎么办才好。听说王金三部来了，徐指挥让他们来增援一下。

王金三哭笑不得，让他们回去玩吧，战斗已经结束了。然后他带着他的第一纵队，连夜赶回了羊儿山。

02. 王金三的处境

王金三回到羊儿山后，继续派人寻找王伯颜，却一点线索都没有找到。王金三为此郁闷不已。

王金三攻进县城，县知事王仁宝畏罪自杀。新来的县知事为了拉拢王金三，封王金三为保安团二团团长（原保安团为保安一团），只要他王金三不危害乡里，县里每年按照三百人编制，给他们发饷。

王金三有些犹豫。他觉得自己是共产党的队伍，不该给官府当这个团长。梁元善经过权衡之后，还是劝他把这个保安团团长的职位顶上，这叫权宜之计。现在他们找不到王伯颜，没有了靠山，也不知道下一步该怎么办，有了这个保安团团长的职务，起码可以先歇一口气，暂时不与官府为敌。他们则利用这个机会，赶紧找王伯颜。

同时，王金三让余成峰去青岛，通过孙宇，寻找那边的党组织。然而，让众人失望的是，余成峰在青岛找了好多天，也没有找到孙宇，他们突然成了断了线的风筝。

王金三只得接受了官府给他安排的职位，并按照官府的指令，从羊儿山下来，驻扎到了镇上。

县城一战，王金三名声大噪，现在又成了官府发饷的队伍，投奔他的人蜂拥而至，十多天的时间，王金三的人马便增加到了四百多。

王金三天生不是个安分人，人马多了，他就想出幺蛾子。他找到新任县知事，想代替高团长，驻守富水城，把高团长撵出来，让他驻在外面。王金三去之前跟余成峰商量此事，说如果他真的能成功，带着他的人马进驻县城，等王伯颜回来，他们就可以不费一枪一弹拿下富水城。

县知事自然不肯答应，王金三的计划落空。

王金三又去找一起被封为团长的徐子山商量，如何对付高团长。此事不知怎么传到了高团长的耳朵里，高团长向县知事和登州府尹告状，状告王金三明面上是归降，其实包藏祸心。

梁元善早就告诫过王金三，县知事封他为保安团团长，其实不过是权宜之计。他们不会容下他王金三，哪怕王金三现在完全归顺官府，他们也不会放过他。他让王金三夹着尾巴做人，王金三不听，依然大肆招揽人马。

王金三的人马很快扩张到了五百人，他让余成峰带着一百人驻守羊儿山，作为退路。

王金三从一个土匪陡然变成了富水的上层人物，这让余唯甄非常恐慌。他怕王金三报复，派儿子带着礼品找到王金三，想与王金三和解，被王金三撵了出去。

余唯甄听儿子说了拜见王金三的经过，很是愤怒，他来到县城，叫上高团长一起，找到了新任的县知事，让县知事想办法，干掉王金三。

县知事虽然对王金三并不放心，却还没有做好收拾王金三的准备，因此对余唯甄的提议不以为然。

余唯甄磕头如捣蒜："知事大人啊，王金三一日不死，富水百姓一日不得安稳啊。他既然是保安团的团长，县里就得拨付钱粮，现在他的人马越来越多，县里为了给他筹集军饷，已经多次让商户捐钱捐物了，而他还不知足，还在大肆招兵买马。大人如果放任不管，不出两个月，他的人马就会超过一千人，甚至两千人、三千人！到那个时候，县里要是拿不出他的军饷，他必定会继续造反！当年他攻打县城，可是只有二百多人，要是有三千人攻打县城……知事大人，您这是养虎为患啊！"

余唯甄几句话，让县知事脑袋上冒出了汗："本知事也只是权宜之计啊，不过这王金三不好对付啊，余会长有什么好办法？"

余唯甄说："我最了解王金三，他这个人其实就是个愣头青，胆子不小，却没什么大章程。他王金三敢攻打县城，是因为有共产党给他撑腰，现在他找不到共产党，不知道该往哪儿飞了。老夫认为，知事大人应该趁他羽翼还未丰满，还没跟共产党联系上的这个空当，迅速调集人马，杀他一个措手不及！只要官府军队下手了，联庄会就敢跟着动手。如果知事大人决心消灭这个祸害，老夫愿意去说服周围所有的联庄会，帮衬军队剿匪！"

高团长说："知事大人，余会长说得对啊。当年王知事容忍了王金三，王金三要了他的命，您要是不赶紧除掉他，他必然会祸害您！"

县知事听了这两人的怂恿，坐不住，赶紧坐着马车去登州府报告了。

游说完了县知事，余唯甄来到了龙门寺。他找到王顺，让他带张志良去余家沟见他。

余唯甄找到王顺的时候，王顺正在龙门寺后面的地里除草。他的师兄白果还有一个瘦小的外地人，跟着他的锄头移动，两人好像正努力地对他说什么。王顺有些不耐烦，锄头挥舞。白果和那个外地人紧跟不舍，仿佛王顺的锄头上有一根绳子扯着他们。

余唯甄在地头喊了王顺一声，王顺看到是余唯甄，放下锄头便走了过来。白果和那个外地人在地里看到了余唯甄，两人犹豫了一会儿，扭头朝山里走去。

余唯甄问王顺："外甥，他们两个找你有什么事？我怎么看那个外地人像江湖人呢？"

王顺说："是个采地气的。他说龙门寺下面有一头金牛拉金耙，让我帮忙把惠清法师请出龙门寺，这个术士要施法抓宝呢。"

余唯甄哦了一声，说："自从大清倒台，很多南方人到北方采地气，北方的好东西都让他们采完了。"

王顺说："烦死人，我天天忙着呢，哪有工夫管这个？"

余唯甄沉吟了一会儿，说："你再看到你师兄，让他带着那个南方人到我家一趟，我有事找他。"

王顺一愣："哦，您来就是找他们？我这就喊他们去。"

余唯甄摆手说："不急。我今天来找你有别的事。我听说张志良经常来给你送东西？"

王顺说："也不是经常来，偶尔，偶尔回来看看。我们一起住了大半年，张志良这个人是个念旧的人。"

余唯甄说："我没别的意思，如果他回来，你就带他去村里见我，我找他有事。"

王顺问："我要是回去了，联庄会的人不会抓我吧？"

余唯甄说："不会。你回去给我办事，他们谁敢抓你？我也不会抓张志良，我找他有正事商量，你让他放心，我以人格担保，不会为难你们两个。当然，要是你们实在不敢去，你就让张志良在这里等我，你找人去余家沟叫我。"

王顺哦了一声，没说话。

余唯甄看了看王顺，又说："王顺啊，你舅舅没来这里找你？"

王顺吓了一跳,说:"我舅舅都死了,他怎么会来找我?哦,我做梦梦到过他。"

余唯甄上来了兴趣:"他跟你说什么了?"

王顺说:"我舅舅没说什么,我就是梦到他在屋子里转圈,念叨是谁拆了他的屋子。他说他要是知道是谁拆了他的屋子,他不会饶了他。"

余唯甄说:"下次你梦到你舅舅,你就告诉他,是赵俊德拆了他的屋子,让他去找赵俊德。"

王顺哦了一声,说:"我是在做梦呢,又不是我舅舅真的来了。"

余唯甄说:"那是你舅舅托梦给你呢。你按照我说的,只管告诉他。记着这个事。"

王顺答应了一声。

余唯甄临走的时候,从车上拿下一兜雪白的馒头递给王顺:"你留着吃。记住了,一定带张志良去找我。还有,也跟你师兄说一声,让他带那个南方人去我家一趟。"

03. 张志良见余唯甄

张志良来给王顺送东西的时候,王顺就把余唯甄要见他的事跟张志良说了。张志良自然不想去。他是土匪,余唯甄是专门对付土匪的联庄会会长,他去余唯甄家,那不是送羊入虎口吗?他余唯甄要是有事,可以到龙门寺来找他。

王顺就让张志良在龙门寺等着,他跑到孙家庄,让孙丛乾去余家沟告诉余唯甄,张志良在龙门寺等他。

张志良怕余唯甄耍花招，先躲到小树林里，等余唯甄来了后，看他没有带别的人，才从藏身处走出来。

余唯甄对王顺说，他有话与张大当家的说，让王顺忙他的去，王顺就去屋后地里忙活了。

余唯甄与张志良两人坐在屋子外的木墩上说话。

下午的阳光很温和，天气良好。

余唯甄很认真地与张志良握手，张志良脸色冷峻。两人虽然没有说过话，但却多次见过面。前些日子，张志良带着人绑架了余唯甄的联庄会管辖内的一名财主，财主家在交钱把人赎出来后，余唯甄带着联庄会精锐伏击过张志良，想清除这个"祸害"，可惜的是，张志良早就得到了消息，他分出一部分兵马，抄到联庄会后面，两下夹击，反而打了联庄会一个措手不及，让余唯甄很是恼火。不过张志良跟王金三不同，他不惹有权势的，怕遭到报复，也不招惹穷人，因为没有油水，他走的路子跟宋晓差不多，专门绑架那些小财主，因此他们不像王金三那样让官府愤恨。还有很重要的一条，张志良手下人马现在有七八十人，却皆是精壮能战之士，上他的山寨入伙得能打能跑会开枪，否则一概拒绝，这与王金三是人就要的风格完全不同。

在余唯甄眼里，这个张志良有勇有谋，是一个有能力与王金三抗衡的人。

他开门见山，对张志良说："张大当家的不是一般人，老夫也就直言了。王金三部现在势力越来越大，不但劫掠百姓，压制官府，听说还欺负周围山寨的头领，大当家的当年与王金三分道扬镳，是不是也是因为此人过于霸道所致？"

张志良呵呵一笑，说："我没听说过王团长欺负别的山寨的事，至于我跟他分家，也不是王团长霸道，而是想法不同。王团长这人志向远大，我张志良就想弄点吃喝，我们没法一起玩，就分开了，没有余会长说的那些事。我跟您说句实话，我们这些人还都很佩服王团长呢。我现在都后悔，我要是当时没走，现在也是副团长了。"

余唯甄有些尴尬，假咳了一声，说："这个……虽然如此，但是这王金三过于张扬，目无官府，官府是不能容忍他狂妄下去的。现在王金三虽然实力强大，但是这老鼠再大，也大不过猫，官府要是真想收拾他，那还不是易如反掌？大当家的和宋晓也占山为王，但是你们不与官府为敌，官府收拾你们也可，不收拾也可。老夫不瞒张大当家的，官府马上要调兵进攻王金三了。"

余唯甄看了一眼张志良。张志良的脸上有了惧意。

余唯甄微微一笑，说："当然，老夫今天来见大当家的，自然是有好事与大当家的商量。大当家的只要肯听老夫的，老夫自然会在知事面前替大当家的多说好话，只是大当家的愿意与官府为敌，还是协助官府，这个自然得大当家自己做一个选择了。"

话说到这儿，张志良自然明白了余唯甄的意思。他笑了笑，说："余会长，张志良混江湖这么多年，知道江湖的规矩，出卖兄弟是没有好下场的。余会长费心了。"

张志良最后一句话是讽刺余唯甄的，余唯甄听得出来。

余唯甄面不改色，从兜里掏出三根金条，放在手心里，说："江湖道义老夫也懂，不过所有的道义都是有价钱的。何况老夫并没有让大当家的出卖王金三，只是希望大当家的不要与官府为敌而已。"

张志良看着余唯甄手里的金条，心动了。他笑了笑，说："这个简单，我张志良不过是想弄点钱，有吃有喝的，从来没想与官府为敌。"

余唯甄哈哈笑了，把金条放在张志良的手里，说："好，好。这点心意请大当家的收下，权当老夫与大当家的交个朋友。日后有麻烦大当家的，还有大礼相送。"

张志良犹豫了一下，把金条收下了。不能怪他贪财，他从来没有见过这么大的金条啊，还是三根。与王金三合伙的时候，他们绑票所得财物是要上交的，王金三留下一部分作为山寨公用，剩下的就会给大家分一些。二百人的山寨，他张志良能分几个大洋？现在他虽然是占山为王，但是他跟宋晓学习，不绑大财主，不绑县城里有头有脸的人物，专门绑架村里那些不上不下的小富户。这些小富户家里能存十几个大洋就算不错了，他们一年到头紧忙活，还要购买枪支弹药，山寨里根本就剩不下几个钱。他与王金三不同，他张志良上山当土匪就是为了钱，既然有人送钱，何苦不要呢？

张志良掂了掂金条，拱手说："既然余会长这么看得起张志良，那张志良就听余会长的，把金条收下了。"

余唯甄点头，说："大当家的这段时间不要绑人了，以免我在知事大人面前不好说话。以后有什么事，我会派人联系大当家的。"

张志良看着余唯甄走远后，到地里找到王顺，说他要走了。

王顺看了看张志良，说："兄弟，余唯甄这个人可不是什么好东西，你可别上他的当。"

张志良挥了挥手，说："你放心，我张志良是从刀尖上混出来的人，吃不了亏。我走了，大哥保重。"

张志良转身走了几步，又回来了，从兜里掏出四个大洋，说："大哥，天越来越暖和了，你拿着这点钱，去城里让人做件夏天穿的衣服。"

王顺推辞不要，张志良把钱扔在他面前，转身便走。

04. 金条的魅力

在县知事的努力下，烟台警备司令施中诚派了一个团来到富水，准备向王金三部发起进攻。

王金三早就有了防备，马上率人马返回羊儿山，控制了附近的几个山头和进出道路，严防死守。警备团来到羊儿山，因为地形不熟，被王金三牵着鼻子团团转，连吃了几次不大不小的败仗。

这个时候，余唯甄派人找到了张志良，给张志良又送来了三根金条，让张志良设法协助警备团。

张志良接了金条，人却犹豫了。他与王金三虽然没有太深的感情，但是两人也没有什么矛盾，而且他敬佩王金三。他很明白，王金三是个比他有本事、比他讲道义的人，害了这种人，会遭报应的。

但是，他既然接了余唯甄的金条，那总得做点事啊。张志良想了半天，决定先去趟羊儿山，看看王金三的情况再说。

张志良来到羊儿山，受到王金三的热情接待。王金三让人杀了一只羊，接待昔日的兄弟张志良。

张志良看着王金三在羊儿山上新建的房子、枪械库里一排排的钢枪和一队队正在训练的人，羡慕之际也心生嫉妒。

王金三是个没有什么城府的人，也不会看人脸色，他很得意地对张志良说："我现在有六百多兵马、二百支好枪、三百多支火枪，县保安团和警察加起来，也没有我的人多。哼，他们对付不了我，就叫施中诚帮忙，施中诚的人能永远在这里住下去吗？等施中诚的人滚蛋了，我倒要看看，县知事怎么向我交代！"

张志良看着一脸得意的王金三，心情复杂。当过流民头领的张志良，始终遵循一条老祖宗传下来的原则：民不与官斗。即便他现在上山做了土匪，也是尽量离"官"远一点儿。王金三年龄比自己大许多岁，却依然如此天真，实在是让张志良想不明白。

他劝王金三说："大哥，这官府可是惹不得啊！您当时率抗粮军打进富水城，是因为那天恰好保安团都出去了，他们没有防备。现在您可是富水官府的眼中钉肉中刺，官府大眼小眼看着您呢。民不与官斗，您还是先避避风头，等有机会再跟官府斗吧。"

王金三说："这个我知道，我不会跟警备团打，人家机枪都有，子弹够用，咱打不过人家。警备团打我，我就跑，等警备团走了，我再找官府算账。"

张志良笑了笑，说："如果是我，警备团走了我也不与官府斗，咱这点本事，是斗不过官府的。"

王金三哈哈大笑，说："你们都怕官府，我不怕！我王金三天生就是跟官府作对的。哈哈，要不是我攻打富水城，我能当上团长?！官府能给我的人发饷?"

张志良看着王金三咧着一口蛮横的大牙，对他的好感突然完全消失了。

酒宴上，王金三与余成峰、梁元善等人频频向张志良敬酒。张志良酒量大，倒是王金三一会儿便喝多了。酒蒙着脸，王金三教训起了张志良。他怒斥张志良欺负那些老老实实的村里的小富户，说他们这些人都是靠着勤劳和节省才把日子过好的，他们这些人，是农村里真正的老实人，绑他们的票，老天爷是不会饶了他们的。

梁元善怕张志良生气，给王金三打圆场，说大当家的喝多了，让张志良别生气。

张志良嘴上笑着说没事，心里却很不爽。他看得明白，王金三并没有真醉，而是以酒遮脸，一吐怨气。

张志良忍着怒火，边低头认错，边侧面打听王金三近些日子的行程。

当他得知王金三这些天要去一趟金口，接一批从日本买回来的武器的时候，心中大喜。他知道，自己立功的机会来了。

这场大酒从中午一直喝到晚上，张志良走的时候，王金三摇摇晃晃下山送他。分别的时候，张志良有些良心发现，提醒王金三说："大哥，这些天您就别外出了，警备团和官府监视着您呢，万一让他们钻了空子，那就麻烦了。"

王金三不以为然："兄弟你放心，我自有安排。山上的道长给我算过，我能活到七十六岁。在这之前，谁想杀我谁倒霉，哈哈哈。"

回到山寨后,张志良思虑大半天,最终想到了一个折中的办法。第二天傍晚,张志良来到余家沟,向余唯甄报告此事。

他的想法是,如果王金三能在今天去金口把枪接了,那就算他幸运,躲过一劫。他在傍晚来到余家沟,也是给王金三一个机会。如果余唯甄第二天才找到警备团,向他们报告王金三的行踪,那等警备团安排下来,大半天就过去了,他们要采取办法,只能是第三天了。如果王金三幸运,这两天的时间足够了。张志良也算是对得起他了。当然,如果两天以后王金三被抓,他张志良算是已经给自己一个交代了,良心上也勉强说得过去。兄弟一场,如此而已。

然而,此事的结果出乎张志良的意料。警备团的人和余唯甄派的人一起化装在金口等待王金三钻进他们的口袋,王金三却也不傻,他让王顺给他做了几个面具,众人打扮成从南方来的收购桑茧的商人,很顺利地带着武器,从金口回到了羊儿山。

多日后,余唯甄得知王金三从金口运回了武器,气得失眠多日。他亲自来到张志良的山寨,商量如何下狠招,对付王金三。

张志良没想到余唯甄这个老东西竟然有这么大的瘾头。看着满头花白的余唯甄,张志良很是有些不理解。都这么大年纪了,土埋了大半截的人了,要名有名,要钱有钱,何必要出这个头呢?

当余唯甄再次拿出三根金条的时候,张志良没有接。他向余唯甄提出了这个问题。

余唯甄叹了一口气,说:"老夫当然是为了百姓。王金三占山为王,势力强大,闹得人心不安,官府不宁。老夫平生最尊崇左宗棠先生,左宗棠六十五岁收复新疆,老夫比左先生大两岁,也没有左宗棠先生的勇武和魄力,但是帮助官府平一方匪患,保一方平安,老夫这个决心还是有的。"

张志良笑了笑,说:"余会长所说的平安,就是官府和恶霸横行霸道、老百姓被任意欺侮的平安吧? 张某如果没说错,当年赵俊德依仗官府,可是没少欺负人。你们村的王顺，就因为一本不知真假的《燕子笺弹词》便被整得屋子都被人拆了，王顺连家都不敢回。听说这赵俊德跟余会长也是好朋友，也难怪，你们都是富水这个小地方的名人，当初余会长就没有帮王顺说句好话？他不只是你们村的百姓，还是您的外甥呢。"

余唯甄的脸上一阵红一阵白，显得很是尴尬。

张志良说："王金三也是被赵俊德逼得无路可走，才带头造反。他确实闹得富水不太平，不过他下手整的人，可都是像赵俊德这样的恶霸。普通老百姓没有怕他的，还都挺拥护他。我张志良当年在富水城讨饭，赵俊德养的那些狗，可没少欺负我。我张志良当年带着流民来到富水，也不过是讨口饭吃，当然，也有一部分不老实的会偷点小东西，您成立了联庄会，和保安团一起杀进老寨山，杀了二百多流民百姓，您这'保一方平安'，可是害死不少人啊！"

余唯甄说："当年杀流民，是宋晓带的头，跟老夫没关系。"

张志良看到余唯甄脑袋上都流出了大汗，知道自己的话已经达到了效果，他掉转话头，哈哈一笑，说："不过，我张志良不是糊涂人，余会长说是保一方平安，当然有自己的道理，我相信您是真心想保一方平安的。只有您保了您那一方的平安，您才能想搞女人就搞女人，想捞钱就捞钱，要不您这金条从哪儿出呢？"

余唯甄擦了擦头上的汗，说："大当家的有什么话就说吧，老夫虽然老朽，却不糊涂，请尽说无妨。"

张志良拱手说："张志良虽然是一介流民，却也读过书，知道忠孝节义。不过这人啊，到什么时候说什么时候的话，我张志良现在沦为土匪，无恶不作，是没有办法的事儿。但这做人，总得讲点良心，王金三待我不薄，人又仗义，我张志良出卖他，总得有个说法吧。否则的话，我张志良惹了一身臊，什么也没捞着，我是不是就赔大了？"

余唯甄笑了笑，说："老夫可以向县知事保举，等灭了王金三，保举大当家的为保安团营长。"

张志良摆手，说："我不稀罕这个。王金三还是团长呢，有什么用?!"

余唯甄点头，说："大当家的有什么想法，尽管说出来。"

张志良说："飞鸟尽，良弓藏，杀了王金三，张志良也必然不会有好下场。这打家劫舍的日子我也过够了，一口价，余会长给我二十根金条，我帮余会长灭掉王金三，然后我就离开富水，这辈子再也不沾富水一寸边儿！"

余唯甄想了想，说："行。不过你得让我知道你怎么帮我。"

05. 张志良的阴谋

张志良帮助余唯甄的方法说起来很简单，那就是堵住王金三的撤退路线，进攻羊儿山。

当初保安团进攻羊儿山的时候，王金三采取的策略是化整为零，从二百人队伍里抽出八十名精锐，让其他人隐蔽于别的山上，八十名精锐则藏于山上各处树林中打冷枪。不恋战，打几枪就跑。保安团想打还打不着，想跑人家还在半路伏击，因此保安团再也不敢进羊儿山。

现在羊儿山上有近七百人，各种枪支近五百支，可谓火力强大。如果警备团进攻羊儿山，王金三必然会预先埋伏好，然后放开口子，让警备团进去，他们再扎上口袋一顿猛揍。

要破解他们的办法说容易也容易，说不容易也不容易。张志良的计策是，官军分兵两路，从正面进去的是佯攻一方，而真正进攻羊儿山的，从后山的小路上去。但是这后山的小路也不是那么容易上的。王金三进入羊儿山以后，将山上进行了改造，设置了明哨暗哨，在关键地方设置了几个人到几十人的火力点。羊儿山不高，但是因为树木茂密，加上王金三找高人帮忙设置了一番，要想破除这些火力点和可以遥相呼应的明暗哨，必须要有熟悉这些地形的人带路。而这，就是二十根金条的价值所在。

余唯甄对羊儿山上的工事也略知一二，听张志良说完，他想了想，说："有道理。不过我需要大当家的亲自带路。"

张志良笑了笑，说："要我带路也行，我需要余会长把贵公子送过来，让我兄弟守着，等我活着回去，我就把贵公子还回去。我这样做，是怕余会长卸磨杀驴，请余会长谅解。"

余唯甄想了想说："我先想想。请张大当家的给我几天考虑时间。"

张志良这次下定决心，要帮余唯甄消灭王金三部，然后他带着金条远走高飞，从此过上逍遥自在的好日子。

余唯甄在六日后，再次来到山上，找到张志良，给张志良送来了十根金条。余唯甄答应打败王金三后，再给张志良十根金条，但是不肯将儿子送给张志良做人质。张志良假意妥协，答应了余唯甄。

张志良拿到了十根金条后，先送到一处不为人知的地方藏了起来。曾经是流民头领的张志良知道，没人会经得起金条的诱惑，这种时候，他不能相信任何人。

在他准备带着警备团上羊儿山之前，他带着最信得过的几个兄弟，去龙门寺找王顺。他当着自己兄弟的面嘱咐王顺，再过几天，他会让自己的兄弟趁夜来龙门寺，王顺负责把他们带进余家沟。至于去做什么，张志良没有告诉王顺。

王顺也没多问。现在的王顺已经习惯了在山里种地、与惠清法师闲聊的日子，他不愿意想起山外的任何人，包括李芙蓉、师兄白果、余唯甄、王金三。想到这些人，就会让他心绪烦乱，打破他生活的平静。

这山多好啊，有花有树有野果，晚上还有野狼嗥叫。现在这些狼已经认识他王顺了，他晚上进出余家沟，经常会在路上遇到它们。它们是三只狼，王顺不知道它们之间的亲属关系，但是它们在路上遇到王顺，也不会打扰他，而是各走各的。当然，如果王顺手里恰巧有好吃的，他就会扔一些给它们。活着都不容易，能互相帮助一点儿，就互相帮助一点儿。

王顺觉得这狼比人有良心，它们偶尔会把抓到的野兔放在王顺住的屋子外，王顺也不见外，扒了皮就把野兔炖着吃了。

现在的王顺，已经不是刚从余家沟出来的王顺了。那时候的王顺，恓惶无助，孤苦伶仃，现在他有吃的有住的，还有土地。在这里，没人找他的麻烦，来拜见惠清法师的人，还经常给他送点儿吃的。多好的日子！

王顺觉得自己活了半辈子，终于找到了自己的归宿。对，这个龙门寺，就是他一生最好的归宿了。

然而，张志良却不想让王顺平静下去。他说："王大哥，您知道您的房子是谁拆的吗？"

王顺不想提这个话题了。对于他来说，过去的事儿都已经过去了，而他要过的是现在的日子。

因此他说："谁拆的都跟我没关系了，人活一世，终究要死，还争那些个长短有什么意思？"

张志良笑了笑，说："大哥好雅量。那是您舅舅留下的房子啊，这个龙门寺虽然好，但您不是和尚，这房子又不是您的，您真的以为能在这里住一辈子？"

王顺被说得有些心动了，不过也只是懒懒地说了一句："赵俊德拆的，这个余家沟的人都知道。"

张志良说："您这是听余唯甄说的吧？那个老家伙的话您也敢信？拆您家的房子，其实最主要的人还是余唯甄。余唯甄把您告到县衙，说您与杀人犯有勾结。这个杀人犯当然说的就是我，您当初救了我，给了我一件棉衣，后来我杀了赵俊德的一个小兄弟，跑的时候丢下了那棉衣。但是赵俊德不知道您有这么件棉衣啊，这件事跟赵俊德毫无关系。向官府告状，都是余唯甄这个老家伙干的。官府要抓您，您离开了余家沟，赵俊德要拆您家的房子，余唯甄是保长，又是东北片联庄会总会长，要是没有他的允许，别说赵俊德，就是保安团想拆您的房子都拆不了，您怎么就不想想这个呢?!"

张志良的一番话，让王顺不淡定了。他争辩说："余唯甄是我叔伯舅舅呢，我跟他无冤无仇的，他为什么要害我? 不可能! 兄弟，这种事不能胡说。"

张志良说："王大哥，您怎么还不明白啊?! 他余唯甄害您，或许是为了帮助赵俊德，或许是别的原因，这个我不好说，但是他向县知事告状，说您与杀人犯同谋，这事我是听一名老乡说的。我这个老乡在县衙里有点权力，要不怎么后来警察局不抓我了呢? 我那些年偷的好东西，都送给我这个老乡了! 我这个人虽然又偷又抢，但是从不乱说话。大哥不信，您可以找人打听去。"

06. 王顺再回余家沟

张志良的一番话，让王顺无所适从。

他早就隐隐感觉到，余唯甄肯定在他的事上做过手脚，但是他只是怀疑。他不想让这怀疑成长，不想多找麻烦，因此一直压着心里的这棵想要冒头的嫩芽，不想去找什么真相，只想按照自己喜欢的方式活下去。

但是张志良的几句话，再次打破了他的平静。他心里那棵怀疑的嫩芽，在张志良一番话语的浇灌下，突然生长壮大起来，突破了王顺的心理防御，让他不得不处理此事。

当天晚上，王顺再次戴上面具，打扮成舅舅的模样，进入余家沟。

王顺经过自己家的废墟，来到王小秀家门口，在她家门口站了一会儿。王顺有近一个月没来余家沟了，自然也没有见到王小秀。一个月前，王顺最后一次来余家沟的时候，让王小秀把她的铺盖搬了回去，他告诉她，他以后很少来了，她如果有事找他，可以去龙门寺。

王小秀家大门紧闭，但是依然能听到里面传来隐隐的骂人的声音。王顺知道，那是她的婆婆，十年如一日地在坚持骂人。

真是不可思议啊！王顺小的时候，跟妈妈到舅舅家，看到过王小秀的婆婆。那时候余成峰也就是三四岁的样子，他妈妈领着他去找舅舅算命。王顺第一次看到这个年轻的舅妈，看呆了。王小秀的婆婆个子比王小秀高些，白净，一双大眼睛如两汪湖水，小巧的鼻子，嘴不大不小，很有风情，是王顺见过的最美的女人。

现在，她已经成了余家沟的第一怨妇。

王顺一直无法把当年的她和现在的她看成一个人。当年的青葱美女和现在蓬头垢面的怨妇，哪个是真正的她呢？王顺一直搞不清这个问题。就像他在大街上看到粉嫩可爱的小女孩，想到她们会变成脸如老树皮的老太太，他就很迷茫。小女孩和老太太到底哪个是这个女人的真正样子呢？两个都是，或许两个都不是。那生命的样子到底是什么呢？

还有余唯甄。他听舅舅余世民说过余唯甄。这个老私塾先生当年风流倜傥，恃才傲物，中了秀才之后，经常利用自己的身份帮老百姓说话，是当时清廷官府很头疼的人物，在附近村子很受尊重。然而，人是最善变的动物。现在的余唯甄，变得唯利是图，心胸狭小，睚眦必报。年轻时候的余唯甄和现在的余唯甄，哪个是真正的余唯甄，或者哪个是假的余唯甄呢？这又是个没法回答的问题。

一个月没有回来的余家沟，竟然显得有些陌生了。走在大街上，突然就会有莫名的花香蹿出来，蹿进王顺的鼻子。

王顺来到余唯甄的私塾外（他一直把余家沟小学当成余唯甄的私塾），推了推大门，没推动。他刚想拍门，突然想到了自己的身份。他现在是已经去世的舅舅余世民，去世的人怎么会拍门呢？脑袋真是坏掉了。

王顺离开正门，向东绕了一圈，来到私塾后墙外，还是爬墙进入了院子。

让王顺没有想到的是，他刚从墙上下来，便看到面前站着一个黑影。王顺吓了一跳，转身就要爬回去。

黑影说话了，竟然是赵小娜："王大哥，我就估摸着你还会来呢，我几乎天天到这后院等你，嘿嘿，你终于来了。"

王顺吓得不轻："是……弟妹啊，你真是闲出病来了，你为什么要等我?! 可吓死我了。"

赵小娜笑了笑，说："因为你不是余家沟的人啊。我不相信任何一个余家沟的男人，他们除了想我那个，没有人把我当人。你不一样，你是个好人。"

王顺有些摸不着头脑："你怎么知道我是好人？再说了，我即便是好人，你也不用在这里等我啊。"

赵小娜说："我知道你的事。但是我跟你说，我怕你不相信。我能猜出来，你是听人说了一些话，今天晚上是求证来了。你去吧，我保证不会捣乱，你应该听听那个老东西怎么说，你会知道很多你不知道的事。"

王顺还是不敢相信："你……你这是什么意思？"

赵小娜笑了一声，说："我是帮你的啊。我跟你说，老东西请道士在门口贴了暗符，你得想个办法，让这道符起点作用，好让他相信你真的是鬼。赶紧的，先走两步我看看。"

王顺哦了一声，整理了一下面具，左手持短一些的竹杖探着脚下的路，右手伸出长竹杖探路。

赵小娜突然凄厉地大喊了一声："鬼啊！闹鬼了！"

赵小娜喊叫着朝前跑去，王顺倒是被吓了一跳。

看到赵小娜喊叫着拐了弯，王顺不得不提起竹杖，一直跑到前院，然后才放下竹杖，像一个真正的瞎子那样，拍打着竹杖朝余唯甄住的屋子走去。

赵小娜已经没了影子。王顺拍打着竹杖，一直来到余唯甄屋子前，学着舅舅的声音咳嗽了几下，然后呵呵一笑，开始喊余唯甄："兄弟，在屋里没？"

王顺听到屋里传来赵小娜的尖叫："鬼！鬼来了！你兄弟又来找你来了！……"

余唯甄似乎要把赵小娜推出来，赵小娜不肯出来。王顺听到余唯甄的咒骂和赵小娜的尖叫，还有灯光一起，从门缝里溜出来。王顺从怀里掏出几个小鞭，悄悄点上，朝着门上扔去，一声清脆的鞭响和火光后，他随即推门而进。

余唯甄正在挥着胳膊扇赵小娜，他听到响声，吓得忙转过头，看到了"老瞎子"，吓得连退好几步，倚靠在墙上。

"老瞎子"说："兄弟，你请的道士法术不行，拦不住我。"

余唯甄吓得乱哆嗦，尿都顺着裤腿出来了："世民大哥，您……来有什么事，要钱还是要吃的要喝的，您尽管说话。"

"老瞎子"嘿嘿一笑，说："我什么都不缺，我也不要你的东西。我就是想问你个事儿，你说实话，我马上就走。要是不说实话，我就带你一起走。"

"老瞎子"说完，抬起右手竹杖，指向余唯甄。

余唯甄两腿一软，就跪下了："大哥，您问吧，我不敢骗您，您问什么我就说什么。"

"老瞎子"放下竹杖，说："这就好。我先问你，是谁向县知事告状，说我外甥王顺涉嫌与杀人犯同谋，逼得我外甥不敢回家？"

余唯甄闭上眼，说："是我。是我余唯甄这个老混蛋！大哥，我……"

"老瞎子"打断他的话，继续问："我的屋子到底是官府要拆的，还是你和赵俊德要拆的？！"

余唯甄打了自己一巴掌："大哥，都是我！我就是个畜生啊，我当时被王小秀那个女人迷糊涂了，看到外甥跟那女人好上了，心里生气，加上赵俊德许诺找到那本书给我两根金条，我就答应了，让他带着人拆了。这事跟官府没有关系，他们从头到尾都不知道这件事……"

"老瞎子"哦了一声，说："兄弟，你好毒啊！那个屋子，是我老瞎子走乡串村说书算命，整整十年才盖起来的。你说拆就让人给我拆了?！你拆了我的房子，我过年过节地回来住你家里?！"

余唯甄作揖磕头："大哥，我马上找人给您把房子盖起来！您放心，我马上给您盖好！咱外甥的事，我也马上去找知事，让知事撤销对他的通缉。"

"老瞎子"摇头，说："我走了，你自己看着办吧。"

王顺怕说多了自己露馅，挥起竹杖打翻蜡烛，在余唯甄和赵小娜的惊叫声中，拍打着竹杖走过前院，然后提着竹杖一溜小跑跑到后墙，翻墙出去，靠在墙上喘了几口气，才朝村后走去。

07. 白果拜见余唯甄

白果和那个南方人消失了一些时日后，突然又回来了。他们还带来了李芙蓉和王顺的儿子。

儿子已经把王顺看成了外人，他把白果叫"爹"。一年多不见，李芙蓉的衰老程度，让王顺觉得不可思议。王顺对她还是有一些牵挂的，李芙蓉很夸张地向王顺诉说她带着儿子生活的不易，现在赚钱太难，白果在济南，为了养活他们娘儿俩，还去商行当过苦力，扛麻包。王顺相信李芙蓉说的都是真的，但是李芙蓉无意中透露出的对白果的关心，却让王顺感到寒心。

白果是让李芙蓉和儿子来当说客的，让他们说服王顺，帮他们把惠清法师从住处请到别处，以便白果和那个南方人顺利搞到宝贝。

李芙蓉诉了一会儿苦，见王顺对她的话毫无反应，很是不高兴。她走进王顺的屋子，又迅速走了出来，幸灾乐祸地对他说："我幸亏没跟你过下去，你看你现在过的这日子，跟要饭的差不多了。"

儿子见母亲不高兴，挥舞着一根树枝来打王顺。王顺把树枝夺过来，扔到了旁边的沟里，儿子哇哇大哭。

李芙蓉愤怒了："王顺，你怎么欺负一个孩子?!"

王顺不搭理她，扛起锄头，就朝着后边地里走。

白果死乞白赖地拦住王顺，说："师弟，不管怎么说，你儿子来了，你也不陪他玩一会儿?"

王顺冷冷地说："他已经是你的儿子了。噢，跟你说个事，余家沟的余唯甄说找你有事，让我跟你说一声。你自己看着，愿意去就去，不愿意去算完。"

白果看着王顺扛着锄头的背影，知道自己的这一招没有起到作用，只得带着李芙蓉和儿子走了。

白果把李芙蓉和她儿子送到富水县城，找了一家小客栈让两人住下，他则雇了一辆马车，径直来到余家沟。

余唯甄正在学校里驱鬼。他找了两名道士，在院子里摆了香案，其中一名道士在香案前用桃木剑挑着符箓按照方位念经杀鬼，另一名在用朱砂画符。

白果向旁边围观的人打听，得知是王顺已经死去的舅舅经常回村，还到学校来吓唬余唯甄，余唯甄没办法，这才找道士驱鬼。

白果懂得这些把戏，他打听了一下"王顺的舅舅"回来的情况，就知道不是鬼魂所为，并且猜到此事应该跟王顺有关系。

他进屋，找到了余唯甄。余唯甄精神头倒是不错，白果随口问了问怎么回事，余唯甄没有细说，只说老瞎子那个老东西，死了也不安生，经常回村里闹腾，他没办法，只得请了两个道长帮忙镇他。

余唯甄让在屋子里的其他人出去，很认真地泡了茶，给白果倒茶。白果受宠若惊，赶紧站起来接过茶杯。

余唯甄坐下，说："白先生，老夫就开门见山了。听说你带着一个南方人在老寨山寻宝，有这么回事吗？"

白果有些惶恐："是。不过不是寻宝，是憋宝。咱本地人叫采地气。"

余唯甄哦了一声，说："这可不是小事，要是让官府知道了，官府会找麻烦的。"

白果害怕了，看着余唯甄不敢吭声。

余唯甄看了看白果，笑了笑，说："老夫让白先生来，就是想帮白先生的。不过老夫有个要求。"

白果拱手说："余会长有什么话您尽管说，白果还得求您多多护佑呢。"

余唯甄笑了笑，说："白先生，你先说说，你们要找的宝，是个什么东西？"

白果沉吟了一会儿，说："简单说吧，就是龙门寺下面有宝物。苏先生说那宝物是元朝时期驻守富水的一名将军埋下的，价值不可估量。余会长要是有兴趣，我们一起把它弄出来。"

余唯甄呵呵一笑，说："老夫一个私塾先生，对这些东西不感兴趣。不过我多次跟惠清法师说过，要带头募捐，重修龙门寺。龙门寺是富水名寺，不能让它就这么荒废了。"

白果大喜："能把惠清法师从他住的屋子里请出来，只要一宿，事儿就成了！余会长，您放心，只要您能想法把惠清法师从龙门寺请出来，弄出来的宝物，咱三三分成！"

余唯甄笑着说："老夫刚才说了，什么宝物不宝物的，老夫没有兴趣，老夫只是想为龙门寺做点好事。不过要等一等，这一两年到处都在腾庙办学，老夫作为一名小学校长、联庄会总会长，现在去募捐建庙，不是时候。你们最近也别去那个地方了，我可以告诉你，你们的行动，官府已经知道了。财富是好东西，可有时候也能祸害人啊！"

白果拱手："余会长，那您说，我们什么时候行动合适？"

余唯甄说："回去等我的信儿吧。把你住的地方告诉我，到时候我派人通知你。"

白果回到龙门寺，找到正在屋里做饭的王顺，把他去见余唯甄的经过向他说了。

王顺听说余唯甄找了两个道士在院子里"驱鬼"，笑了。

白果说："我就知道，那个鬼不是别人，就是你。"

王顺说："不做亏心事，不怕鬼叫门。这个老东西，亏心事做多了。"

白果说："师弟，余会长这个人，老奸巨猾，你跟他闹，可要小心点儿。"

王顺说："我不跟他闹。"

王顺留白果吃了一顿饭。王顺最近负责给惠清法师做饭，学会了做全素的各种吃食，白果吃得津津有味。

白果边吃窝头，边说："师弟，你这手艺，不做和尚可惜了。"

王顺说："我本来不想说的。人各有志，有人杀人越货，有人修桥补路，你救过我的命，还是我师兄，我劝你一句，还是少作点恶吧。惠清法师说，所有灵物，皆有天数。你既然说龙门寺下面宝物不一般，那还是离它远点吧。"

白果哦了一声，问："惠清法师知道我们是来寻宝的？"

王顺摇头，说："法师没说，我不知道他是否知道。不过以法师的修为，他即便知道，也不会说的。"

白果说："顾不了这些了。现在兵荒马乱，变戏法又赚不到钱，我只能走这一步了。我就干这一次，我弄到钱后，就带着李芙蓉和孩子回老家，买几十亩地，盖一幢大房子，正儿八经过日子。"

王顺说："佛度有缘人，我从来就说服不了你，你自己看着办吧。"

08.张志良龙门寺巧遇王金三

张志良再次来到龙门寺，给王顺带来了吃用之物。王顺现在已经对荤腥吃食完全没有了兴趣，蔬菜他自己能种，因此张志良能给王顺送的，只有白面和花生油了。

这些东西王顺根本不缺，余唯甄等人给惠清法师送的，两人也吃不完。

王顺知道张志良来的意图。当然，他也知道，即便张志良没有意图，他也会来给他送吃的。张志良虽然做事狠辣，但是对他这个救命恩人却一直没忘。

与做乞丐时的张志良比，现在的张志良瘦多了，头发很长，胡子也很长，眼神迷茫而冷硬，穿着一件破夹袄，跟王顺刚认识的张志良几乎一模一样。

王顺却似乎已经远离了世间困苦，他衣服干净，眼神明亮，屋子虽然简陋，却收拾得一尘不染。

张志良很惊讶，里外转着看，还跟着王顺锄了一会儿地。两人并排拉着锄钩锄地的时候，王顺劝张志良别去跟余唯甄他们斗了，还是回来当乞丐吧，实在不行，就回来开荒，在这里种地。

张志良苦笑不语。经历过无数苦难，做了许多坏事的张志良明白，他即便是想回来当乞丐，也没有这个资格了。现在的张志良在富水无人不知无人不晓，他每次来看王顺，除了要带几个贴身护兵外，还要乔装打扮，以免让人认出来。无数的人想杀他，他走在路上，经常能感觉到两边有黑洞洞的枪口在朝他瞄准。张志良已经感觉到，他不能再在这里待下去了，他得赶紧想办法拿到余唯甄的金条，然后远走他乡，越早越好。

自从新的县知事来到富水后，宋晓不知何故，突然就和他的人马一起消失了。宋晓那么鬼的一个人，肯定是闻到什么不同寻常的味道了。

张志良看着无欲无求的王顺，突然觉得自己很羡慕他。这个昔日以变戏法为生的家伙，摇身一变，成了一名出家居士。他在这里衣食无忧，过得比他和王金三都要舒适。

张志良帮王顺把花生地里的草锄完，两人回到王顺的屋子。张志良洗了脸，然后，开始生火烧水。

张志良边烧火，边笑着对王顺说："我可能以后很长时间不会再来了。"

王顺哦了一声，没有问为什么。

王顺现在好像对什么事都失去了兴趣，包括女人。张志良跟他说起王小秀。他的手下下山赶集买东西的时候，看到过这个女人。她赶着牛车，牛车上还拉着一个老太太，赶集卖小麦，两个女人嘴皮子厉害，一点价都不肯落。集上有几个地痞过去想欺负她，这个女人从牛车上抽出了一把刀子，要跟痞子拼命，那几个痞子吓得转身就跑。那个老太太更是了不得，瘦得不像样子，站都站不稳当了，还拿着拐棍想打人。

张志良感叹说："好好的一个女人，变成了泼妇，这个余成峰真是把一家人害了。"

王顺不搭话。他正在聚精会神织一件蓑衣。他告诉张志良，惠清法师有一个愿望，就是想在六月阴雨天的时候，披着蓑衣横穿富水县全境，从富水县最北端的龙门寺，去最南端的三驾寺。当然，他得徒步去，不能坐马车，不能骑马。

王顺告诉张志良，惠清法师说龙门寺所在的老寨山，和三驾寺所在的方山，一南一北，是富水最好的两座山。但是雨天看山，还得去方山，去三驾寺。张志良啧啧赞叹，说出家人就是不一样啊，这兵荒马乱的，都什么时候了，这个老和尚还挂念着去方山看雨。

王顺没有回答张志良的话，而是继续顺着自己的话往下说："我得陪着惠清法师去啊，他老人家这么大年龄了，总不能让他一个人跑几十里路吧？所以我得织两个蓑衣呢。雨季眼看着就到了，我得抓紧时间了。"

张志良觉得无趣，就不跟王顺说话了。他烧开了水，舀了两碗，一碗给王顺，一碗自己端着，边吹气边喝。

王顺则坐在旁边继续织蓑衣，两人各忙各的，互不打扰。

就在这时候，一队战马从小路疾驰而来。张志良留在路口的几个护兵跑过来，对张志良说："大当家的，好像是王金三的人。"

张志良站起来，正在着急，王顺说："王大哥是来找我的。"

张志良松了一口气，挥手让护兵散开。护兵们转身跑到后面山上去了，王顺站起来，和张志良一起朝前走了几步，迎接王金三。

王金三跟张志良不一样，他依仗自己势力庞大，行事张扬，带的护兵有二十多个，皆是高头大马，二十多匹马疾驰在山路上，气势威猛，张志良不由得赞叹说："还是大哥厉害啊！"

快到门口的时候，王金三朝后面挥了挥手，后面的马匹皆停下来，王金三也下马，把马匹扔给后面的人，然后和梁元善一起，朝着王顺走过来。

王顺和张志良一起跟王金三打招呼。两人皆称王金三为大哥，王金三一副大哥做派，哈哈笑着回应。

张志良把自己坐的木墩让出来，又从屋里搬出一个木墩，让王金三和梁元善坐。王金三坐下，梁元善不肯坐，王顺又找了一个木墩出来，四人才都坐下来。

王金三问张志良来山里干啥，张志良说："给王大哥送点儿吃的，没别的事。"

王金三点头，说："不错，有情有义，这才叫好兄弟。"

张志良勉强笑了笑，说："都是大哥教育得好。"

王金三哈哈大笑，说："听说宋晓跑了，这个老狐狸，肯定是被警备团吓跑了，真没出息。一个警备团有什么可怕的？山高林密的，跟他们躲猫猫啊，他们能把老寨山的树都砍了？！兄弟，你要是害怕，就到羊儿山去，咱一起跟他们干，等他们走了，你可以再回去，我王金三说话算话，绝对不拦着你。"

张志良有些感动，说："谢谢大哥。我不怕，我那么点人，实在不行就先解散，等他们走了，我们再回去。"

王金三点头，说："这个办法好，兄弟不愧当过流民头目，典型的流民打法。你们都不要怕，警备团是来找我的，我都不怕，你们有什么好怕的?!"

张志良说："大哥也躲躲风头吧，施中诚这个人挺狠，他的警备团跟保安团是两码事，听说挺能打。"

王金三哈哈大笑："我不跟他打，他能打有什么用? 我用的也是你那一招，他们来了我们就散开，他们走了我们再上山。不过我的人散开，不但能躲，还能杀人，那边到处是山，路都没有，别说一个警备团，就是十个团进去也没用。"

王金三看了看王顺的屋子，说："兄弟，跟我上山吧，吃香的喝辣的，不比你在这守着这么个破屋子强?"

王顺摇头，说："大哥，谢谢您的好意。我觉得现在这日子挺好，现在官府也不抓我了，吃喝不愁，闲着还能听惠清法师讲经，真是天堂般的日子。"

王金三点头，说："也好，人各有志。你这人性格跟我王金三完全相反，我喜欢闹腾，你就喜欢种地。可咱穷人家出身，不闹腾怎么能有出头的日子? 你看张督军，还有张作霖，他们要是不闹腾，能有现在这日子?"

王顺说："红枪会那么多人闹腾呢，最后还不是都死了? 大哥，张志良说得有道理，警备团来了，您还是躲躲吧。我王顺就是个种地的，不过也知道一些道理，人都说，胳膊拧不过大腿，好汉……"

王金三打断王顺的话，说："兄弟，你的意思我都明白。不过这军事上的事你不懂，我心里有数。"

王金三朝着梁元善伸出手，梁元善哦了一声，从兜里掏出一个小布袋，递给王金三。

王金三把小布袋递给王顺，说："这点钱你拿着，买点吃的用的。等这场仗打完了，我再来找你玩，我今天还有别的事，得走了。"

王金三带着人走了，张志良朝着他的背影鞠了一躬。

第九章

生死大结局

01.张志良之死

张志良选择了一个阴雨连绵的日子，带着警备团和余唯甄的联庄会精锐从一条极为隐蔽的小路悄悄摸上了羊儿山。

连日的小雨使得余唯甄的前列腺炎发作，焦躁不安的余唯甄听说要在这样的一个日子上山，很是不高兴。张志良的理由很充分，王金三是个大大咧咧的人，这种日子他必然会带着山上的首领们喝酒吃肉，巡逻的人也会趁机偷懒，找大一些的岗哨处躲雨，而大的岗哨都在山前，他们要上去的地方是山后小路，这不是最好的时机吗？

余唯甄无奈，只得忍着阵阵抽筋似的疼痛，带着几十名联庄会精锐，会同警备团一起朝着羊儿山进发。雨时大时小，偶尔也会停顿一会儿，甚至有一阵天上还露出了模模糊糊的太阳。众人盼着太阳出来，把他们身上的衣服烤干。然而，老天似乎是特意捉弄他们，眼看着那太阳越来越清晰，似乎就要喷薄而出了，突然一阵小风吹来，刹那间便阴云密布，小雨紧跟着落下。

余唯甄骑在马上，披着蓑衣，上半身问题不大，但是腿早就湿透了。他一边忍受着前列腺的折磨，一边还要忍受着这恶劣的天气，在心里骂完了王金三，就骂张志良。

张志良骑着马，走在余唯甄的前面。劈面而来的小雨似乎在阻挡他的前进，在对他进行攻击。张志良逼迫自己昂着头，用脸去迎接这沙粒一般的小雨，算是对自己的惩罚。

他知道，自己对不起王金三，他心里也在咒骂自己，但是现在他已经没有别的选择了。

昨天，他还有拒绝的余地，现在没有了，他唯一能做的，就是带着他们迅速消灭王金三，拿到余唯甄还欠他的十根金条，然后远走他乡，隐姓埋名过日子。

傍晚时分，他们终于到达了山脚下，雨终于停了。余唯甄与警备团的人稍作商量，留下一半人马在山下围堵王金三，张志良带着剩下的人马从山背面小路开始上山。

整个羊儿山就是王金三的一个大军营。山下背面小路路口，有一个用茅草搭成的哨位，张志良让余唯甄派人去摸哨，竟然一个人影都没有，可见张志良的说法是有道理的。

到这时候，余唯甄才不在肚子里咒骂张志良了。

余唯甄率人从山后小路朝上走，走了一会儿，出现了一条横着走的小路，这是巡逻队走出的路，顺着这条小路朝左或者朝右，都能到达半山坡处的任何一处驻扎点。按照他们在山下商量好的计划，警备团向左右两侧各派出一百人马，搜索前进。他们分别到达半山坡营地两侧后，要先隐蔽下来，等余唯甄以及警备团主力到达山顶先开战后，他们再开枪，杀了营地中的人，然后顺着正面上山路，朝山上冲锋。

小雨又细细密密地下了起来，余唯甄他们继续朝山上爬。

就在他们快要到达山顶的时候，却突然遇到了一队巡逻人员。巡逻队看到有人上山了，大喊一声，便朝着冲上来的人开枪射击。

张志良当了多年的土匪，有经验，看到前面出现了人影，知道不好，赶紧朝着旁边的小树林蹿去。但是晚了，从对面飞过来的子弹接连打中了他的胸脯和肚子。张志良摔倒在地，依然手脚并用朝旁边树林里爬。余唯甄比张志良更鬼，他看到前面出现了人，边喊"开枪"边朝后跑。

余唯甄后面是警备团的人，他们训练有素，迅速跑到小路两侧趴下，朝着前面的人射击。

巡逻的抗粮军被撂倒了几个后，不敢冲了，也都找地方躲着，朝这边开枪。

山顶上，正喝酒的王金三听到枪声，知道不好，忙让各营召集人马，按照他们早就计划好的各就各位，他则与梁元善带着二百人去增援巡逻队。

巡逻队因为火力不足，已经死伤惨重，只剩下五六个人还在坚持战斗。

王金三带着五十人堵住了上山的通道，让剩下的一百五十人分成三路，绕到敌人的两侧和后方进行突袭。

先对警备团发起突袭的是绕到警备团两侧的抗粮军，被堵在小路上的警备团成了他们的活靶子，死伤惨重。警备团发现不好，赶紧后撤，这时候，绕到后方的抗粮军已经堵住了他们的后路，朝着撤下来的警备团就是一阵猛打。

王金三的兵力部署虽然很得法，但是因为子弹太少，打了一会儿，子弹打没了。被打得四处乱蹿的警备团，也发现了这一点，迅速组织反击。

这个时候，王金三的兵实战经验不足的缺憾表现出来了。他们被打了一个措手不及，在留下了几十具尸体之后，才慌忙钻进树林里，凭借夜色的掩护迅速藏匿起来。

天亮以后，王金三率领抗粮军打扫战场，在山上山下重新布置岗哨，严加防守。

此番大战，抗粮军死伤近百人，最主要的是，因为他们战斗经验太少，弹药浪费过大，已经所剩无几，幸亏他们从死亡的警备团人员手里缴获了一部分武器弹药，稍稍缓解了他们的弹药紧张状态。

在打扫战场的时候，抗粮军发现了张志良的尸体，报告给了王金三。

张志良死的位置，是警备团留下的众多尸体中，离山顶最近的。这让王金三头顶阵阵发麻。很显然，从这条小路摸上来，对山顶发起突袭，是这个昔日的三当家带的路。

王金三愤怒不已，他夺过旁边手下的铁锹，把这个流民头目的脑袋从脖子上铲下来，然后将他的脑袋和尸体分别扔进了两个山谷。

之后，王金三派李兴锁和尚启月带了一队人马，趁着夜晚进攻张志良部所驻的山头，打死了十多人，俘虏了剩下的三十多人。

王金三要把这三十多人都杀了，给死去的兄弟们报仇，被梁元善拦住。梁元善说这些人也都是穷苦兄弟，他们是张志良的手下不假，但是他们并没有跟着张志良偷袭羊儿山，杀他们是没有道理的。

听说羊儿山遭到袭击，余成峰也赶到了山上，正好碰上王金三要杀人，余成峰和梁元善两人苦苦劝阻，终于把王金三劝住。

余成峰带来了两个消息。一个消息不妙，警备团打算在乡里驻下来，直到消灭抗粮军为止，因此他们在乡里招兵买马，补充兵员，并从烟台调运大批武器弹药以为补充；第二个消息是好消息，他余成峰这些日子从青岛跑到济南，终于联系上了济南的党组织，党组织答应很快会派人到富水来，领导富水的革命事业。

余成峰还顺带打听到了王伯颜的消息。原来那次开会后撤离途中，王伯颜可能是遇到了富水县知事派来的暗探，他凭着机警和冷静摆脱了暗探的跟踪，却因为走上了岔路不小心跌下了山崖。济南党组织也是凭着他之前给过的秘密路线图，才在附近的崖下找到了他的遗体。

说到这些，众人都唏嘘不已。

02. 真相大白

张志良带着人向羊儿山出发的同时，他的三名心腹冒雨来到了龙门寺。

王顺虽然有些不情愿，但还是在傍晚时分，带着他们来到了余家沟，从余家沟东南角翻过围墙，进入村子。

进村后，王顺便和他们分开了。他带他们进村，是因为与张志良残存的情谊。他不想打听他们的任何事，也不想关心。他已经离这个世界的人越来越远，无论是张志良还是余唯甄，还是李芙蓉，都面容模糊。他在村里转悠着玩了一会儿，看了看自己屋子变成的一片废墟，在废墟里找到一把镢头，便扛着它翻墙而出，离开了余家沟。

他心情淡然，了无牵挂。他身后的余家沟，已经像一坨屎一样被他抛弃了。现在他不想余家沟，不想王小秀，也不想李芙蓉，就想回到自己在山里的小屋，在那里种地，听风，听狼嗥，听鸟叫。他讨厌余家沟，讨厌江湖，讨厌人世间的所有纠葛。

江湖小戏法，人世间才是大戏法。他再次想到了师父的这句话。

王顺不知道，此时的羊儿山，正开始了一场激战。他曾经救过的流民头目张志良，死在了羊儿山抗粮军的枪下。胶东一带赫赫有名的警备团，从此开始了与抗粮军的血腥绞杀。

王顺冒着小雨，踩着泥泞的小路，跟跟跄跄，不知走了多长时间，终于回到了龙门寺，这个破破烂烂，却让他觉得舒心安宁的地方。

王顺回到自己的屋子，脱下湿透了的衣服，一觉睡到了天亮。

天亮以后，王顺推开门，看到了他昨天晚上送到余家沟的三个张志良的心腹，还有余唯甄的公子余志南。张志良的这三个心腹他不知道他们的名字。好像有一个把自己的名字告诉了他，但是王顺不想记。现在他们站在了他的门口，这让王顺非常不悦。

四人淋成了落汤鸡。余志南看到王顺出来，忙跟他打招呼："王大哥，您住这儿啊？"

王顺哦了一声，对那三个绑匪说："你们来这里干什么？这里不是你们来的地方，赶紧走吧。"

三人中的一个把王顺拉到屋里，对他说："王大哥，我们大当家的说把人弄到了，就让我们来这里等他呢。要是傍晚他还不回来，就让我们把人杀了。"

王顺恼了："不行！你们把这里当什么地方了？这是龙门寺，这里是杀人的地方吗?!"

这人笑了笑，说："王大哥误会了，我们不在这里杀人，我们去山里杀。"

王顺说："别的地方我管不着，你们赶紧离开我这里，喜欢上哪儿就去哪儿。"

这人想了想，说："那我们去山上，宋晓在山上有房子。大当家来找我们，您告诉他一声。"

王顺不说话。

这人出去，三人嘀咕了几句，就拉着余志南往山里走。

余志南边走，边扭头对王顺喊："王大哥，您救救我啊！王大哥，我们可是亲戚啊……"

王顺关上门，钻进被窝，用被子蒙着头，一直到外面没有任何声音了，他才下了炕，走出屋子。他一直来到惠清法师住的小屋，对正打坐的惠清法师说："法师，他们绑了余唯甄的儿子。"

惠清法师哦了一声，叹气说："这人世间，你杀我我杀你，无休无止。"

王顺说："余唯甄虽然害了我，但我还是想救他儿子。"

惠清法师点头说："救人一命，胜造七级浮屠，施主此言大善。"

王顺说："不过想到余唯甄把我害得不轻，我又不想救他了。"

惠清法师说："余会长做了错事，责任在余会长，与其子无关。不过这救与不救，还是要看王施主与此人的缘分，要看王施主的造化。"

王顺一愣："我的造化？"

惠清法师说："人世间有十二生肖，其实这人，与这些活物并无区别。人中有欺人之虎，有胆小却专做坏事之鼠，有鸡有狗，有蛇也有兔，这些活物虽然行为各异，却皆是生命。众生平等，扫地不伤蝼蚁命，爱惜飞蛾纱罩灯，所有生命皆不可随意杀之，何况人命？施主救其一命，是救人更是救己，让自己脱离杀伐，心生善良。"

王顺拱手："多谢法师点拨，王顺明白了。"

中午，王顺蒸熟了一锅窝头，提着窝头和咸菜上了山顶，找到了张志良的那三个心腹和余志南。

王顺把带头的那个叫到一边，问他能否放人。带头的说不行，他们得等到傍晚。如果张志良来了，张志良会亲自放人，如果他不来，那就是他已经被余唯甄杀了，那他们只能把余唯甄的儿子杀了，给他报仇。

王顺哦了一声，下了山。

他先做了一个张志良的面具，然后坐在屋子外的木墩上，焦急地等待着张志良的到来。他一直等到了太阳快要落山了，还没有等到人，便戴上了张志良的面具，把自己打扮成张志良的样子，上了山。

在山上等待的三人看到他，忙拱手："大当家的，您终于回来了。"

王顺点头，说："回来了，把人放了吧。"

带头的一挥手，其余的两人正要放人，突然从山下跌跌撞撞跑上来一个人。这人见到"张志良"，吓得一屁股坐在地上，哇哇大叫。

带头的那个走过去，把人扶起来。

这人战战兢兢，走到"张志良"面前："大……大当家的，您……您还活着？"

"张志良"说："老子当然活着！"

来人刚要说话，三人中带头的那个把这人拽到一边，跟他嘀咕了一会儿，然后走过来，对"张志良"说："大当家的，这个兄弟听到了谣言，说您死了。我已经把他骂了一顿，您放心，我这就放人。"

带头的让那两人把捆着余志南的绳子解开，余志南捡了一条命，屁滚尿流，朝山下跑。

王顺要下山，带头的那个把他拽到一边，小声说："我知道您是谁，我们大当家的死了，不过不是被余唯甄打死的，是被抗粮军打死的。这事也不能怨人家抗粮军，大当家的为了金条，把抗粮军出卖了，这是不义。我们兄弟不想惹上人命，所以派人打听情况，现在大当家的没了，我们也就散了。不过王大哥，等我们下山了，您再走，演戏演全套，咱心照不宣，脸上都好看。"

这次轮到王顺惊讶了。他站在原地，看着这个带头的带着那三人下了山，约莫他们走远了，才摘下面具，跟跟跄跄下了山。

张志良死了，并且是因为出卖王金三被打死了，这个消息让王顺感到不可思议，感到头重脚轻，他连滚带爬下了山，回到自己的小屋。

他没有吃饭，就躺下了。

03. 赵小娜救人

驻守在乡里的警备团，在补充了弹药和人员之后，又联合余唯甄以及附近的联庄会，对抗粮军发起了几次攻击。

他们仰仗着人多枪多的优势，封锁所有的下山路口，然后一个哨所一个哨所地占领，步步为营，稳打稳扎，这使得抗粮军的游击突袭策略效果大不如前。

只有夜晚来临，才是抗粮军的天下。他们充分利用熟悉地形的优势，用夜色做掩护，对警备团和联庄会，发起无休无止的进攻。

打了几天，联庄会先受不了了，撤至山下。警备团看联庄会走了，也不敢独自留在山上，只得撤下。

此后，警备团数次攻到半山腰，有一次甚至差点攻到了山顶，但是他们最终还是无法彻底消灭抗粮军，抗粮军每次都会利用夜晚的优势，把警备团和联庄会撵到山下。

双方打了两个月，皆精疲力竭，警备团回到乡上休整，抗粮军也利用这个机会，购买粮食和武器，准备再战。

王金三望眼欲穿的党组织一直没有派人来，各地农会看到抗粮军要倒灶，警备团和联庄会势力越来越大，都迅速解散，隐蔽起来。有的干脆投奔联庄会，一起来对付王金三他们。抗粮军孤立无援，陷入绝境，很多人偷偷放下刀枪，逃下了山。原先五百多人的队伍，跑了二百多，加上这两个多月的死伤，队伍很快锐减到只有二百多人。

王金三与梁元善、余成峰等人商量抗粮军的出路，梁元善建议乘船东渡到东北去。那里地广人稀，山头多，土匪更多，找一个地方占山为王，肯定能活下去，实在不行就投奔张作霖的东北军。

王金三觉得此事风险太大，这么多人，在路上难免会遇到官府的军队，即便没有遇到，不确定的风险也太多，因此否定了梁元善的建议。

余成峰趁着警备团撤回乡上，想去一趟青岛，再次去寻找党组织。然而，他刚下山不久，就被两个穿着便装的壮汉给拦住了。

余成峰知道他们是官府的人，却假装糊涂，质问他们为什么挡住他的去路。这两人不说话，伸手就要抓人。余成峰早就做好了准备，从兜里掏出一把泥土朝他们脸上扬去，然后转身就跑。

他扬出的泥土只起了一半作用，一个壮汉的眼睛被泥土糊住，另一个躲过去了，在后面猛追他。

余成峰跑进村子，又怕连累到老百姓，又跑出村子，朝村后的小树林跑去。就在他要跑进小树林的时候，那个被他一把土糊住了眼睛的汉子突然从一条小土沟里冲出来，一头将筋疲力尽的余成峰撞了个仰八叉。

余成峰跌得浑身疼，好长时间没爬起来。追他的那个汉子跑过来，也一屁股坐在地上大口喘气。把他撞倒的汉子很得意，说："余成峰，你有本事爬起来跑啊，你再扬我一脸土啊，你他妈的……"

余成峰还真的掏出了一把土，又扬了这个得意扬扬的家伙一脸。这家伙捂着眼哇哇大骂，余成峰刚要爬起来继续跑，坐在他旁边的那个一下子扑到他身上，死死地抱住了他。

又被扬了一脸土的那个家伙喊道："兄弟，抓着这个余成峰二十个大洋呢，千万别让他跑了！"

压在余成峰身上的这个喊："放心吧，我就是让我老婆跑了，也不能让他跑了！"

被扬了土的家伙揉了一会儿眼之后，从身上掏出一根绳子，与压在余成峰身上的那个家伙一起，把余成峰捆了起来。这个家伙下手挺狠，把余成峰的胳膊拧到背后，还用绳子在他的手腕上勒了一圈，然后狠狠地往上提，余成峰疼得大叫："哎呀哎呀，兄弟，咱能不能轻点儿？捆成这样，我肯定跑不了了。"

这个家伙骂道："轻点儿？你他妈的扬我一脸土的时候，怎么不说轻点儿?！你差点给我把眼弄瞎了，我还给你轻点儿?！"

另一个说："捆住就行了，别给他把胳膊弄断了。余会长说，他要完整的，要是断了胳膊，他不得扣咱五个大洋?！"

余成峰也说："是啊兄弟，余唯甄可是我大伯，亲不亲一家人，他想抓我是真的，但是如果你们把我弄残废了，别说钱，他不找你们麻烦你们就算烧高香了。"

两人把余成峰捆绑完毕后，本来想回县城，看到天完全黑了，怕农会或者抗粮军的人把他们劫了，便商量了一下，决定到旁边的村子住一晚上再走。

两人押着余成峰，找到了村里的联庄会，把余成峰关在了联庄会的屋子里，由联庄会的人守着。

余成峰曾经在这个村子住过一段时间，认识这个村里的大部分人。联庄会的人送饭的时候，余成峰很惊讶地发现，给他送饭的人，竟然是他在村里发展的农会会长。这个村子的农会会员不多，却也有三十多人，这个农会会长家里很穷，对革命很积极，曾经提议农会搞暴动，杀了村里的联庄会会长，被余成峰拒绝。

因此当他戴着联庄会的袖箍出现在余成峰面前的时候，余成峰惊愕不已。

这个会长也认出了余成峰，很惊讶："余……余大哥，您怎么在这里?!"

余成峰说："我被官府的人抓住了。兄弟，你这是加入了联庄会?"

会长点头，小声说："自从王书记失踪，很多兄弟都害怕了。联庄会的人又找我们，说要是不加入联庄会，保安团就会来抓我们，没办法，我们就入了联庄会。"

余成峰说："都是有家有口的，我理解。"

会长小声说："余大哥，您以后别来这周围活动了，联庄会会长于周也不知道因为什么，现在不向着咱了。"

余成峰喃喃地说："墙倒众人推啊。兄弟，你能不能去羊儿山送个信，让王金三派人来救我……"

这人头摇得像拨浪鼓，说："对不起，余大哥，我不能帮您这个忙了，这要是被逮住，是要被砍头的。您也知道，我老婆孩子都靠我养活呢，实在是对不起了。"

这个昔日的农会会长走出了屋子，在外面锁上了大门。余成峰心里弥漫起无尽的悲哀。他没有心思吃饭，坐在地上，想到了热切盼望着他带来好消息的王金三，想到长者一般的梁元善，想到了妻子王小秀，还想到了那个对自己无限崇拜的学生小王。

他像读书一样，把这些人跟自己认识的经过从头过了一遍，还没过完，就因为太累，迷迷糊糊睡了过去。

睡梦中，他突然听到有人喊他："大哥，大哥，赶紧起来啊。"

余成峰被惊醒，看到面前站着一个女人。女人对他说："大哥，您赶紧走吧，再等一会儿，联庄会的人就回来了!"

余成峰听出来了，这个女人竟然是赵小娜!

他很狐疑:"赵小娜?! 你怎么会在这里?"

赵小娜小声说:"这村是我娘家啊。别的以后再说，你赶紧跑吧，看你的人在旁边屋里喝酒呢，你原先农会的人找的我，让我来救你，他们都害怕，我不怕。我已经给你解开绳子了，你赶紧走!"

余成峰刚想问，他走了，她怎么办，但赵小娜已抓着他的衣服，拉着他就朝外走。两人小心翼翼来到屋子外，果然，东边一幢屋子里灯光明亮，里面一帮人在吵吵嚷嚷。

两人转过屋角，赵小娜带着余成峰在村子里走小巷，躲过联庄会的巡逻，一直把他送到村子外。

赵小娜说:"大哥，我只能把你送到这儿了，你赶紧走吧。我得回家，你没了，他们肯定要全村搜查了。"

余成峰转身要走了，突然问了一句:"弟妹，我差点杀了你，你为什么要救我?"

赵小娜说:"猫狗都是一条命呢，何况还是个人!"

04. 于周上山

东南片区联庄会总会长于周，突然乔装来到山上，这让余成峰和王金三有些措手不及。于周在富水东南乡德高望重，为人处世深藏不露，当年余成峰在附近活动，于周虽然知道他的身份，却总是以读书人之礼热情相待，并在各方面都予以照顾。但是现在情形不同，于周是否还是以前的于周，余成峰没有把握。

不管如何，于周曾经有恩于山寨，王金三下令杀猪宰羊，以最高的待客礼仪款待于周。

于周的到来，给沉闷已久的羊儿山带来了欢乐，带来了希望。于周还带了几张书画，让余成峰一起欣赏评价。余成峰拿出珍藏的好茶，两人在初夏的树荫下，品茗赏字，仿佛这充满了火药味的羊儿山，突然变成了文人墨客的休闲之所。

于周带来的画，是本地几位画家的作品，质量良莠不齐，有一张山水和一张荷花不错。余成峰最喜欢的是于周带来的两张王垿的书法。王垿老家离羊儿山有四十多里路，是清朝时期的内阁学士兼礼部侍郎。大清倒台后，王垿隐居青岛，卖字添补家用。当年王垿在北京时，便是朝野闻名的书法大家，京城因此有"有匾皆书垿，无腔不学谭"的说法。垿，便是王垿，谭，指的是其时的京剧大师谭鑫培。这两张书法是于周特意去青岛向王垿求的，一张是隶书，写的是杜甫《江南逢李龟年》，另一张是王垿最为擅长的楷书。王的楷书中略带行书笔意，取颜体之厚重、欧体之法度、虞体之风韵、柳体之筋骨，可以说是集众家之长，厚重大气，气象万千。

于周很慷慨，看到余成峰喜欢，干脆把楷书送给了余成峰。余成峰喜出望外，中午喝酒的时候就多喝了两杯。余成峰带着酒意对于周说，等抗粮军找到了归宿，走上了正轨，他就回家，写字教书，做一个不闻窗外事的教书先生。

于周很高兴，说："我可以帮先生找一下余会长，余家沟小学刚好缺一名教师。"

余成峰趁着酒兴，说："不。我与余唯甄势不两立，有他在，我不会回余家沟，即便官府不抓我，我也不回去。我是革命者，他是守旧派，我们两个，余家沟只能容下一个。"

于周哦了一声，说："照先生说法，你们革命要是成功了，就要灭掉这些守旧派了？"

余成峰说："也不尽然。对于那些支持革命的人，即便是守旧派，我们也欢迎。革命成功后，需要很多有识之士共建国家。我们的百姓深受儒家思想毒害，守旧是大多数，我们要改造这些大多数，让他们慢慢转变思想，成为革命的一分子。"

于周笑了笑，说："余先生，您看我是守旧派，还是革命派呢？"

余成峰说："您肯定不是守旧派，但也不是革命派，您在革命者眼里，属于可以合作共事的开明绅士。"

于周脸色一沉，不过旋即又笑了："哦，那还不错，不错，还可以合作，哈哈哈。"

梁元善看到于周的脸色有些不那么好看了，忙站起来打圆场："于会长，我等在羊儿山多亏您关照，梁某敬会长一杯酒，聊表谢意。"

于周端起酒杯，与梁元善碰杯，笑着说："梁先生急公好义，曾经在东北救过张督军，富水无人不知啊。梁先生要是有时间，欢迎到于某家里一坐。"

梁元善说："好。只要于会长不嫌弃，元善肯定常去。"

王金三也敬了于周一杯酒，然后说："于会长，现在羊儿山被警备团和联庄会盯上了，打了几仗，不分胜负，但是我们跟官府耗不起啊。于会长此番上山，是否能帮我们找一条出路？"

于周想了想，说："王团长，还有各位兄弟，不瞒你们，于某来羊儿山，是受县知事之命而来的……"

众人听于周说到这儿，都惊愕地瞪大了眼珠子。

于周朝众人摆摆手，示意大家听他说下去："县知事让于某来山上打听虚实，当然，于某自有主张。座上诸位与于某都有交情，山上也有不少于某下辖村子的百姓，甚至有于某的远房亲戚，于某不会坐视警备团杀戮羊儿山的兄弟而不理。因此，于某上山之前，跟知事大人说好了，如果你们能够真心归顺官府，知事大人会给你们谋划一条生路。"

王金三来了兴趣："于会长，您说说，如果我们兄弟归顺官府，知事会怎么安排我们？"

于周沉吟着说："知事大人也为难呢。当初封你为保安二团团长，你就应该藏起尾巴，小心过日子。可是你们弄得太招摇，大肆招兵买马，还想到县城驻扎，知事大人是没有办法了，才请警备团来。不过这打来打去，打的都是本地的钱粮和性命，县知事也很着急。如果你们肯归附官府，那只能解散部分兵马，归属保安团，具体怎么安排，我也是想听听诸位的意见。"

王金三说："于会长，我王金三到现在还是保安团二团团长啊，您看您是否能跟县知事说说，我去见一下知事大人，消除知事大人对我的误会。"

于周想了想，说："这个……我可以请示一下知事大人。知事大人是富水的父母官，他并不想在他的任期内搞得狼烟四起，涂炭百姓。我把王团长的想法马上告诉知事大人，希望王团长和知事大人早日见面，消除误会，也让富水老百姓过上平安祥和的好日子。"

众人纷纷站起来，向于周敬酒。

于周酒喝得不少，下山的时候，脚步不稳，还摔了一个跟头。幸好下面是一处平坡，他并没有摔伤。

05. 龙门寺闹鬼

白果他们的寻宝行动，惊动了余唯甄，也惊动了一直蛰伏在家的赵俊德。

赵俊德自从被王金三搞去五千个大洋后，家道中落，一直在寻思赚钱的门道，听说白果带了个南方人在老寨山寻宝，赵俊德动心了。

南方人到北方寻宝，自古便有。此事在清末民初达到高峰，北方人将之称为"采地气"。据说有不少南方人寻到了宝贝，很快发达起来，而北方人却因为当地宝物失落，越来越落后。赵俊德是江湖中人，结识三教九流，尤其喜欢交往这种江湖术士，这种寻宝的故事听的比任何人都多。不过他与余唯甄不同，余唯甄是想沾点光，跟着分点金银之物，赵俊德则想知道宝贝的具体位置，把白果他们赶走，然后独吞宝物。

得知白果他们的住处后，赵俊德让人把白果请到家里，热情款待。

白果知道赵俊德不会有什么好心思，可他又惹不起，只得虚与委蛇，应付赵俊德。

赵俊德是老流氓，白果的那一套，他根本不看在眼里。白果酒足饭饱，要朝外走，被赵俊德的人拦下了。他们把白果关在一间屋子里，不打他也不骂他，就是用绳子吊着他的两个大拇指，让他的脚尖刚及地面。白果必须时刻踮着脚尖，否则两个大拇指就会被拽断。

赵俊德的人对白果说："白先生，听说你戏法变得好，赵老爷说了，你要是能在这里撑过三天三夜，我们就放你走。"

白果没有撑过一夜，半夜时分，就号叫着让人把他放下来。来人不放他，让他说出他们找到的宝贝的地址，白果无奈，只得说了。

得知宝贝下落的赵俊德兴奋不已。他准备了一天，第二天傍晚，便带着十多个地痞流氓，拿着铁锹、镢头，分乘三辆马车，直奔龙门寺。

来到龙门寺后，天已经黑透了。赵俊德找到惠清法师，商量法师从屋子里出来，他要挖宝。惠清法师不肯出来，坐在屋子中间念经。赵俊德烦了，让人把惠清法师从屋子里抬出来，绑在树上，他带着一帮地痞流氓进屋开始刨地。

然而，他们刚挖了一会儿，突然一阵阴风吹来，屋里的蜡烛被吹灭了，一阵阴森森的笑声从外面传来，一众人被吓得哇哇叫。被王顺捉弄过一次的赵俊德知道这是王顺的把戏，边骂王顺，边朝门口走。然而，门却被人从外面锁死了，任他怎么拽怎么踹，那门都纹丝不动。

赵俊德打着火石，点着蜡烛，拿起镢头要去砸门。没等他动手，屋子里突然冒出了一团火花，这团火落地后，嘭地四散，迅速蔓延起来。没等众人看明白，他们的身上都燃起了大火。这些流氓地痞吓得哇哇大叫哭爹喊娘，赵俊德也不淡定了，边拍打身上的火苗，边拼命挥舞镢头，砸开了木门。

一众人跟着赵俊德跑出来，身上的火却一瞬间没有了，衣服什么的也都好好的，没烧坏。大家惊愕了，纷纷说这屋子有鬼神护着，几百年的老庙，肯定是有道行了。众人又看到被绑在树上的惠清法师竟然安然盘坐在地上，嘴里叽里咕噜念着经，便都害怕了，朝着惠清法师磕头，又朝着破旧不堪的龙门寺磕头。

不信鬼神的赵俊德也被闹糊涂了。他确信，刚才那把神秘的大火跟王顺没有关系。看来这龙门寺还真是有神灵护佑，不敢乱动啊。

赵俊德撒了一泡尿，气哼哼地招呼一帮地痞流氓上了马车，赶着马车朝外走。怪异的事再次发生。走到半路，赵俊德乘坐的马车突然翻倒在路边沟里，一起坐在车厢里的三个人都没事，唯独把赵俊德压在马车下。

众人把马卸下来，把马车掀开，救出了赵俊德。赵俊德惊魂未定，一众地痞流氓说马车翻倒，压着了赵俊德，是龙门寺的护寺鬼神在惩罚他，因为刚才大家都朝着龙门寺磕头了，唯有赵俊德没有磕头，还在那附近撒了一泡尿。到了这时候，赵俊德也害怕了，赶紧跪下，朝着龙门寺方向磕了三个响头，才上了另一辆马车，逃也似的离开了老寨山。

几日后，富水城里便传遍了龙门寺有鬼神护佑的各种故事。多年没有人祭拜的龙门寺一时香火大盛，周围几十里的百姓纷纷来龙门寺上香献祭。惠清法师清心寡欲，躲在屋里不出来。众人只得把坍塌的大殿清理了一下，在大殿里烧香拜祭，并把带的钱物放在大殿里。

王顺怕东西被人偷走，等拜祭的人走了后，他会把铜板和信众送的东西收拾起来，放进惠清法师的屋子里。法师看也不看。

白果找到余唯甄，让他趁这个机会鼓动老百姓捐款捐物，重建龙门寺，以便趁机偷取宝物。

余唯甄此时的心思却都在羊儿山上。他让白果不要着急，做事要一步一步来，他要先拿下羊儿山的土匪，再说龙门寺的事。

为了此事，余唯甄特意去了一趟南部山区，找到于周，协商如何对付王金三。

于周盛情款待余唯甄，却对如何对付王金三语焉不详。余唯甄很是不高兴，回来之后，向县知事告状，说于周与王金三有勾结。

县知事微笑不语。

06. 寻找出路

警备团又经过一轮补充弹药后，再次与余唯甄联合，进攻羊儿山。

这次他们改变策略，在羊儿山下的几个路口建了临时工事，分兵把守，在围着羊儿山的诸多工事之间，还设了六支巡逻队，昼夜不断地进行巡逻。

警备队和联庄会的这一招，切断了抗粮军在附近地域活动的通路。余成峰几次下山，都被巡逻队给挡了回来。警备团主力不断对羊儿山发起小规模进攻，用以消耗抗粮军的弹药和人员，这使得抗粮军非常被动。经过几场拉锯战后，已经失去了灵魂的抗粮军斗志消沉，濒临崩溃。不少熟悉地形的抗粮军消失，经过寻找，只能在半山坡上找到他们丢弃的枪支。

脾气暴躁的王金三天天在山顶骂人，甚至动手打部下，梁元善和余成峰百般劝阻，王金三就是压不住火气。

晚上，梁元善来到余成峰屋子，唉声叹气，愁眉不展。

余成峰让梁元善坐下。梁元善说："兄弟啊，咱这个大哥已经乱了方寸了，这么下去，羊儿山是保不住了，咱得想想办法啊。"

余成峰脸色冷峻，他说："当然，到了选择的时候了。"

梁元善一愣："选择？兄弟，你什么意思？"

余成峰站起来，在屋子里踱着方步，说："情况比你说的要严重。下山的人，不少被余唯甄的人抓住，所以余唯甄现在对我们山上的情况一清二楚。也就是说，再给他们几天时间，余唯甄和警备团就会根据我们的兵力部署，一举歼灭我们，所以我说，我们到了选择的时候了。"

梁元善大惊："你怎么不早说？！"

余成峰说："我如果早早说了，大哥除了更加狂躁，他还会有什么好办法吗？"

梁元善像泄了气的皮球："没有。"

余成峰说："我已经派人去联系于老先生了，现在他是我们唯一的希望。"

梁元善有些忧虑："于老先生是个读书之人，也是个老江湖啊。饱读圣贤书的人，嘴里冠冕堂皇，却是两面三刀，最不可相信。我就怕于先生是这种人，我觉得此人不可信。"

余成峰笑了笑，说："梁大哥，您顾虑多了。天下乌鸦一般黑，天下读书人却不一样。余唯甄与于周先生皆是读书人，读的也都是'四书五经'孔孟之道，可余唯甄是您说的那种阴险毒辣之徒，于周先生却不是。于先生是开明绅士，他不仅读'四书五经'，还读西方文学，心胸开阔。我与于先生交道多年，如果他像您说的那种人，我余成峰早就被官府抓走了。"

梁元善沉思着点头，说："但愿吧。但愿兄弟没看错人。"

余成峰说："我们已经无路可走了，于先生是唯一的一条路了。"

余成峰和梁元善两人商量一番后，来找王金三。王金三喝得酩酊大醉，一只脚搭在床上，身子躺在地上。他的嘴巴旁边，有一摊吐出的秽物。一只不知什么时候钻进来的黄鼠狼大概是吃了他吐出来的东西，躺在王金三旁边呼呼大睡。

余成峰找了把铁锹，把王金三吐的秽物收拾了。梁元善把黄鼠狼抱出去，放在房子后的树林里。奇怪的是，这黄鼠狼还不肯走，梁元善刚回到屋里，它又回来了。

余成峰已经把王金三弄醒，王金三洗了一把脸，睁着半醒不醒的眼皮，问："怎么了？有什么情况？"

余成峰把当前面临的局面向王金三说了，王金三很长时间不说话。

梁元善说："大当家的，我们不能这么等死啊！余成峰建议我们去投奔于周，让他帮我们找一条出路，我觉得只能如此了，您说呢？"

王金三甩了一下头，像要甩掉一脑袋的马蜂。他走到门口，打了几个喷嚏，转身进屋，说："我现在一点主意都没有，听你们的吧。"

余成峰和梁元善有些惊讶，他们没想到，一向说一不二的王金三，会如此颓废，竟然一句疑问都没有。两人都等着说服王金三呢，王金三却一个字也不问，这让两人有种跌空的感觉。

余成峰说："大当家的，我只是提一个建议，您有什么好办法，可以说出来，我们商量一下。"

王金三摇头，很颓唐的样子，说："没有，我没有什么好办法。我起兵，本来以为会攀上北伐的南兵，结果没有攀上，人家南兵根本不到咱这儿来。后来认识了余先生，认识了王伯颜王书记，王书记还弄了三个纵队，牛皮哄哄的，我以为我王金三的好日子终于要来了，真是没想到啊，王书记突然就没了，我王金三这几百人马，竟然走投无路了！老天爷真是不公啊！"

众人沉默了一会儿，梁元善说："别说王书记了，还是计划一下，怎么冲出去吧。"

07. 死局

经过一番谋划后，王金三让人在山东坡放了几挂鞭炮，把巡逻队吸引过去，他们从西南角突然冲出。打掉了西南角的工事后，二百人蜂拥下山，顺着山路绕了一圈，让追击的警备团误以为他们跑进了附近的小山里，然后兜头直奔于家庄。

他们于天亮以前赶到了于家庄。因为有余成峰带队，于家庄的联庄会没有为难他们，让他们直接进了村，来到了联庄会议事处。

于周听说王金三带着人马来了，忙从家里赶过来，并赶紧找人做饭，让累了一夜的抗粮军吃顿饱饭。

王金三和梁元善、余成峰向于周打听他去找县知事的情况。于周告诉三人，他去了两次了，知事大人很忙，答应会找时间见一下王金三，却一直没有定下具体的时间和地点。于周让王金三稍等几天，既然知事大人答应了见他，那就很快了。

王金三说现在警备团攻得太紧，他们等不及了，所以只能先下山了。于周想了想，对三人说："这警备团与县知事各怀心思，警备团杀人以邀功，杀得越多越好，县知事想平息此事，还不想死人。因此，于某觉得，大当家的最好带着人先找个地方躲起来，或者让兄弟们先回家，等大当家的见到了知事大人，有了去处，再把兄弟们召集起来。"

王金三迟疑了："躲是不行了，现在警备团兵强马壮，还有上千人的联庄会帮忙，现在唯一的办法，就是先让兄弟们回家，不过这个事，得让兄弟们商量一下。"

梁元善和余成峰都不说话。于周的这个提议，让两人都感到措手不及。

梁元善说："于会长，能否让这二百多兄弟先在您这儿住几天呢？您放心，吃的喝的我们都付钱，也不会给您添乱。"

于周笑了笑，说："梁先生啊，您也是走南闯北的人，怎么就不知道于某的难处呢？不瞒三位，于某到山上见你们，为你们的事到县衙找知事大人，都是偷偷摸摸去的，万一警备团给我安上一个勾结土匪的罪名，于某可就人头落地了。要是这二百多人在这里吃住，能瞒过警备团吗？余先生知道，村里很多小人，说不定现在就有人去向警备团告密了呢。"

王金三叹了一口气，说："听于会长的，吃完饭，让兄弟们各自回家。把枪都放在于会长这里，只要于会长的人不抓他们，出了于家庄，也没人知道兄弟们的身份。等我见了知事大人，知事大人把警备团撵走，给我安排了职位后，我再把兄弟们召集起来。"

于周说要找人给他们几个做饭，就走出了屋子。

王金三把李兴锁、尚启月等副团长以及各营营长共九人叫进屋子，把于周老先生的提议跟大家说了，众人都沉默不语。大家都明白，他们已经无可选择。

于周亲自陪以王金三为首的抗粮军十三名首领吃了饭，然后将盖有县府大印的、他亲自签名的路条发给他们。他告诉他们，这路条在警备团那儿不好用，只对联庄会有用，因此他们要绕开警备团。王金三谢过于周，让梁元善把他们剩下的大洋给所有兄弟平均分了。王金三对着二百多人深深鞠躬，然后说："兄弟们！我王金三对不起大家。我们被警备团这帮混蛋给治着了，没办法，兄弟们先回家，把枪放在于会长这儿。等过了眼前这一关，我们找到了靠山，我王金三会派人把兄弟们重新召集在一起，咱再干一番大事业！"

在山上的时候，众人惶恐不安，现在看到王金三要把他们都解散了，众人反而不舍起来。

王金三与余成峰等人商量，回去后，梁元善马上去一趟东北，打探一下那边的情况，他与余成峰去青岛、济南等地继续寻找组织，李兴锁等人则找地方躲避一下，暂时不要在家里。众人皆答应。

王金三和梁元善等人先把众兄弟缴上来的枪点数，按每个营编号放好。统计了一下，总上缴匣子炮六支、手枪八支、长枪一百六十支、火铳三十支。于周把放枪的屋子上了锁，把钥匙交给王金三。王金三带着众人拜别于周，便分别散去。

余成峰不能回家，去了离此地不远的一个村子。王金三和梁元善同路，两人一起朝南走了十里路，然后朝西走了十里，再朝北走。两人打算绕道城里，先一起去梁元善家，看看情况。

两人还没出于周的联庄会所管辖区域，便在半路遇到了一帮联庄会的巡逻队。巡逻队有枪，皆骑马，六个人，荷枪实弹。他们老远看到两人，骑着马冲过来，拦住了他们。这个时候，梁元善已经隐隐觉出了不妙，他觉得这些人好像特意在这里拦他们的。王金三觉得手里有于周的路条，应该没事，便把路条拿了出来。

带头的看了看两人的路条，突然一挥手，冲过来四个人把两人摁住，捆了起来。

王金三大怒，让带头的好好看看，路条有县衙的大印和于周的签字。带头的告诉他们，他们抓的就是有路条的，于会长吩咐了的。

王金三还有些糊涂，梁元善仰天长叹："大当家的，我们被于周这个老混蛋卖了！"

王金三和梁元善重新被押回了于家庄，被关在联庄会的屋子里。为了防止他们逃跑，两人被五花大绑，背对背拴在一起。于周的手下显然熟谙绑人之道，把绳结打在两人的腹部，这使得两人只能望结兴叹，根本无法解开。

最让两人崩溃的是，分头回家的李兴锁、尚启月、余成峰等，一个不少，都被抓了回来，都是领了于周亲笔签名的路条的人。

到了这时候，众人明白了，这一切，都是于周早就布局好了的。

王金三和余成峰要求见于周，晚上，于周和余唯甄一起走进了屋子。

王金三央求于周放了他们，于周一脸冰冷："王团长，尔等啸聚一方，危害百姓，在与警备团和联庄会的战争中，已导致二百多人死伤。知事大人早就有话，无论是谁，只要抓到你们这些土匪，皆可马上处死。于某只抓了你们十三个头领，把那些小喽啰放了，已经是仁至义尽了。别说我放了你们我是死罪，即便于某有权放你们，也不会再给你们祸害富水百姓的机会了。"

余成峰说："于会长，这里的人，只有我一个是共产党，鼓动王团长攻打县城的人是我，带着山上的兄弟与警备团对抗的人也是我。你把他们都放了，把我杀了，您既可以交差，也可以领赏，更可以积下阴德，富水老百姓也会称颂您，您何乐而不为呢？"

于周呵呵一笑，说："于某不相信什么阴德，我也不管你是共产党还是抗粮军，只要犯了王法，就要伏法！余先生，请不要怪于某无情，你们杀了这么多人，死有余辜。"

王金三看到余唯甄很得意地站在一边，忍不住对着余唯甄破口大骂："余唯甄，你这个老狗东西，要不是你蛊惑于周会长，他怎么会对我们兄弟下此狠手？！"

余唯甄大笑："王金三，你以为于会长像你一样糊涂？！怪不得你当团长就当了一个月，就你这糊涂脑瓜，还想当山大王？！哈哈哈，你一个好好的讼师，弄到现在这般地步，你真是咎由自取！"

于周说："于某与诸位也算有些交情，这样吧，我让人拿些纸过来，你们有什么遗言，可以写下来，我负责给你们送到家。要抓紧时间，夜长梦多，一个时辰后，于某就送你们上路了。诸位放心，于某让人做的断头饭，比县大牢的强多了，鸡鸭鱼都有。"

众人惊愕不已，有人骂余唯甄和于周，有人央求这两人饶他们一命，李兴锁则大骂王金三，说王金三应该听梁先生的，带着队伍闯关东。

余唯甄和于周转身离开了屋子。

王金三沉默了一会儿，突然大喊一声："人早晚都是个死，早死早托生，别娘儿们叽叽的！"

08. 寻宝龙门寺

一个陌生人来到龙门寺，给王顺送来一封信。王顺打开看了看，是余成峰写的，很简单的几个字："王顺兄，请帮忙照顾好我妻儿老小。余成峰绝笔。"

王顺早已从余唯甄的口中，得知了余成峰他们的死讯。

被砍头的十三个人，王顺认识六个，有七个不认识。他在自己屋子里，为王金三、梁元善、余成峰等人设了牌位，不认识的就设了无名牌，每天给他们上香祭奠。

过了五六天，一个阳光明亮的清晨，白果突然赶着马车，带着一个男人来到龙门寺。

白果告诉王顺，他在山外遇到了这个男子。男子饿得都站不直了，白果停下马车，问他去哪里，他说到山里找王顺，白果就把他带进来了。

王顺仔细打量了一会儿这个瘦得不成样子、胡子拉碴的男人，大吃一惊，这人不是梁元善吗？

梁元善身体极度虚弱，衣服很脏，白果一边嫌弃，一边和王顺把梁元善从马车上扶下来，扶进了屋子。

王顺给梁元善倒了一碗热水，水太热，梁元善虽然狼狈不堪，却依然保持着在东北当经理时的做派，端起碗，小心地吹了吹，喝了几口，又咧着嘴皮，朝王顺笑了笑，说："王先生，我三天没吃东西了，能否给我弄点吃的？"

王顺这里刚好有余唯甄送来的雪白的馒头，王顺给梁元善拿了两个，又端出一碟子咸菜。

梁元善看到馒头，没有了刚才的斯文做派，抓起一个馒头就朝嘴里送。王顺给他筷子，让他挑着咸菜就着吃。梁元善一边答应着，一边嘴巴快速嚼动。由于太瘦，他突然凸起的腮帮子像两只在嘴里活动的小兔子。一个馒头下肚后，梁元善吃了一口咸菜，喝了一大口水，仰头长吐一口气："饿坏了，真是饿坏了，王先生见笑了。"

王顺点头，说："慢慢吃，馒头多着呢。余会长昨天刚来给惠清法师送的馒头，法师吃不了，余会长就送给我了。"

梁元善一愣，苦笑道："我梁元善平生最恨阴险小人，没想到，今天竟然吃了这种人送的馒头。"

梁元善端着水走到屋外，把手指伸进喉咙里搅动，硬是把刚吃进去的馒头给抠了出来。他漱了口，走进屋子，让王顺拿自己做的窝头给他吃。王顺做窝头的玉米面，也是余唯甄送的，不过王顺没说。他拿了两个窝头，梁元善都吃了。肚子里有了粮食，梁元善这才告诉王顺，自己能活着，原因是他是张宗昌的救命恩人，于周怕杀了他梁元善，遭到张宗昌的报复，所以砍头的时候，于周吩咐负责给梁元善行刑的刽子手，让他用刀背把梁元善拍晕。行刑结束后，于周亲自跑到刑场把他用凉水激醒，让他赶紧走，这段时间不要回老家，先在外面躲一段日子再说。梁元善不敢回家，不敢进村子，不敢进城，也不敢去龙口码头坐船回东北，在外面流浪了几天后，实在饿极了，想到了王顺，就投奔他来了。

梁元善告诉王顺，来这里之前，他偷偷去城门口，看过王金三、余成峰等人，具体说，是看他们的脑袋。他们的脑袋被于周砍下来，送给了警备团，警备团将十三个脑袋吊在了城门口，以儆效尤。

梁元善在王顺这儿住了十多天。王顺利用这十多天时间，给梁元善做了一个精致的面具，梁元善戴着这个面具踏上了去东北的路。后来梁元善在东北参加了抗联，奔波于广东、香港等地，为抗联募捐筹款。

梁元善走了后，王顺进了一趟城，想看看王金三等人的遗容。他去得有点晚了，县知事在警备团走后，通知各家属来领人头。此时，城门上只剩下一个无人认领的脑袋，孤零零地在风中荡来荡去。

王顺知道，多出来的那个脑袋，应该是于周找的顶替梁元善的替死鬼。王顺心里苦笑，这些手握权势的人，真是可以根据自己的好恶，随意决定一个人的生死。

王顺趁着夜色，又回了一趟余家沟。他在自己家门口站了一会儿，便来到了王小秀家门前。他有余成峰的信壮胆，直接敲开了王小秀的家门。

让他没有想到的是，王小秀一脸冷漠，没有让他进门。

王顺拿出余成峰的信，说："余成峰托付我，照顾你们一家人。"

王小秀口气冰冷："我知道。"

王顺一愣："你怎么知道？"

王小秀说："他也给我和我婆婆写了信。不过我们不需要你照顾，我家就剩下二亩地，其他的都租出去了，我能照顾好我们一家子。王大哥，孩子长大了，我们以后不要来往了。"

王小秀要转身进屋，王顺拦住她："王小秀，你这是怎么了？是不是你婆婆骂你了？"

王小秀说："没有。自从余成峰死了，我婆婆突然好了，也不骂人了。是我不想跟你好下去了，我想安安静静过日子，跟任何人都没有关系。"

王小秀转身进屋，哐啷一声关了门。王顺在门口站了一会儿，便返回了龙门寺。

白果又来了。他悄悄告诉王顺，他已经与余唯甄正式开始合作了，余唯甄发起募捐，修缮龙门寺，其实是为了把惠清法师从龙门寺撺出去，以便他们寻宝。

王顺把此事告诉惠清法师，惠清法师淡淡地哦了一声，没有说话。

余唯甄行动迅速，很快带着一帮人，拉着木头、砖头等物，来到了龙门寺。他们先把西头的两间屋子修缮好了，请惠清法师搬到西面屋子居住，才开始修缮惠清法师住的东边的屋子。

王顺暗中观察，他们在请惠清法师搬进西边屋子的第三天，那个姓苏的南方人鬼鬼祟祟地来了。王顺知道，他们这是要动手了。

当天半夜，余唯甄和白果、苏姓南方人一起，带着几个人偷偷溜进了惠清法师居住的屋子，挥舞镢头铁锹，开始在屋里挖掘。

他们一直干到天微微发亮，把屋子地下挖出了一个三米多深的洞口。那个南方人拿着罗盘拽着绳子下去，罗盘急速转动，他大喜："快了快了！兄弟们加把劲儿！"

南方人从洞口爬上来，负责挖掘的壮汉刚要跳下洞口，年久失修的屋顶突然塌陷。怪异的是，屋顶刚好把洞口埋住，惊慌失措之余，有人看到一道金光从洞下蹿出，一闪就没了影子。

这场突如其来的灾难，砸断了余唯甄的一条腿，那个南方人追着金光跑了，其余众人皆受轻伤。

余唯甄的左腿完全断了，去青岛做了手术，回来后左腿就只剩下了半截，只能拄着拐杖行动了，不过这丝毫不耽误他在余家沟以及周围村子发号施令。他依然是富水东北片联庄会总会长，兼任余家沟小学校长，那根据说来自英国的特制的拐杖，依然敲着周围村子的土地砰砰作响。

白果在周围找南方人，找了十多天没有找到，只得自己回了济南。

因为这起事故，龙门寺的修缮半途而废。

王顺和惠清法师在龙门寺安安稳稳地住了三年。惠清法师圆寂后，王顺也离开了这里，下落不明。后来有人说在南部山区看到过他，他参加了共产党领导的游击队；有人说他出家了，在三驾寺当了和尚。